找魂

ZHAO HUN

申平 ◎ 著

百花洲文艺出版社

图书在版编目（CIP）数据

找魂 / 申平著. — 南昌：百花洲文艺出版社，2022.11
ISBN 978-7-5500-4803-4

Ⅰ.①找… Ⅱ.①申… Ⅲ.①长篇小说—中国—当代 Ⅳ.①I247.5

中国版本图书馆CIP数据核字（2022）第187096号

找 魂

申 平 著

责任编辑	游灵通 黄 珂
书籍设计	黄敏俊
制　　作	何 丹
出版发行	百花洲文艺出版社
社　　址	南昌市红谷滩区世贸路898号博能中心一期A座20楼
邮　　编	330038
经　　销	全国新华书店
印　　刷	江西润达印务有限公司
开　　本	720mm×1000mm　1/16
印　　张	20.25
版　　次	2022年12月第1版
印　　次	2022年12月第1次印刷
字　　数	300千字
书　　号	ISBN 978-7-5500-4803-4
定　　价	52.00元

赣版权登字 05-2022-205
版权所有，盗版必究
邮购联系 0791-86895108
网　　址 http://www.bhzwy.com
图书若有印装错误，影响阅读，可向承印厂联系调换。

本书故事纯属虚构。除地理环境外，所涉及的人物及情节均不对应现实生活中的任何人和事，包括作者本人，切勿对号入座。

目录

第一节　北方名记 / 001

第二节　卷入旋涡 / 009

第三节　好白菜都让猪拱了 / 021

第四节　一波三折 / 036

第五节　锋芒难试 / 048

第六节　结识本地人 / 058

第七节　相见不如怀念 / 067

第八节　这一枪打臭了 / 088

第九节　较量 / 105

第十节　归去来兮 / 116

第十一节　爱的魅力 / 139

第十二节　风波再起 / 156

第十三节　风云突变 / 173

第十四节　激烈碰撞 / 191

第十五节　杨开寿事件 / 203

第十六节　不打不成交 / 219

第十七节　过年 / 231

第十八节　艰难时刻 / 242

第十九节　又抓一个倒霉鬼 / 257

第二十节　祸不单行 / 274

第二十一节　最后关头 / 289

第二十二节　岭南之春 / 306

第一节 北方名记

李卓然来到东江市的第一天,就因为打电话,和一对貌似是本地人的夫妇吵了一架。不过他这一架吵得很值,因为吵出来一个超级美女。

上午,李卓然走在南方鲜花盛开的街道上,他的心情就像眼前的天气一样美好。他感觉自己就像是一尾从湖泊游进大海里的鱼,这里的一切都让他感到兴奋、感到新奇,就连那个他前来投奔的"坑爹"报社,他也没觉出有什么不好。

在北方,他已经许久没有这样的好心情了。单位的事、家里的事等搞得他焦头烂额,他整天恍恍惚惚的好像没有魂魄一般。这回好了,当他的两脚一踏上这座南方小城的土地,他就觉得心一下子定了,灵魂一下子回归了。他感觉这正是他要来的地方,他甚至后悔自己来晚了。

东江晨报社,隐蔽在城市边缘的一栋居民楼内。一楼只是一个过道,过道的一侧摆满了自行车,还有一间保安室。如果不是门前挂了一块牌子,怎么也看不出这是一家市级新闻单位。顺着很陡的楼梯爬上二楼,就看到报社的各个部门统统拥挤在这层楼上。由于办公室是居民住宅改造而成的,所以极不规整,大小不一。好在报社的对面就是一座公园,从临街的窗子望出去,公园的山坡上草木苍翠,让人眼前一亮。

尽管李卓然前段时间曾经来此实地考察,但是当他真的走进这里,心里还是一凉。他在北方工作的报社,虽然行政级别不高,但却拥有一栋独立的办公大楼,各个部门层次分明。作为报社的副总编辑,他的办公室更是宽大明亮，里面还有一个套间，供他中午和晚上休息。可是这里除了报社的几个领导和办公室有独立的房间，采编人员全部是格子化办公。报社的屋顶、地面、墙壁都没怎么装修，到处裸露着灰白的水泥本色。

但是李卓然并没有太在意这一切，他觉得眼前这些不过都是暂时的。南方社会正在改革，到处都生机勃勃。这就像是一条奔涌前行的大江，大江在，小河沟里还能没水吗？而且越是困难多、问题多的地方，越是容易出成绩，你不就是要来这里显露身手的吗！他带着满满的信心和神圣的使命感，敲开了总编辑潘文涛办公室的门，和他握手寒暄。

李卓然看潘文涛五十多岁，身材魁梧，浓眉大眼，说话声音很高，觉得气场颇足。潘文涛看李卓然四十岁左右，身材挺拔，面目清秀，戴一副眼镜，感觉就是个书生。以前他们在电话里沟通过几次，现在一见面，彼此立刻都有了好感。

潘文涛说："欢迎你来啊！我看了你的资料，知道你是北方名记，办晚报的专家。你来了，我心里就有底了。"

李卓然说："哪里，我听曾主任说，潘总是报社特意从深圳挖来的资深报人，以后要请你多多关照啊。"

潘文涛笑笑说："别谦虚，咱们互相学习吧。这次报社面向全国招聘，来了不少高手，今天都会陆续到达。今晚，我要为你们设宴，接风洗尘哦！"

李卓然连声道谢，心里很是温暖。他见潘总编挺忙，就站起身来告辞。

潘总编说："那好，你刚来，先熟悉一下情况，把生活安顿好。你有什么要求，尽管对我说。"

李卓然知道人家说的是客气话，就答应着出来了。他在报社里转了一圈，就下楼去给马心岚打电话。

马心岚，李卓然中学时代的同学，也是他的初恋对象。她现在就在离东江市不到一百公里的深圳当律师。就是她，用一封挂号信改变了李卓然的命运，使他放弃了许多到手或者即将到手的利益，不顾一切地跑到遥远的南方来。

现在，李卓然走在这座南方小城的街道上。此时已是十二月下旬的天气了，这时的北方，他刚刚离开的北方，早已千里冰封，万里雪飘，可是这里却依然山青水绿，温暖如春。他虽然一到就脱掉了身上的毛衣毛裤，只穿衬衫、西服，但是仍然觉得很热。路边紫荆树紫红色的花朵正在热烈开放，蜜蜂和蝴蝶还在那上面忙碌；还有那些极具南方特色的假槟榔和大王椰子，就像仙女一样亭亭玉立，在微风里轻轻摇摆绿色的枝条。报社对面那个公园里，有山有水。山上绿意盎然，山下似有小溪流淌。透过公园的铁栅栏，隐约可见水边有更艳丽的花朵在竞相开放。空气是湿润的，伴有鲜花和青草的好闻味道，鸟儿的叫声也似乎格外嘹亮。李卓然的心情，再次因为眼前的美景而愉悦起来。

再往前走，就进入一条大街。街道两侧店铺林立，夹杂其间的还有许多间发廊，大白天的里面也透着暧昧的灯光。李卓然觉得这也是南方的一大特色，发廊多，小姐多。另外他还发现了一多，就是电话多。那时候，手机还没有普及，BP机正在风行。所以街边的每家商铺，几乎都安了好几部电话，专门供人使用，然后收费，也有专门的电话亭。

李卓然走到一家店铺前，叫了一声："老板，打电话！"然后掏出一个小本子翻看着，寻找着马心岚的电话号码。

店铺的主人是个肥婆，她穿了一身睡衣，头发蓬乱，脚上照例是一双拖鞋，她一步三晃地走过来，把一部电话推到李卓然面前，就算是和他打过招呼了。

李卓然开始拨号，连打两遍都没有打通。他嘟囔一句，有点失望地放下电话，准备离开。但是那个肥婆却把他喊住了：

"哎，先生，你打电话还没给钱呢！"

李卓然惊讶地望着她说："我没有打通啊！没打通你也要收费？"

"我怎么知道你有没有打通！只要你打了电话，就得交钱。两次一块。"肥婆瞪大了眼睛，语气十分蛮横。

李卓然本想给她一块钱算了，但是一看她那个样子，心里就来了火气，他故意学着南方人的语气说："老板娘，你有没有搞错，电话没打通还要钱，我可是没听说过的哦！"

"你没听说过的事情多咧！"听口音那肥婆并不是个地道的南方人，她根本不买李卓然的账，毫不客气地冲他吼道，"给钱，不给钱别想走！"

"怎么，你想讹人啊！知不知道我是干啥的？"

李卓然说着，就把原来报社的记者证掏了出来，摔在电话机旁边。然后他也提高声音说："信不信我给你曝光！"

如果在北方，李卓然的这个动作足以灭掉最嚣张人的气焰。记得有一次在大街上，一群人正在哄抢从汽车上掉下来的床垫，他站在路边只是喊了一声"我是记者！"所有的人马上停止哄抢，都乖乖把床垫送到他的脚边来。还有一次他在长途汽车上，一个歹徒挥舞尖刀要抢劫，又是他一句"我是记者！"使那歹徒立刻感觉矮了半截儿，他随后和别人共同制伏了歹徒……

可是现在，那个肥婆拿起李卓然的记者证，只看了一眼，就立刻把它扔在地上，还踩了一下脚说："呸！什么烂记者，没人理你！给钱！"

一看对方扔了自己的记者证，还出言不逊，李卓然不由得怒火冲天，他大声吼道："漆线！你怎么敢！你给我捡起来！"

一句"漆线"，似乎一下掘了肥婆的祖坟。她呼的一声，就朝李卓然扑来。这时周边已经围了不少看热闹的人，李卓然一边躲避，一边喊："大家都看清楚了啊，这家店铺非法经营，打电话不通也要钱。我是记者，一定要给她曝光！"

但是周围的人都很冷漠，没有人站出来帮他。而且这时，那肥婆的老公也闻声出来了，手里好像拿着一个什么家伙，吼叫着朝李卓然冲来。

李卓然一看，一对二，形势对他极为不利。他只好准备和二人近身肉搏。

就在这时，李卓然忽然听见自己的身后有个清脆的女声响起："老板娘，慢动手啊！"接着，他看见有个苗条的身影走到他的前面，挡住了那两个气势汹汹的人。然后又听她说："不就是一块钱吗？多大的事，别这样。这钱我替他给了。"只见她的手一扬，一块钱就飞落在电话旁。

那肥婆和她的老公气咻咻的，也就趁势收了架势，眼睛却还狠毒地咬住李卓然不放。

这时那女人又走过去，捡起了李卓然的记者证，看了一眼，然后她竟然上前拉了李卓然一把说："新来的同事，走吧。"

李卓然这下看清了女人的长相，他感到眼前的世界似乎一下明亮起来。这女人真的是太成熟漂亮了！李卓然见过许多美女，但说实话能够真正打动他的还不是很多。他感到很奇怪，这个人为什么像一块磁石，一下子就深深吸引了他？她三十多岁，长着一张娃娃脸，一双眼睛好像特别大，又黑又亮。她的眉毛弯弯的，齐耳短发也好像格外黑，越发衬出她皮肤的白皙。她鼻梁挺直，嘴巴小巧，身材不高不矮。她身上穿的衣服其实并不怎么高档，但是被她随便一搭配，竟显得那么超凡脱俗。一种高雅的气质，说不清是从她身上的哪个部位散发出来的，反正让你一看就觉得她与众不同。而她说话的声音又是那么清脆悦耳，吐字清晰，绝对是正宗标准的普通话。在这满耳都是蹩脚的普通话或是让人根本听不懂的本地话的地方，能听到一个美丽的女子这样讲话，真使他感到无比亲切。

"你好，请问你是……谢谢你帮助我。我真的……很感谢。"

不知道为什么，李卓然觉得自己的舌头一下子变得不怎么好使了，而且觉得自己的声音也不那么好听了。

"李卓然，你别客气，我也是东江晨报社的呀，我叫梁如月。你的大名，我早就知道了。"女人笑眯眯地看着他，并把记者证递还给他。

"梁如月。"李卓然念叨着，觉得这真是一个好名字。看到她，他觉得眼前仿佛真的一下升起了一轮娇美的月亮，不但照亮了周围的一切，而且照亮了他刚才有点发凉的心。

"哦，你怎么知道……"李卓然不由得兴奋起来，他想不到报社里还有这样一个妙人儿。以后能和这么美丽的女同事一起工作，那肯定是一件很幸福的事情。

"潘总编在会上都说过你好几次了。"

李卓然跟着梁如月往前走了一段，他们就站在路边的一棵假槟榔下，开始了第一次对话。多年以后，李卓然还经常去这棵树下站着，沉思默想，回忆当初他和梁如月在这里谈话的每一个细节。

现在，梁如月就像她身旁那棵假槟榔一样，亭亭玉立，满脸都是灿烂的笑容，她说："李卓然，这下总算见到你真人了。潘总编说你是北方名记，副总编，还是小有名气的作家，对吧？哎呀，大家都盼望着你们来呢，你们这些高人来了，也好把咱这个正处于风雨飘摇中的报社振兴一下。"

"风雨飘摇"，李卓然注意到梁如月用了这样一个词儿。看来报社的情况的确有点不妙。刚才他在那里转了一圈，发觉不但办公条件差，不像个市级正规新闻单位的样子，而且他感到采编人员的精神状态也很差，一个个愁眉苦脸，无精打采，像丢了魂似的，见了人也不招呼，显得非常冷漠。这一点可不像他以前所在报社，处处充满和谐热烈的气氛。他觉得这才是最可怕的事情。

李卓然一边欣赏着眼前的美女梁如月，一边问她一些问题。他问得很多，也很急，连珠炮一样一个接着一个，比如"你是哪里人""怎么来报社的""来了多久了""现在报社的情况到底怎么样"等等。看他那架势，好像恨不得一下就知晓报社的一切。

梁如月一眼看出，眼前这个和自己年纪相仿的北方大汉是个急性子。对他提出的问题，她有的回答了，比如说自己是新疆人、来报社工作两三年了，但有的她却避而不答。她笑着说："卓然，反正你已经来了，以后时间长着呢。我们再慢慢聊，好吗？"

一声"卓然"，叫得李卓然心里痒痒的。在北方，人家都叫他"李总"，只有亲朋好友才叫他"卓然"。可是他刚刚和梁如月见面，她就叫他"卓然"，这使他觉得自己和梁如月的关系一下子就拉近了，好像他们老早就认识一样。

最后他们才说到刚才的吵架事情上来。

梁如月说："卓然，你刚来南方，可能还不大了解。在南方当记者，和在北方当记者可是不大一样哟。"

"你指的是什么不一样呢？是这里不尊重记者吗？"李卓然问。

梁如月点点头说："的确是这样。记者在北方，那真的是'无冕之王'，走到哪里都有人宠。可是在这里不行，南方的记者有时处于弱势，很多人都不买他们的账。不是有句话叫'防火防盗防记者'吗？你看记者的社会地位成啥了。刚才那个肥婆你也领教了，你看她有一点怕你的意思吗？"

"那……为什么会这样呢？"李卓然心中有些失落地问。

"为什么？"梁如月思考着说，"可能是最近几年吧，南方办了许多报纸，也就出现了许多'流浪记者'，鱼龙混杂，水平参差不齐，有的人为了拉广告，什么手段都敢用。时间久了，就把记者的名声搞坏了。当然也还有别的原因，但是我觉得这个是最主要的。"

"流浪记者？"李卓然第一次听到这个新词儿。

"所以，以后你出来，特别是在民间，还是不要动不动就亮出你的记者身份为好。像今天，你根本没有必要说你是记者，越说她反倒越来劲了。就算你给她曝光，也是没人来管的，不等于零吗？"

"没人管？他们这样胡整，还这么嚣张，为什么就没人管呢？"李卓然瞪着梁如月，气呼呼地质问，好像她是主管部门领导似的。

梁如月手点了一下李卓然说："看，你又急了。现在是改革开放的初级阶段，这些小事，可能还没人顾得上管吧。你要较真，吃亏的只能是你自己。"

李卓然想着自己刚才险些被打，在感激梁如月的同时，他心里却依然很不服气。他大声说："这种事，在北方是绝对不会出现的。如果有，我们报社就会组织一次战役性报道，一家伙就给他治理整顿好了。"

梁如月用黑亮的眼睛看着他笑了，李卓然看见她笑的时候，脸蛋上出现了迷人的酒窝。只听她说："卓然，我说了半天说啥了？这里不是南方吗！你既然来了，就要学会适应这里，气候要适应，生活要适应，什么都要适应。好了，我要去上班了，有空我们再聊，好吗？"

李卓然说："好的，如月，再次谢谢你刚才出手相救，也谢谢你的指导。与君一席话，胜读十年书啊！有时间咱们一定好好聊。拜拜！"

不知不觉间，他竟然也省掉了梁如月的姓氏，而直接称她为"如月"，李卓然想，难道这就是一见钟情吗？

李卓然就站在假槟榔下，目送梁如月袅袅婷婷地走远。他的耳边，突然再次响起了那首童谣，那首在他来的火车上随着火车轮子的节奏反复出现的童谣：

往南往南再往南，
南面有个百草滩。
百草滩上有白马，
吃的啥，喝的啥，
还有一个美娇娃。

李卓然当时就感到奇怪，这首他小时候熟悉的童谣，那么多年过去早已忘记的童谣，为什么会在他来南方时如此清晰地回响在他的耳畔？难道自己到南方来，是命运早就安排好的吗？

"美娇娃"，梁如月难道就是那个"美娇娃"？

那么，马心岚呢？

李卓然忽然有了一种直觉，或叫作第六感，似乎有人躲在什么地方告诉他，他来南方，一定会和梁如月等人发生一些故事。

第二节　卷入旋涡

东江晨报社后面，有个居民小区叫作"金地花园"。名字很好听，里面却很破烂。楼里没有电梯，卫生状况很差。也许正因为此，这里的业主陆续搬走了，都把房子租了出去。报社图这里租金便宜，离报社又近，便租下了十几套房供采编人员居住。因为采编人员极不稳定，来来往往，进进出出，所以房子不断易主。现在李卓然住的这间房子，就是一个叫作徐文浩的人曾经住过的。李卓然昨天入住清理房间时，在抽屉里发现了他的一沓名片，上面标明的身份是：东江晨报社总编室主任。李卓然还没来得及问，这个人是从哪里来的，为什么要离开。

李卓然的房间在三楼。经过二楼的时候，会看到一个平台。在二楼设个平台干什么不知道，反正不应该是放垃圾的，但现在这里却好像变成了垃圾场。那些租客当然也包括报社的人，根本就不讲究，只需走几步但就是不肯往楼下丢，偏偏丢在这里，弄得一上楼就闻到一股酸臭味。这还是小事，关键是引来了老鼠。

李卓然刚到南方，现在又是冬季，他还没有领教蟑螂、蚊子的厉害，但是他已经和老鼠打过交道了。他怎么也不会想到，南方的老鼠会有那么大个儿，而且那么猖獗。昨天办公室老曾送他入住的时候，刚爬到二楼，就看见平台上那堆垃圾里突然窜出好几个大家伙，而且竟然直朝他们冲来。就在他们吓呆的时候，老鼠从他们的脚边跑下一楼了。夜里，他刚刚睡下，就听见房间里有动静。开灯一看，好家伙，一只大老鼠正在享受他路上剩下的半袋牛肉干。

他开了灯它都不甚惊慌，慢慢钻进了洗手间。他气愤地追过去，就听咚的一声，那家伙竟然从厕所蹲坑那儿的下水道里逃走了。李卓然刚重新躺下，又听见它窸窸窣窣地来了，气得他只好把牛肉干丢到门外的客厅里去。夜里，迷糊中他隐约听见老鼠在门外打架的声音。

李卓然出身于农村，又是个大男人，当然不怎么害怕老鼠。现在他一边往楼上走，一边做好了战斗准备。果然，垃圾堆那里又有几只老鼠尖叫着向他冲来。他抓住楼梯栏杆，侧身抬起脚来狠狠踹去，就听见老鼠吱吱哀叫着跑下楼去了。

李卓然回到房间，准备上床小睡一会。他的房间是三居室中的一间，朝阳，房间里光线明亮。外面还有一个阳台，使阳光不至于直射进来。房间设计很好，但是屋内陈设简陋，只有一张床、一张带抽屉的小桌子和一把椅子。他带来的皮箱没处放，只好找来几块砖头，垫起来放在上面。

李卓然刚要睡着，忽听外面门响，接着客厅里有人说话，细听有办公室老曾的声音。只听他说："好了，你们先安顿好，休息一下吧。这间房里，还有一个新来的，他昨天到的，姓李。他已经和潘总编见过了。有什么情况，可以先问问他。"

然后听见两个不同的声音在答应，又听老曾开门出去了，那两个人也进房间收拾起来。李卓然知道有新同事到了，他没有动，脑子里在想象两个人的样子。他觉得有点困，心想反正人已来了，等下再出去说话吧。他不觉睡着了。

当晚，报社潘总编出面，请新来的同事吃饭。地点就在离报社不远的鸿运大酒店。在这里李卓然又听到了一个新词，叫作"对等消费"。就是报社免费给酒店做广告，酒店则免费让报社员工吃饭，互惠互利。李卓然在北方其实也搞过类似的合作，比如报社免费给制衣厂做广告，制衣厂免费给报社员工做衣服。但是他们并不知道这叫作"对等消费"。

新来的人竟然有十多个，全国各地的都有。和李卓然同房的那两个人，一个是江西某报社的总编助理，叫王光明，五十岁左右，天生一张笑脸；另一个是个青年人,来自湖南某市,名叫刘青草,是一家报社的记者,他也戴一副眼镜,一副文质彬彬的样子。一个来自辽宁的女孩引起了李卓然的注意,她快人快语,身上充满北方人的豪气。她长得其实一点也不丑,但是个头太高,有一米七多,站在女孩中间显得鹤立鸡群。她的名字也很有意思,叫作马向南,她对大家说:"我这匹马,天生就是要往南方跑的。人家给我算命,说我只有去南方才能找到男朋友。于是我就来了。"惹得全场一阵大笑。

也许是因为塞北草原和辽宁离得近,或是因为李卓然是在辽宁省读的大学,他一下子就觉得马向南很亲切。他主动上前和她攀谈,自我介绍。几分钟以后,他们就已经是好朋友了。李卓然宣布说:"这位,是我失散多年的妹妹。"马向南立刻跑过来和李卓然拥抱,并装作哭哭啼啼地说:"哥,这么多年你都去哪儿了?我可找到你了。"接着又唱《妹妹找哥泪花流》,众人便跟着起哄。

说话间,报社几位领导陆续到了。李卓然发现除了潘总编,其余领导上次来时他都见过。他们都是本地人,分别是副社长廖辉球、黄汝球、赖海光,还有办公室主任曾光球。他不明白,南方人为什么这么喜欢这个"球"字,争相把它加到自己的名字里。在北方,这可是个骂人的字啊。还有,副社长赖海光明明是管编务的,应该叫副总编才对,但他偏偏是副社长,好像副社长比副总编大。

他就赶紧上前,和他们一一热烈握手。他们就说:"好啊,你真的来了,又见面了,真是太好了。"

让李卓然没想到的是,梁如月也应邀来了。她显然精心打扮了一番,上身穿了件红色的开领羊绒衫,下身是件黑呢短裙,脸上略施粉黛,在灯光的映照之下,显得更加漂亮高雅,光彩照人。她一进来,所有人的目光立刻被她吸引过去了,屋子里竟然出现了短暂的沉寂,大有一鸟进林百鸟哑然之感。

梁如月大方得体地跟大家招呼,样子不卑不亢。潘总编就说:"好啊,我们的'报花'也到了,大家入席吧。"待报社领导坐定以后,潘总编又招呼李卓然、王光明坐下,然后是老曾、梁如月等,颇有排座次的意思。李卓然心中便有一丝失落。他在北方报社的时候，也是领导，属于核心人物，当然都是坐上座的，现在的情况却完全变了。他在心里暗暗说："注意，差别从此就开始了。"

餐台很大，可容纳二十多人，所以一点也不显得拥挤。在服务员上菜的时候，潘总编开始一个个介绍大家。介绍到李卓然，他加重了语气说："这位李卓然先生，原是《塞外晚报》的副总编，有新闻副高职称，属于正规军。他来了，我们办报就大有希望了。"

众人不由得喝了一声彩，马向南等人还鼓起掌来。李卓然心里刚得意了一下，转眼却瞥见副社长赖海光向他投来了异样的目光，脸色也不怎么好看。他心里不由得又是一沉。

在上菜的时候，潘总编让服务员打开了一瓶洋酒，分别给大家斟上。看着洋酒，李卓然不由得想起，他上次来东江市考察的时候，误把洋酒当成了北方的果酒，半杯半杯地跟人家干，结果喝得大醉，弄得回去时怎么上的火车都不知道。现在，可要注意了。

李卓然以为潘总编该致祝酒词了，可是他却号召大家喝起汤来，喝完汤又吃菜，刚吃了几道菜，每人一碗白米饭已经端了上来。

这一切，都让李卓然感到既新奇又不习惯。在北方，都是饭后才喝汤的，说是"灌缝"。另外，不把酒喝好就上饭，那是对客人的极大不敬，非打起来不可。但是在这里，却没有这些规矩。他偷眼看去，已经有人开始吃饭了。酒呢，依然摆在每个人的面前，好像被遗忘了一样。李卓然不由得暗暗替潘总编着起急来。

比李卓然还着急的是马向南，只见她突然站了起来，举起酒杯说："潘总编，各位领导，各位新同事，为了我们能在南方相逢，大家喝杯酒吧。来，我先敬大家一杯！"

马向南一说，全桌的人好像才如梦初醒，纷纷举起酒杯说："来，喝一杯，喝一杯。"可是他们并不真喝，只是沾一下嘴唇，就放下了。

既然被马向南打破了僵局，李卓然也跟着站起来说："来，我斗胆代表我们新来的同事,也敬各位领导一杯。我们初来乍到,人生地不熟,还望领导们多多关照!"他说这话时看了一眼王光明,怕他有意见。但是王光明却带头响应,于是新来的人纷纷站起来,举杯向着几位领导。几位领导也站起来,饭桌上一时热闹起来。

接着李卓然又按照北方的习惯,分别敬桌上的每一个人,俗称"打通关"。他先从潘总编敬起,然后是廖副社长、黄副社长、赖副社长、曾主任、梁如月等。每个人他都说上几句恭敬得体的话。但是让他郁闷的是,他明明说好一个个地敬,可是别人老是跟着举杯,举杯又不喝酒,装样子。最后,他只好走过去,一对一近距离敬酒。

李卓然一带头,马向南就紧紧跟上,其他人也如法炮制。酒桌上顿时乱作一团,人与人的关系似乎一下子拉得很近。李卓然特意走到赖海光跟前说:"赖社长,我虽然是办晚报的,但是我对本地情况不了解,办报经验其实也不足。另外,我这人也没什么心计,更没什么野心,还请赖社长以后多多指导。"他看见,赖海光的脸上这才有了笑容。

酒桌上最活跃的人除了李卓然,还有马向南和梁如月。马向南一出手,李卓然就知道她喝个半斤八两没啥问题,所以当她来敬自己的时候,他就说:"妹妹啊,咱自己人就不要整自己人了,枪口对外,让他们见识见识什么叫喝酒。"马向南却也听话,呼的一声,就去冲锋陷阵了。

让李卓然感到意外的是梁如月。他没想到这样一个漂亮女人,喝起酒来也毫不含糊。她不但也像李卓然一样一杯接一杯地打了个通关,最后她竟然把眼前的两个杯子倒满,宣布说:"各位领导、新同事,我许久没有这么高兴过了,因为今天我看到了报社的希望和未来。为了表达我的心情,我今天就破个例,和在场的两个人各打一炮,一个是潘总编,另一个就是新同事李卓然。"

众人一听,立即大声起哄。早有人跑过去,把潘总编和李卓然眼前的杯子也倒满酒,然后一起以手击节,高声喊叫:"快——喝!快——喝!快——喝!"

一只洋酒杯,倒满了足有三四两,李卓然刚才已经喝下去了四五两,如果再一口气喝下去这一杯，显然有点多。但是一股豪气在他心中升起，他率先举起酒杯，站起身来说："好，既然我们的大美女这么说了，我就没有理由不迎战。我觉得，喝酒有多爽快，办好《东江晨报》的决心就有多大。为了《东江晨报》的美好明天，我，把它干了！"

在众人的掌声欢呼声中，李卓然快步走过去，和梁如月碰杯。两个人同时举杯，一饮而尽，全场的人都看傻了。

立即就有酒气冲上来，李卓然感觉有点头晕。但他极力忍住，故作轻松地走回自己的座位。他看见梁如月这时已经端起另一杯酒走到潘总编面前，口齿清晰地说："来吧，潘总，刚才李卓然说得好，为了《东江晨报》的美好明天，我们把它干了。"接着，她和潘总编连连碰杯，一饮而尽。然后若无其事地走回座位。

梁如月的酒量和豪气让李卓然不由得重新打量她，只见她的脸色这时微微泛红，坐在那里依然气定神闲。在灯光的映照下，她显得更加美丽迷人。这时她也把目光向他投射过来，二人目光相遇，会心一笑。李卓然心里立即充满了一种难以言说的温情和甜蜜。

酒气越来越强烈地冲上来，李卓然感觉头晕得越发厉害。不行，不采取措施就要出丑了。趁着大家的注意力都在潘总编那里，他站起身，极力控制着自己的步伐，走进了洗手间。一进去，他立即用手指压住舌根，接着便是一阵暴风骤雨般的呕吐，好像把肠子都要吐出来了。吐过之后，他感觉好多了。他对着镜子漱了漱口，又擦一下眼睛，理一理头发，然后若无其事地走出去继续战斗。

这时，酒宴已经接近尾声了。按照北方的习惯，此时应该进入划拳阶段，以便再次掀起高潮。之后还要唱歌，或表演其他节目。但是这里却似乎没有这些习惯。不过潘总编最后还是提议，大家一起去楼上的歌厅里唱歌。

虽然呕吐过了，但李卓然对接下来发生的事情还是有点记忆模糊。他依稀记得大家争先恐后地对着麦克风狂吼乱叫，也有唱得特别好的，那就是梁如月。她的一曲《青藏高原》，使人如痴如醉。李卓然越发觉得，这个女人简直就是个精灵，是个女神，太可爱了。

他还记得，这期间自己和梁如月跳了舞，近距离感觉到她的脚步是那么轻盈，身段是那么优美，他把她的小手握在自己的手里，感觉柔若无骨。他记得她还关切地问他："卓然，你没事吧？"

他记得自己也唱了歌，唱的是《把根留住》。他摇晃着身子，声情并茂。当他唱到"一年过了一年，啊，一生只为这一天，让血脉再相连，擦干心中的血和泪痕，留住我们的根"时，他感觉自己已经热泪盈眶了。

他听见全场掌声雷动，他还记得马向南跑过来和他拥抱，大喊大叫："哎呀，哥你唱得太好了，简直就是一歌唱家啊！"他也看见梁如月在一边鼓掌喝彩。

后来不知过了多久，他的头脑才慢慢清醒过来。清醒之后他突然发现，报社领导还有梁如月等，都不见了，全场只剩下他们这些新来的人。

他心里一下子就有点不爽，这些人也太不讲究了吧，一声不响地丢下我们走了。去干什么了呢？难道都回家了吗？

正想着，他看见房门打开，梁如月探身进来，并向他招手。他急忙站起身，跟着她来到走廊上。

梁如月说："社委会正在下面讨论明年的办报思路，争论得很厉害。潘总编说你是正规办晚报的，想听听你的意见。"

"哦。"李卓然应着，心里立刻就有了一种满足感，是那种得到信任时的满足感。

于是梁如月在前面带路，李卓然一路跟着她。

梁如月带着李卓然下到了一楼，也就是他们刚才吃饭的地方，在另一个房间的门口，梁如月停下脚步，看着他说："卓然，报社班子成员之间关系复杂，现在我也顾不上跟你细说了。总之你要紧睁眼、慢张口，千万不要卷入他们的争斗，你明白我的意思吗？"

李卓然点点头，心中又是一阵温暖。他忽然有一种想要拥抱梁如月的冲动。

房间里，烟雾缭绕。报社班子成员都面无表情地坐着，多半人在吞云吐雾。

等到李卓然和梁如月都落了座，潘总编清了一下嗓子说："卓然，现在我们在讨论明年的报纸改版问题。首先是报纸的大小规格。一种意见认为，还应该像现在这样，继续出对开四版或八版的所谓大报，否则就不像是一张市级报纸，而变成街头小报了；另一种意见是，应该出四开八版或者四开十六版的都市报，这方面广州等城市已经有了成功的例子。还有各版栏目的设置，要不要有所改变。你是办晚报的行家，我们想听听你的想法。不要顾忌什么，你怎么想就怎么说。请如月同志继续做好记录。"

立刻，李卓然感到所有的目光都集中到了他的身上。他看了一眼梁如月，只见她微微向他点了点头。

李卓然上次来考察的时候就看过《东江晨报》，今天到报社，他又翻了翻。不用细读，他一眼就看出问题很多。在来的路上，他其实已经开始考虑如何改造这张报纸了。那时候，他就想象着将会在什么样的场合慷慨陈词，没想到这种机会马上就来了。但是梁如月刚才的话又回响在他的耳边，他在压住心跳的同时也在告诫自己：稳住，千万稳住！

"首先感谢各位领导对我的信任。我刚来，还不了解情况，可能也说不出什么有价值的观点来。"他十分谦虚地开了头，但是说着说着，他就有点忘乎所以，情绪渐渐激动起来。

"我认为《东江晨报》目前最大的问题，就是太过日报化了。也就是说，它几乎和日报长得一样，晚报特点严重缺乏。"

说到这里，李卓然看见梁如月在向他使眼色，他也看见在场的几个领导特别是赖副社长已经斜起眼来看他，但是他却刹不住车了。刚才喝下去的酒此时似乎已经渗透到他的血管里，使他的嘴巴好像不听他的指挥了，只管滔滔不绝地说下去，说下去。

"我相信在座的领导都明白，日报和晨报的受众是不一样的。日报有日报的办报思路，晨报也应该有晨报的具体打法。如果一张晨报——其实就是晚报，只会跟在日报的屁股后面跑，那永远都办不好。这就回到了潘总编刚才说到的问题上。既然现在人家日报是对开的报纸，我们为什么不能有所改变，首先在外观上就和他们区别开来呢？我想问，报纸的大小好坏，难道是版面大小决定的吗？不瞒各位，《塞外晚报》就是四开八版的所谓小报，每逢周末出四开十六版。这样办的好处是版面容易把握，栏目设置可以灵活多样，而且看上去更加美观舒服，更具晚报特点。还有报纸栏目，恕我直言，现在我们的报纸除了《南国寻梦》等少数栏目办得还不错之外，其余的我还真没看出有什么特点。一句话，缺少新意，缺乏亮点，死气沉沉。这样的报纸读者怎么会欢迎呢？别的我先不说，就说一版吧，一版是报纸的脸面。可是看看我们现在登的内容，除了时政新闻基本没别的东西，标题也都是硬邦邦的，排版也不讲究。那种晚报味儿，也就是可读性、贴近性，根本就没有体现出来。"

李卓然说到这里，突然感觉屋子里的空气变得十分压抑，弥漫的烟雾好像从四面八方向他涌来。他听见梁如月这时故意咳嗽起来，还有人故意清嗓子，出怪腔。于是他又赶紧说："各位领导，我的意见只是一家之言啊！下车伊始，信口开河，但是我并无恶意，也不想冒犯谁。说错了，请批评。完了。"

"好！"潘总编说，他用赞赏和鼓励的眼神看着李卓然，然后他又目光灼灼地扫视着在场的每一个人，他说："刚才卓然同志谈了他的意见，我个人觉得他的话句句说到了点子上。大家继续讨论吧。"

但是全场一片死寂，大家似乎都在忙着抽烟。

潘总编就说："哦，卓然，你可以继续去唱歌了。告诉大家我们在开会，你们可以尽兴，啊！"

李卓然就像得到赦令一样，急忙站起来离开。临出门时他看了一眼梁如月，见她在对自己皱眉摇头，他心中不由得一惊。果然，他背后的门刚刚关上，就听见屋里霎时乱作一团，几个声音在同时高叫：

"完全是乱讲嘛！"

"故作高明！"

"他不过是北方一个县级小报的副总编，有什么资格把我们市一级的报纸说得一无是处！"

李卓然听出来了，最后这句话是赖副社长说的。

他立即悔青了肠子，心里骂着自己怎么就没听梁如月的话，怎么就没有管住自己的嘴。

他隐隐感到，自己一下子就卷入了报社的一种看不见的旋涡之中。

李卓然若有所失地走回包间，他已无心唱歌了。他只是呆呆地坐着，回忆着他刚才说过的每一句话。

王光明见他神色不对，就凑过来悄悄问他原因。他便简单说了事情经过，并问王光明："你觉得我说的有错吗？"

王光明那张天生的笑脸这时更像是一朵花，他说："你肯定说得没错，不但没错，而且很有水平。说实话，虽然刚刚见面，但我很佩服你的能力和勇气。但是问题在于，你的火力太猛了，打击面太大了，你一下子就彻底否定人家，把自己摆到他们的对立面去了。"

李卓然点点头说："是啊，我一家伙几乎把他们都得罪了。可是，潘总编又让我放开说，你说我能怎么办哪！我们北方人，就是实在嘛！"

王光明说："你的确是够直爽的。要是我啊，可能说一半，留一半。不过这样也没关系，起码潘总编会很欣赏你。"

大家又玩了一会，看已经夜间十一点多钟，就纷纷站起来准备撤离。李卓然对大家说："那你们先走吧，下面在开会，我等一下消息。"

其实，李卓然是想等梁如月，他确信梁如月散会以后会到这里来找他。

果然，十二点过后，梁如月真的过来了，招呼他走。

李卓然和梁如月并肩走在南方午夜的街道上。大街上依然人声鼎沸，道路两旁的店铺更是灯火通明，完全是一副不夜城的样子。李卓然不断东张西望，心里赞叹南方就是不一样。在北方，特别是眼下这个时节，天一黑街道上就很少有人了，更不要说做什么生意了。

梁如月一直没有说话，默默地往前走。她的高跟皮鞋敲击着路面，橐橐作响。李卓然听那声音里，似乎包含着失望和不满。

"对不起，如月。"李卓然终于忍不住开口了，"今天我不该放炮，我很后悔没听你的话。我是不是给自己惹麻烦了？"

梁如月看了他一眼，只说了两个字："你呀！"

又往前走了一段，梁如月说："我让你悠着点说，就是怕你受到围攻，一下子树敌太多。你不知道，现在班子成员都是面和心不和，各揣心思。他们对潘总编也不是多么支持和信任。不过今天算你捡着了，你的话等于力挺了潘总编，之前他孤掌难鸣，几乎快撑不住了。会议最后决定，责成你来做明年的改版方案。明天，潘总编会正式找你谈的。"

"哦。"李卓然松了一口气，悬着的一颗心终于落了回去。

"不过你不要得意。你才来一天，就锋芒毕露的，把人都惹火了。特别是赖副社长，他都恨死你了，他分管编务，你那么说，等于公开让他出丑，彻底否定他呀！你现在已经掉进旋涡中心，一下子就成为人家的眼中钉、肉中刺了。你才来一天，这也太快了吧。"

李卓然的心马上又悬了起来，他说："事已至此，如之奈何？"

梁如月说："至此就至此吧，也不必后悔了。我也想过了，那些人，依照你的性格，就算你今天不得罪，早晚也得得罪。从报社的发展大局看，你今天也算做了好事，成了英雄。将来《东江晨报》的历史上，会有人给你写上一笔。不过从今往后，你只能被绑在潘总编这部战车上往前走了，你已经没有选择的余地了。"

李卓然点点头，借着还没有散完的酒劲，他问道："那么你呢，你算是哪部战车上的呢？"

梁如月歪起头来看他，在月光和街市灯光的照耀下，这张脸显得更加美丽，她有点调皮地问道："那你说呢，你说我应该属于哪部战车呀？"

李卓然看着梁如月，真想抱起她来转上一圈，但是他不敢。他只是很大胆地说："直觉告诉我，你肯定跟我是一部车上的。虽然我们刚刚见面，但是我觉得我们好像已经认识很多年了。今后只要车上有你，我就什么都不怕了。"

李卓然的话使得梁如月停下了脚步,她那双格外大、格外亮的眼睛看了李卓然半天,最后她才轻轻地说:"真的吗?我真的有那么重要吗?"

李卓然用力地点着头。他看见梁如月的眼睛里竟然有亮晶晶的东西在闪烁。又听她说:"卓然,谢谢你呀。"

两个人的四只手,紧紧地握在一起。

第三节　好白菜都让猪拱了

一连几天，李卓然白天几乎足不出户，一心一意地制订《东江晨报》改版方案。

那天，潘总编郑重其事地约他到办公室，和他进行了一场推心置腹的亲切交谈。

潘总编首先对李卓然那天在会上的慷慨陈词给予高度评价，称他的发言有激情、有水平、有担当，在关键时刻力挽狂澜，使他的改版计划在即将流产之时起死回生，最后在邱董事长的强力支持下获得通过。

李卓然赶紧问这个邱董事长到底是怎么回事。

潘总编说："哦，我只能告诉你，这是晨报历史的产物，或者说，这也是改革开放初级阶段的一种特殊现象。"

原来，《东江晨报》是在当年的"八十年代看深圳，九十年代看东江"的经济大潮中创办的。那时由美国熊猫汽车公司投资建设的熊猫汽车城即将落户东江，一下子吸引了全世界的目光。全国各地的大批企业一起涌进东江市，大量的资金也滚滚而来，各种行业特别是房地产业迅速升温。

办企业都要打广告，南方人管这叫"卖广告"。但是那个时候的东江市，只有一张周三刊的市委机关报《东江报》，尽管他们拼命增加版面，但还是造成大量的广告积压。就有人提议创办一张晚报或晨报以分取一杯羹。于是市委宣传部牵头，派出一两个干部任报社领导，然后招兵买马，很快一张报纸就应运而生了。开始并没有国内统一连续出版物号，只有一个内部准印证。尽管如此，还是一下赚得盆满钵满。此时社会上一些与文化多少沾点边的公司一看有利可图，立即如法炮制，整个东江市一下子冒出十几家报纸来。然而，随着"熊猫效应"的消失，随着经济泡沫的破裂，来卖广告的人越来越少，渐渐晨报难以为继了。市委宣传部为了保住这张报纸，想了许多办法。最后一招是动员企业投资协助办报。深圳市的一家企业愿意先期投入一百万元，这家企业的老板就是邱董事长。从此，他成为东江晨报社的大股东。市委宣传部和企业签的合同上明确规定，报纸依然姓党，要继续为宣传党的方针政策服务。报社在政治上必须接受市委宣传部的统一领导，报社董事会只负责经营。经营利润归企业所有。

"哦，原来是这样啊！"李卓然听到这里，感到心里沉甸甸的。

"但是他们……"潘总编欲言又止，"这些事情以后我们慢慢再说。总之你就既来之，则安之吧。卓然，你要认真协助我把报纸办好，只有这样，我们每个人才会有光明的前途。你放心，我只要在这里，就会对你负责的。"

于是两个人开始深入交换意见，最终敲定了改版框架。

在交谈中，李卓然感觉潘总编的确不是一般的人。他虽然也是南方人，但是人家曾在北京上过大学，毕业后又在北京的一家大报当过记者。再后来，他就乘着改革开放的春风回到了深圳，成为一家报社的中层干部。又因为没有得到应有的尊重，他便跳槽，应聘到东江晨报社来当老总。他经多见广，思维敏捷，虽然没有办过晨报，但却懂得办晨报的基本规律，也懂得识人用人。总之，他算得一个内行领导，同道中人。

商量到最后，潘总编说："卓然啊，现在离1998年还不到十天。这些天你什么都不要干，就集中精力搞改版方案。在我们商定的框架内，结合你的办报经验，你可以充分发挥你的想象力、创造力，动用你的一切聪明才智，力争拿出一个高质量的改版方案。明年的《东江晨报》能不能办好，全看你的了。"

潘总编说完，拍一拍李卓然的肩膀，一双眼睛期待地望着他。

"士为知己者死。"李卓然心里忽然涌上了这样一句话。一到南方，一进报社，就遇上了这样一位知人善任的领导，他很高兴。他就像表决心一样说："潘总你放心，我一定会全力以赴的。"

潘总编接着又小声告诉他："按照你的资历和能力，本来是想聘任你做副总编的，但这次主要是招聘中层干部和采编人员。报社原来已有三个副社长，其中一个管编务，指标已经超了，不好再安排，所以我们反复研究，决定让你先做总编室主任，等将来有了位置再做考虑。总编室主任，你当然知道这个位置的重要性了。"

李卓然点点头，表示对此完全理解。他心里明白，报社这么安排，还有一个原因潘总编不好意思说出来，那就是自己原来的报社按行政级别套只是个科级单位。《东江晨报》毕竟是市级报纸，按行政级别套东江晨报社应该属于处级单位，那么总编室主任，就应该是正科级干部了。这和自己原来比，已经属于提拔了。

李卓然受命而去，开始满怀激情地投入工作。他每天都在伏案奋笔，一稿不行，就再来一稿。他感觉自己就像是一个工程师，正在一张张白纸上描绘着报社的美好蓝图。一旦这蓝图投入使用，一座座高楼大厦就会拔地而起。他再次体会到了"重任在肩"这四个字的含义。

白天搞得头昏眼花，晚上吃完饭，他便会和同房住的王光明、刘青草一起出去散步。东江市的夜晚，到处灯红酒绿。满街的发廊和录像播放厅，是夜里最为活跃的地方。发廊三五步一家，里面小姐的穿着打扮，比歌舞厅里的小姐还要性感暴露。她们有的坐在里面的显眼位置，有的干脆站在门口搔首弄姿，甚至会对过往的行人招手，声音嗲嗲地叫道："大哥，进来玩下嘛。"街上还有一家又一家歌舞厅、桑拿室，用霓虹灯夸张地打出五颜六色的广告，灯光彻夜不熄。这些地方就像一头头张开大嘴的巨兽，不断吞噬着来自天南海北的充满欲望的各种男人。在一些背街上，灯光模糊的街道两侧，还游荡着许多站街女。这些女人年龄稍大，但是据说价格便宜，她们的服务对象是外地打工者。世界似乎一下子进入了一个人欲横流的时代，一切都变得赤裸裸的毫无遮拦。

其实三个男人从一家家发廊门前走过,心里也都痒痒的。但是他们知道自己的身份,也知道自己囊中羞涩。于是一千次一万次把心中的欲望压下去,嘴里还都在强烈地批判这种肮脏丑恶的社会现象,而且他们不断发出疑问:这情况,警察为什么不管呢?他们都在忙啥呢?

发廊不敢进,歌舞厅、桑拿室更是不敢想,录像厅倒是可以大摇大摆地进去的。每人只需花一两块钱,就可以在里面看个通宵了。特别是到了晚上十点,录像厅里就开始播放一些香港三级片,许多镜头非常刺激。这在外地都是看不到的,也算是到南方来过把瘾吧。

他们三个人几乎每晚都要看录像到深夜。

闲下来的时候,他们也彼此介绍了各自的情况。原来王光明是请假到这里来的。他所在的报社经济状况不是很好,员工工资低,再加上他在总编助理的位置上一直动不了,他就想出来找个地方"捞世界"。但是他很聪明,不声不响请个病假就出来了,如果情况不对马上就可以回去。不像李卓然,闹得山摇地动,沸沸扬扬,不顾一切地出来,连退路都没有了。

还有刘青草,别看年轻,可是人家也知道和报社领导打好招呼,说是出去闯闯,不行就再回来。

相比之下,李卓然觉得自己真是太笨了。为什么一定要大张旗鼓地出来,不给自己留半点退路呢?后来他又想,人哪,有时必须置之死地而后生。现在你没了退路,这也许是好事。这样只能逼着自己往前走,心无旁骛地去创造新的生活。

他不断给自己打气,也给王光明、刘青草打气,说天下的晚报和晨报没有一家是办不好的。只要他们改了版,局面肯定会很快改观,一切都会好起来的。

他找出了一个日记本,取名叫"南方日记",并在扉页上写道:

"1997年12月20日,我告别家乡,辞别亲人,抛却已经到手或即将到手的一切,踏上了南行的列车……此行是对是错,要到几年以后才知道。我为什么南下,连自己也说不清楚,也许是为心中的一个什么梦想吧?但是既然来了，就得勇往直前！因为开弓没有回头箭。奋斗吧！美好的生活不是天上掉下来的，也不是别人恩赐的，而是自己去亲手创造的。唯有创造，才能乐在其中。"

他什么都往日记本里记。现在，他已经把在南方这几天经历的和观察到的社会问题记录"在案"了，比如打电话乱收费的问题、卖淫嫖娼无人管理的问题、录像厅播放三级片毒害青少年的问题……他准备在报社改版之后，说准确点，是他担任总编室主任之后，组织几次战役性报道，他就不信这些丑恶的社会现象治理不了。

这天晚上，应梁如月之邀，他们三个人一起去她家吃新疆大盘鸡。

王光明和刘青草对李卓然说："我们是沾了你的光。"也不知道他们怎么看出来，李卓然和梁如月的关系好像非同一般。

梁如月的家也在金地花园，是她自己租的一套两居室的房子，装修简单，家具也简单。他们进屋一看，梁如月还叫了马向南和报社的一些老同志，再加上梁如月的老公，总共有十多个人。

一看见梁如月的老公，李卓然的脑子里就蹦出一句话：一朵鲜花插到了牛粪上。还有一句也跳出来：好白菜让猪拱了。

这人怎么可能是梁如月的老公呢？要长相没长相，要文化没文化，要工作据说也没个正当工作。见了人，木头一般也不会说话。李卓然感到奇怪，美若天仙的梁如月怎么会嫁了这样一个老公？真是好汉无好妻，赖汉守花枝。他甚至立即产生了一种取而代之的冲动。

让李卓然感到意外的是梁如月还有一个八岁的女儿，名叫兰兰，非常聪明可爱。她正在读小学，蝴蝶一样在屋子里跑来跑去，见了谁都不认生。看见她，李卓然不由得想起了自己婚姻的不如意，想到自己都四十出头了还没有孩子，他多想有个像兰兰这样的女儿呀！可是这是人家的孩子，是梁如月和那个丑八怪生出来的孩子。这么一想他心里竟然有点酸溜溜的，有句话又跳了出来：恨不相逢未嫁时。

现在，大家围桌而坐，一边等着梁如月的大盘鸡，一边互相介绍。原来这些老同志都来报社几年了。他们来报社的原因也不同：有的是大学毕业被分配来的，比如黄晓敏等；有的是为了爱情来到南方，辗转到这里来"落草为寇"的，比如高自然和李佳媛，这是一对俊男靓女，他们一点也不避讳谈自己的罗曼史；有的则是因为本来就没有稳定工作，流浪而来的，即所谓"流浪记者"。反正每个人来的原因都不一样，每个人都有一本血泪账。

老同志们就开始大倒苦水，控诉东江晨报社害人不浅，是个火坑。他们稀里糊涂地跳进来，到现在几乎都是一贫如洗，有家难回。

"既然如此，那你们为什么非要在晨报这棵树上吊死呢？"李卓然向他们发出了这样的疑问。

大家七嘴八舌回答了一通，李卓然听出来无非是三条：一是报社还欠着他们的工资呢，一走怕要泡汤了；二是一时还没有找到合适的地方；三是对报社还抱有最后一丝希望。

目前的情况是，报社已经有几个月没发工资了，大家几乎都已弹尽粮绝，眼看就要坚持不住了。

"那你们为什么不奋起抗争，想办法改变现状呢？"李卓然再次发问。

大家又七嘴八舌地告诉他，其实他们也抗争过。就在去年，他们发起过一场签名运动，强烈要求任命总编室主任徐文浩为副总编，让他管业务，以改变报纸当时的状况。但是，报社领导却对徐文浩不感兴趣，认为是他在背后捣鬼。这场轰轰烈烈的运动，到最后还是不了了之。反倒闹得徐文浩待不下去，他只好黯然离开了。

李卓然这时想到，自己现在住的屋子，就是徐文浩的宿舍；自己即将接的总编室主任，也是徐文浩的职位。那么，自己该不会步徐文浩的后尘吧？

大家继续告诉他，虽然签名运动失败了，但是也产生了作用，就是报社领导决定再度向全国招聘采编人员以及中层干部，想做最后一搏。他们竟然把广告"卖"到了国家级的新闻出版报上，广告上开出了"协助办理调动，解决住房、夫妻两地分居和子女就业问题"等条件，简直是天花乱坠！于是又吸引了一批不知情、不怕死的人从四面八方汇聚而来。说好听点是来寻梦，追求人生理想；说难听点是飞蛾扑火，是猪羊走入屠宰家，一步步来寻死路……

他们在说这些话的时候，似乎忘了李卓然、王光明、刘青草、马向南就是这么被骗来的。李卓然倒还承受得住，但是他看见那几个人的脸色都变了。他们大概都被"来寻死路"几个字给吓着了。

一股豪气再次从李卓然心底升起，他不由得站起身来说道："诸位，请大家千万不要灰心。我觉得，《东江晨报》还是大有希望的，大家是可以在这里拼搏一番的。人生能有几次搏，此时不搏何时搏！一张白纸，没有负担，好写最新最美的文字，好画最新最美的蓝图。你们听我分析啊，第一，东江市的大环境不错。我虽然还没有真正深入，但我看报纸查资料发现，这里山清水秀，资源丰富，又靠近深圳香港，快速发展那是迟早的事。第二呢，不管我们是不是受了蒙骗，现在晨报社毕竟又聚拢了一批人才，加上原来的业务骨干，也算是兵强马壮了。我认为潘总编是一个有水平的领导，报社班子已经决定彻底改造报纸了。不瞒你们，我受社委会的委托，正在全力制订新的改版方案。如果我的方案能够顺利通过，我可以向你们保证，报纸版面绝对会焕然一新的！"

李卓然边说边坚定地做着手势，好像他是一个决胜千里的将军。

大家果然受到了鼓舞，脸色没有那么沉重了，有的人甚至鼓起掌来。恰好这时梁如月端着两个炒菜从厨房里出来了，她满面笑容地招呼大家："来吧，各位，开饭喽！"

于是大家的注意力就转移到饭菜上来。李卓然看得出来，那些老同志可能好久没有吃过"大餐"了，一个个两眼放光，筷子飞舞，每上来一个菜，眨眼之间就被吃光了。他心里就想：这么下去，等会梁如月吃啥呀？于是他放下筷子，走进厨房去帮忙。

梁如月还在灶台上忙着，她的老公在给她打下手。这个美女，看起来做饭也很在行，她腰间系着围裙，头发高高地盘起，脸蛋红扑扑的，显得别有韵致；袖口挽起，露出白嫩的手臂。"上得厅堂，下得厨房"，李卓然的脑子里又跳出了这样的话。他斜着眼看看她的老公，不知道这个又黑又矮又丑的家伙，哪里来的这么好的艳福。

看见他进来，梁如月赶紧说："卓然你来干什么？快去吃啊！不好意思，今天一忙，忘了买酒了，要不让我老公现在去买吧。"

李卓然赶快说："千万不要，我今天不想喝酒。大家都等着你们上桌呢。"

梁如月说："来得及。大盘鸡马上就好，告诉大家吃慢点啊。"

李卓然注意到，梁如月的老公这期间只是朝他点了下头，一句话也没说，好像不怎么高兴似的。他转身出来，心中暗想，也许她家根本没有闲钱买酒了。这么一个漂亮的女人，怎么会落到这一步呢？你可要努力帮助她改变现状啊！他很想下楼去买点酒回来，但是一想那样对梁如月的脸面不好，于是作罢。他回到饭桌上说："各位悠着点啊，还有主菜没上呢，梁如月让大家吃慢点。再说她和她老公还没吃呢。"

也许是因为垫了底，也许是听出了李卓然的弦外之音，大家这才慢了下来，纷纷举起茶杯，以茶代酒，开始敬起李卓然来，老同志一个个说道："卓然先生，你来了就好了，希望寄托在你的身上了。"王光明、刘青草、马向南也说："你是搞晚报出身，原本就是晚报副总编，我们几个唯你马首是瞻，就看你的了。"

瞬间，李卓然似乎又找到了在塞外晚报社时的感觉。那时候无论他出现在什么场合，都会有人敬他、宠他。晚报副总编，官职不大，但却掌管舆论，引导潮流，加上他又出过小说集，拍过电视剧，属于社会名流，到哪里人家不崇敬三分啊。可是来到这里，他过去的一切都归零了，一切都要从头开始了。现在又有人奉承他，他嘴上虽然说着"哪里哪里"，心中却十分受用。

正说着话，突听有人敲门，从外面进来了一个三十岁出头的强壮男人，他剃了个光头，却蓄着胡子，显得野性十足。他手里提了个袋子，一上桌就问："谁是李卓然？"

李卓然赶紧站起来说："我是。"不想那人过来就给了他一拳，然后又跟他来了个"熊抱"，嘴里嚷道："大哥，咱俩可是亲老乡啊！早就听说你来了，刚来见你，失礼，失礼！"

李卓然被这人搞得一愣一愣的。恰巧这时梁如月端着大盘鸡过来了。她说："卓然，他叫鲍建华，笔名叫苏子，就是从你们塞外草原来的。我今天特意叫他来和你见个面。"

哦，在这里还能遇到老乡！李卓然不由得一阵高兴，他立刻回敬了苏子一拳，说："我在《东江晨报》上看到你编的版面了，是《南国寻梦》对吧？办得不错，不错！没想到是咱老乡在操作。"

苏子就嘿嘿地笑，他往桌子上看了一眼，大大咧咧从布袋里拿出几瓶白酒，说："老乡见面哪能不喝酒？来，倒上，倒上。这酒我可存了好久了。"说着，就用牙齿咬开了一瓶酒的盖子，不由分说地往李卓然眼前的茶杯里咕咚咕咚地倒起来。接着他让梁如月给他找来一个空杯，也咕咚咕咚地倒上，然后端起来，先用指头蘸一下，向空中弹一下，向地上弹一下，又往脑门上抹一下，之后再和李卓然碰一下，一仰脖，咕嘟咕嘟喝下去了。

对苏子的这一系列动作，李卓然实在太熟悉了。在塞外草原，无论是蒙古人还是汉人，酒场上如果讲究起来，都会这套动作，意思是敬天、敬地、敬自己。时间久了，也就习以为常了。但是在这遥远的南方见到这样的动作，他却感到格外亲切。他猜想苏子一定是蒙古族的，这一点从姓氏上也可以看出。他知道蒙古人最实在，最见不得喝酒耍赖的人。于是他也端起杯来，一饮而尽。

众人就热烈鼓掌。

接下来，苏子又给每一个人都倒上了酒，谁不要都不行，只是有多有少。这时候，梁如月和她的老公也上了桌。苏子俨然成了东道主，他说："今天大家都到我如月姐家来了，我来晚了很抱歉。我代表我如月姐还有姐夫，欢迎大家，特别是我的老乡李卓然。来吧，有种的，咱们整！"

一有了酒，饭桌上的气氛就大不一样了。于是大家又开始轮流致辞，喝了个昏天黑地。因为是在私人家里，又没有什么领导在场，所以大家格外放松，到最后简直有点放浪形骸了。

酒喝到一定程度，苏子便拉着李卓然划拳，接着梁如月和马向南也加入了。别人不会划，就在旁边观战、起哄。苏子和马向南虽然男女有别，但是他们两个的性格有点相似，一见面就开始拼酒，谁也不肯让谁。起初他们还以拳论输赢，后来干脆单挑起来。别人劝也不听。结果两个人很快都喝多了。他们抱在一起开始唱歌，彼此称兄道弟，也分不清谁是男谁是女了。酒桌上乱作一团。

李卓然忽然发现，梁如月的老公不知道什么时候不见了，接着，梁如月也不见了。举头四顾，发现卧室的门关了起来，里面隐约传出哭叫声和打斗声。他急忙走过去敲了敲门，喊道："如月，梁如月！"

里面的声音停了，过了一小会儿门才打开，原来梁如月一家人都在里面。她的女儿在哭泣，梁如月头发凌乱，脸上也似有泪痕。她的老公好像怒气冲冲的，见有人来，竟然一言不发地走出来，打开房门摔门而去，弄得所有人都十分尴尬。

梁如月这时很不好意思地走出来，她对大家说："没事儿，是为家务事争论了一下。来，继续喝酒，喝酒。"说着她走过去，咕咚咕咚给自己倒了半碗白酒，举起来，"各位兄弟姐妹，来吧，我敬大家。既然我们从天南海北走到一起来了，从此就是亲人。我衷心祝愿大家都能幸福快乐！请大家一起说：《东江晨报》，你快好起来吧！"

所有人都站了起来，重复着梁如月最后这句话，把眼前的酒都喝干了。

此时苏子带来的几瓶酒已经喝光了，他嚷着还要去买，却被李卓然制止了。李卓然说："时候不早了，如月也够累的，我们散了吧。既然大家在一起了，以后喝酒的机会多着呢。"

众人响应着，纷纷起身往外走，边走边说着感谢赞美梁如月的话。李卓然刚走到门口，却听梁如月说："卓然，你留一下，我想跟你说几句话。"李卓然正想安慰她一下，闻言急忙站住，说："好，那你们走先吧。"他故意使用了本地人的说话语序。他们总是喜欢动词前置，把"我先走"说成"我走先"。

众人便打着哈哈下楼去了。苏子一路搂着马向南，东倒西歪，边走边嘻嘻哈哈地继续唱歌。

梁如月把门关上，说："卓然，你稍等。"她手脚麻利地简单收拾了一下，又安顿好女儿兰兰睡觉，然后穿起外套说："走，我们出去走一走吧。"

两个人下了楼，出了小区，沿着一条小街往前走。小街两侧长满了紫荆树，树上的花朵颤巍巍的，微风一吹，纷纷落下，脚下就铺满了花瓣，鼻孔里就钻进了幽幽的香气。路灯的光和月光混杂着从树隙间洒落下来，满街一片迷蒙，充满浪漫情调。李卓然和梁如月并肩走着，他们心中一时都充满了诗意和幻想。

其实李卓然在来南方之前，就成千上万次地幻想过这样的情景，他和一个红粉佳人，就这样肩并肩并且手挽手走在南方的街道上。他们心灵相通，志趣相投，一起奔赴美好的新生活。他偷眼去看梁如月，朦胧的光线下，她显得更加宁静美丽，宛若一个仙子穿行在花树之中。他不由得产生了一种巨大的冲动，真想立即去拉住她的小手，向她诉说爱慕之情。

且慢，梁如月可是有老公、有孩子的人啊！而且，你现在也还不算是个单身汉啊！

已经是晚上十点多钟了，但是街上的行人还是熙熙攘攘的。不过大家都步履匆匆，没有闲工夫相互打量。李卓然、梁如月这样一对俊男靓女在街边行走，也没有引起人们的注意。他们暂时没有说话，只是默默走着，都在想着心事，寻找着话题的切入点。

最后还是梁如月率先打破了沉默，她说："卓然，今天让你见笑了。"

李卓然赶紧说："没有没有，家家都有本难念的经，我理解，理解。"

梁如月最后在一棵紫荆树下站住了，转过她美丽的面庞对着李卓然，发出了一声长叹，并哽咽道："我的命，真的是好苦啊！"

李卓然看到，有亮晶晶的泪水顺着梁如月的面颊流淌下来。他一下子有点发慌，也有点心疼。他非常想上前去拥抱梁如月，给这个如花似玉的女人一点温暖和安慰，或者替她擦一下泪水，但他什么都没敢做，只是轻声劝道：

"没事的，一切都会过去的。"

梁如月先是抽泣，接着忽然蹲在地上，呜呜地大声哭出来，很快又把声音憋回去，双肩剧烈抖动。李卓然手足无措地站着，他看看四周，害怕引起人们的误解。后来他从口袋里掏出纸巾递过去，让她哭了一会，又拉住她的手臂让她站起来。梁如月边哭边摇着头说："不好意思，不好意思，当着你的面哭，出丑了。"

等她平静了一些，李卓然忍不住问："如月，我问句不该问的话，你这么好的一个人，怎么当初会嫁给……"

梁如月说："唉，这都是因为我的软弱。我真的是羞于提起呀。"

梁如月断断续续地讲述起来。

原来当年在新疆的时候，梁如月是市电视台的一个播音员。她在荧屏上刚一露面，就引起了许多人的疯狂追求。在这些人中，不乏各种优秀人物。那时梁如月涉世未深，一时拿不定主意。谁都不会想到，她这样一只高傲的白天鹅，最后竟然真的落入了一只癞蛤蟆之口，她被他们单位的一个最不起眼的司机给搞定了。

这个司机就是梁如月现在的老公。梁如月一进电视台，他就处处向她献殷勤，一有机会就开车接送梁如月，整天对她嘘寒问暖。梁如月经常被感动，但她只把他当成自己的一个粉丝，说实话并没有把他放在心上。直到有一天，梁如月喝醉了酒，他又开车送她回家。在她完全迷糊的状况下，这个家伙竟然把车开到了一个僻静之处，来了个霸王硬上弓，把生米煮成了熟饭。等到梁如月清醒过来，一切已经成为事实。

梁如月愤怒得发疯，拼命抓他、咬他，穿好衣服要去公安局告他，但是这家伙却一点也不怕。他跪在梁如月面前说："你去告吧，我只是个司机，我没什么好怕的。但是你的名声却完了，你可是个姑娘，是个名人啊！"

可怜的梁如月反复权衡，最后竟选择了隐忍，只是从此再不坐他的车。没想到那家伙却得了便宜还卖乖，出去散布说他已经得到了梁如月，还说是梁如月主动献身，连细节都描述出来了，龌龊不堪。

第三节　好白菜都让猪拱了

　　大美女梁如月立刻身陷丑闻，她的形象在人们的心目中一落千丈。而那个无耻的混蛋，一面肆无忌惮地毁坏着梁如月的清白，一面又开始调动一切能调动的人来说媒，指天发誓会一辈子给她当牛做马。软弱可欺的梁如月，最后被他搞得声名狼藉，无可奈何地嫁给了这个夺走她贞操的流氓。社会舆论哗然，人们无不惋惜。

　　这倒也罢了，如果他能安心好好过日子，梁如月也就认了。没想到这家伙好了一年不到，就开始整天疑神疑鬼，一会儿怀疑梁如月跟这个，一会儿又怀疑她跟那个，不断对她进行跟踪，动辄拳脚相加。梁如月多次要跟他离婚，但是他要么扬言要杀她全家，要么在单位疯疯癫癫地哭闹，当着众人的面给梁如月下跪，自残，以死相逼。最后，梁如月被他闹得身心俱疲。

　　就在这个时候，梁如月发现自己怀孕了。对于要不要这个孩子，她思想斗争了很久。孩子出生以后，原以为那家伙会好转，没想到他又染上了赌博，根本不管她们母女的死活，没日没夜地出去滥赌，甚至连班都不上了。结果被单位除名。

　　孩子两岁以后，梁如月忍无可忍，终于和他离婚，并秘密到东江市电视台应聘，当主持人。本来一切已经重新开始了，不想梁如月的美貌又惹了祸。台里的一个领导看上了她，想让她做自己的情人。梁如月不肯，他就处处打压她。梁如月刚离魔爪，又陷狼窝，欲哭无泪。

　　后来，和她来自同一地区新闻界的徐文浩到了东江晨报社。老乡见老乡，两眼泪汪汪。在知道她的情况后，他就把她介绍到东江晨报社来。好在梁如月有文字功底，干了一段时间以后就完全上手了。徐文浩雄心勃勃，一心要把《东江晨报》搞好，结果一场签名运动，却使他不得不离开。偏在这个时候，她的前老公不知道怎么打听到她们母女的下落，竟然又追到南方来，死乞白赖不走了。面对南方的花花世界，他一会儿想干这，一会儿想干那，最后却什么也干不成。只好又去赌博。今天听说梁如月要请客，他实际上是有点不放心才留下来的，留下来就有点吃醋，吃醋了就又去屋里动拳头。

　　听完梁如月的叙述，李卓然心中充满同情，但是在哀其不幸的同时，又有点怒其不争。他说:"如月啊,你过去软弱,现在为什么还要继续软弱呢?既然你们已经不是夫妻了,为什么还要让他住在家里呢?他还敢打你,简直反了!"

梁如月又叹了一口气说:"你不知道,他可是个亡命之徒啊,什么事情他都干得出来。他威胁说,如果我赶他走,他就先杀死孩子,再杀死我,然后自杀。我死不足惜,可是如果孩子真的有个三长两短可怎么办?她才多大啊!"

李卓然说:"这种人,你越怕他,他就越欺负你。我建议你去报警,说明情况,让警察把他遣送回去。法律,是会保护弱者的。"

梁如月沉默一下,说:"遣送他,他还会跑来的。这个流氓,我这辈子就毁在他的手里了。好了,我们先不说他了,还是说说报社吧。"

他们开始往回走,此时的梁如月情绪已经完全平静下来,又恢复成高雅的女神模样。李卓然无论如何也想不通,这样一个玉人,怎么能够和那样一个无赖在一起生活。软弱和忍让,毁了多少人间佳丽啊!

"卓然,我今天留你是想告诉你,你毫无疑问是一个才华横溢的人,你来了,给晨报带来了希望。但是我发现,你的文人气还是挺重的,遇事容易冲动,容易感情用事。我想再次提醒你,你可千万不要重蹈我老乡徐文浩的覆辙啊!"

"不会,"李卓然信心满满地说,"现在的情况和你们那个时候不同了。那时候潘总编还没有来,现在他来了,跟着他干就是了。"

"嗯,是好多了。"

但是,因为以前报纸办得太差,订户太少,所以广告业务自然上不去,入不敷出,渐渐报社就发不出工资了。发不了工资,当然就留不住人才,留不住人才,报纸当然就更办不好,于是形成了恶性循环。

李卓然听到这里,一颗心不由得紧缩起来。

他们说着,走着,不觉走回了梁如月的楼下。但是梁如月并没有马上上楼,她接着又详细地向李卓然介绍了报社采编人员的一些情况。

夜已经很深了，他们之间的谈话也越来越深入。最后梁如月说："卓然，今天我给你讲了这么多，就是想让你心中有数，以便你今后带大家把报社搞好。唉，你怎么没早点到南方来，或者说咱们过去怎么就不认识呢！"

这个晚上，是李卓然到南方以后记忆最深刻、感觉最美好的夜晚。梁如月最后这两句话，让他反复回味了许久。

回到宿舍，已经是第二天凌晨了。但是李卓然仍然毫无睡意。他写完日记，强迫自己躺在床上，可是他仍然睡不着。他的脑子里满满的都是梁如月。梁如月给他讲的不幸遭遇，就像老鼠一样啃噬着他的心。他为这样的一棵好白菜，被一头又蠢又野又丑的猪给拱了而痛惜不已。

由梁如月，后来他又想到了报纸。报纸何尝不是一棵好白菜！不管怎么说，这也是一家市级报纸，而且还有国内统一连续出版物号，可是办来办去，怎么会办到如此地步呢！

第四节　一波三折

提前三天，李卓然就上交了改版方案。

潘总编很快看完，对他赞赏有加。他说："好啊，卓然，你为报社立功了。我马上召开社委会，讨论通过后，从1998年1月1日起全面执行，那时我们的报纸肯定就不一样了。"

李卓然听了，心里甜丝丝的。但是他嘴上却说："一个人的智慧毕竟有限，请潘总编大力斧正吧。集思广益，肯定还会有许多好主意的。"

他转身要走，潘总编却叫住了他，说："你搞方案辛苦了，我已经和办公室打好招呼，给你一些补贴，或者叫作稿费，你直接找财务去领吧。"

这一点李卓然可是没有想到，他说："潘总，不用了吧，就算我为报社做的一点贡献吧。"

潘总编说："不行，今后我们就是要奖罚分明。这是你应得的工作报酬。不用谦虚，去吧。"

李卓然连声感谢。他一到办公室，那个女会计立即拿出一张表来，笑眯眯地要他签字。李卓然一看那上面的数目，竟被吓了一跳：1200元。

那时候，钱还是很值钱的。李卓然在北方的报社，工资已经算是很高了，但是每月也只有七八百元。他来这里，只为报社工作了6天，就拿到了1200元，平均每天的工资是200元。看来，南方北方就是不一样啊！

李卓然接过那一沓沉甸甸的钞票，心里感到很充实。他马上就做出了一个决定，今晚要请大家吃个饭，也为了迎接元旦。

第四节 一波三折

于是他马上去找梁如月商量。

且说李卓然走了以后，潘总编立即打了个电话，请赖副社长到他的办公室来。

一会儿，赖海光来了。潘总编立即客气地请他坐，并给他倒了一杯茶。

这位报社分管编务的副社长，其实有点南人北相：高高大大，相貌堂堂。他曾经参军去外地，在部队当过新闻报道员，转业后就进了日报社当记者。后来《东江晨报》创办，他觉得在日报社这边很难有出头之日，就毅然投靠到晨报社旗下来，先当主任，后当副社长。在东江晨报社，他算是个元老级的人物了，加之是本地人，所以无论谁来当头儿，都要让他三分。但是自从潘总编来了以后，情况却有所不同。他心里一直不爽，却又没有办法说出来。

现在，潘总编把李卓然的改版方案，递到了他的手上，并用夹杂着客家话的普通话对他说："阿光，这个新来的李卓然还是挺有料的。他这几天已经把改版方案拿出来了。我看了，觉得不错。你是分管编务的副社长，再仔细看看，看还有什么缺漏，我们明天就召开社委会，讨论通过吧。"

"我不用看了。"赖副社长似乎是不假思索地说，并随手把方案丢在茶几上。他接着又说："你是老总，你说好就行了。我看不看无所谓了。"

他的动作表情，显然带着某种不悦。

他的态度使得潘总编愣了一下，但是他马上笑了笑说："阿光，看你还是要看的，职责所在嘛。我的意见只是我个人的意见，怎么能够代表你呢？社委会里只有你分管编务，你的意见很重要哦！"

"哼哼，"赖副社长的笑声是从鼻孔里发出来的，他说，"我算什么？不是都让人家否定完了嘛！人家是办晚报的专家，不用看这个方案也是高水平的啦！"

潘总编看了一眼赖海光，感觉这个大汉却是小心眼儿。他递给他一根烟，又替他把火点上，然后才说："阿光，恕我直言，作为副社长你不应该这么说哦！让李卓然搞改版方案，可是社委会的决定，你也是同意了的哦。李卓然他刚从北方来，你们之间肯定没有仇怨，他完全是就事论事，绝对不会针对你。报纸办到今天，好也罢，赖也罢，那也不是你一个人的事情。我觉得他的观点的确有许多可取之处哦。你还是看看吧，有不同意见，我们可以展开充分讨论。目的就是一个，把明年的报纸搞好嘛！"

潘总编的几句话不软不硬，把赖副社长说得没了话。他闷头抽了几口烟，又从茶几上把方案拿起来，目光快速地从上面扫过。看着看着，他的胸脯就开始剧烈起伏起来。

"这算是什么鸟方案！"他最后竟然得出了这样的结论。他抬眼看着潘总编，沉着脸说："你一定要问我的意见，那我就实话实说咯！"

"你说吧。"潘总编说，显出一副非常大度的样子。

"首先，直到现在，我也不同意把报纸改成小报。"

"不对呀，那天晚上你不是也同意了吗？"

"那天是被迫的。这几天我反复考虑，觉得报纸绝不能办成小报。这个我到时候必须在社委会上再次提出来。既然我是分管编务的，我不说话就没人吭声了。我不明白，我们放着大报不办，为什么一定要办成一张小报哦！简直就是放着爷爷不当，非要当孙子嘛！反正，我是坚决不同意的啦！"

"赖副社长，那天会上已经说过了，报纸的大小，不是由版面大小决定的，而是由质量决定的。我问你，假如我们办一张挂毯那么大的报纸，但是内容却稀松平常，那难道就是天下第一大报吗？"潘总编眼神犀利地望着他，语气也毫不客气。

"潘总编，话不是这么说的……"

潘总编摆了摆手说："好了，这个事情先不争论了。你还有什么其他意见？"

"意见多了！"赖海光气呼呼地说，"潘总编，难道你不觉得，让一个刚来本地的外省人负责起草我们报纸的改版方案，不是有点荒唐吗？南方北方的文化不同，情况也有别，李卓然我承认他还是有点水平的，但是他把他们一张县级小报的做法生搬硬套到我们这样一张市级报纸上来，这肯定是行不通的。"

第四节 一波三折

"请你说具体一点。"

"说具体点，比如一版吧。一版说到底就是为市委市政府服务的，就是刊登各种新闻的！可是现在却设了什么《记者观察》《热点追踪》等栏目，你要观察什么？你要追踪什么？这不是胡闹吗？还有，要设立什么周末版，搞《社会写真》，强调可读性、贴近性，请问我们有这样的人才吗？就凭他们这几个人，就能搞周末版？每周都上大稿子，他们也不怕累死？"

赖副社长越说越激动，唾沫横飞。他就像一个憋了许久的高压水龙头，终于得以宣泄了。

潘总编静静地听他说完，想了想说："看来，你的意见好大啊！阿光，我希望你能完全抛弃个人情绪，真正从晨报未来的发展出发去考虑问题。李卓然虽然刚来，但据我看，他的确是有真材实料的办报专家，也是名记者。他也不是生搬硬套，这个方案是他在查阅了大量本地资料的基础上制订出来的。到底适不适用，不是你我说了算的，应该由实践来检验。你看我俩能不能达成这样的一致，就是你先保留意见，让这个方案通过，我们拿去试上一试，不行就再改回来嘛！现在不是提倡摸着石头过河吗？你说呢？"

潘总编之所以这样说，是因为他从赖海光身上，看到了改版的巨大阻力。以赖海光为首的几个副社长，几乎都坚定地认为，就是要办大报，不办小报。如果明天开社委会，只要赖副社长一发难，这个方案就很难通过了。他想把赖海光先稳住，以保证改版方案顺利通过。

赖海光却也不傻，他马上就懂得这是潘总编的缓兵之计，他把香烟在烟灰缸里摁灭，最后说："好吧，那让我考虑一下吧。"

他站起身，怏怏不乐地走了出去。

这个时候，李卓然正在和梁如月悄悄商量晚上请客的事情。因为李卓然还没有正式上班，所以他还没有自己的座位，他就坐在梁如月办公的格子间里和她说话。他发觉过来过去的人都在偷偷打量他们，这使他感到有些如芒在背。看来梁如月在报社里的确太引人注目了。

不过梁如月却表现大方，她谈笑自如。每过来一个人，她就会把李卓然当宝似的向人家介绍一番。

于是，李卓然不一会儿就认识了七八个人。

后来，他们就在纸上开列出了一份名单，基本上是那天在梁如月家里吃饭的那些人。梁如月答应这些人由她来通知，最后建议："你是不是也去叫下潘总编和赖副社长？他们来不来不要紧，但是让到是礼。毕竟，要尊重一下领导，以后大家就要在一起工作咯。"

李卓然觉得她说得有道理，就站起来往外走。这时他恰好看见赖副社长从潘总编的办公室里出来。他立即迎上去说："赖社长，我正好找你有事呢。"

他听见赖副社长在喉咙里答应了一声，就跟着他进了他的办公室。

赖海光也有一间独立的办公室，是用木板从大房里隔出来的。里面也摆了老板台、沙发等，只是间量小了一些。他的老板台上很显眼地摆着一台电脑。

赖海光开门进屋，一屁股在老板椅上坐下来，然后冲李卓然点点头："有事，请坐下说吧。"

李卓然明显感觉到他态度的冷淡，想到那天他在走廊上听他喊什么"他不过是北方一个县级小报的副总编"，他心里已经开始后悔来找他。但是既然来了，还是把话说到吧。

"赖社长，也没啥大事，今晚您有空吗？"李卓然特意使用了个"您"字，以表示自己对他的尊重。

"怎么了？"赖海光的语气里竟然充满警觉。

"没怎么。是这样，今晚我想请大家吃个饭，也想请赖社长一起去，与民同乐。不知道社长能否赏光。"

"哦，你请客？你请什么客？"又变成了审查的语气。

"我……"李卓然一时语塞。是啊，你刚来，你请什么客啊！

"就是想和大家聚聚，迎接新年！没什么目的。"他终于找到了理由，但却感觉自己似乎是在辩解。

赖海光两眼望着他，半天没有作声。在这沉默的气氛里，李卓然忽然觉得自己好像是要干什么见不得人的勾当，而且非要拉上眼前这个人不可。

"你刚来，还没有正式上班，不要搞这些名堂啦。弄不好，人家会说你搞小圈子啦。"

李卓然无论如何也不会想到，赖副社长会这么说。这使他心里非常别扭。他顿了顿说："我没那意思。可是已经通知了，怎么办？只能下不为例了。"

说完，他站起来想走。

但是赖副社长偏偏又叫住了他："李卓然同志，你的改版方案我大致看了一下，我要告诉你的是，我是不会同意的。"

李卓然心里凉了一下，但是他马上说："哦，赖社长，我奉社委会之命搞这个方案，我是用了心的。至于你们报社领导怎么看，同意或者反对，那是你们的自由，与我无关。反正我的任务完成了。"

"嗯，"赖海光点点头说，"我呢，对你本人也没什么意见。你刚来，我们之间也没有什么利害冲突。但是你制订的这个方案，完全不符合《东江晨报》的实际，说句你不爱听的话，你是把你们北方小报社的那套做法硬搬到南方来了，这肯定是不行的啦。"

"这个……"李卓然站在那里，一时不知道说什么好，心情完全变坏了。只听赖副社长继续说："卓然同志，我知道你在北方是名人，你也是有能力的人。但是你毕竟刚到东江，刚到报社，我劝你还是低调一些为好。你不要误会，我这么说可是完全为你好哦！"

李卓然心里想，我好心来请你去吃饭，你去不去说一声就行了，怎么还弄出这么多闲话来？他一时感觉赖副社长这人好没意思，起码是缺少情趣。他张了张嘴，也想说几句什么，但是转念一想，也没有必要。换位思考一下，赖副社长这么说也有他的道理。他是分管编务的副社长，这个方案本该是由他来制订的。现在他却被撇到一边，假如换了自己，心情可想而知。于是他说："赖社长，谢谢您的提醒，我会注意的。如果没别的事情，那我先走了。"

他开门出来，直接又去了潘总编的办公室。他隐瞒了刚才与赖副社长的对话，害怕说出来会造成领导之间的矛盾，他只是直截了当地说，今晚想请老总和大家一起去吃个饭。

潘总编说："卓然，谢谢你。吃饭我就不去了，你们尽兴吧。明天要开社委会，有些事情我要理一理。特别是你的改版方案，我要千方百计争取通过呀。"

李卓然告辞出来，心里就有点感慨，这两个领导的风格可真是不一样啊！而且他还从潘总编的话里，听出了一些弦外之音。"千方百计争取通过"，看来，事情可不是那么简单啊！

这天晚上，由李卓然做东、梁如月召集，东江晨报社的一些采编人员，就在附近的一家四川饭店，度过了一个疯狂迷人的夜晚。

开始只有十来个人，后来，又有一些人闻风而至。晨报的人大部分穷得叮当响，已经有好长时间没人请客了。现在终于有人出血，好些人不请自到。一会儿来一个，一会儿来两个，最后竟然聚起了二十多人。李卓然只好让那个娇小玲珑的老板娘多开了一台。

在一大间屋子里，他们吃菜、喝酒、说段子、唱歌，放浪形骸。

李卓然当晚绝对风头出尽，所有人都被他的激情、被他的雄辩、被他的慷慨大方、被他的迷人歌喉所感染，还有他从草原上带来的段子，也把众人逗得喊爹叫娘，人仰马翻，一时成为经典。

这次宴会到后来其实演变成了晨报社新老同志的见面会，大家一起交流，互相鼓舞，人人摩拳擦掌，准备在新的一年大干一场，彻底改变晨报和自己的命运。

后来，也有人因为喝多而痛哭流涕，抱着李卓然大骂报社领导，还有人跃跃欲试要讲报社过去的奇闻逸事，这些都被李卓然及时制止了。他可不想花了钱，还惹事。

梁如月就称赞他做得对，做得好。其间李卓然也悄悄把去请两个领导的情况告诉了她，她说："这个赖副社长吧，其实也是个好人，就是他的保守固执有时候让人哭笑不得。他情商太低了。"

一直热闹到午夜,大家才恋恋不舍地散去,许多老同志说,好久没有这么高兴了。

李卓然最后去找老板娘埋单,连酒带菜,共计768元。李卓然多少有点心疼。但是那个女老板却很爽快,她说:"好了,你给600元就可以了。"

李卓然说:"不行,这怎么行呢!你打折太多了。"坚持要给700。

老板娘笑道:"一看你就是个好领导,北方人就是实在。就600吧,你以后多来不就行了?另外,我告诉你,我的老公以前也是一个流浪记者。"

"哦,怎么没看见你的老公呢?"

老板娘叹了口气,说:"他不在了。他的事情,以后你会知道的。"

老板娘说着递了一张名片给他,上面写的名字是"廖美丽"。李卓然一面夸这名字好,一面把名片装起来。从此,这个美丽的老板娘也走入了他的生活。

第二天,李卓然在宿舍里听说,社委会开砸了。赖副社长带头拍了桌子,改版方案没有通过。他听了,心里不知道是什么滋味。

到了下午,李卓然忍不住去报社打探消息,却听说报社班子成员都被召到市委宣传部开会去了。根据他的经验,他判断一定是潘总编把相关情况向市委宣传部做了汇报,请市委宣传部领导出面来协调了。

这当然是个高招儿,也是最后的撒手锏。李卓然一方面佩服潘总编的经验智慧,另一方面也真正体会到了报社内部的复杂性。

1998年元旦前夕,东江晨报社召开了全体员工大会。

新老采编人员,以及办公室、广告部、发行部、电脑部等部门的人都来了,加在一起有七八十号人,满满当当挤了一屋子。会场最前面摆起了一排桌子,桌子后面摆了一排椅子,这就算主席台了,出席领导都坐在那里。

李卓然注意到,正中的位置上坐着潘总编,还有一个中年女同志。这女同志个子不高,很瘦,但是很精干,眼睛里散发着勃勃英气,估计是市委宣传部的领导。不知道为什么，李卓然见到她就感到很亲切。

会议由潘总编亲自主持。介绍到那位女同志，李卓然侧耳细听，果然是市委宣传部的领导，副部长朱玉梅。

这是李卓然来到东江市之后，见到的第一个当地干部，而且是个女干部。

会议的第一项内容，是宣布各部门主任的任免决定，李卓然毫无悬念成为总编室主任，并进编委会，记者部主任是高自然，专刊部主任是王光明，文艺部主任是苏子，梁如月被任命为发行部主任……

会议的第二项内容，是宣布明年报纸的改版决定。有趣的是这项决定竟然是由赖副社长宣布的。他首先特别强调说："这个改版方案是由社委会集体研究制订、经市委宣传部批准实施的。应该说，这是集体智慧的结晶。"

他介绍了改版方案的主要内容。总的指导思想是，立足东江，面向全国，办成一张具有独立特色和真正晨报味儿、四开十六版的都市报！各个版面都要贴近读者、贴近生活，加大对社会热点新闻的报道力度，栏目要创新，标题要讲究，版式设计要新颖。报纸除原有的《南国寻梦》等比较成熟、比较有影响力的栏目外，大部分都要进行改革创新。

接着，他对报纸的十六个版面的具体定位进行了说明，提出了要求。比如一版，准备开设《记者观察》《热点追踪》《东江时评》等栏目，而且开设了周末版，每周要以通版的形式推出《社会写真》重头稿件……

赖副社长中气十足，解说得头头是道，不时引起下面的啧啧称赞之声。李卓然、梁如月相视而笑。他们不得不佩服潘总编的领导艺术，也很钦佩赖副社长的随机应变、从善如流。短时间内，他是怎么转变的呢？

会议第三项，是各部门新任主任分别登台亮相，发表"施政演说"。

李卓然第一个走上讲台，他镇定自若，彬彬有礼，不用讲稿，就站在那里，用非常标准的普通话侃侃而谈。

李卓然说："我代表总编室，坚决拥护报社的改版决定。总编室是报社的核心部门，我们一定会积极发挥两个作用：第一，当好总编的参谋和助手；

第四节 一波三折

第二，协调各个部门的工作，发挥好龙头作用。在我们分管的版面，即一版、二版和周末版上，要不断出新。一定要把一版这张脸面，打扮得漂漂亮亮的，真正做到既导向正确，把党的各项方针政策宣传到位，又好看可读，使读者拿起来就放不下！"

李卓然指出："办报在于策划。没有策划的报纸，不能打总体战的报纸，肯定不是一张好报纸。今后，总编室要多为总编出金点子，适时策划战役性报道，对社会热点进行扫描跟踪，对社会问题进行调查曝光，充分发挥媒体的优势和功能，让《东江晨报》真正成为老百姓自己的报纸。"

李卓然还简单谈了自己对一些创新性栏目的设想。比如《社会写真》栏，就是要为有料的记者提供一个施展才华的舞台，让他们对东江市的历史和现实中的重大事件、重要人物进行深层次报道，挖出幕后新闻，把许许多多鲜为人知的故事讲述给广大读者听。

李卓然说："开设《社会写真》栏目，对我们报纸来说还是一种新的尝试，但是内地的很多报纸早已有了成功的经验。比如我曾经办过的《塞外晚报》，新闻大特写就深受读者追捧。周末版的零售量，是平时报纸的几倍。作为总编室主任，我有信心也有能力把这一版面办好。"

全场响起了热烈的掌声，有人大声叫好。

接着，高自然、王光明、苏子、梁如月等先后上台，陈述自己的任职打算。李卓然发现，他们似乎都多少有点紧张，有的拿稿念还两手发抖。只有梁如月显得很淡定，她用甜美清晰的声音讲述了自己的想法，最后她给大家鞠了三个躬，说："今天报社做出的改版决定，为我们办好报纸发行奠定了良好的基础。大家都知道，只有报纸办得好，才会有人看，有人订。报纸发行是个综合性工作，光靠发行部的力量肯定是不够的。对报社来说，做好发行，人人有责。我在这里拜托各位，一定要同心协力，人人帮忙，这样才能把发行量搞上去！只有发行量上去了，才有广告，有了广告，我们才有工资发！"

梁如月讲完，全场也是热烈鼓掌，大家纷纷赞叹："不愧是播音员出身，声音真好，人也真靓！"

各部门主任讲完之后，进入领导讲话阶段。分管广告发行的副社长廖辉球，分管印刷厂和后勤的副社长黄汝球等也在会上表态，坚决支持报纸改版，一定搞好自己分管的工作。

朱玉梅副部长压轴讲话。

李卓然一直认为，看一个领导有无水平，第一就要看他的讲话能力。如果一个领导连话都讲不清楚，或者只会照稿朗读，那对他的能力肯定就要打问号了。朱玉梅一开口，李卓然心中就喝了一声彩，感觉这个女干部可是非同一般。

虽然从个别字眼还可以听出本地口音，但作为南方人，她的普通话基本达到了字正腔圆的地步，而且她声音甜美，表达清晰，干脆利索，没有任何"这个""那个""嗯""啊"之类的啰唆话。

"今天，我代表市委宣传部到东江晨报社来参加这个会议，感觉报社气象一新。新在哪里？我认为新在三点。第一是班子新。我们聘请深圳资深报人潘文涛同志来主持《东江晨报》，他视野开阔，思路清晰，勇于创新，而且大刀阔斧，敢作敢为。我认为这是《东江晨报》之幸！加上报社原班子成员的密切配合，有事共同商量，有不同意见最后求大同、存小异，这就形成了一个坚强的领导核心，这为《东江晨报》今后的发展，带来了根本性的保障。第二是队伍新。这次面向全国招聘，一大批新人特别是中层干部进入报社，为报社注入了新的血液。比如李卓然、王光明等同志，他们在原来的报社就是领导，都是办报高手，再加上原来的骨干力量，东江晨报社现在可以说是兵强马壮，蓄势待发。这为报社的繁荣发展，提供了强有力的人才支撑。第三，是改版方案新。你们这个改版方案，我是认真看过的，我是举双手赞成的！你们早就应该这么干了！我们天天嘴上喊要改革创新，那么什么叫改革创新？我认为这就是改革创新！今后，你们如果能够把《东江晨报》办得和日报不一样，办得让老百姓喜欢，这就是改革创新！试想，报纸，不管是日报、晨报还是晚报，如果都长成一个模样，内容千篇一律，那还有什么看头？所以我代表市委宣传部，在这里再次表态，坚决支持你们改版，而且希望你们今后不断改下去，以满足广大读者不断增长的精神文化需求！"

　　朱副部长铿锵有力的声音在屋内回荡，全场鸦雀无声，大家都在认真聆听着她的讲话，体味着她每一句话的含义。到此时，李卓然已经彻底明白赖副社长等人为什么会快速转变了。

　　朱玉梅接着又讲了东江市下一步发展的大局。她说，东江市作为粤东重镇、岭东雄郡，以前曾经错失过发展机遇，但是随着改革开放的深入，更好更大的机遇正在到来。在市委市政府的领导下，东江市将会迎来新的发展高峰，外地的同志应聘到这里来是来对了。她最后号召说："晨报社的全体同人，希望大家能够精诚团结，努力奋斗，在市委宣传部和报社新班子的坚强领导下，用自己的双手，去创造美好的明天和光辉的未来！我在这里还要告诉大家一个好消息，经与协办企业协商，会后，将为大家补发部分工资！"

　　全场热烈鼓掌。李卓然感觉自己好一阵热血沸腾，他激动得拍红了巴掌。

　　散会之后，报社真的发工资了。原来的采编人员都领到了工资，一个个兴高采烈，笑逐颜开。新来的人也受到了鼓舞，跟着高兴。报社里充满快活的气氛。

第五节　锋芒难试

处在风雨飘摇之中的东江晨报社，就像被打了一针鸡血似的，一时出现了难得的生机和活力。

一散会，各部门就积极行动起来了。元旦之后的第一期报纸，按照改版方案的要求，必须以全新的面貌和读者见面，大家采访的采访、编稿的编稿、录入的录入，到处是一片繁忙景象。

李卓然正式来到总编室，在第一方格靠墙的一张桌子前坐下。他立即召集总编室的人开会，明确分工，提出要求，敦促大家率先垂范，有序完成各自负责的工作。

总编室算上他现有五人，要负责一版、二版和周末版的组稿和编辑工作，还要负责整个采编工作的策划和部门之间的协调，说实话真的是重任在肩。但是李卓然这人一向喜欢挑战，喜欢有工作压力，他现在心里想的是：显露身手的时刻到了！是骡子是马，该拉出来遛遛了。他觉得浑身上下充满激情，整个身心都处于高度亢奋状态。

他要他的助手、总编室副主任李佳媛负责编辑一版并守家，黄晓敏负责编辑二版，刘青草负责编辑周末版，还有一个人机动。他呢，则要腾出时间来审稿看版，组织协调。还有更重要的，是他要冲向社会，去采访写稿。他这个北方名记，浑身上下铆足了劲，准备制造抛掷一个又一个"炸弹"了。

只用了很短的时间，首期一版就已经策划完毕，这一期除了头条新闻《荷兰经贸代表团来我市访问，书记市长陪同考察》之外，也上了几条社会新

第五节 锋芒难试

闻，还上了一张报社全体员工的大合影，潘总编和各部门主任则单独亮相，每个人在照片下面签名，并写一句话。

潘总编写的是："办一张党和人民都满意的报纸。"

李卓然写的是："东江深似海，我来捉大鱼。"

高自然写的是："晨报之春已来临。"

王光明写的是："愿做光明的使者。"

苏子写的是："文艺副刊，精神大餐。"

梁如月写的是："让晨报走进千家万户，走进您的生活。"

....

另外，还要刊登一篇《告读者》。这篇稿件是潘总编交代李卓然写的，李卓然只用了一个多小时的时间，一气呵成。文章既实实在在，又文采飞扬。潘总编看过之后，只改了两个字，便签发了。

潘总编和赖副社长的具体分工是这样的：潘负责全面工作，同时分管一版、二版和周末版；赖负责其他的所有版面。

潘总编做出这样的分工决定肯定有他的用意。这样分工，既突出了重点，又避免了尴尬，也很符合李卓然的心思。

第一期的稿子是没有问题了，现在让李卓然发愁的是第二期的版面。按照改版方案的要求，一版要开设《记者观察》《热点追踪》《东江时评》等栏目，他翻了一下记者部拿过来的稿件，没有一篇引起他的兴趣，当然也不会引起读者的兴趣。

于是他想起了最近观察记录的社会问题，马上起草了一份《关于治理街头电话乱收费现象整体采访活动的意见》，随即呈给潘总编看。

潘总编马上看了，他问李卓然："像这样整体性、战役性的报道，你有把握搞好吗？"

李卓然说："没问题，我在塞外晚报社，经常组织这样的活动。一般来讲，都是从乱象写起，进行曝光，引起有关部门重视，然后有关部门进行治理整顿。这期间报社持续关注，连续报道，这样既可以吸引读者，又能解决群众关心的社会热点问题，这是成功的经验和做法。"

"那么，需不需要提前和有关部门打招呼呢？"

"可以打，也可以不打。因为有时如果去打招呼，事情反而搞不成了。"

"哦。这样吧，卓然，你不要急，我跟赖副社长商量一下好吗？他是本地人，可能了解的情况多些。"

"那好吧。"李卓然说完走出来。他心里多少有点不快。他不明白自己高度信任的潘总编，为什么会突然这么说。是胆小怕事，还是不信任自己？真的不知道他心里在想什么。

到了下午，第一期各版都已经发排了，这时赖副社长喊李卓然到他的办公室去。其实，他们之间只隔了一堵墙。

这次，赖副社长对李卓然非常客气，亲自冲茶给他喝，又问他来了以后生活上是不是习惯，还劝他不要整天忙工作，抽空可以去逛逛西湖、罗浮山等风景区，还可以考虑去趟深圳，去看看"世界之窗"、地王大厦等景点。

李卓然一时觉得赖副社长也很可爱，他们之间的距离一下子拉近了。

最后，赖副社长说："李主任，潘总给我看了你关于打整体战治理电话乱收费现象的方案。你的想法是好的，但是在南方，你这种做法是行不通的。"

"赖社，这是为啥呢？"

"也不为啥，南方就是南方，和你们北方不一样。你若触及社会问题，有关部门往往不但不配合，还会认为你这是让他们出丑，他们会强烈反弹的。"

"但这是老百姓强烈反映、深受其害的社会问题呀！南方北方都是共产党领导，他们反弹什么？"

"李主任，你刚来，这你就不懂了。一句话说给你听，南方的某些干部，把他们分管的领域看成他们的档口，把自己视作看档的。你在他们的档口生事，把他们的档口曝光，不管对不对，他们都会不高兴的。"

"哦，就是说，他们是老虎，屁股摸不得咯？他们有问题，我们也只能装作看不见咯？"

"话也不完全是这么说的。如果有市领导开口表态，那就不一样了。"

李卓然半天没有作声。他听人说南方官本位现象比较严重，现在看来的确如此。什么事情都要等领导发话，领导没说你就不能乱动。可这是南方啊，是改革开放的前沿阵地呀！

后来他问："那怎么办？以后我们凡是要搞个什么活动，都需要去找领导请示吗？"

赖副社长点点头说："目前来说，就是这个样子的。"

"那具体来说，我们要治理电话乱收费现象，应该去找谁呢？"

"首先当然要和市委宣传部打招呼。他们同意了，还要跟分管副市长打招呼，然后由他跟电信部门打招呼，所有环节走到了，你才能行动。"

李卓然听了，叹了口气说："如果是这样的话，没有一个月的时间搞不定。黄花菜都凉了，还搞什么搞！"

赖海光却平静地笑笑说："那就不搞咯，我们为什么一定要搞这类活动呢？我真心实意地告诉你，干这种事情吃力不讨好，算了，打住吧。"

李卓然说："可是赖社，不搞活动，那我们一版要上的一些栏目怎么办？比如《热点追踪》，我们上什么？这个，我们可是在《告读者》里公布了的呀，读者都在看着呢！"

"那有什么办法？有就上，没有就不上咯。我告诉你吧，我的办报经验是，宁可四平八稳，也不出头惹事。好了，这件事就这样吧。"

李卓然看着赖副社长，一时不知道说什么才好。这位老兄，说的肯定是肺腑之言。照理，应该感谢人家才对。可是，他的这种办报态度却又使他心里充满了疑惑和不解。一个南方的资深报人，应该具有开放的思想、超前的意识，不敢说引领什么潮流，起码也要勇立潮头吧。怎么能够这么保守，这么漫不经心呢？

后来他又想，难道是自己太过激进，太有责任感了吗？他来南方之前，总是想着这里肯定是一片热土，人们的思想观念肯定都很开放，可是一旦真的深入，却好像不完全是那么回事。

见他发呆，赖副社长突然转移了话题。他说："李主任，我听说你们那天晚上酒喝得很热闹哦。"

"哦，啊啊，是的是的。"李主任的思绪半天才被拉回来。他接着又说了一句："只可惜赖社没去啊！"

"那天我真的有事。以后你们有类似活动，我一定参加。"赖副社长说着还过来拍拍他的肩膀，这使李卓然有点受宠若惊。

他告辞出来，走回格子间里呆呆地坐着，心里依然有点不甘。他本想通过这次活动展示一下自己组织整体性、战役性报道的能力，来个初试锋芒，最重要的当然是为了版面，谁知还没出手，计划就胎死腹中了。

他很想再去找潘总编，说服他支持自己的计划。可是转念一想觉得不行，既然潘总编已经把球踢给了赖副社长，那你去找他还有什么用呢？

可是，难道就眼睁睁看着这事还没开头，就已结束了吗？那你以后其他事情还搞得了吗？李卓然想着，不由得砰地一拳砸在桌子上，把李佳媛、刘青草等人吓了一跳。

这时差不多该下班了，刘青草就喊李卓然一起去食堂吃饭。他们两个刚走出不远，记者部主任高自然就从后面追上来，凑到他们的耳边说："今晚哥们儿请客，走，去四川饭店。"

接着，高自然又喊了苏子和马向南，几个人说说笑笑的，一起往四川饭店走。一路上，大家都自觉地把李卓然围在中间，对他说的每一句话都热烈回应。这让李卓然刚才还有点糟糕的心情又好了起来。

走着走着，李卓然忽然想起了什么事，他停下来对高自然说："哎，赖社长刚才对我说，我们以后吃饭叫上他。要不你去喊他一下？"

谁知高自然一听，立即把头摇成了拨浪鼓，他说："叫个鬼！如果叫他，今天这客我就不请了。"

李卓然一听这事有点严重，急忙说："哦，我只是随便说说。叫谁不叫谁你说了算。"心里就想他们之间可能存在什么过节。

这时候马向南却又大惊小怪地喊起来："对了，高自然你怎么没叫如月姐啊？既然我卓然大哥来了，怎么能落下她呢！"

高自然说："就你聪明！我已经让佳媛去找她了。"

一行人浩浩荡荡走进了四川饭店，老板娘廖美丽一见他们，立即笑成了一朵花，急忙上前招呼。

他们进了一个雅间，人人都把李卓然往正中位置上推。李卓然无奈，只好坐了下来。不一会儿，梁如月和李佳媛也到了，大家又把梁如月往李卓然身边推。梁如月大大方方地在他身边坐下来。

接着就点菜，等待上菜。

这时梁如月告诉大家，她刚从印刷厂回来。明天的报纸已经制版完毕，今晚就开机印刷了。潘总编也一直守在那里看，就像一个父亲等待婴儿出生一样。

李卓然一听急忙问："怎么样，如月，制版效果怎么样？"

梁如月说："肯定不错啦，潘总编可高兴了。明天一早，大家就能看到我们全新的报纸了。"

大家一阵欢呼，李卓然心里却一沉。因为他忽然想起，后天的报纸还没有亮点呢。他不由得说道："各位也不要高兴得太早，就算第一期报纸还过得去，第二期、第三期呢？还有周末版呢！据我所知，后天的版面直到现在也没有什么可读性强的稿件。本来我是想策划一个活动的，就是曝光街头电话乱收费的问题。可是领导说，这个不能搞。"

高自然说："你这个主意好啊！是哪个领导不同意搞的？"

李卓然没有作声，就听高自然骂道："你不说我也知道是谁！那家伙，别看长得高高大大，实际上就是个小脚女人！"

李卓然赶紧岔开话题说："对了，谁的手里有猛料，赶紧报来。"

高自然立刻叫道："哎呀，我的李大主任，你的责任感也太强了吧。我是请你来喝酒的，不是请你来给我们开会的。"

李卓然说:"这不是搂草打兔子,捎带的事吗?谁有,快说!"

大家就你一言我一语地议论起来。高自然忽然说:"对了,刚才临走时我接到一个线人报料,几个小流氓今天凌晨从歌舞厅出来,看一个女环卫工不顺眼,竟然对人家大打出手,把她打得半死,她现在还在医院躺着呢!"

李卓然一听就跳起来,他问:"这件事靠谱吗?这个环卫工现在在哪家医院?其他媒体知道这件事吗?"

这时梁如月在旁边拉了李卓然一把,笑说:"喂,李卓然主任,看看,你的急性子又来了!"

李卓然不好意思地笑了笑,两眼只管盯住高自然的嘴巴。

高自然说:"我的大主任啊,你容我去打个电话问问好吧。"然后他就走了出去。不一会儿,他回来说:"问清了,环卫工现在第二医院,其他媒体不知道。"

"太好了!"李卓然击掌,"高主任,我看这件事社会意义重大,涉及尊重普通劳动者的问题。我们一定要搞独家报道,连续性报道!这就是热点追踪嘛!我建议你立即带摄影记者亲自去采访,明天一早务必把稿件交给我。我会在一版给你留足版面,你写多少,就给你发多少!"

李卓然没想到他的话却把大家惹得笑起来,酒桌上的人面面相觑。他的助手、高自然的爱人李佳媛马上说:"哎呀,李主任,你也太急了吧。等一下,吃完饭再去也不迟嘛。"

众人也说:"是啊,高自然好不容易请回客,不能让他借故逃跑了哦。"

李卓然看看大家,才想起这里不是塞外晚报社。在那里,他手下有一批拼命三郎,只要听说有新闻,饭不吃,水不喝,觉不睡,拔腿就走。新闻就是命令,绝对不会有半点含糊。可是这里,还缺少这种雷厉风行的作风。

没办法,只能慢慢培养了。

他只好说:"那好吧,吃完饭,自然你就辛苦一下,开个夜车吧。"他看高自然虽然点头答应,但是似有不悦,赶紧又说:"为了让你加夜班,今天这客，我替你请了。"

高自然赶紧说："那怎么行！好了，我吃完饭就去还不行吗！"

第二天一早，李卓然连早饭也没吃，就跑到报社来了。他听说潘总编一般是报社第一个上班的人，一上楼果然就看见他的办公室开了门。他快步走过去，看见潘总编正两手撑在桌子上看报纸。一见李卓然，他立刻笑容满面地说："卓然，快来看，我们的第一期报纸出来了！"

他的语气里充满愉快和自豪，说着从桌上的一沓报纸里抽出一张递给李卓然。李卓然接过来一看，眼前立刻一亮：四开十六版的报纸，飘着新鲜墨香的报纸，宛若一个清秀的少女，就那么风姿绰约地展现在面前。翻看各个版面，从版式设计、标题用字到制作，都十分讲究，给人特别舒适的感觉。李卓然捧着报纸，就像捧着一个新的生命。他屏住呼吸一页页翻看着，就像一个父亲在欣赏自己刚刚诞生的孩子。

报纸面貌一新，横空出世，他的理想，潘总编的理想，终于初步实现了！

二人相视而笑，热烈握手，互相祝贺。

接着他们就坐下来，开始研究第一期报纸的不足，总的感觉是新闻版面还是缺少一些可读性，其他版面还缺少一些贴近性。

这时潘总编说："卓然啊，万里长征我们只是迈出了第一步，版虽然改了，但并不代表一切都会自然好起来。看来我们还要继续加油努力啊！"

李卓然说："是啊！所以我们策划的一些活动，还望老总多多支持啊！"

潘总编打了个愣说："对了卓然，昨天我让赖社长跟你谈你的那个策划，他跟你谈了没有？"

"谈了。"李卓然有点不悦地说，"他说不行，要逐级请示。总之，宁可不搞，也不能惹事。这……不是您的意思？"

"哦？他这么说呀！"潘总编似乎有点无奈地说，"我只是让他帮你把握一下哦！我个人的意见是，对社会问题进行曝光，当然要慎重，但是慎重不等于不搞。只要我们把握一个原则，帮忙不添乱就可以了。唉，这也怪我，只顾编第一期报纸了。"

李卓然一听有门，急忙说："那，如果你同意，我们接下来还是搞吧！"

潘总编想了想说："既然他这么说了，那就先放一下吧。卓然，请你理解，我也要尊重他的意见，给人家面子哦。赖社这个人呢，其实也很不错，只是他在一个地方待久了，有了思维定式。我们还是要团结他，依赖他。对不对？"

李卓然没有作声，心想那是你们之间的事情。

潘总编又问："这个策划暂时不搞，你手里还有什么猛料啊？你一大早就跑来，不只是为了看我们的第一期报纸吧？"

李卓然立即来了精神，急忙把女环卫工被打，他已经让高自然等连夜去采访的事情汇报了。

"好，好！你做得对，做得好！不愧是当过副总的！"潘总编连连夸奖。

两个人又一起商量了许多细节，这时才陆续有人来上班了。

李卓然走回自己的格子间，开始一边写《东江时评》栏目稿，一边等待高自然的到来。可是直到他的时评快写完了，也不见高自然的影子。

所有的人，今天到报社的第一件事就是抢看全新的报纸，赞叹声此起彼伏。李卓然心里美滋滋的。但是高自然迟迟不到，又让他颇为不快。

直到九点多钟，才看见李佳媛来了。李卓然急忙问她："自然呢？稿子呢？"

李佳媛若无其事地说："李主任你别生气，也别着急。是这样，自然昨晚带人去了，可是那个环卫工睡觉了，没采访成。他一早就爬起来，又赶过去了。他让我告诉你，上午稿子一定出来。"

"哦，这样啊！"李卓然慢慢地坐下来，一股怒火在胸腔里直往外拱。这要是在塞外晚报社，他一定会大发雷霆的。什么环卫工睡觉了，你走的时候才晚上八点钟，她怎么就睡觉了呢？就算睡了，也可以叫醒嘛！对于一个记者来说，新闻大于天，采访不讲条件。哼，不是人家睡觉了，是你忙着睡觉去了吧。记者部主任在新闻面前尚且如此被动，其他人的情况就可想而知了！看来，《东江晨报》过去办不好，也不光是领导的问题，许多人的懒散习惯，已经根深蒂固了……

李卓然越想越气，肚子鼓鼓的就像是一个气球。但是他又不能发作。他知道现在自己还没有发火的资格。何况高自然也是一个部门的主任，你作为总编室主任，可以调动他，但不可以批评他。如果他跟你翻脸，那以后就不好相处了。

忍了半天，他才长叹一口气说："哎呀，佳媛啊，我今天一大早就跑来等他，等得花儿都谢了。你看，我的《东江时评》栏目稿都快写完了。"

李佳媛一听，连连道歉，她说："主任，你还没吃早餐吧，我这就给你买去。"

第六节　结识本地人

改版后的《东江晨报》，连续几期推出《环卫女工被打事件调查》，再加上文辞犀利的《东江时评》，很快就在社会上引起了强烈反响。

编辑部的电话铃声不断响起，不少人打电话赞扬报纸办得好，敢为环卫工人鼓与呼。他们几乎都在说同一句话："你们这样办报就对了嘛！这才叫晨报嘛！"

分布在市区的报摊，过去每期《东江晨报》只要几份，因为没有人买。这回大不相同，报纸一下就被抢光了。摊主们纷纷致电报社，要求增加，甚至跑到报社来要，发行部主任梁如月忙得不亦乐乎。

市公安局从晨报上看到消息，立即行动，他们顺藤摸瓜，很快抓到了那几个打人的小流氓，并通过晨报郑重承诺，将向全社会公布他们的处理情况。

接着，由市城建局的领导带队，环卫公司派人给报社送来了锦旗，感谢报社对环卫工人的关爱和支持。被打女工家属也送来了锦旗。

市政府分管领导也闻风而动，到医院去看望慰问了被打女环卫工。

所有新闻都配上生动的图片，在一版强力推出，使得这一事件成为街谈巷议的热门话题。

最让人高兴的是，竟然有客户主动到报社来做广告了。

这天早上，潘总编主持召开了编委会，对相关部门提出表扬，重点表扬了总编室，表扬了李卓然。他号召大家，一定要珍惜这样一个良好开局，加倍努力，进一步把报纸办好。

散会以后，李卓然回到总编室，也召开了一个会议。他通报了读者和领导对总编室工作的赞扬，也表扬了大家的工作精神，最后他说："虽然我们今天起步不错，但是我们毕竟才刚刚开始。人说下棋要看五步，那我们呢，至少要看三步。比如说，环卫工人被打的报道接下来怎么搞？搞到什么程度结束？这个连续性报道搞完了，下一个是什么？有没有？还有，我们负责的周末版，第一期《社会写真》栏目的稿件在哪里？谁来写？写什么？责任编辑们，你们要动脑筋，打开思路才行啊！"

李卓然说完了，总编室一片沉默。李卓然问："怎么，是我说错了吗？"

李佳媛说："李主任，你没有说错，是你说得太好了，我们一时还跟不上你的思路。《东江晨报》还从来没这样办过啊！干脆这样吧，你指向哪里，我们就冲向哪里算了。"

刘青草说："我在我原来的报社也没有办过周末版，《社会写真》栏目的大稿子，我更没写过，也没编过。这几天我找了几个记者，他们都说不知道要写什么，怎么去写。"

李卓然看李佳媛和刘青草不像是开玩笑，更不像是讽刺。心里就想，也是，现在你面对的这支队伍，可不是塞外晚报社那支拉得出、打得响的队伍啊！他们也许还真的没有这方面的经验，需要磨炼一段才行。想到这里他说："那好吧，佳媛，你就负责把家看好，继续跟记者部高自然做好沟通，把环卫工被打的新闻不断挖掘下去。青草，你下午就跟我出去抓活鱼吧。你去问下苏子、马向南，看他们是否愿意和我们一起去。"

中午回到宿舍，李卓然就开始准备采访本、钢笔这些东西，还把那个临时记者证装进包里。一切准备停当，他就躺到床上想睡一会儿，养养精神，但却怎么也睡不着。

一转眼，他来东江市已经半个月了。这期间他每天忙着改版、策划、写时评、组织版面、审读稿件，还从来没有外出采访过。现在，他终于要出山了，心情竟然有点激动。

东江市，从今天开始，我就要去认识你，了解你了！也许，我后半生的命运就要和你密切相连了。还有这里的人们，你们的生活，你们的故事，你们的喜怒哀乐……你们的一切我都想知道。既然我已经来到了这里，既然我们同喝东江水，那我就要真正融入你们，成为你们中的一员，用我手里的笔去讲述你们的故事。在我的第一故乡，我已经这么做过了，我在那里真的做得很好。阴差阳错，现在我来到了第二故乡，我必须做得更好，这里才能真正接纳我！

　　这时，李卓然想起了家乡的亲人朋友这几天在电话里给他讲的事情。他离开之后，塞外晚报社几乎炸了窝，区委主要领导亲自过问追究他离开的原因，相关领导受到了批评。这些天，市区整个新闻界都在议论他出走的消息，猜测他离开的真正原因。据说闹得一时人心浮动。还有几个朋友跟他联系，也想来南方闯荡一番。

　　所有这些消息，使李卓然既有点得意，又有点忧伤。

　　本来他在塞外晚报社干得好好的，他并不想走。可最后他还是走了，坚决彻底、义无反顾地走了。从现在的情况看，他走得是对是错，其实一时还无法判断。但是既然已经走了，已经到第二故乡来了，那就要既来之则安之，甩开膀子大干一场了。就让那些对不起你的人真正知道后悔是什么滋味吧。

　　一想到离开的情景，他忽然又想起了马心岚，想起了这个使他最后下决心离开的幕后推手。

　　哎呀，不好，自从来时给她打了电话跟人吵架之后，他就再也没有给她打过电话了。忙是一个缘由，主要是因为他想等到有空的时候，直接去趟深圳"会见"她。反正从这里去深圳，也就一个多小时的路程。

　　可是这不到一百公里的路，却显得那么漫长。首先，他确实腾不出时间来，再就是他听说去深圳还要办通行证，而这证件去哪里办、怎么办，他还不怎么清楚。还有最重要的，他这次来东江，还不知道是对是错，现在去见她，是应该感谢她，还是应该抱怨她呢？

　　既然一时去不了，就赶紧再打个电话，这还是应该的。于是他更加没有睡意，就穿了双拖鞋走下楼去。

　　楼下就有家小卖店，小卖店里就有电话。现在他已经跟小卖店的主人混熟了，所以被宰和吵架的事情肯定不会再发生。

第六节　结识本地人

他再次拨通了那个号码。几次响铃过后，电话依然无人接听。

过会儿又打一次，还是无人接听。

李卓然一边失望地往回走，一边纳闷。马心岚给他留的，明明是一个座机号。既然是座机号，一般情况下就会有人，为什么打不通呢？这个家伙，不，应该是这个娘儿们，她在耍什么鬼把戏呢？

下午，李卓然带着刘青草、苏子和马向南，神神秘秘地出发了。他们上了公交车，直往市区的江北方向去。

原来在这东江市，一条东江就那么浩浩荡荡地穿城而过。江南是老区，江北是新区。市委市政府等当然都在新区，也就是江北一带。

路上，苏子问："哥啊，你这是要带我们去哪里呀？"

李卓然看了他一眼，胸有成竹地说："去市政协的文化和文史资料委员会。"

苏子说："去那里干什么！鸟不拉屎的地方，那里能有什么新闻哪！更别说大鱼了。"

李卓然说："苏子，这你就不懂了。我以前在家乡地方志办公室工作过，经常和文史委打交道。地方志办公室侧重整理地方历史，文史委则偏重对现当代史料的搜集。"

苏子说："那又怎样？"

李卓然说："一般来说，每一个地方的市县两级文史委，都会不断整理出版地方历史和文化资料，特别是对本地的现当代名人、历史故事等，都会有专门的整理。从这里面，我们会很快发现新闻线索，写出非常有可读性的大块文章。"

苏子听了仍不以为然，他摇头晃脑地说："我看未必。"

李卓然就有点来火。今天他带这三个人出来采访，其实是有点私心的，刘青草是他总编室的人，而苏子和马向南，都是他的老乡。他是想给他们创造一点机会。没想到苏子却这么说。

于是他就问苏子："那依你看，我们应该去什么地方采访呢？"

苏子眨巴着眼睛说："其实我早就想搞一个策划，我们可以去采访一百个'小姐'，也就是失足女青年，一个个讲述她们的故事，再配上她们的照片，那该多有可读性啊！报纸的发行量肯定噌地就上去了。"

李卓然听了更加生气，但是他不动声色，却问刘青草和马向南："苏子这个想法，你们觉得如何？"

刘青草说："这个我可不敢苟同。咱们的报纸是党报，你登这些，可能会吸引人，但是那岂不成了地摊小报？"

马向南说："哎呀，苏子哥哥，你是不是想借这个机会去泡妞啊？我可听说你是泡妞高手哩！"

李卓然就看着苏子笑起来，说："你听见了吧，这可是群众的声音哦！"

苏子的脸就有点发红，但他嘴里却说："哎呀，你们这些后来的，真是跟你们说不通哦！"

李卓然和苏子私下聊过，苏子在塞外的时候，只是一个单位烧锅炉的。他从小热爱文学，不甘心当一辈子锅炉工，后来就跟人跑到南方来打工了。因为他爱好写作，慢慢就和报社发生了联系，成了一名流浪记者。再后来，他这个人才被赖副社长发现，赖副社长就让他进报社编《南国寻梦》栏目。因为他本身就是打工的，所以他和打工群体联系紧密，栏目也办得很活，最后成为《东江晨报》的知名栏目，也是这次改版幸存下来的少数栏目之一。苏子平时喜欢喝酒，也真的喜欢泡妞，据说他现在就和一个打工妹同居。不过报社现在不过问个人的私生活，只看你栏目编得如何、稿子写得如何，于是苏子这次被破格提拔为文艺部主任。可是听了他刚才一番话，李卓然对这个老乡的印象却有点打折扣。

李卓然提前做了功课，知道市政协的办公地点就在市政府大院内，市四套班子全在这里办公。他还是第一次到市政府来，打量着眼前这座品字形的宏伟建筑，他再次感受到了南方不一样的气象。

他们先到门卫室登记，门卫室的保安听说他们是晨报的记者，很是客气。有个小伙子说："我看过你们这几天的报纸，很醒目哦！你们为环卫工说了话，什么时候也为我们保安说句话哦！其实我们也是很冤枉的哦！"

李卓然知道"醒目"就是吸引人眼球的意思，但是他不懂这个"冤枉"的意思。难道他们也有什么冤屈不成？进门后他问苏子，苏子告诉他，南方人所说的"冤枉"，往往是辛苦的意思，这和北方话的意思截然不同。

他们一路打听，终于找到了市政协，接着找到了文史委。

他们说明来意，文史委的人却毫无热情。他们随便找了几本近年出版的《东江文史》，就把他们打发了。

但是光这几本文史资料，就已经使苏子服气了，他一会儿要写书里介绍的被贬到岭南的苏东坡，一会儿要写本地人叶挺、邓演达，和刘青草、马向南争抢得不亦乐乎。

但是李卓然却说："咱们搞社会大特写，可不仅仅是让你们再现历史人物和事件哟。我们一定要找出它们与现实的关系才行，这样才有现实意义。这些史料，只能作为线索，不能照搬。我们的任务，是要发现那些鲜为人知的历史人物和事件，深入挖掘，然后呈现给读者。"

李卓然这么一说，几个人就不再争了。

接着李卓然说："走，我们现在去区里的文史委吧，说不定那里的资料会更丰富一些。"

东江区政协的办公地点，在一条背街上的一座破旧小楼里，文史委的办公室更是拥挤寒酸。但这里的人却很是热情。出面接待他们的，是文史委办公室主任李志强。

这个李主任，一见面就上前握住李卓然的手说："哦，我认识你，你叫李卓然，是东江晨报社的总编室主任，你还是个作家，没错吧？"

李卓然惊讶地打量着眼前这位李主任，典型的南方人长相，讲的普通话也带有强烈的本土特点，可是人家却认识自己！他是谁呢？他紧急搜索全部记忆，也想不起在哪里见过，顿觉有点不好意思，只管抓住人家的手使劲摇晃。谁知李志强又看着苏子说："你我也认识，你是苏子，是文艺部的主任。"

这真是奇怪，几个晨报记者不由得面面相觑。李志强就从办公桌上拿起一沓《东江晨报》来说:"你们不用感到奇怪,我认真看了你们这些天的报纸哦。在第一期上,你们这些主任不都亮了相吗?"

哦!大家恍然大悟,顿时觉得这个李志强无比亲切,就像是遇见自己的家人一样。

李志强热情地招呼他们坐下,开始烧水,泡工夫茶给他们喝。他一边熟练地摆弄茶几上那几个比牛眼睛大不了多少的茶碗,一边说:"好啊,你们改版后的报纸办得不错,比以前那是强太多了。以前你们的报纸我基本不看,没什么可看的呀!哦,对了,苏子先生编的《南国寻梦》还不错。现在可是让人耳目一新,很醒目啊!"

又是一个"醒目"!看来,"醒目"这个词在南方应该有多重含义,除了显眼的意思外,应该还有新鲜、机灵、不一般的意思。

听见有人当面表扬自己的报纸,几个人都觉得脸上有光,纷纷道谢。马向南还说:"这都是我们李主任策划有方啊!"

李卓然赶紧说:"哪里,这都是大家努力的结果。"心里却有点得意。不想苏子却说:"我的《南国寻梦》栏目,可是老早就有了啊!"

李卓然这时对李志强说:"李主任,今天我们冒昧打扰,是想从你这里挖点猛料,把报纸办得更好啊!"

李志强一听,高兴地说:"你们来我这里就对了,我这里猛料太多了,可以说是个宝库哦。可惜从来没有记者找过我。你们是第一拨,有心啊!"

接着,李志强搬出一大摞他们这些年出版的东江城区史料,如数家珍地讲述起东江地区值得自豪的人和事来。李卓然感觉他对本地历史的熟悉程度,让他完全够得上专家级水平。

李卓然翻看这些资料,发现里面的许多文章都出自李志强之手,一看他的简介,他竟然是省作家协会的会员,李卓然立即又对他平添了几分亲切感。他说:"哎呀,李主任,原来你也是省作协会员哪,我也是,那你我可真是一家人了。"

李志强说:"哎呀,有机会我们交流一下吧。其实我跟你已经神交多时了，我们从今以后就是朋友了哦。"

二人再次热烈握手。

这是李卓然到南方之后，在报社外的社会上正式接触的第一个南方人，也是他交的第一个本地朋友。令他没有想到的是，日后在他最艰难的时刻，正是这个李志强出手相救，使他化险为夷。这是后话，不提。

以下的采访进行得异常顺利。李志强就像一部电脑，无论问他什么他似乎都能对答如流。说着说着，不觉天色向晚。李卓然带头告辞要走，但是李志强不让。他说："我私人请你们去吃正宗客家菜。走，不要客气啦！"

恭敬不如从命。他们几个就跟着李志强来到了附近的一家大排档。李志强拉李卓然坐在自己的身边，就像老朋友一样亲密，每上一道菜，他都隆重介绍一番。

一道是鸡骨草炖龙骨汤。南方人最讲究煲汤。他们会根据季节的变化，选用不同的食材，采用老火去煲靓汤，以祛风除湿。"老广"煲汤，有时一煲就是几个小时。不过现在已经有人意识到，老火煲靓汤并不那么科学。几个小时火攻下来，汤的营养全被破坏，比白开水好不到哪里去。现在已经开始改进。鸡骨草，城里的飞鹅岭上就有，岭南名山罗浮山上更多。所谓"龙骨"，就是猪的脊椎骨。

一道是东江盐焗鸡。这道菜据说与苏东坡有关。有一天他家里的盐潮了，放进热锅里炒，旁边有一只收拾好的鸡准备清蒸。东坡开玩笑，把鸡埋到盐里藏起来，接着他就去干别的了。家里人找不到那只鸡，正着急，忽然闻到一阵奇异的香味，翻开锅里的盐一看，鸡已经熟了，味道极其鲜美。从此就有了这道名菜。

一道是东江酿豆腐。现在南方，"客家人"其实就是外来人的别称。多少年前，为避战乱，客家人成群结队地从黄河流域迁徙而来，他们在此开荒种地，繁衍子孙。南方的气候，不适宜种植小麦，逢年过节，想包饺子没有白面。他们就想了个办法：在豆腐上挖个洞，把馅儿放进去，然后放进锅里蒸，以代替饺子。于是东江酿豆腐这道名菜诞生了。

一道是梅菜扣肉。梅菜，是本地特产，经过加工，和扣肉一起放到锅里去蒸，如果再在扣肉里加上几片香芋，那就更加香甜可口，肥而不腻了。

以上这几道菜，是客家菜里的主菜，也就是所谓的"代表作"，别人问你客家菜的特点，你就可以拿这几道菜说事。

还有炒青菜。客家人炒青菜，和外地人不同。他们不是把青菜切碎了炒，而是整条整条地放进锅里炒，炒的时候只放盐和蒜，其他调料一概不放。这样炒出来的青菜才原汁原味，香甜可口……

还有这客家黄酒，我们又叫它客家娘酒。这是营养佳品，是用土法酿成。客家女人坐月子，往往会用客家黄酒炖鸡补身子。这酒度数很低，清甜温和，多饮不醉。

李卓然他们边吃边听，吃得津津有味，也听得津津有味。

接着，李卓然又主动问起了苏东坡当年遭贬寓惠的一些情况。作为一个作家，他感到这个题材真的是太好了。特别是听到王朝云舍生忘死，一路追随苏东坡来到东江，最后长眠于此，他的内心立刻受到强烈震撼。

李志强讲完这些，最后他问："卓然老弟，你来东江以后，去西湖玩过没有？"

李卓然说："光是听说天下西湖三十六，唯有东江西湖可与杭州西湖媲美。但我来了之后一直忙，还没有顾上去。"

李志强说："那你抽个时间，我陪你去一下吧，去看一下苏东坡纪念馆，看一下朝云墓和六如亭。你肯定会大有收获的啦。说不定，还会写出大作来哦！"

李卓然马上和他击了一下掌，说："李老师，一言为定！"

李志强说："不要叫我老师。咱们两个人都姓李，我比你大几岁，你就叫我李大哥吧。"

"好，李大哥！"李卓然激动地喊道。二人再次击掌。

大家吃完饭，谢过李志强，又彼此留了电话号码，然后李卓然他们就回去了。

第七节　相见不如怀念

两周之内，《东江晨报》持续向好。特别是周末版连续推出两篇大特写之后，更是好评如潮，订阅和零售量一路飙升。

这两篇大特写中，一篇出自苏子之手，题目是《世界冠军，从这里出发》，另一篇出自李卓然之手，题目是《东江寻访李家拳》。两篇稿件发出以后，都马上被广州的大报转载，产生了连锁效应。同时，还登出了预告，马向南、刘青草等人的大块文章也即将陆续登场。

市民惊呼："哇，原来我们这里还有这样的猛料哦！"

报社记者也惊呼："哦，原来文章还可以这么写哦！"

听说日报社的老总坐不住了。他连夜带记者上街采访，也要开辟周末版，与晨报一决高下。

就是在这种情况下，潘总编才做出决定：带领几名主任前往深圳游玩一天，以资鼓励。

头一天，他让梁如月悄悄把消息告诉了李卓然等人，让他们做好准备，又派人替他们办理了去深圳的通行证。

李卓然听到这个消息的第一反应，就是再次给马心岚打电话。

他猜想，前两次给她打电话，也许是时间不对。晚上十点多钟，他下了楼，再拨那个号码。响了几声之后，竟然真的有人接听了。

"喂，您好。"是个甜美的女声，既陌生又熟悉。

"喂，您好。请问您是马大律师吗？"李卓然觉得自己一下子就有点喘气不匀了。

"我是马心岚。请问您是哪位？"

"我啊，是你的一个故人，你猜猜看。"

对方稍微停顿了一下，突然说："啊呀，你是李卓然吧！你这个坏家伙，怎么到现在才想起给我打电话呀？我听说你早就到了东江市啊。"

"哎呀，你还真能听出我声音啊！这么多年没见，不容易！看来你的心里还真有我呀。"

"别贫嘴。回答我的问题。"

"心岚，我打了多次电话，可就是没人接。那天为给你打电话，还跟人吵了一架哩。你这是跟我玩躲猫猫啊！"

"哦，那你肯定都是白天打的吧。漆线，这是深圳，白天谁在家啊！"

"漆线"，这个惹事的词她也会用，此时他竟然感到有点亲切。

李卓然哈哈地笑起来，他随口说："怎么样，大律师，你在深圳还好吧？我们已经二十多年没见面了吧，想死你啦！"

马心岚也在那边笑起来："李卓然，有没有搞错，你怎么也学会油腔滑调了？想我？你这个大帅哥不定想谁呢，情人一大把了吧？"

"有没有搞错"，这是广东的一句流行语，在这里待久的人，都会高频率地使用它。于是他也说："你有没有搞错，咱是那种人吗！再说了，人生最难忘的是初恋，你可是俺的初恋对象哦！"

李卓然说这句话的时候，故意使用了"俺"，结尾又故意使用了一个"哦"。

马心岚在那边停顿了一下，说了句"你小子嘴巴抹蜜了"，接着又说："说正经的吧，你去的单位怎么样？我给你介绍的不坏吧？"

李卓然沉吟道："东江市的确是个好地方，山清水秀，让人着迷。但是这家报社却不怎么样，发行量很小，也发不出工资。我来以后呢，通过改版，现在稍有起色。"

"哦，原来是这么个烂地方啊！可是他们的广告说得蛮好啊，所以我就给你推荐了……那怎么办？要不然你到深圳来发展？"

一说去深圳，李卓然马上对着话筒大声说："巧了，明天我就要去深圳，就要去看你！欢迎吗？"

在他的想象中，对方也一定会兴奋得大叫起来，但是电话那端的反应却是："哎呀，卓然，你还真要来啊，我明天……可能要出差啊。"

李卓然心里一凉，马上说："怎么，你不想见我呀？这可是历史性会见啊！啥事那么重要？不能推迟一下吗！"

马心岚沉默了一下，说："那好吧，你明天到了以后，再给我电话。对了，明天是你一个人来吗？你在这边有什么事情要办吗？"

李卓然就说了此行的人数、目的。只听马心岚又说："既然你们是集体行动，你有时间来看我吗？要不还是换个时间吧。"

"哎，马心岚，你这是什么意思嘛！推三阻四的，难道你不想见我吗？如果不想见就算了。"

"潮种才不想呢！我只是觉得，我们那么久没见，不要搞得急急忙忙的。另找个时间，从容一点，浪漫一点不好吗？不要把我们这历史性的伟大会见，弄得像'掏把火'似的。"

马心岚一急，竟又说起家乡话来。"潮种"一词，和"漆线"的意思基本相同，都是指二百五。

"哎呀，你可真啰唆！你就告诉我，你所在的位置离'世界之窗'有多远吧。"

"远倒是不远……"

"不远就好，我得空马上就联系你。请把你的手机号，或者传呼机号告诉我好吗？"

"哎呀，卓然，要不干脆这样吧，明天中午，我请你们一起吃个饭吧，也给你挣个面子。"

"不用不用，我不想让他们知道……"他说这句话的时候，眼前不知道为什么掠过了梁如月的影子。

"哦，你不想让他们知道你有个丑八怪同学在深圳对不对？那好吧，等你到了再说吧。说实话，你来得真是太突然了，我心里还没有做好准备呢。"

"你傻呀，你不懂这叫惊喜吗？我要是你，会一下子跳起来。你忘了电影里是怎么说的来着，老同学相见，那叫千载难逢啊！何况当年咱俩……"

"你别自作多情了好不好！当年你不过是单相思罢了。唉，我现在其实挺矛盾的，想见你又怕见你。没听说过吗，相见不如怀念。"

又说了一些别的，马心岚最后给他留了手机号，两人这才收线。

放下电话，李卓然一直在想马心岚"相见不如怀念"这话的意思。难道岁月这把杀猪刀，真的已经把她切割得不成样子了？又一想，不对呀，岁月再无情，也不会把当年的美女蹂躏成丑八怪啊，而且年龄也不算大，底子在那儿放着呢！老一点或者胖一点、瘦一点倒是有可能的。

李卓然开始仔细回忆马心岚的相貌，可是记忆里的她却总是模模糊糊的，只有一个晃着大辫子的背影残存在脑海中。

李卓然和马心岚是中学同学。在情窦初开的年纪，他在某一天突然不可救药地喜欢上了她。

他记得，马心岚是语文课代表，每次收作业收到他这里，他都会心慌意乱。马心岚收齐作业，快步往讲台上走，身材苗条的她扭呀扭的，一条粗黑油亮的大辫子就在屁股后面甩来甩去，他觉得这简直就是最迷人的画面。上课的时候，他也会经常偷眼去看坐在他左边的马心岚，映入他眼帘的，依然是垂着大辫子的背影。班里搞什么活动，如果马心岚没有参加，看不到她的大辫子，他就会觉得索然无味，甚至怅然若失。但是，他却从来不敢正面去看马心岚的脸，特别是她的眼睛，他更不敢跟她说话。只要她在，他就会觉得自己说话的声音特别难听。

后来，李卓然开始凭借作文在班里崭露头角。作为语文课代表，马心岚当然也注意到了他，并开始主动和他说话，对他笑。这时候，李卓然才有勇气和马心岚进行一些简单的对话，但每次对话他都十分紧张，不知道为什么老是冒汗。他仍然不敢直视马心岚的眼睛，甚至看到她的身影、听到她的声音都脸红心跳。

　　李卓然的这种反常表现终于被马心岚察觉了。马心岚心里怎么想的他不知道，但她见到他也变得不自然了，有点忸怩，甚至开始有意躲避他。

　　处于青春期的人是何等脆弱敏感。李卓然误以为马心岚这是看不起他，就很受伤，心里整天酸溜溜的。他开始仇恨马心岚，但又不知道要恨人家什么。没办法，只好发狠学习，拼命写作，一心要做出成绩给马心岚看，幻想着马心岚有朝一日哭着来求他。但是这情景却一直没有出现。

　　后来他忍不住，曾经不止一次给马心岚写过情意绵绵的情书，但是他却没有勇气把情书给她。一回回撕掉，再一回回重写。有时候，一封情书会在怀里揣上很多天，到最后还是撕了。在梦中，他不知道多少次和马心岚约会，和她浪漫地在月光下奔跑，在小树林里拥抱。他永远都无法启齿告诉他人的是，他第一次遗精，就是因为梦到了裸体的马心岚。

　　但是，一切都只是停留在暗恋阶段。一天又一天过去，直到毕业都没有半点实质性进展。

　　毕业后李卓然回了乡下，成了回乡知青，马心岚家在城里，则成了下乡知青。那时李卓然还能通过其他同学，知道一些马心岚的消息。但是后来，马心岚被抽调回城，又随父母去了外地，从此音信全无。李卓然的初恋，到此无疾而终。

　　但是初恋毕竟是难忘的。后来国家恢复了高考，李卓然鲤鱼跳龙门，跨入大学校园。他在读书期间还会时常想起那个晃着大辫子的背影。但是很遗憾，他无法联系到她。

　　二十多年的时光一闪而过，直到有一天，他收到了一封来自深圳的挂号信，才知道他的初恋对象，早已成为深圳的一名律师。她是回老家探亲时听说大名鼎鼎的李卓然的，但是不知道为什么，她却没有去和他见面，而是选择了回深圳后再给他写信，同时给他寄了改变他命运的那则招聘启事……

　　大辫子姑娘，你现在到底变成什么模样了呢？李卓然在心里念叨着，慢慢走回自己的宿舍。

这次去深圳旅游，看来潘总编做了精心安排。因为车小人多，他没有让报社司机去，也没有让曾主任去，而是让有驾驶证的苏子开车去。他坐在副驾驶的位置上，后面就挤下了李卓然、王光明、高自然、梁如月"四大金刚"。李卓然为照顾梁如月，让她靠车门一侧坐着，他紧挨着她坐在靠里的位置。别人就起哄大喊大叫，也要挨着美女坐。李卓然说这要征求梁如月的意见，看她选谁。结果梁如月毫不犹豫地说："我选李卓然！"其他人立刻没电，直喊羡慕嫉妒恨。说实话，李卓然紧紧挨着梁如月坐，嗅着她身上好闻的味道，虽然是过来人，心里竟然也有点激动。

一路上，大家欢声笑语不断。潘总编虽然坐在前面，但他一直侧着身子转头对着后面，不停地给大家讲这讲那，显得非常兴奋。李卓然后来发现，潘总编特别注意他和梁如月的反应，他便极力呼应他。梁如月呢，只是微笑着倾听，偶尔插上一两句得体的话。

潘总编的手机突然响了，他接听之后，马上说了一个好消息，使车里的气氛更加热烈。潘总编说："刚才迅达公司的老总通知我，他们公司同意和我们进行对等消费了，可以为我们报社记者每人免费提供一部BP机。过一段时间，还会给我们配备一批手机。我起码可以保证在座的各位短时间内都能用上手机！"

"哇——！"

"哦——！"

"耶——！"

欢呼，吼叫，歌唱，吹哨，所有的人都好像乐疯了一样。李卓然左扭右晃，无意间手臂碰到了梁如月的胸脯，在感觉到一阵柔软酥麻的同时，他也听见梁如月低低地叫了一声，身体震动了一下，并不自觉地向他靠了一下，接着赶紧躲开了。

李卓然假装浑然不觉，他大声地说："潘总，为了感谢你对大家的厚爱，本人在这里再献妙计一条，保证使我们下周的报纸更好看，在成功报道环卫工人被打事件之后，再掀起一个高潮！"

"哦，是什么？快说来听听！"潘总编的身子不由得探了过来。

"其实，这事我以前也向你汇报过，还做过方案。"李卓然不慌不忙地说，"自从我来东江市之后，就注意到了满大街的电话摊儿，感觉问题多多。私接乱装、胡乱收费的现象十分普遍，我想在座的各位也都感受到了。我再次建议，报社组织记者打个总体战，通过一版的《记者观察》栏目，对这种现象进行曝光，引起有关方面重视，进行全面治理。如果组织得好，一定会大得民心！"

潘总编听完，没有马上表态，他说："你们都说说，卓然这个点子怎么样？"

众人便哄然叫好，就连一直专心开车的苏子也拍着方向盘说："对，这事早就该整了。要是咱晨报能把这事搞定了，那老百姓肯定会叫好的。就连我们自己也跟着沾光受益啊！"

梁如月也说："对，电话乱收费的事儿我也经历过多次，好像找不到说理的地方，只能忍气吞声。"

李卓然一直在看着潘总编的脸，想听他怎样一锤定音。他之所以现在把这事再次提出来，是因为怕像上次一样，他一句"你找×××去商量一下"，就让事情又泡汤了。

"好。"潘总编终于这样说道。但是他又沉吟了半晌，才继续说："卓然这个点子无疑是金点子，但还是不能着急，要慎重，最起码要先和市委宣传部打个招呼。也就是说，要把好事办好。卓然，你觉得呢？"

"好吧。"李卓然说。对潘总编的回应，他虽然佩服，感到人家毕竟是老总，考虑问题比较周全稳妥，但还是有点失望，觉得潘总编有点畏首畏尾。

潘总编接着说："卓然同志不错，总是在想问题，在观察思考。包括我在内，大家要向他学习啊！"

潘总编这么一说，李卓然倒觉得不好意思起来，连说："哪里，哪里。"身边的梁如月却说："卓然不用谦虚，你打电话的时候都能想着工作，发现问题，实在是太敬业了。大家都像你这样，哪有报纸办不好的道理？"

高自然这时开始在一边装疯卖傻，他说："我说如月，我就不明白，李卓然这才来了几天啊，你怎么就彻底倒向他的怀抱了呢？你们到底是什么关系啊！"

他们两人正不知道如何回应。

忽然有人说："快看，进入深圳地面了。"众人一看，但见前方的公路上出现了一个拱门，上写一行大字：深圳特区人民欢迎您！过了这个拱门，路面一下变得宽阔平坦起来，路两旁也出现了修剪整齐的榕树墙，让人一下感觉到深圳这地方就是不一样。

车子继续往前行驶，路两旁渐渐出现了集镇村庄，楼宇越来越密集，越来越有气派。潘总编就在前面当起了解说员，告诉大家这是龙岗，那是横岗，都是很有气势的地名。再往前走，他们就到了布吉海关。潘总编让大家拿出办好的通行证，准备过关。等待过关的人可真多，简直人山人海。又想到这里还有他的初恋对象，他的心中就充满了期待。

大家互相招呼着，好不容易才过了关。一过关马上感到天地似乎都不一样了，到处都被一种神秘的令人兴奋躁动的气息笼罩着，但那气息是从哪里来的又说不清楚。是从那醒目的"时间就是金钱，效率就是生命"的标语里来的吗？是从那拔地而起的一座座高楼里来的吗？是从那整洁宽阔的街道，奔涌的人流里来的吗？好像都是又都不是，反正那种气息无处不在。

李卓然注意观察着周围，他对这里的一切都感到新鲜。他发现这里的行人全都步履匆匆，俊男靓女，触目皆是；而且个个都精神抖擞，脸上都挂着自信的笑容。也有不少人提着行李，站在路边东张西望，看来他们是刚刚到来的打工者，等待融入这座充满生机和活力的城市。李卓然不由得想到，当初自己为什么不再勇敢一点，直接杀到这座城市里来呢！东江的山水固然迷人，大氛围也比北方好得多，但是和这里比却存在明显差距。可你已经在东江晨报社落脚了，还想这些有什么用呢！

重新上车以后，潘总编告诉大家，现在他们来的这地方过去就是个渔村。自从被划为特区后，短短十几年的时间里，一座现代化的城市就神话般地崛起了，"深圳速度"举国公认，世界瞩目。他说："今天我组织你们来，可不光是让你们来玩的，大家要多多感受深圳精神，并把这种精神带回咱们报社去。"

李卓然连连点头，佩服潘总编用心良苦。

车子继续前行。潘总编又说："今天我们走得早，路上又顺利，那我就临时调整一下计划。上午，我们先去锦绣中华和中国民俗文化村，看完了，再去'世界之窗'。这样，你们用一天的时间，就相当于走遍世界上所有的名胜古迹了。"

大家又是一阵欢呼，接着七嘴八舌地说："潘总，我们干脆就在深圳住一个晚上呗。""是啊，听说'世界之窗'晚上还有表演，可以看到火山喷发的壮丽景象呢！""潘总，既然带我们来了，就杀人杀个死，救人救个活嘛。"

潘总编笑道："你们这些家伙真是得寸进尺，贪得无厌，不知道报社现在经济困难吗？住一晚上，要不少钱呢。"

众人齐声说："住宿费我们自己掏。"

潘总编好像有点无可奈何，他回头看着李卓然问："卓然，你的意见呢？"他显然想让李卓然替他说一句话。但是他不知道，李卓然恰恰是最想在深圳住一晚上的人，因为只有这样他才有机会见马心岚。于是他咬咬牙说："潘总，那就顺应民意吧。"

潘总编苦笑着摇摇头："那好吧。你们啊，都是不当家不知柴米贵啊！"

车子沿着深南大道向深圳湾方向行驶，李卓然注意看着路边公交车站标出的地名，觉得很多挺有意思。比如有个地方叫"水贝"，他就问潘总编是什么意思，是水里有宝贝吗？潘总编笑道："有些地名，可以从字面上去理解，有的也可能和一些掌故、传说有关。"

他们说这话时谁都不会想到，一些年之后，水贝这个地方竟然广纳四海之宝，成为亚洲最大的珠宝交易中心、金银饰品集散地，其中规模最大的"水贝万山"，成为真正意义上的金山银山。

说话间，锦绣中华已经到了。潘总编说："请大家把记者证拿出来给我，我听说在这几个景点记者是可以免费入园的。"

大家掏了半天，只有李卓然、王光明和潘总编拿出了正规记者证，其余的人掏出的不过是一张张硬纸片。潘总编说："唉，这东西肯定不好使，我去说说好话吧。"

潘总编半天才回来，手里拿着一沓门票，他说："好了，人家还算给咱面子，有机会给人家宣传一下。"

一行人便拿着票鱼贯而入。进了景区，大家的眼睛立即就不够使了。原来这里是中国名胜的微缩版，在450亩的园区内，分布着近百个微观著名景点：长城、故宫、黄山、黄果树瀑布、赵州桥、黄帝陵、明十三陵、龙门石窟、漓江山水、杭州西湖……自然奇观，人文精华，应有尽有。园区的口号就是："一步迈进历史，一天游遍中华。"

大家且行且拍照，一个个欢呼雀跃，兴奋异常。但是走着走着，就开始走丢了人，幸亏潘总编提前说了，要大家在规定时间到出口集合。李卓然本来是和潘总编、梁如月一起走的，但不知道什么时候成了孤家寡人。走马观花看了一圈之后，虽然意犹未尽，但也只好朝出口急急赶去。

大家陆续都回来了，偏偏缺了潘总编和梁如月。过了十多分钟，才看见两个人说说笑笑地回来了。潘总编老远就举起脖子上挂的相机，打着哈哈说："给美女拍照，忘记时间了。对不起啊！"

不知道为什么，李卓然心里竟涌起一种酸溜溜的感觉。他也发现，梁如月看他的眼神似乎有点不自然。

接着就去附近参观中国民俗文化村。因为时间有限，也同样是走马观花。大家浏览了一下民间艺术、民俗风情等，不断啧啧称奇，不想肚子也跟着叫了起来。一看时间，原来已到中午。便在园中随便吃了一点东西，然后直奔"世界之窗"。

"世界之窗",果然就是一扇展现世界的窗户,世界名胜古迹,一网打尽。法国埃菲尔铁塔、巴黎凯旋门、意大利比萨斜塔、埃及金字塔、阿蒙神庙、柬埔寨吴哥窟、美国大峡谷、梵蒂冈圣彼得大教堂、印度泰姬陵、澳大利亚悉尼歌剧院……听说过的和没有听说过的,一股脑地全都出现在眼前。一行人就像刘姥姥走进大观园,东张西望,指指点点,一会儿工夫,又首尾难相顾了。

看看时间,快到五点了,李卓然开始故意掉队,想找电话亭给马心岚打电话。偏偏这一回梁如月跟上了他,他去哪儿她也去哪儿,他刚一溜边她就喊他,仿佛在极力澄清刚才造成的误会似的。有两回,李卓然已经到了电话亭旁,刚想拿起电话,就看见梁如月走过来,他只好停止动作。李卓然感到很奇怪,自己怎么突然成了一个心怀鬼胎的人,就像做贼一样慌张?不就打个电话吗,有什么好怕的!他在心里骂着自己:你这是何必呢,在深圳有个女同学,难道是什么不可告人的事情吗?你不想让梁如月知道,难道你和她已经有了什么关系吗?真是有神经病!

后来,梁如月看出了端倪。她说:"卓然,你是不是有什么事儿要办啊?"

李卓然赶紧说:"哦,是这样,如月,我有个女同学在深圳当律师。二十多年没见了,要不要借这个机会和她见个面呢?我正拿不定主意。你认为呢?"

梁如月愣了下说:"啊,女同学,当然要见啊!看你躲躲闪闪的样子,我还以为是什么事呢。要打电话是吧,快打吧,快打吧。"

梁如月说完,还朝他笑了一下,然后大步流星往前走去。闹得李卓然看着她的背影发了好一会儿呆。

于是他马上找了个电话亭,拨通了电话。马心岚那熟悉的乡音马上就传了过来:"哎,卓然是吧,你现在在哪里啊?'世界之窗'?好。那请你半个小时之后走出来,我现在开车过去接你。"

不容他有半点不同意见,她干脆利索地挂了电话。

李卓然望望四周，不见潘总编等人的身影，无奈只好拨通了他的手机，向他请假，说他要去见人。

潘总编说："卓然，晚上还有大型表演呢，你不想看了？"

李卓然说："留个悬念，下次再来吧。"

潘总编问："你要去见什么人啊？那么重要？"

李卓然说："是一个多年未见的同学。"

"哦，同学。肯定是女同学吧？"

"是……是的。"

"唔，怪不得。那你去吧。如果回来，就打我电话，我好告诉你我们住哪里。"

李卓然放下电话，付了电话费，急向出口走去。他很快就出了大门，又走到马路边，站在一个可以停车又比较显眼的地方等待。

马路上，真是车水马龙。各种不同款式的大大小小的汽车，风驰电掣般从他的身边呼啸而过。李卓然瞪大眼睛看着车来的方向，猜测着哪一辆车会是马心岚的，脑子里也在想象着第一眼看到她的情景。二十多年没见了，她到底变成啥样了呢？是胖了还是瘦了？是高了还是矮了？是丑了还是俊了？她的大辫子还在吗？

李卓然站在马路边等了老半天，看看手表，已经过了四十多分钟，可是仍然不见有车在他面前停下来，他想象的各种场面一个也没有出现。他有点着急，想打电话，可是一看周围，最近的电话亭也离他很远。如果走过去，又怕马心岚看不到他。没办法，只能继续等。这时他就羡慕起有手机的人来。你看那个人，站在马路边就可以打电话。他就想，一定要尽快买部手机。

又过了二十多分钟，李卓然站得腰疼腿酸，看得两眼发花。他心里开始咒骂马心岚，都是这个家伙，害得我背井离乡，跑到深圳街头来吹冷风。不然的话，现在我还在塞外家乡的报社里发号施令呢。现在的《东江晨报》虽有起色，可是要到什么时候才能彻底翻身呢？谁也说不好。瞻念前程，不寒而栗。他忽然想起了这句话，心情一下子就很糟糕，他甚至想转身离去，不再跟那个破坏他生活的"丧门星"见面了。

正当他心灰意冷的时候，忽然有一辆红色奥迪轿车慢慢在他前面停下来，接着车窗玻璃被摇下，他看见里面有个戴着大墨镜的女人在冲他摆手，并喊道："是卓然吧，快上车！"

李卓然一时什么都忘了，急忙拉开车门坐到副驾驶位置上。马上就有两条胳膊伸过来，跟他来了个拥抱，然后说："老同学，终于见到你了。抱歉，路上塞车。"

李卓然急忙侧脸去看这个朝思暮想的人，可她戴着墨镜，根本就看不清她的面目，只是觉得她的脸盘挺大，脂粉涂得不少，身材呢，也似乎不怎么苗条。见他看她，她龇牙一笑，说："看啥？有点失望对不对？"他看到她的牙齿不是特别整齐，对了，她现在留的是短发，那条大辫子自然早已荡然无存了。

李卓然的心里，就真的有点失望。

接着，马心岚动作熟练地开起车来。车子很快汇入车流，她一边应对着眼前的复杂情况，一边跟他说话。但是她的脸却一直对着前方，很少转头。李卓然注意看她的穿戴，衣服好像都是名牌的，脖子上戴着金项链，手腕上戴着玉镯，有点珠光宝气的味道，再加上她开的这部价值不菲的车，估计她应该是个成功人士了。但是他却觉得她哪里不对劲儿，和她想象的相去甚远。具体是哪里不对劲儿又说不清。他本来攒了一肚子的话要跟她说，可是现在真的见了面，又不知道说什么好了。

但是他的心情还是挺激动的，毕竟这是他乡遇故知。别说眼前这人曾经是他的初恋对象，就算关系一般，甚至素不相识，能在深圳这地方见到，那也是一件让人高兴的事情。于是他就开始寻找话题，问东问西。

"哎哟，亲爱的，看来混得不错呀！身家百万了吧？"

"冒昧地问，成家了没有？孩子多大了？老公在哪儿高就啊？"

"这些年和你一直失联，都在哪儿闯荡啊？怎么干上律师这一行的？"

"你知道吗，你的那一封信可是改变了我后半生的命运哪！别看我曾经到东江市考察了一回，但是用你的话说就像掏把火似的，对那里的一切我都不了解，对报社更不了解。你知道吧，我很大程度上是奔着你来的。你懂不懂？"

"这些年我经常想起你，你老老实实地说，你想过我吗？"

…………

对这些问题，有的马心岚认真回答，有的却以咯咯的笑声回应。尽管如此，下车之前，李卓然还是大致弄清了她这些年的情况。

马心岚的父母是下放干部，她回到县城后，又随父母回到了老家沈阳，之后在沈阳考上大学，毕业后就留在沈阳工作。但是她不是一个安分的人，又因为婚姻受挫，1989年就辞职下海，来到深圳发展。她发现律师行业不错，就通过自学考取了律师资格证，并逐渐在业内崭露头角。她现在有自己的律师事务所，已在深圳买了三套房。她没有再结婚，也顾不上结婚，没有孩子，现在独身。

唔，婚姻状况倒和我差不多。李卓然心里为之一动。

车子跑了老半天，还没有停下来的意思。李卓然就问："心岚同学，你这是要把我拉到哪儿去呀？"

马心岚说："怎么，你怕我把你卖了？"

"那倒不怕，看看谁缺老公，我巴不得呢！"

"我缺老公啊。"没想到马心岚会这么说。

"哦，你能看上我吗？咱俩可是有相当深厚的基础的。"

"别臭美，想当我的老公，得先看看你的毛长齐了没有。"

李卓然知道，这是塞北那地方的一句流行语，可以做多种理解，但是侮慢的意思十分明显。他忽然想到自己目前的状况，不由得先怯了几分。再往下说，他就不敢那么放肆了。

车子左拐右转，终于开进了一个高档小区，接着进入地下停车场停下来。两个人下了车，李卓然跟着马心岚去乘电梯。这时候他发现马心岚仍然不肯摘下墨镜，就猜想是不是她的眼睛出了问题。现在马心岚近距离地站在他的面前，她的身材的确有点发福，但还不至于臃肿，应该属于那种丰满型的。特别是她的胸脯，似两座小山隐藏在衣服后面。

电梯在16层停下，马心岚脚下的半高跟鞋橐橐地响着，她走过去打开了一扇房门，伸手开了灯，转身对李卓然做了一个请的姿势，说："这就是我的家，李卓然同学，请吧。"

李卓然跟她进去，在门口换上了拖鞋。出现在他眼前的这个家必须用"豪华"二字来形容，家具、灯饰、摆件等无一不显示着主人的富有和高贵。李卓然注意到正面墙上是一张大幅彩色美女艺术照，照片上的女人身穿一袭白色长裙，侧身站在绿草地上，手捧鲜花，脸上堆满迷人的微笑。他正在研究这个女人是谁，却见马心岚已经脱去了外套，也摘下了墨镜，她在李卓然面前摆了个pose，然后笑道："老同学，你看看你的初恋对象现在还能迷死你不？"

李卓然抬眼看过去，灯光下的马心岚早已没了当年的半点影子，现在他们走在街上，就算迎面遇到或者开口问路他也不会认出是她。一眼看去，她整个人显得有点老相，脸上就算涂脂抹粉也难掩岁月的沧桑。现在他知道她为什么老是戴着墨镜了，原因一是她修了眉毛，两道弯弯的眉毛又黑又细，就像画出来的一般；二是她显然做了双眼皮，又粘了假睫毛，一双眼睛好像有点贼。他记得她当年是瓜子脸，现在却变成了圆脸，因为发福，脸盘变大了，她留短发，大概就是想让她的脸显得小一点儿。岁月真是不饶人啊！他不由得在心中叹息了一声。

"唔，不错不错，打85分吧。"李卓然最后得出了这样的结论。

"看你个死样吧！"马心岚显然对这个结论不满意，气呼呼收了pose。

李卓然赶紧说："心岚，你知道吧，我给美女打分最高是90分，人无完人嘛！你这个年龄还能达到85分，你就偷着乐吧你！"

马心岚这才高兴起来，她让李卓然到高档的沙发上坐下，又在他前面的茶几上摆上好几种水果，还给他打开了当时最为流行的背投式大彩电，然后说："卓然，你坐着啊，我去弄几个菜，我们今天好好喝几杯。知道吧，我可从来没有请人到我家来做过客哦，你是头一个。荣幸吧！"

接着她又去了衣帽间，从里面出来的时候，已经换上了一身粉红色睡衣，摇摇摆摆去了厨房。李卓然发现她的这套睡衣有点紧，较好地突出了她的胸部，使她那里显得格外"突然"。

李卓然随便更换着电视频道，最后定在深圳台，那里正在播放一个建楼的画面，他听到播音员说："时间就是金钱，效率就是生命。"这话他在北方也曾经听过，知道是深圳人说出来的。今天他亲自来到了深圳，再听这句话，感觉真的不一样。

他再次打量马心岚这个豪华的家，算一下，她来深圳也不过十年。十年的时间她就成就了事业，赚得了金钱，可见这改革开放的前沿，真的适合能人发展。在这里你只要有本事，就有施展的空间。于是，他又开始后悔没有早和马心岚联系上，也后悔没有一猛子扎到深圳来。这一路上，他已经看出了东江市和深圳市的明显差距。可是他也清楚地知道，现在既然已经在东江市落脚，再想出来就不是那么容易的事情了。

这边李卓然在胡思乱想，那边马心岚在厨房里手脚麻利地弄菜。她先从冰箱里拿出火腿、黄瓜之类的东西，弄了两个凉菜放着，接着又开始炒菜。其实平时她很少在家里吃饭，冰箱里的东西，还是昨晚听说李卓然要来，今早去现买的。现在她虽然也算个有钱人，但并不是个乱花钱的人。老同学来了，照理可以去饭店招待，但她最后决定还是在家里，她总觉得饭店不卫生，而且家里比较亲切，说话随便。

中学时代，马心岚明显感觉到李卓然在暗恋自己，开始时她还挺生气的，说实话她有点看不起农村人，觉得这个土里土气的家伙真是有点癞蛤蟆想吃天鹅肉。后来，因为李卓然作文突出，她虽然改变了一些看法，但也从来没有准备接受他。毕业以后，她很快就把他忘了。

后来，她在沈阳遇见了她的白马王子，相处半年就步入婚姻殿堂。让她始料未及的是，这"白马王子"似乎不想只拥有她这一个"公主"，而她呢，则是个眼里揉不进半点沙子、说一不二的女强人。他们的婚姻来得快，去得也快，半年之内两个人就分道扬镳。她毅然去打掉了肚子里已经三个月的孩子，又坚决辞职远走高飞，彻底离开了那个伤心之地。所以当她成功之后，她想回的并不是沈阳，而是塞外草原。

在塞外那座小城里，她悄悄看望了一些亲戚和朋友。很多人都向她提到了她的同学李卓然。真是士别三日当刮目相看，没想到她当年看不起的一个农家小子，会在这座城市里搞得风生水起。她回去那些天，正赶上李卓然的一部描写知青生活的电视剧的开拍仪式，那天她也到了现场。她看见，编剧李卓然意气风发，仪表堂堂，不由得怦然心动。本想上前相认，但看李卓然忙成那样，她从他身边走过他竟然也没认出她，只好作罢。再后来，她打听到李卓然的婚姻并不圆满，竟有几分窃喜。

回到深圳以后，李卓然的形象便在她的心里挥之不去。当她看到东江晨报社的招聘启事时，马上就用挂号信给他发了过去。但是她又想，人家在家乡做得那么好，肯定不会来的。没想到这家伙竟然闻风而动，不顾一切地来了。

听说李卓然到了南方，马心岚并没有急于和他联系。既然鱼儿已经咬钩，还愁不是自己的菜吗！这些天，她一反常态，开始努力包装自己，包括去文眉和做双眼皮，一心等见面了好让李卓然着迷。但是还没等双眼皮长好，李卓然就突然说要来了，这使她多少有点手忙脚乱。不过来了就好，今天来家里就更好，必须一举把他拿下！马心岚一边炒菜，一边嘴角露出狡黠的笑容。

也就不到一个小时的时间，马心岚已经弄好了三凉三热六个菜，摆在厨房旁的一张餐桌上，然后开了一瓶金奖白兰地，又打开餐桌上方的吊灯，关掉了其他灯，同时放起了音乐，整个房间立刻被朦胧浪漫的气氛笼罩着。马心岚解下围裙，冲李卓然娇声喊道："来吧，大帅哥，来到我们的二人世界吧。"

李卓然走过来，在马心岚对面坐下。他在电影里看到过这样的场景，想不到今天在深圳，在马心岚家里自己也亲历了。他朝对面看去，发现他的初恋对象脸盘似乎更大了，眼睛更小了，但是满桌的美味佳肴却使他心存感激，他急忙举杯说："亲爱的，你辛苦了。谢谢！"

马心岚也举起杯，和他碰了一下说："你来我家，应该是我致辞才对呀。哎呀，卓然，你能来南方我太高兴了。我当年从沈阳辞职走的时候，也有很多人劝我，但是也有人鼓励我走，记得有句话最让我动心：宁在南方置张床，不在北方买套房。结果我就咬牙跺脚地来了。实践证明我来对了。怎么样，你看我现在的状态，没给你丢脸吧？"

李卓然连连点头："佩服佩服，你的成功已经达到了让我目瞪口呆的程度。"

马心岚有点得意地笑起来："我发现你这小子真的挺会说话的。那来吧，为了我们能在深圳相逢，干杯！"

叮当一声，二人一饮而尽。

接着两个人就打开了话匣子，从同学说到老师，从北方说到南方。一边说，一边喝，转眼一瓶白兰地就见底了。这时李卓然还没觉得怎么样，但是他发觉，马心岚说话舌头有点大了。偏偏这时候她把话题扯到了最敏感的地方。

"卓然，我问你，你个人的感情世界……究竟是怎么样的？"

"我嘛……"李卓然沉吟着，"唉，不说我了，我不想说。"

"不行，你必须说。"

"说啥呀，不说，没意思。说你，说你。"

"我都对你……坦白了，我还说啥？你这小子，别以为我什么都不知道。你的事……我都了如指掌。"

"哦，了如指掌，你说说看。"

"你不是也离婚了吗？也没孩子。是钻石王老五，对不对？"

"也对也不对，"李卓然说，"其实我还没办离婚手续，两个人也没在一起过，就那么僵持着。"

"那还不是和我一样吗！我问你，当年你对我的爱情，是不是真的？"

"当然是真的，初恋，是人生最美好、最纯洁的感情。"

"那……现在呢？"

"现在嘛，说实话，我有点不敢高攀了。你看你都成功成这样了，我才刚来，又去了一个烂报社，好像一下子从天上掉到了地上。见了你，我真的有点自惭形秽了，你知道吗？"

"李卓然，你少跟我装蒜，你要什么滑头！你给我……实话实说。"

"刚才我说的就是实话呀！"

"狗屁实话，跟我扯什么……犊子！你肯定知道我想听什么话，你说，快说啊！"

看来马心岚真的喝多了，已经开始骂骂咧咧的了。李卓然就有点紧张，心想接下来应该怎么办。

这时马心岚站了起来，走过来一把抓住了他，她两眼发红，用力摇晃着他说："卓然啊卓然，既然当年你对我那么喜欢，现在为什么不立刻证明给我看呢！不然你的话就是假的，就是骗我玩的。来吧，就让我们欢度今宵吧。"

李卓然此时此刻还客气什么！眼前的这个人可是你当年苦苦思恋的人，也是多年来让你魂牵梦萦的人！退一万步说，就算你过去没有暗恋过她，她最起码也是个知根知底的故人。人家现在已经借酒陈情，向你发出了明确的信号，你们二人也恰好是干柴遇见了烈火，还有什么可犹豫的呢！但是，且慢且慢，此时的李卓然却发现自己连半点冲动都没有。他心里除了紧张还是紧张，竟然没有半点欲望。这真是太奇怪了！

李卓然也站起来，他一把搂住马心岚的腰，连拖带拉把她往沙发上弄。其间马心岚一直在挣扎，暗示他往卧室的方向走，但是李卓然却假装糊涂，暗中发力，迫使她改变了方向。他感觉马心岚的力气好大，并感受到了她腰身的粗壮。

"来来，心岚。我们喝点茶，喝点茶，冷静一下，冷静一下！"

"冷静你个鬼，我现在比任何时候都冷静！李卓然，我看出来了，你他妈的嘴上说得好听，其实根本就不爱我！"

听到她又爆粗口，李卓然忽然明白她身上什么地方不对劲儿了，那就是她的霸气，说一不二的霸气。这对一个女人而言，是最可怕的。长相还在其次，一个女人如果一身霸气，鲜有温柔，往往就是男人的灾难和克星。如果你落到她的手里，那就永世不得翻身了。

"亲爱的，你是大律师，咱说话文明点好不好？"

马心岚忽然抽抽搭搭地哭起来,她含混不清地说:"卓然,你知道我在深圳这些年是怎么过来的吗?刚来的时候,我住在地下室,一天到晚吃方便面啊!"

接着她开始历数她的苦难,一口一个"你知道吗",好像这些苦难都是李卓然给她造成的。

最后她竟然像唱歌一样说:"李卓然,如果你真的爱我,今天就不要走了!你干脆不要再回东江市那破地方了!你就留在我的身边,我来养活你!你呢,想出去干点什么就干点什么,不想干什么就在家里写作,当专业作家。老娘我养得起你,我有三套房,还有存款,这一切都是你的……行不行,就听你一句话了。"

这么好的条件,李卓然真想一口应承下来,可是不知道为什么,梁如月的影子又在他的眼前一闪而过。他真的感到好奇怪,他才认识梁如月这么短的时间,为什么每到关键时刻,她的形象就会闪现在他的眼前呢?

"心岚,你喝醉了。醉话不算数。我们改天再讨论这个问题好吗?"

"我没醉,我很清醒,我就等你一句话……你如果不信,我们可以去进行公证。"

"心岚,你容我考虑一下好吗?"

"什么?这么好的事……你还说要考虑!你……难道是个大潮种吗?"

"心岚,老同学,亲爱的,你听我说,现在已经是午夜十二点了。报社的人还在旅馆等我,你休息吧。我……该走了。"

"李卓然,你真的要走吗?"

"必须走,不然跟他们说不清楚。我们回头再联系吧。"

"好,你走,你滚!出了这个门,就永远别想回来!"

"那行,拜拜!"

李卓然逃也似的快步走到门旁,打开了门。他回头看了一眼,只见马心岚已经从沙发上站了起来,目瞪口呆地看着他。他朝她挥了挥手,又笑了笑,再次说了声:"老同学,亲爱的,再见!"

他慢而有力地关上了门,长出了一口气。

这时他清楚地听见,屋里响起了一阵玻璃器皿被摔碎的声音,还夹杂着一阵哭声和叫骂声。

第八节　这一枪打臭了

在回东江市的路上，李卓然"夜会女同学"成了中心话题。

首先是和他同住一房的高自然睁眼说瞎话，硬说他一夜未归，直到天亮，他才神情疲惫地归来。回来以后，他连上床的力气都没有了。

他继续编造说："我就问他：'卓然，你这是怎么了？'他就说：'唉，夜里的战斗实在是太激烈了。多年没见，猛虎下山，一鼓作气把所有的子弹都打光了。'"

这个坏小子，写新闻一般，编故事倒挺在行。再加上他夸张的动作表情，立刻让全车人笑得人仰马翻。

接着，苏子、王光明加入了编造的行列，他俩一个扮演李卓然，一个扮演他们根本就不知道叫什么名字的女同学，就像说相声一样，互相诉说着相思之苦。还一个劲儿地说："然，我的然，让我们的拥抱来得更猛烈些吧！"说着，还模仿出亲吻的声音。

潘总编、梁如月就笑得更厉害了。梁如月直喊："哎呀妈呀，笑死我了！"

虽然是开玩笑，但李卓然还是有点招架不住。特别是梁如月在他的旁边一阵阵地笑，使他感觉如芒在背，面皮有点发烫，好像他真的干了什么坏事一样。他就开始辩解，寻找证人证明自己的清白。

他说："潘总编可以证明，我是夜间一点钟前回来的呀。我给他打了电话，问他住的旅馆在哪里呀！"

潘总编说:"是,这个我可以证明,卓然的确给我打了电话。但是他打了电话以后回没回来,回来了的话又是什么时候回来的,这我就无法证明了。因为我睡觉了。"

高自然说:"对呀,接下来的事情只有我能证明了,他的确是天亮才回来的呀!再说了,就算你是夜里回来的,那也去了七八个小时啊,啥事你干不完哪!"

到这里,李卓然已经感到自己被穷追猛打到了悬崖边上,无路可逃了。

令李卓然想不到的是,梁如月竟然也出来"揭露"他了,她说:"别的情况我不知道,反正昨天下午五点多钟的时候,卓然的行动一下子变得鬼鬼祟祟的,好像有什么事情躲着我。起初我还傻乎乎的没在意,后来我就问他:'怎么,卓然,你有什么事情吗?'他这才挺不好意思地对我说:'我有个女同学在深圳,多年不见,我要给她打个电话。'我赶紧说:'那你快打吧。'说完我就飞快地逃走了。"

众人再次哄笑,纷纷说:"李卓然,连梁如月都这么说了,你还有什么好说的!快坦白吧,这一夜,你到底跟女同学干什么了!"

李卓然一败涂地,只能尴尬地笑,不再说啥,现在他无论说什么都是越描越黑。后来他干脆改变策略,不再争辩,反而顺着他们说,他们说什么他就承认什么。这样,他们反倒觉得没那么有意思了。

最后潘总编说:"好了,李卓然夜会女同学的故事,到这里就告一段落了。"

梁如月也说:"对,大家就饶了他吧。希望李卓然同学以后谨言慎行,不要再有类似的故事发生了。"

说归说,闹归闹,李卓然还是从梁如月的话里听出了一些弦外之音。他多想告诉她,在最为关键的时刻,都是因为她的影子闪过,他才化险为夷,最终保住纯洁之身的。可是这话能说吗?会有机会说吗?

让他心里发凉的是,在回来的路上,他感觉梁如月似乎在刻意躲避他。她尽力往车门那边靠,不跟他的身体有任何接触。他有时候转过头来看她,她要么目视前方，要么闭上眼睛，就算目光相对，也缺少了过去的温柔。

李卓然若有所失，不由得又暗暗骂起马心岚来。

一想到马心岚，李卓然心中就涌起复杂的情感，后悔这么急切地和她见面，到现在他才真正懂得了"相见不如怀念"这句话的深刻含义，但是一切都已经晚了。他不断想象着他昨晚离开后，马心岚种种疯狂愤怒的举动。遭到男人的拒绝，对女人来说一般都是一种沉重的打击。对马心岚这样本来就受过伤、心气极高的女人来说，这种打击就更加致命。她不会一时想不开，做出什么不理智的事情来吧？

这时车子里已经安静下来，除了苏子正瞪大两眼开车，其余的人都迷迷糊糊地进入了睡眠状态。李卓然虽然也闭着眼睛，但是他睡不着，他在脑子里一遍遍地把昨晚的事情放电影般过着，又一遍遍地问自己做得到底对不对。结果，他听见耳边一直有两个声音在吵架。

一个说："李卓然，你真是个铁杆儿潮种，钢杆儿漆线！天底下这么好的事情到哪里找去？可遇不可求。但是你居然拒绝了，错失良机，你真的好傻呀！如果你从了她，就可以坐享其成，跻身有钱阶级了。而且这人还是你的初恋对象，她对你再坏能坏到哪里去？她就是再丑又能丑到哪里去？女人嘛，关上灯都是一样的，你何必那么求全责备呢！"

一个说："李卓然你做得对。一个男人，怎么能去吃软饭呢！那样的话，你还有人格吗？还有尊严吗？依靠自己的奋斗得来的幸福那才叫真正的幸福，别人赐予你的幸福那算什么幸福？人家可以赐予你，也随时可以收回去，到那时你可真就一无所有了。从马心岚现在的性格看，她就是一个女强人。你必须绝对服从她才行，稍有不如意，她就会收拾你的。昨晚她都敢骂你，那么以后呢，她不敢打你才怪！如果委曲求全地生活在一个女人的手底下，每天仰承鼻息，小心翼翼，那你还叫男人吗！"

两个声音各说各话，弄得他头昏脑涨，最后他索性极力让大脑开小差，去想别的事情。

到了最后，他忽然可怜起马心岚来。哎呀，她这么多年在深圳打拼，真是不容易呀。平时身边肯定也没个人听她说说心里话。好不容易你来了，人家把你带回家里，亲自做菜给你吃，又陪你喝酒，还要把自己奉献给你，对你可以说是一片赤诚了。可你怎么能那么无情地拒绝人家呢？你不能给人家半点安慰，反倒使她再受伤害，作为同学也好，朋友也好，你都不应该呀！你这样做不是太过无情无义了吗！

李卓然惴惴不安起来，他恨不能马上就借潘总编的手机给她打个电话，好生安慰她一下。他感觉车子实在走得太慢了，恨不能一步到达。

谢天谢地，终于到家了。李卓然下车后做的第一件事，就是跑进电话亭打电话。他先打马心岚的座机，没人接；又打她手机，响了几声就被对方按掉了。他继续打，又被按掉了。连续打了四五次，全都是这个结果。最后一次，里面传来的声音是："对不起，您拨打的电话已关机。"

李卓然怅然若失，心情沉重地回到宿舍，躺在床上久久发呆。这趟深圳之行，简直就是乘兴而去，败兴而归。早知如此，何必当初呢！

这一夜，他没有睡好。他老是做梦，一会儿梦见马心岚指着他的鼻子骂他，一会儿又梦见梁如月捂着嘴笑他。这真是猪八戒照镜子，里外不是人！李卓然睡意全无，先是披衣而坐，后来又下床来回踱步，就像驴拉磨一样。

第二天一早上班，他心神不定、头脑昏沉地来到报社，路过发行部的时候，他特意进去坐了一下。

原来潘总编为了让外面的人来报社做广告和订阅报纸方便，最近租下了一楼临街的两个档口，经过简单装修，一个给发行部，一个给广告部。李卓然每天一来上班或快要下班的时候，只要有时间，就会去发行部转一下，了解一下订阅情况和读者反映。其实他主要的目的还是去看梁如月。就算没空，隔着玻璃他也要往里面看一眼，只要看到梁如月的身影，他心里就踏实了。

时间尚早，但是梁如月已经来了。李卓然一进门，她就对着他笑，说："怎么，昨晚没睡好吧？"

李卓然心里一惊，忙问："你怎么知道的？"

梁如月说："你的眼圈是黑的，熊猫眼哦！"然后又关切地问："怎么了，有什么心事吗？"

　　此刻的梁如月就像一个大姐姐，温柔的目光一下照亮了他的心。这时他才注意到，梁如月今天穿了一身暗红色的套裙，使她看上去更加风姿绰约。他心里动了动，真想把昨晚的真实经历一五一十说给她听，问她自己这样做对不对，但是话到嘴边却又咽了回去，只说："没事儿，真的没事儿。"

　　梁如月说："没事就好。"又意味深长地看着他说："昨天在车上，大家都是跟你开玩笑呢，你可别往心里去啊。"

　　"不会，这个我还不知道吗？"

　　"可是我看见你下车的时候，一副忧心忡忡的样子，好像还挺忙的。"

　　哦，看来梁如月一直在观察自己。李卓然心里一热，说："我当时忙着去打一个电话。"

　　"哦，你没事就好。你看潘总编对咱们这么好，现在开局又这么好，你就全力以赴地去工作吧。放心，其实我是很理解你的。"

　　多么聪明的女人！她竟然能够看出李卓然的心事，并不露痕迹地帮他化解。他一下子就觉得宽慰了许多。

　　"如月，谢谢你。"李卓然说。

　　"谢我什么呀！卓然，你呀，确实挺诚实可爱的。你就不会随便撒个谎吗？非说是女同学干什么呢？你就说是男同学，还有人跟着去验证啊！嘻嘻。"

　　李卓然不由得也笑了起来："唉，我这人最大的优点，就是不会撒谎。"

　　"嗯，话说回来，诚实的男人才最可爱。"梁如月说完这句话，不知道脸为什么红了一下。

　　他们接着就岔开了话题，说了一些报纸的事。此时李卓然的心情，已经明显好了起来。他正要走，却见门口一黑，是潘总编走了进来。潘总编一见他就笑起来，说："啊，卓然，夜会了女同学，今天一大早又来会见报花了。"

　　"潘总编，你不是也来了吗？"李卓然脱口而出，说完颇觉不妥。

还是梁如月机灵，她立刻说："大家都来我才高兴呢！这说明发行部有吸引力，发行工作要上去啊！"

二人听了打了个哈哈，李卓然就赶紧说："潘总，正想上去找你。怎么样，昨天我们在车上说的打总体战的事情，可以最后决定吗？"

潘总编说："卓然，这事我又反复考虑了一下，可以搞，但还是要按步骤来。今天你把上次那个方案再完善一下，把目的和意义讲清楚，之后你就不用给我看了。你到电脑房打印一份，带上去趟市委宣传部，找朱部长，听听她的意见，并请她从中协调。我相信她会支持我们的。"

"好的，遵命。"李卓然又开始兴奋起来。

"哦，对了，如月，如果你有空，可以和卓然一起去。你可以把报纸发行的事情对她说一下，看她有什么金点子。"

"好的，老总。"梁如月也显得很高兴。

一个上午，李卓然除了看版面，就是忙那个方案。在电脑房打印好之后，他又反复修改了两次。恰好这时赖副社长也到电脑房打印材料，他看到那个方案，就直接走过来问李卓然："李主任，整顿电话乱收费的事情，上次我不是对你讲过了吗？你怎么又来折腾哦？"

李卓然急忙说："啊，赖社，是这样的。昨天我们去深圳，在车上又议论起这件事，大家都觉得还是要打一次总体战，潘总编也同意了。他要我修改方案，按你上次的意见，报给市委宣传部。"

李卓然小心翼翼地说，生怕哪句话不合适，造成领导之间的误会。

"你等等，你说你们昨天去深圳了？还有谁去了？去干什么？我怎么不知道？"

"潘总编带我们几个部门主任去转了下。"李卓然压低了声音说，他怕别人听见会有意见。这时他也有点后悔，不应该提这件事。因为他不知道领导之间是怎么协调的。

"搞什么！"谁知赖副社长一听勃然大怒，他故意提高声音说，"行啊你们，报社这么困难，还没怎么样，你们就去深圳潇洒了。不错哦！"

李卓然没敢接腔,他紧张地看着四周,发现旁边除了李佳媛、刘青草没有别人。而他们二人都是知情者。

"李卓然,我告诉你,你不要拉大旗作虎皮,把我的话当耳边风。我告诉你们,我的忍耐是有限度的!"

赖副社长竟然直呼他的名字,并说出这么难听的话来。李卓然急忙迎着他的目光说:"赖社,你有话好好说嘛,你这么说话好像不妥当吧。"

"跟你好好说你不听哦!好,那我就再跟你说一遍,这个方案你先不要搞了,市委宣传部你也不要去了。"

"可是,是潘总编让我去的呀,我听谁的呀?"李卓然不软不硬地说。他真的不理解,赖副社长为什么会对这件事如此反感。

"你别管,我去找他!"赖副社长说完,气呼呼地走了。

李卓然这时也来了气,他马上收拾了一下东西,又去电脑房打印了一份方案,然后下楼找到梁如月说:"走,我们马上去市委宣传部。"

梁如月收拾东西随他出来,路上说:"不对呀,你的情绪好像有点不对呀。"

李卓然就把刚才的事情说了,梁如月一听急忙停住脚步说:"哎哟,这么说事情有点麻烦。我们就先不要去了吧。"

"不行,非去不可!我就不信这个邪!"

"卓然,你听我说。凡事不可强来嘛!现在领导之间还没有沟通好,你去部里,要是朱部长问起来你怎么说?再说了,为这件事,我们没必要跟赖社长闹对立嘛!"

"可是他说话也太难听了,什么拉大旗作虎皮,拿他的话当耳边风,这回我就拉一个给他看看!"

"不要嘛卓然,你冷静一下。走,我们先回发行部去,喝茶。等潘总编的最后指示。有一把手在,你急什么?你在北方当过报社领导,应该懂得怎么处理事情啊。"

李卓然想想也是,就跟着梁如月回到了发行部,坐等。

大约过了半个小时，桌上的电话响了起来，梁如月接听，果然是潘总编，他开口就找李卓然。李卓然接过听筒，只听潘总编说："卓然，你怎么把事情搞得这么复杂呀！去宣传部你悄悄去就是了，为什么要说出来！还有去深圳的事情，你也没必要说嘛！"

李卓然知道潘总编误会了，急忙说："潘总你等下，我上来跟你说。"他顾不上和梁如月解释，就跑上楼去。进了潘总编办公室，看见他正坐在椅子上生气。很显然，肯定刚才赖副社长跟他吵过架了。李卓然就赶紧把事情的经过说了一遍，最后说："潘总你看吧，这事搞就搞，不搞就不搞，我又不是为了自己。"

潘总编听了，脸色缓和下来，他想了想说："搞，这件事必须搞！而且一定要搞好！"

他说着拿起桌上的电话，开始拨号。先拨打的是座机，没人接，又打手机，接通以后只听他说："朱部长吗？您好您好，我是潘文涛，有件事情向您请示一下，就是李卓然同志……对，就是制订改版方案的那个人。他又搞了一个策划，想对大街上普遍存在的电话乱收费现象进行报道。对，现在街头电话乱收费现象非常严重，市民非常关注。我们就是想通过报道敦促有关方面进行治理。我想让他带上方案去您办公室……什么，您不在东江？外出学习多久？一个礼拜。哦哦。对，当然要把握好分寸，帮忙不添乱。对，是，是，那好吧，就这样。拜拜！"

放下电话，潘总编看着李卓然说："朱部长她人在外地。这事她原则上同意，关键是看我们怎么把握，最后达到怎样的效果。刚才赖副社长为这事跟我发飙，你如果有决心搞，我当然坚决支持你。但是只许成功，不许失败。所以现在我还要再问你一句，这件事你真的有把握搞好吗？"

"我有！"李卓然挺起胸膛说。

"那好吧，你就付诸行动吧。当然作为总编辑，我也要说一句，你放心大胆地干，有了成绩是你的，有了问题是我的！"

潘总编说得铿锵有力，颇为悲壮。李卓然不觉心头一热，同时感到眼眶湿湿的。他雄赳赳气昂昂地站起来要走,潘总编却又叫住他说:"卓然啊,还有一句话我要说给你听,作为北方人,你说话实在是优点。可这里是南方,又是报社,你以后说话,该实在的实在,不该实在的不要乱实在。比如昨天我们去深圳的事情,考虑到其他几位领导都是本地人,都去过深圳,我就没叫他们,连赖副社长我也没叫。因为如果他去,你们之中就有人去不了啦。我们悄悄去了也就去了。可是你一说出来,就弄得我很被动啦。刚才赖副社长问我,他是分管编务的副社长,为什么把他撇在一边。你看这个,我就不好回答哦!"

李卓然感觉面皮发烫,连连说:"不好意思,是我不小心说漏了嘴。这事我记住了。"

送走李卓然,潘总编在老板椅上长长地出了一口气。现在他已经真实地体会到,单枪匹马地来异地这个烂报社当个总编,真不是什么好玩的事情。

刚才,赖海光气冲冲地来找他,一口一个"老潘",和他大闹了一场。他质问他:"你带主任们去深圳,为什么连个招呼都不跟我打?"他还质问他:"我已经否决了的事情,你为什么还要让他们瞎折腾?你把我这个副社长置于何地?如此下去我还有什么威信可言?"

赖海光扬言:"我要向邱董事长汇报,向宣传部反映情况!"

等他喊完了,潘总编耐心地给他做了解释:

"第一,带几个主任去深圳,是为了奖励他们,这完全符合社委会奖勤罚懒的原则。而且一共才花了千把块钱,作为报社一把手,我有权做出这个决定。行前我也跟分管后勤的黄副社长打了招呼,他很支持。至于为什么没有叫你,主要考虑你是本地人,深圳早就去过多次了,车子实在挤不下,所以就没有打扰你。除了你,报社其他领导也一概没叫。

"第二,关于报道电话乱收费现象的策划方案,你上次的确跟李卓然谈过了,但是你只能代表个人,不能一句话就否决了,而且以后也不许别人再提了。别人再提,你认为就是挑战你,这种想法肯定是不对的。其实这次准备搞这件事,也尊重和听取了你上次的意见,就是要提前做好功课,现在正准备派他们去向市委宣传部汇报。搞还是不搞,要等待宣传部的决定。"

潘总编如此一说,赖海光才没那么激动了。但是他依然心存芥蒂,最后悻悻而去。临走时还撂话:"老潘,自从你来报社之后,特别是提出改版以来,我已经做出了巨大的让步。你们已经把大报改成小报了,还想怎么样!如果你再一意孤行,不把我放在眼里,那么以后我就不再忍让了。"

现在,潘总编想着赖海光的话,心中不免沉重。

原宝安县人潘文涛,从小就是个学霸,高中毕业后以优异成绩考入北京大学。但他所学并不是文科,而是理科,他的理想是当个科学家。正当他开足马力向理想冲锋的时候,那场史无前例的运动爆发了。大学停课,每天写大字报,搞大辩论。不知不觉,他竟然练出了一手好毛笔字,也写出了一手好文章。后来他稀里糊涂就毕业了,被分配到京城的一家报社工作。能在京城安身立命,这是多少人羡慕的事情,可是他偏偏不太适应北方的气候和饮食。气候还好说一些,特别是饮食,白面、玉米面、高粱面、小米面这些面食他实在吃不习惯。他和所有的南方人一样,坚定地认为只有吃米饭才叫吃饭,一天不吃米饭就心里发慌。后来,深圳特区成立,他立马申请跑回了特区。

照理,来自京城大报社的他本可以在特区新闻界大展宏图,但是阴差阳错,十多年时间过去他还只是个中层干部。而且随着年龄的增加,提拔的机会越来越少。正在这时,东江市委宣传部的人找上门来,以每月工资一万元的价码邀他去东江晨报社当总编辑。他前思后想,最后还是动了心。为保险起见,他向报社领导说明了情况,问可否给他办个停薪留职手续,如那边弄不好,也有个退路。没想到领导很爽快地答应了,并鼓励他过去把晨报办好,个人有什么困难可以随时向报社提出来。后顾之忧一除,潘文涛雄心勃勃地到了东江市,踏上了新的征程。

本来他们是要任命他为社长的,但是他不喜欢社长的称呼,于是按他的意思称总编,实行总编负责制。让他没有想到的是,报社的经济状况是那么糟,内部管理是那么乱,人与人的关系是那么复杂。因为他拿着高工资,班子中其他成员似乎心中颇不服气。特别是赖副社长,他每月的工资才三千块,你让他心里如何平衡呢!

  潘总编想,现在看,上次的改版风波虽在朱副部长的强力协调下得以平息,但其实那正是各种矛盾的开始,今后只要你的举措不合他们的心思,他们就会毫不客气地加以阻拦。赖海光不是说笑的,他绝对会动真格的,公开和你对着干。虽然你是总编辑,但在班子内部,你却是孤立的。你现在的唯一办法,就是紧紧依靠市委宣传部,紧紧团结李卓然等组成的这支生力军,并团结原有的主力军,先把报纸质量稳步提升起来再说。只有报纸办好了,发行和广告上去了,你的地位才能稳固。

  实践已经证明,李卓然的确是个办报奇才。他善于策划,金点子多,组织能力强,文笔又好,他来这家报社实属明珠暗投。而且这人性格直率,没有心计,好打交道。要想办好报纸,必须重用他,尊重他的意见。他提出治理电话乱收费现象,打总体战,的确不是为了他自己,而是为了把报纸办得更好,更加贴近百姓。所以必须坚决给予支持。不但如此,在适当的时候,还一定要想办法把他提拔起来,让他发挥更大的作用……

  不说潘总编在这边想心事,李卓然那边,现在已经开始紧锣密鼓地排兵布阵,全部人马已经准备上街去采访了。

  采访队伍以记者部的兵马为主,总编室的李佳媛、刘青草等也奉命出击。一共十二名记者,分成四路深入四个片区明察暗访。李卓然召集大家开了一个"战前动员会",面授机宜,要求他们一定要以"现场直击"形式,文字和图片一起抓,务必获取百分之百的第一手真实资料,这些资料要经得起任何推敲。他最后说:"市委宣传部朱部长虽然人在外地学习,但是她也很关心我们这次采访活动,潘总编更是做了明确要求,那就是只许成功,不许失败。据我所知,这是本报成立以来的第一次集体采访,即所谓总体战,意义重大。拜托大家全力以赴,团结协作,争取把这一仗打赢,打漂亮!为今后的战役打下基础并积累经验。"

  的确,自《东江晨报》创办以来,平日记者采访,除了会议和活动主办方邀请,其余都是单打独斗,自己去抓新闻,还从来没有组织过集体采访,所以大家都感觉很新鲜，也很兴奋。最后在李卓然的一声"出发"的号令下，十二个人便神情严肃地出发了，真像战士们奔赴前线一样。

李卓然没有跟去，他就守在电话机旁，一边写《东江时评》栏目稿，一边坐镇指挥。

在北方，他组织的这样的战役性报道太多了，而且从来没有失败过。他记得最著名的一次，是报道塞北小城的交通秩序问题。一段时间内他发现，市内的交通秩序真是太混乱了，闯红灯的、横穿马路的、占道经营的比比皆是。于是报社组织记者重拳出击，进行现场采访，并追踪报道，结果不但引起了有关部门的高度重视，也引起了市长的重视，最后促使市长走上交通岗，亲自慰问交警。他们撰写的《市长走上交通岗》一文，当年被评为全国晚报好新闻一等奖。还有一次，市内市场惊现拉杆秤，坑害消费者，又是他亲率记者明察暗访，给予曝光，促使有关部门严厉查处，拉杆秤最终在市场上销声匿迹，广大市民高兴地说："《塞外晚报》就是咱老百姓自己的报纸……"

正是因为他有这么多的直接经验，所以他才敢拍着胸脯向潘总编做出保证。但是他的内心深处，现在也还是有几分忐忑。这里毕竟是南方，报社毕竟没有搞过类似报道，是否能够像在北方那样一举获得重大成功，最后达到领导满意、读者满意、有关部门满意"三满意"的目的，对此他真的没有绝对的把握。

李卓然心里明白，就像上次改版一样，这次总体战也已经逐步演变为报社内部的"两条路线的斗争"。刚才他给记者开会的时候，恰好赖副社长从外面进来，他沉着一张脸，用含义无穷的目光看了他一眼，打开自己办公室的门径直走进去，又砰的一声关上，这显然是对他的一种警告。此刻，赖副社长肯定在冷冷地关注着事情的进展。成功也就罢了，但是如果失败，他和潘总编都将面临他的讥讽。如果仅仅是讥讽倒也罢了，他们可能还会有所行动，弄不好，会直接威胁到潘总编的地位。

这么一想，李卓然顿时觉得肩上沉甸甸的，就像压上了千斤重担。有一阵工夫，他真想去赖副社长的办公室，推心置腹地跟他谈一谈，如果他能够转而支持自己，那该是多么好的事情啊！

可是他也明白，这几乎是不可能的。赖副社长有他自己的人生观、价值观，他现在需要的是你顺从他，而不是他顺从你。最后的结果只能是谁也不顺从谁，只能骑驴看唱本，走着瞧咯。

李卓然心里也好纳闷，他在北方报社的时候，整天也是口无遮拦的，可是基本没什么对立面。怎么刚刚来到南方，对立面就出现了？而且对方很明显也是好人，也不是故意要和他作对。可是不知怎么搞的，就成了现在这个样子。不知不觉，他就被夹在两个领导之间了。

郁闷！真是好生郁闷！

其实这个时候，副社长赖海光也在屋里生气。他气得鼻子都要歪了。

第一，他生潘总编的气，如此不把他当回事！虽然刚才他对他做出了一些解释，但是他的解释并不能让他完全信服。他已经清楚地感觉到，这个老潘对他这个副手非常不信任，反倒对刚来的李卓然言听计从，大有让他取代自己的势头。姓潘的，你不要猖狂，如果你真想和我作对，那我也不是好欺负的。我也有我的势力，也有我的办法。有道是强龙压不过地头蛇，搞不好，老子分分钟就能让你滚蛋！

第二，他生李卓然的气。你一个北方小报的副总编，讲级别不过是我手下一个部门的主任罢了，你才来几天，就这么"窜"，真是不知天高地厚！你以为你搞了个改版方案就了不起了，成了精了！我已经好心好意地告诉你不要乱来，不要乱来，可你竟然充耳不闻，还是要乱来。你以为你抱住姓潘的粗腿，就天下无敌了，呸！只要我动下手指，就会让你这个"北佬"找不着北……

想到这里，他心里忽然一动，拿起桌上的电话，在电话本上翻到一个号码，就拨了过去。接通以后，就用客家话低声说起什么来。

《私接乱拉，漫天要价——街头电话乱象何时了》，这一篇《记者观察》栏目稿件，第二天一早便以大半个版的篇幅，出现在《东江晨报》的一版上。

标题粗黑，文字配图，再加上画龙点睛的编者按和四个直击现场的小标题，一下就形成了强烈的视觉冲击，使每个看到报纸的人，都不会轻易放下。

一大早，潘总编和李卓然又不约而同地来到了发行部。昨晚，他俩都加班到很晚，先是李卓然把记者们的稿件串起来，几乎重写了一遍，又一个个地加了小标题，最后加了编者按，然后打出小样，交由潘总编审阅。潘总编也是一个字一个字地推敲，直到十一点多钟，才定稿签发。现在他们都迫切地想知道，报纸印刷出来的效果怎么样，读者和相关部门将会有什么样的反应。

报纸已经送来了，梁如月正忙着给附近几个街头售报点的小贩分报纸。他们老远就听见小贩在叫："哎呀，今天有这内容，给我加100份！""这个好，我也加100份！"

潘、李二人高兴地走过去问："怎么样，老板，今天的内容你们喜欢吗？"

"当然喜欢啦。"一个说，"你们晨报真是越办越好了，比以前好卖多了。"

另一个说："你们登这些与老百姓生活有关的内容，当然大家就喜欢看啦。街头电话摊，早就该治理一下啦。"

梁如月这时在一边说："你们还不认识吧，这个就是我们的老总，这个呢，是总编室的大主任。"

"哦，原来都是大领刀（领导），好棒哦！"

小贩们赞叹着，用车子载着报纸，急急忙忙地走了。

潘总编和李卓然相视而笑，心里都有一种甜蜜感。小贩们来自生活一线，他们的意见往往最能代表读者的声音。如此看来，他们的心血没有白费，再苦再累也值了。

两个人就在发行部坐下来，一边研究报纸，一边商量下一步的报道计划。梁如月给他们分别沏上一杯茶，静静地听他们说话，要紧处也插上几句话。一种和谐、友好的氛围在三个人之间牢固形成。

后来陆陆续续地有人来上班了。潘总编和李卓然就说说笑笑上楼去，开始投入一天的紧张工作。

谁知道他们高兴得太早了。上午九点多钟，首先是潘总编接到了市委宣传部宣传科金科长的电话，金科长说部里的常务副部长叶阔找他，要他去汇报今天报纸的负面新闻报道问题。

潘总编说："我们这不是负面报道，这是曝光社会问题，目的是治理。"

金科长说："那你跟叶部长解释吧。你最好能亲自过来一趟。"

潘总编一听就很生气："对不起，我有工作走不开。"

金科长沉吟一下说："那你给他电话吧，他的号码你记一下。"

潘总编想了想，还是打了电话。电话一通，那边的叶副部长就训上他了："潘总编，你们报社很巴贝（厉害）啊，还有没有一点点党性原则啦？"

潘总编说："叶部长，我们搞这次活动，是打电话请示过朱部长的。新闻单位进行正常的舆论监督，帮助解决社会问题，这个不能等同于负面报道！"

叶副部长说："朱部长她在外地学习，她的工作暂时由我统管。你不用多说了，你们报纸出现导向问题是肯定的啦！你知不知道，市邮电局的意见有多大？一早就有人来找我，还要去找市领导。所以现在我决定，第一，你们必须立即停止有关电话乱收费问题的报道；第二，准备做出检查，并向市邮电局道歉！"

"叶部长……"

"你不要讲了，就这样定了！"语气冰冷生硬，没有半点商量余地。

放下电话，潘总编觉得一口气堵在胸口，半天没缓过来。他又感觉像被人突然打了脸，脸上火辣辣地疼。过了一会儿，他心里忽然动了一下，奇怪，市邮电局的反应怎么会如此迅速呢？难道有人提前通风报信了不成？

他正想着，却见李卓然红头涨脸走了进来，嘴里说道："这都是些什么人，简直太不像话了。"

没等潘总编开口问，李卓然就已经在那里说开了："刚才接到一个电话，对方称是市邮电局的职工，他说我们今天的报纸让他们出丑，砸了他们的饭碗，说着说着，竟然开口骂起人来，我就把电话给挂了。过了一会儿，又有一个人打来电话，指名道姓找我，也是开口就骂，你说他们怎么知道这活动是我策划的呢？"

潘总编说："很清楚，我们这里出了内鬼。"

潘总编走过去把门关上，然后压低声音说："刚才市委宣传部也来电话了，口气很强硬，要我们必须立即停止报道，还要做出检查，向市邮电局道歉。"

"什么！"李卓然一听，如雷轰顶，接着他怒不可遏地说："他凭什么这么说呀！他怎么就不调查一下，有多少市民在叫好呢！从早晨到现在，我们的电话都快被打爆了，除了那两个家伙，没有一个不说好的。市邮电局应该闻过则喜，借这个契机，顺应民心，把街头电话乱象彻底整顿好才对嘛！"

李卓然越说越激动，声音也越来越高。潘总编示意他小声一些，又示意他坐下，然后说："卓然，事已至此，发火是没有用的。有的领导就是这样，他喜欢高高在上，根本就不听你讲什么道理。他说的话才是道理。我们现在就来研究一下应对的办法。"

二人商量了半天，形成三条意见。第一，报社内部冷处理，不传达，不扩散。明天的报纸，可在一版报道一下市民的反应。这样就等于把球踢给了市邮电局，接下来你不行动，不作为，那是你的问题。如果宣传部问起来，也可以说我们没有继续曝光，只是为了给读者一个交代。第二，下午李卓然和梁如月去趟市邮电局，当面向邮电局领导说明报社这样做的意图，争取他们的谅解和支持。第三，潘总编联系朱副部长，向她汇报情况，听取她的意见。

二人说完以后，李卓然起身说道："潘总对不起，看来我对情况估计不足，过分自信，给你找麻烦了。"

潘总编说："我都跟你说过了，有了成绩是你的，出了问题我顶着。没事，世间的事情没有那么顺利的。而且南方北方，真的存在差异，以后注意就是了。"

　　李卓然非常感动，和潘总编握了握手，头脑随之冷静下来。他不动声色地从潘总编办公室里走出来，到总编室的那个格子间里去看稿，发布指令，好像什么事情也没有发生一样。他很快就安排好明天一版的稿件，又交代李佳媛下午看家，随后，他又开始准备去市邮电局"谈判"的材料。

　　不错，这真的是一场谈判，虽然胜算不大，但他也要勇敢面对。就算那里是龙潭虎穴，他也要去闯一闯！

第九节　较量

那天，李卓然忙得忘了吃饭。他一抬头，发现周围的人都不在了。一看手表，已经十二点多了。他急忙收拾东西，准备去食堂吃饭。这时，却见苏子从里边的格子间里走出来。

"哎呀哥，你真是党的好干部，看你多敬业！我一直在里边候着你呢！"

李卓然说："怎么，兄弟，有事啊？"

"是啊，喝点酒吧。"

李卓然说："现在都马踩车了，哪里还有心思去喝酒！"

苏子说："怎么了，是那个报道惹祸了吧？"

李卓然问："你怎么知道？"

苏子说："刚才我跟赖社长在一起，他话里话外有这意思。他对你和潘总编的意见都很大，说你们不听劝阻，非要乱来，现在是咎由自取。"

李卓然忽然想到潘总编说的内鬼的事，难道是……他不敢想下去。

"走吧我的哥，你责任感那么强干什么！喝点酒，才是享受人生。现在都过饭点了，咱俩去四川饭店随便吃点东西吧。"

李卓然不好再推辞，就说："那走吧。说好了，不喝酒啊！"

说完，二人下楼往四川饭店走。

他们刚到四川饭店门口，老板娘廖美丽就热情地迎出来。今天她上身穿了一件黑色弹力衫，使她的胸脯显得更加饱满鼓胀。苏子一见，连喊"性感",作势要拥抱她。廖美丽竟然一下子躲到李卓然背后,连声说:"你这个色狼,怎么就不知道向李主任学习一下呢?这样稳重的男人,我才喜欢呢。"

李卓然也不知道她是不是在开玩笑,但是心里却很受用。苏子不无嫉妒地说:"我的大哥,真是奇怪,你怎么就那么有女人缘呢!"

中午这顿饭吃得很简单,但内容却很丰富。

首先,李卓然第一次知道了廖美丽老公的故事。他叫万华,一个曾在北京中国青年报社当记者的人,他来东江市采访时,爱上了这里的山水。当时也有个市领导随口邀请他来,结果他真的带着爱人廖美丽来了。他们来了之后,当地并没有把他安排好,最后他竟然成了一名流浪记者。所谓流浪记者,就是没有稳定在某家报社或者杂志社的记者,东家干几天,西家干几天,到处飘荡,靠写作为生。这样的人,没有一个是富有的。幸亏廖美丽开了这家饭店,两口子齐心协力,本来日子过得好好的,但是有一天,有烂仔到饭店调戏老板娘,万华闻声赶到,与之搏斗,却被刺死街头……

李卓然听了,不由得唏嘘,更对廖美丽心生怜悯。

其次,李卓然也第一次看到了和苏子同居的打工妹阿红。这个女孩长相一般,但是泼辣风骚,当着他的面就向苏子撒娇,一会儿要这,一会儿要那。李卓然暗忖:苏子跟她在一起,闹不好会倒霉的。果然此后不久,苏子就因为她闹出一个震惊全国的事件来。此是后话,不提。

下午,李卓然跟梁如月一起,到市邮电局去谈判。

提前打了电话,那边的态度很不友好,但最后还是同意见面谈谈。

二人乘公交车,到了市邮电局一幢有点陈旧的大楼前,先是到门卫室登记,门卫通报,接着又到会议室等待。也没人给倒茶,就那么干坐着,足足等了半个多小时。李卓然懂得这叫坐冷板凳,气愤地拍案而起,准备离去。梁如月却拉住了他,说:"我们再等等,既然来了,总要过下招吧。"

又过了一会儿,才有两个人进来,他们互相介绍,一个是副局长,一个是办公室主任。李卓然他们也做了自我介绍。

第九节 较量

　　副局长比较年轻，他开口就问："请问两位主任，你们是来道歉的吗？"

　　李卓然回答说："不是，我们代表报社来，是想进一步说清我们的意图。我们报道的街头电话乱收费的问题，这是普遍存在的客观事实，我们就是想通过新闻报道，帮助你们进行整顿。我们没有恶意，不需要道歉。"

　　副局长马上说："不道歉那就免谈了。你们报社不跟我们打招呼，胡写乱报，已经给我局声誉造成了严重的负面影响。我们正在向有关方面反映问题，同时也保留通过法律手段解决问题，也就是起诉你们报社的权利。"

　　李卓然听这个副局长讲一口流利的普通话，而且咬文嚼字，貌似有点水平，立即接过他的话头说："局长同志，我想问你，市邮电局不会是老虎的屁股，摸不得吧？难道你们这个行业有规定，可以不接受新闻媒体的舆论监督吗？报道社会热点问题，是我们新闻媒体的权利和义务，任何单位和个人，都不得以任何借口加以拒绝。你说我们胡写乱报，请问具体指的是哪一条？请拿出事实来。街头电话乱收费问题，有目共睹，我想这也是你们邮电局不愿意看到的现象。你们应该闻过则喜，借这个契机，开展一场治理行动，这样党和人民才会满意，你们也才会有所谓的形象。一味护短，拒绝批评，还说什么这损害了你们的形象，造成了负面影响。我觉得你们这么做才会造成负面影响呢！你说呢？"

　　李卓然一番话，说得这个副局长有点张口结舌，但是他仍然不肯认输，他说："你讲你的道理，我们有我们的原则。街头电话问题属于前进中的问题。我们局有我们局的考虑、安排，不需要你们来插手指挥。如果那样的话，你们报社岂不是可以取代任何职能部门了？"

　　李卓然说："我们没想取代谁，只是指出问题，敦促职能部门进行整改。你们明明知道问题存在，却矢口否认，这岂不是掩耳盗铃吗！局长同志，我看你也是个有水平有能力的人，不至于连这个起码的道理都不懂吧。"

　　副局长好像被说急了，他说："李主任，我现在是代表市邮电局跟你谈话，我讲的话代表的就是市邮电局班子的意见。你们要么道歉，要么就准备打官司，没有其他选择。还有，你们的主管部门，还有市领导，肯定也都会找你们的。"

李卓然严正地说："谁找我们，也要讲道理，不能是非不分。法律就更要讲公平正义了，不是谁随便起诉别人，不管有理没理，都可以赢的。除非这东江市，不是共产党的天下！我再次奉劝你们，应该抓住这个契机，化消极为积极，变被动为主动，把街头电话乱象治理一下，给老百姓一个交代。我们报社，愿意配合你们，进行跟踪报道，帮助市邮电局树立真正良好的社会形象。"

副局长被李卓然说得哑口无言，他想了想站起来说："那请你们等一下，我把情况再给局长汇报一下。"然后他示意办公室主任给他们倒茶。

约莫过了二十分钟，副局长又回来了，他面无表情地说："对不起，我请示过了，我们的意见还是那样的。你们必须道歉，否则后果自负。"

"那好吧。"李卓然站起来说，"请你转告你们局长，对抗批评，拒绝社会舆论监督，是思维落后的表现，与改革开放格格不入。我相信我们没有做错，你们想怎么办都可以，我们悉听尊便，奉陪到底！"

李卓然和梁如月就昂然往外走，副局长和那个办公室主任似乎面露愧色。走到门口，副局长有意无意地说了一句话："李主任，你也不用那么强硬哦，恐怕你们内部也不是那么一致吧？"

李卓然霎时明白了他这话的弦外之音，特意上前跟他握了一下手。

从邮电局出来，梁如月一路上都在夸奖李卓然，她说："卓然，你刚才说得真是太精彩了，铿锵有力，句句在理，我看你颇有外交官的风采。"

受到梁如月的称赞，李卓然心里很是受用，他有点得意地说："应该还可以吧。我这人没别的毛病，就是表达能力好。今天我就是要他们见识一下记者的威严，让他们知道报社的人是不可以随便摆布欺负的。"

"对，真的是太提气了。我在旁边坐着觉得特别自豪。我看那两个人，被你批驳得一愣一愣的，那个副局长，其实已经被你说服了。他去请示局长，肯定说了你的观点，但是他们这个局长看来是个不开窍的人。那个成语怎么说的来着,叫什么忌医?"

"是讳疾忌医。"

"对,就是这个成语。卓然还是你有文化。跟你在一起,长知识啊!"

这一天,阳光灿烂,世界温暖如春。李卓然在南方小城的街头,听见他所爱慕的女人这样夸他,立刻感觉心花怒放。他看着梁如月那张让人百看不厌的脸,真想上前亲上一口。他也动情地说:"其实你还不知道,我今天表现好,主要原因是你坐在我的身旁,只要有你在,我干什么都觉得特来劲。"

梁如月不由得看了他一眼,含情脉脉地说:"真的呀?"

"骗你是狗!"李卓然不知道自己为什么会说出这样一句话来,说完他和梁如月都笑了起来。

这时,他们不知不觉走到西湖公园的后门来了。天色尚早,李卓然忽然提议道:"哎,咱俩去逛下西湖吧。"

梁如月听了李卓然这句话,感觉无论是他的那一声"哎",还是他这个提议本身,都充满强烈的暧昧色彩,她浑身一热,真想上前挽起他的胳膊,亲亲热热地和他一起去逛西湖,坐在凉亭里卿卿我我,然后……眼前的这个男人,的的确确是她非常喜欢的一个人。他外形俊秀,才华横溢,而且热情向上,浑身上下充满朝气,心中充满激情,从见到他那天开始,她就被他的魅力所吸引。虽然她已经结婚,并有了孩子,但是她并没有真正恋爱过,她明明白白地感觉到,这个人才是她的真命天子;她也隐约觉得,她生命的春天似乎就要来了。

可是……世界上有太多的"可是",就是这两个字,使得太多的事情临时转向,甚至功败垂成。

现在,梁如月轻轻地笑了一下,她说:"卓然,有空我们再来吧,多叫上几个朋友。就咱俩,这大白天的,有人看见,会传绯闻的。我倒没什么,关键是你,你不能有什么闪失啊,你是我们的希望啊!"

就像被当头浇了一盆冷水,李卓然感觉自己的心一下子就凉透了。他当然知道梁如月说的有道理,但是此刻他却把她的话理解成一种拒绝。难道自己是火炕一头热？难道她又遇到了什么心仪的人？难道她是在逗你玩？这些想法在他的头脑里翻江倒海，使他的情绪霎时跌入谷底。

"好吧，那……我们就回去。你看是打车还是坐公交？"

冰雪聪明的梁如月马上就看出了他的情绪变化，赶紧说："那就打个车吧。卓然，你急啥！以后的日子还长着呢。只要你愿意，总有一天，对，就是等到咱们的报社彻底好转的那一天，我一定会单独来陪你逛西湖的，还陪你喝酒，你想怎样都行，怎么样？"

李卓然听了这话，情绪这才好了一些，他说："那好，我就盼望那一天早一点来吧。"

于是他们打的回了报社，又一起把情况向潘总编进行了汇报。

潘总编说："好，那往下就按既定方案办吧。"

第二天的《东江晨报》，在一版上刊登了一条李卓然写的综合性新闻：《市民纷纷拍手叫好，盼望电话乱象得到根治》。

这篇稿件很短，刊登的位置也不醒目，但是却再次捅了马蜂窝。

下午，市委宣传部宣传科的金科长亲自到报社来了。他当面向潘总编传达了叶副部长的指示：东江晨报社坚持错误的舆论导向，问题严重。明天上午要召开全体员工大会，叶副部长要来讲话，进行严肃批评。

金科长还出示了一份分管副市长的批示，那批示就写在昨天那张报纸上，写在《私接乱拉，漫天要价——街头电话乱象何时了》那篇稿件的旁边。大意是，报社放着那么多的好人好事不写，却专挑社会毛病，夸大其词，请问报社意欲何为？

金科长说完就走了。他把一片乌云带给了报社。

也真是很奇怪，才一会儿工夫，市委宣传部金科长来报社批评了潘总编，明天叶副部长还要来报社批评大家的消息就传遍了整个报社。

整个下午，报社都有黑云压城城欲摧的味道。很多人都在哀叹：报社刚有起色，这么一搞，不是又要完蛋吗！

当然也有人幸灾乐祸，他们在背地里偷偷地笑，且看你老潘，还有你李卓然之流这回怎么办。

其实总编辑潘文涛这会儿一点也没乱，他毕竟是见过大阵仗的人，懂得越是这种时候越要保持冷静。如果他乱了方寸，那么整个报社也会乱了。

他静静地坐在办公桌前，认真把事件的前后梳理了一番，头脑里慢慢就产生了应对的办法。

他首先再次打电话给分管副部长朱玉梅，向她如实汇报现在的情况，问她可有化解的办法。

朱副部长马上说："潘总编，根据你说的情况，现在我们要做的事情有两件：第一，我出面给叶部长打电话，对他讲现在《东江晨报》的局面来之不易，要给予保护；第二，你们立即起草一份情况说明，篇幅不要长，要简明扼要，我帮你们联络，今晚之前无论如何都要送到汤常委手上，我相信他会替你们做主的。"

听了朱副部长的话，潘总编连声道谢。只听朱副部长在那边说："谢什么！我不在家，发生这样的事，我感到痛心。"

放下电话，潘总编立即精神大振，他找来李卓然，交代他立即起草一份情况说明，并提出了具体要求。李卓然真是好家伙，只用了一个小时的时间，就把稿件放到了他的面前。

潘总编细读李卓然的《东江晨报社关于报道街头电话乱收费现象的情况说明》，但觉层次分明，说理透彻，且文字生动，钢笔字漂亮，不由得对李卓然再次刮目相看。他最后只改了两句话，然后说："卓然，你再把这个材料誊抄一遍，我们就这样送给汤常委。"

李卓然说："还是打印一下比较正规吧？"

潘总编就意味深长地看着他说："怎么，你还想让人家知道吗？"

李卓然顿悟，急忙拿起稿件去抄写了。

一切准备停当，已经到了下班时间。报社的人一边陆陆续续往外走，一边往潘总编的办公室里探头探脑。他们看见潘总编气定神闲地坐在那里，而且直到现在也没有发出明天开会的通知，都感到很纳闷。不知道潘总编的葫芦里到底卖的是什么药。

直到人走光了,李卓然才来到潘总编的办公室,和他一起坐等朱副部长的电话。后来梁如月也来了,他们三个人就一起等。

潘总编对梁如月说:"你有小孩,你先回去吧。"

但是梁如月却摇摇头说:"小孩我都安排好了。这么关键的时刻,我虽然帮不上大忙,但是起码可以助威吧。"

三个人就默默地坐在那里,也不知道该说什么。他们都盯着桌上的电话机,还有潘总编特意放在那里的手机,一心盼望它们快点响起来,并从那里传出好消息。

他们谁也不觉得饿,也不觉得渴,他们都感觉自己就像机器人一样。

快七点的时候,座机突然响起,几个人的神经立刻高度紧张起来。潘总编伸手接起电话,另外两个人则一起盯住他的嘴巴。

"喂,您好,朱部长您好。哦,哦,好的,好的。那太好了,谢谢朱部长,我们马上过去。您在外地还在为我们的事情操心,我代表报社全体员工感谢您!"

潘总编放下电话,说:"走,我们去西湖宾馆。汤常委今晚在那里有接待,我们去那里等他。朱部长已经把事情简单向他汇报过了,他说要看下材料。"

三人急忙下楼,潘总编亲自开车,直奔西湖宾馆而去。路上潘总编又告诉他们,朱副部长也给叶副部长打了电话,但是叶副部长说她在外地不了解情况,坚持认为明天还是要开大会。潘总编说:"如果今晚我们得不到汤常委的指示,那明天这一关就不好过了。这样会严重打击采编人员的士气,刚刚形成的良好局面就会毁于一旦。"

西湖宾馆,当然就建在西湖边上。这里是市委市政府的接待地。每到夜幕低垂,这里就灯火辉煌,车水马龙,嘉宾如云,非常热闹。西湖宾馆的一侧就是西湖公园的正门,建有古色古香的门楼,亮着彩灯。在灯光的照射下,湖水闪烁迷离,更显得幽静深邃。

第九节　较量

　　几个人心中有事，谁都顾不上欣赏这西湖夜色。潘总编直接把车开进宾馆院里，停好，就带他们去了宾馆大堂，坐在沙发上，面朝里面的宴会厅，坐等市委常委、宣传部部长汤越出现。

　　晚上八点多钟，一拨又一拨的客人出来了，握手，拥抱，作揖，挥手，道别，说笑。有的脚步趔趄，有的豪情万丈，有的勾肩搭背，有的窃窃私语，到处都是一派亲切和谐的热烈气氛。这种气氛非常容易使一个外来者心生羡慕，恨不能立即加入他们的行列。现在，来东江市不到一个月的李卓然就有这种心理。

　　又等了一会，里面又走出一拨人来。只见一个个子不是很高，但是额头却很高且明亮的人在跟大家一一握手告别，然后他就在一个司机模样的人的陪同下，向大堂这边走来。潘总编立即站起来说："来了，来了，汤常委来了。"

　　他们急忙迎到门口，老远就听汤常委朗声说道："晨报社的潘总编来了吗？"

　　潘总编疾步上前，高声回答道："常委您好，我们在这里恭候多时了。"一边说，一边上前和他热烈握手。随后，又把李卓然和梁如月介绍给他。

　　大家走到大堂的沙发那里坐下来，汤常委逐个打量他们，笑着说："啊，都是老熟人了，你们的照片和名字我经常在晨报上见，只是没见过本人。是我官僚主义了。有空我一定去报社拜访你们。"

　　三个人几乎异口同声地说："欢迎领导到报社视察。"

　　"啊，不是视察，是调研，调研。最近我也注意看了你们的报纸，而且我也听说了，晨报确实办得蛮有起色嘛！这好局面来之不易，一定要坚持住哦！"

　　三个人连连点头，气氛顿时变得轻松起来。李卓然注意打量这个他目前见过的最高级别的本市领导，感觉他非常亲切随和，普通话也说得好，立刻对他产生了极大的好感。心想人家不愧是市领导，就是不一样。此时他那颗一直悬着的心，也已经落到肚里一大半了。

接着，潘总编说："常委，今天机会难得，我想把晨报的情况简单向您汇报一下，有件事情还需要您亲自指导、拍板。"

潘总编简明扼要介绍了报社改版以来读者的反应、发行和广告的情况，其间有意识地表扬了李卓然和梁如月，他最后说："为了进一步发挥党报的舆论监督作用，帮助群众解决问题，最近，报社策划了一次战役性报道，那就是报道街头电话乱收费问题。事先我是打电话请示了朱玉梅副部长的，她也原则上同意。但是报道出来以后，市邮电局不但不正视问题的存在，积极进行整改，反倒四处找领导告状。叶部长和分管副市长可能因为不了解真实情况，也对我们进行了批评，叶部长还要召开全体员工大会。我们不是不接受批评，只是担心这刚刚开始的良好局面，一下子会受到冲击。常委，这是我们写的情况说明，请您过目。"

汤常委耐心地听完了，又翻了一下那份材料，然后他说："你们报社为了吸引读者的眼球——请原谅我这么说，搞一些批评性报道，这本身也没什么错。但是现在有两个问题你们要注意：第一，在东江市，这种批评性报道，以前很少有人搞过，你们带头来搞，可能各方面都要有个适应的过程，反弹那是必然的；第二，是你们自身还不够强大。这就像一个人，本身病病歪歪的，你还想去打别人，就算对方明明知道自己错了，他也不服你，还要打回去。这个道理你们明白吗？"

"哦。"几个人似乎如梦初醒。

汤常委继续说："还有，我敢断言你们事先对事情的估计和准备都不足，甚至，你们内部的意见都不一定统一。这是最要命的。"

简直神了！李卓然看着汤常委那凸起的额头、深邃的眼睛，不由得十分钦佩。这个领导真是了不得，有水平！

"所以，你们报社现在急于搞这样的报道，的确操之过急了。不过，既然事情已经闹到这个地步了，我能帮助你们的，只是息事宁人咯。你们这个材料我也不看了，我也不批了，我会打电话给我们的叶副部长，还有林副市长，当然还有市邮电局的主要领导，告诉他们事情就到此为止。好不好？"

"好，好！"潘总编说，"不好意思，给领导添麻烦了。"

"今后，我建议你们这样，"汤常委的表情严肃起来，"你们再搞什么战役性报道，可以从全市发展的大局去考虑问题，也就是要站得高一些，看得远一些。比如说电话乱收费问题，这的确是一个社会问题，但是和全市的发展大计比起来，就是小事情了。我们要进行改革开放，所有人现在都在高喊改革开放，但是一遇到具体事情，真正的改革开放有时候就往往无法进行了。你们要多抓一些意识形态领域里的带有苗头性、倾向性的东西加以报道，加以讨论，这样，你们的晨报才会越来越受读者欢迎。"

汤常委说到这里站起来，同时把那份材料交还给潘总编，又说："今天就这样吧。等有空的时候，我一定去你们报社，继续同你们讨论问题。"

潘总编紧紧握住他的手说："谢谢常委，非常非常感谢您！我们期待着您的光临。"

李卓然也赶紧上前和汤常委握手，他说："听领导一席话，胜读十年书。"

他们三人一起把汤常委送到门口，又不断握手，最后才挥手告别。

目送汤常委的车子开走了，三个人相视而笑，不由得同时出了一口长气。这时李卓然忽然说："哎呀潘总，我的肚子咕咕叫，饿死我了。"

梁如月说："是啊，怎么才知道饿啊！"

潘总编说："饿了好办，走，我请你俩吃西餐去。"

李卓然说："算了潘总，娄子是我捅的，还是我来请吧。"

第十节 归去来兮

"街头电话乱象报道风波"并没有按照某些人的设想，最后演变成一场"倒阁"行动。就像是一场风雨，虽然来势汹汹，但最后雷声大雨点小，很快偃旗息鼓，事情不了了之。

又有"本报内部新闻"在悄悄流传，说潘总编等人夜见汤常委，诉说衷肠，汤常委大怒，立即打电话批评了叶副部长，随后又批评了某副市长和市邮电局领导，他当时也批评了潘总编，说他自己还是个病秧子，还想去打别人，还是等他毛长齐了再说吧。事情的结果其实是各打五十大板，谁也没输，谁也没赢。

这"内部新闻"虽然有点失实，但基本上说出了事件的发展脉络。这是谁传出来的呢？几个当事人颇感纳闷。

仅隔一天，报社的另一件喜事就把这件事彻底压下去了，那就是迅达公司按照双方对等消费的合同，给报社送来了50部BP机、10部手机。报社采编人员全部鸟枪换炮，配备了BP机，主要领导和部门主任不但配备了BP机，还配备了手机。报社上下又是一片喜气洋洋。

当晚回到宿舍，李卓然的主要任务就是摆弄手机，熟悉它的各种功能。他在塞外晚报社的时候就配备过BP机，那时候腰里有个BP机就很神气了，现在有了手机，他竟然有如虎添翼的感觉。

基本功能都搞明白了，应该打个电话试一下效果。第一个电话应该打给谁呢？那当然要打给梁如月了。

这10部手机的号码都是挨着的,他找到梁如月的号码,拨了过去。

想不到只响了一声,对方就接听了,梁如月的声音便从手机里传过来,似乎更为甜美:"喂,你好,是卓然吧?"

"哈哈,你好如月,你怎么这么快就接了?"

"我也正要给你打电话呀!"

"哎呀,这就叫作心有灵犀一点通啊!"

"嗯,可以这么说吧。"

"这回好了,我们就可以随时联络了。"

"是啊,这太好了,有事随时联络。"

"哦,那没事我就不能给你打个电话吗?比如……想你的时候。"

因为不是面对面说话,李卓然的胆子似乎大了起来。

"行,你随时可以打。我的手机24小时都为你打开。这样说你开心了吧。"

"哎,这么说才对头嘛。开心,真是太开心了。"

给梁如月打完电话,他又想起了马心岚。从深圳归来后他给她打电话她不接,他就再也没有跟她联络过。现在有手机了,是不是要告诉她一下呢?这会儿她应该缓过来了吧。

这样想着,他就找出她的号码拨了过去。手机通了,而且她竟然马上接了。

"喂,你好,是心岚吗?"

"哦,啊!是卓然吧,你有手机了?谢谢,你还没忘了我啊!"语气中仍有幽怨。

"怎么敢!怎么样,你最近还好吧?"

"还好,还活着呢!你呢?"

"我还行吧,整天瞎忙。有空你开车过来呗,我陪你去西湖玩玩。"

"好啊,有空一定去。"

说完这几句话,彼此就好像没词儿了,于是又客气几句,强调加强联络，就把电话挂了。

放下手机，他觉得心里放下了一块石头。看来，马心岚绝对是个大气之人，她经过自我疗伤，已经基本痊愈了。

连打了两个电话，李卓然仍然觉得不过瘾，他又往家里打电话，向父母和妹妹报告他有手机了。这一夜，他把手机放在枕旁，睡梦里还在摸索，就像小伙子娶了新媳妇一样兴奋。

又过了几天，朱副部长从外地学习回来了。她奉汤常委之命，特意到报社来看望大家，并参加了报社班子扩大会议。她在会上传达了汤常委对报社的希望和要求，敦促大家精诚团结，抛弃个人成见，积极为报社的发展出力献策。她反复强调当时刚刚流行起来的一句话，叫作"发展才是硬道理"。

散会以后，潘总编诚恳地留她吃饭，她推辞了一下，最后还是答应了。

吃饭的地点还是鸿运大酒店，还是对等消费。除了班子成员，潘总编还特意叫了李卓然和梁如月出席作陪。大家落座以后，继续讨论着报社的工作。有朱副部长在场，每个人都变得彬彬有礼，显得一团和气。赖副社长竟然亲自给李卓然和梁如月布菜，这使他们感觉有点受宠若惊。

因为朱副部长不喝酒，潘总编也就没让上酒，说是以茶代酒。李卓然对此还真有点不习惯，觉得有点无所适从。酒桌上一向都是拿酒说事、借酒说话的，离开酒，他一时不知道该怎么说话了。

后来他发现，其实在这个饭桌上，也用不着他说什么话。桌上主要听朱副部长和潘总编说话，别人基本上就是听众，你只要适当呼应一下就可以了。

后来，他听到朱副部长说起一件事，立即兴奋起来，他有点按捺不住，终于开始抢话说了。

朱副部长说的是，东江市越来越有吸引力了。最近有一个外省的高级工程师，那边的房子不要、档案不要，说什么也要到这里的一家大型企业来上班。那边一气之下，宣布开除他的公职，还压着他的档案不给。但是他说："你开除我，我也要去！"

"哦，朱部长，那这个人他来了吗？"

"已经来了,在这里工作半年多了。"

"啊!那么这家企业,还有我们的人事部门,准备怎样帮他解决问题呢?"

"听说在帮他办,但是阻力很大。那边不但不给档案,还说他有什么作风问题。具体情况我不大清楚。怎么,卓然同志,你对这个感兴趣?"朱部长抬头看着李卓然,并用"卓然同志"四个字来称呼他,这让他感到十分亲切。

"他肯定感兴趣啦!"潘总编说,"卓然现在的情况和这人的相似。他的原单位也不肯让他走,他就硬走了。让他办停薪留职手续,也还没办,他就在我们这里上班了,干得风生水起的。卓然同志有新闻副高职称,当然也属于高级人才,这种情况部里要考虑哦。"

朱副部长点点头说:"是啊,是要考虑哦。卓然,你只管努力工作吧,有句古话怎么说的来着,对,但行好事,莫问前程。"

"好的,感谢领导关怀。"李卓然不觉端起茶杯,接着他又放下说:"朱部长,潘总编,我问这个人,其实不是要说我个人的事,我是觉得这个事情太典型了,我们应该深入挖掘,报道。"

"嗯?请谈谈你的具体想法。"朱副部长和潘总编都来了精神。

"那天……"李卓然刚要说"那天晚上,汤常委对我们说",马上意识到在场的人很多,立即刹住了。他继续说道:"我记得市领导说过,报纸要多抓一些意识形态领域里带有苗头性、倾向性的问题加以报道,开展讨论。我看这就是个好例子啊!改革开放,我们需要引进大量人才,但是真的要引进人才,就会遇到诸如档案问题、个人表现问题等等桎梏,一些硬性规定一时难以破除,特别是一些陈旧观念,更是严重阻碍着我们的前进。假如我们能抓住这件事情做文章,展开广泛的社会讨论,那将非常具有现实意义。当然这只是我个人的想法,也不一定对,还请领导定夺。"

"非常好,"朱副部长高兴地说,她看着潘总编,"我觉得卓然说的很有道理。我首先表示支持。"

潘总编就看着大家,并特别看了看赖副社长说:"怎么样?卓然的这个点子大家认为怎么样？"

众人就参差不齐地点头，赖副社长破例地说："好，这个我也赞成。"

潘总编说："那好，卓然，既然这个点子是你出的，明天就由你亲自操刀吧。有朱部长支持，你就放开手脚去干，能搞多大就搞多大。争取搞出真正的社会影响来。"

李卓然腾地站起来，他举起那杯茶说："我以茶代酒，表达决心！"说完，就把那半杯茶咕咚咕咚一口气干了。

席散以后，李卓然找了个机会，还是悄悄一个人送梁如月回家。现在他每做完一件让他得意的事，都必须听听她的意见，没有她表扬或者评论几句，他心里就没有底。

"怎么样，我今天的表现还可以吧？"

"好，朱部长不是当时就表扬你了吗！所有人都点头，你还用问我？"

"别人说的都不算，你说的才最重要。"

"真的呀？不会吧？"

"你怎么老是不信呢？你的话，在我的心里重千斤。"

"嘻嘻，你这家伙，老是逗我玩。"

"谁逗你了！逗你是……哈哈，是小狗。"

"嗯，别起誓发愿的，我信还不行吗！行了，说正经事吧。"

"正经事，对，明天采访你要跟我去。"

"我去，怕不合适吧？我现在的主要任务是发行，不是采访。你找记者部，或者你们总编室的人陪你去呗。"

"不行，必须是你。我不是对你说过吗，不管做什么事，只要有你在场，我就特别来劲。"

"你又来了。"

"怎么，你不愿意去？"

"好吧，那我就……陪你走一趟。"

"哎，你不要那么勉强好不好！对，明早我忙，你要帮我提前联络一下那家企业，这可是你的强项哦！"

不知不觉间，李卓然说的话里也出现了那个"哦"字。还有，他说话也很少使用儿化音了，比如以前他经常说"去哪儿""在哪儿"，现在却一律改成"去哪里""在哪里"。

梁如月说："那好，这个简单。"

"还有，你是不是有个傻瓜相机？带上，到时你负责拍照。"

"哦，我有个傻瓜相机你都知道？"

"当然知道。对你的一切，我都了如指掌。"

这时他们已经走到了梁如月家的楼下，李卓然还是磨磨蹭蹭的不愿走，站在那里说个没完。直到梁如月说"卓然，不早了，回去睡吧"，他才恋恋不舍地走了。

回到家里，梁如月看见女儿兰兰已经睡了，她怀里紧紧抱着一个布娃娃。她肯定是因为害怕，才抱着布娃娃壮胆的。那个早已不是她的老公，却偏偏要跑来当她老公的人肯定又出去赌了。她赶紧去冲了凉，回到房中，把屋门反锁，然后才安心地上床睡觉。窗外有灯光反射进来，朦胧中勾勒出她身体的曲线，还有她的脸庞，她心里想着李卓然，两手就在自己的身上慢慢摸索着。

作为一个心智成熟的女人，李卓然对她的钟情、对她的依恋，她当然能清楚地感觉到，但是她现在必须装糊涂，不能招惹他。因为一旦招惹他，就会对这个畸形家庭产生剧烈冲击，而且会分李卓然的心，对报社发展不利。她对着窗外轻轻说："卓然，假如我们真的有缘，那你就要等待。直到那个该死的家伙自动消失，直到报社情况彻底好转为止。"

第二天一早，李卓然处理完手头的工作，就拿上采访本和钢笔，下楼去找梁如月。梁如月示意他先走，去公交站那里等她。过了一会，她才手里拿个相机，像个仙女一样飘然而至。

李卓然呆呆地看着她，然后问："刚才看你也没怎么忙啊，为啥不肯跟我一起走呢？"

梁如月就点了一下他的额头说："你傻呀！尽量避人耳目不好吗！省得

有人说闲话。"

李卓然被她点了一下,又被说傻,心里却瞬间无比甜蜜。

这一天的采访非常顺利,那个叫作荀文生的高级电子工程师,不但给他们讲了自己的传奇经历,而且披露了他工作调动的内幕。直到现在,他的调动仍然悬而未决,他仍然是一个没档案、没户口的"黑人"。焦点问题就出在他的个人档案上,这边死活要,那边死活不给。没档案就不能办理调动,不能调动他就无法安心工作,无法享受应有的待遇,他的作用就无法真正发挥出来……

采访结束,李卓然回到宿舍挑灯夜战,一口气写出了三篇连续报道:《高级工程师荀文生的南方梦》《高级工程师荀文生怎样成了"黑人"》《高级工程师荀文生的档案问题》。直到东方发白,他才和衣在床上眯了一会,然后又老早跑到报社去见潘总编。

潘总编看了他的三篇稿件,拍案叫绝。他抬眼看见李卓然的一双眼睛红红的,立即心疼地说:"卓然,今天这个总编室主任,我替你当了。评论或者编者按,我也亲自来写,你现在的任务只有一个,回去休息。休息好了,再给我去采访,我们要连续发,重点发,至少要发10篇。"

李卓然听了,立刻就像放下了一副千斤重担,一阵倦意袭来,他答应着,打着哈欠,真的去宿舍睡觉了。

一连多日,《东江晨报》头版连续报道了高级工程师荀文生的故事。他的遭遇,立即引起了全社会的强烈共鸣,各报纷纷转载,领导层层批示,晨报不断跟踪,荀文生成了东江热点人物,《东江晨报》一时洛阳纸贵。

事情的结局,是东江市组织部门决定放弃荀文生的原有档案,重新给他做份档案,破格把他正式调入东江市来工作。一批与荀文生情况类似的人才调动问题也迎刃而解。随后,省报也对东江市"荀文生现象"进行了综合报道,称这是一次人事制度改革的大胆尝试。

随着报道的不断深入,记者李卓然的名字也不胫而走。在一次全市宣传工作会议上,市委常委、宣传部部长汤越重点表扬了他,同时也表扬了《东江晨报》。

1998年2月结束，报社又发了工资。李卓然去领钱的时候，简直不敢相信自己的眼睛，这个月他的稿费和工资加起来，竟然有4600块之多。这个数字，应该是他在北方三四个月工资的总和。

当晚，晨报一群人再聚于四川饭店，但是这次不是哪个人请客，而是实行AA制。

又过了几天，李卓然再次收到了塞外晚报社发来的公函，对方要求他回去办理停薪留职手续。春节将至，说实话他也有点想家了。他就向潘总编请了假，要回去一趟。

临走的那天晚上，潘总编自掏腰包设宴为他饯行，参加者有梁如月、王光明、高自然、苏子和总编室的几个人。席间大家频频举杯，殷殷嘱托他快去快回。看着大家特别是梁如月依恋的眼神，李卓然心中充满感动。回想自己才来东江市两个多月时间，就结交了这样一批要好的朋友，而且也算轰轰烈烈地干了一些事情，他心中也很满足。

后来大家要送他到火车站，但是他却坚决地拒绝了。他说："我很快就会回来的，就此别过吧。别整得像生离死别似的，我受不了。"

北上的特快列车，长鸣一声启动了。

坐在卧铺车厢里的李卓然，腰上一边挂着BP机，一边挂着新款手机，口袋里装满钞票，志得意满地回家乡去。"衣锦还乡""春风得意马蹄疾"，很多类似的词或诗句不断掠过他的脑际，他嘴里哼着什么小曲，心里很是惬意。

车窗外，带有鲜明南方色彩的景物不断掠过。虽是深冬时节，但到处依然山青水绿。有些稻田在休息，但是也有许多田地还在生长作物，青菜、番薯等照样生机勃勃。路旁，各种叫不出名字的乔木灌木郁郁葱葱，一丛丛的充满活力，还有星星点点的花朵点缀其间。远近的山坡上，人工栽种的松树一片墨绿，桉树层层叠叠，还有龙眼树、荔枝树、香蕉林，正蓄势待发。性急的杧果树，好像已经开始长出花蕊了。看不到北方那种黑压压的村庄，现代化的三层小楼、有些年头的平房，还有颇具沧桑感的客家围屋，东一片西一片地随意摆放，散落在山水之间。还有那些悠闲吃草的水牛，忙忙碌碌的农人，池塘、鸭舍、鸡场等，这一切构成了一幅南方世界的美丽画卷。

李卓然正沉醉其中，突然手机响了，一看号码，竟是梁如月。他一边取下手机接听，一边向车厢一头走去。

"喂，如月。怎么，我刚走你就想我了？"

"看你美得！我是想问你现在到哪里了。"

"哦，还没有走出东江市境内呢。"

"哦。我想问你……到底什么时候回来呀？"

"怎么也得过了春节吧。对，至少要过了初五或者十五吧。"

"卓然，我怎么有一种不好的感觉呢？这次你回去是不是不会再来了？"

"怎么可能啊！不说别的，就因为这里有你，我也得来啊！"

"不一定。有时候我的预感是很准的。"

"奇怪，你这预感是从哪里来的呢？"

"我也不知道，反正我有。真的，你千万不要一去不回头啊！到了关键时刻，你要想着，东江晨报社的人都在等你，包括一个叫梁如月的不幸女人，她在盼望你早点回来啊！"

李卓然清晰地听出，梁如月声音已经有点发涩了，再多说一句，就会变成哽咽。这是他至今听到的她跟他说过的最动情的一句话了，他不由得浑身发热，也不管身边有没有人了，就对着手机叫道："如月，你放心吧，我一定会回来的。因为，因为……我爱你！"

就连他自己都没想到，他一下子就把那三个字说出来了。

列车轰鸣，层峦叠嶂，手机信号一下子中断了。也不知道对方听到了没有。

李卓然回到铺位上，躺下来努力平复激动的心情。不知道为什么，那首童谣，那首遥远而熟悉的童谣，跟着火车轮子的节奏，再次清晰地在他的耳畔响起。他一边听，一边回忆着他和梁如月交往的点点滴滴，心中充满了甜蜜：

  往南往南再往南，
  南面有个百草滩。
  百草滩上有白马，
  吃的啥，喝的啥，
  还有一个美娇娃。

  后来，车到龙川站，做短暂的停留。看着上上下下的人流，特别是人们挥手告别的场景，他离开塞外小城时的情景，又在他的眼前浮现出来……

  那是一个初冬的晚上，塞外小城的火车站上，来送他的报社同事及亲朋好友，竟有几十个之多。大家送他进了站，还一定要送他上车。送他上了车，还要在车窗外等待火车启动。天气寒冷，但是人们的热情却能使冰雪融化。

  "李总，一路顺风！"

  "李总，你多保重！"

  "李总，我们不会忘记你，你千万不要忘了我们啊！"

  "卓然，到了南方就给我们写信、打电话，我们在等着你的好消息呀！"

  …………

  多情自古伤离别。李卓然平日里就是个非常容易动感情的人，用当地的话说就是"眼泪窝子太浅"。面对众人的送别，他早已哭得稀里哗啦像个泪人了。

  "谢谢大家，请大家回去吧！"

  他抱拳，作揖，一遍遍下车和大家握手道别，说天太冷大家快回去。可是大家就是不肯走，一定要等待火车出发，一定要等待最后的撕心裂肺的时刻的到来。他们一定要用这种方式，来表达他们对自己喜欢的副总编的敬意，也给他那颗受伤的心一点安慰。

列车终于启动了，霎时，车上车下，哭声一片。火车先慢后快，人们先是跟着车走，随后跟着小跑，渐渐被远远抛开。李卓然趴在车窗上，挥着手，不断地哭喊道："再见，再见！"直到看不到一个人影。

他用纸巾擦干眼泪，在同车人惊讶的目光下回到座位上去，蓦然，他感觉整个身心一下子就被掏空了，巨大的孤独感就像一座大山，劈头盖脸一家伙就把他彻底挤压进了一片深渊之中。

"再见"，到这会儿他才好像真正懂得了这个词的含义和分量。在这挥手间，他才知道，自己其实是在和这里的一切做彻底告别。从今以后，这故乡的土地上，除了他的亲人和朋友以外，一切都和他没有半点关系了。他在这里曾经拥有的荣誉、地位、事业等等，都在这一瞬间成为过去了。

前方，一个未知的、全新的世界在等待着他。那里虽然风光秀丽，但他却举目无亲。你去那里能适应吗？能迅速打开局面吗？家乡虽有许多不尽如人意的地方，人们的思想确实比较僵化保守，办事也比较教条，你在这里也没有真正找到属于你的爱情，但是家乡人毕竟了解你，也给了你很多很多。你去了一座遥远而陌生的城市，没有人知道你是谁，你身上的光环将全部退去，一切归零，一切都要从头再来。你真的做好准备了吗？

火车就像一头巨兽，离开城市，一头扎进无边无际的黑暗之中。车窗外，除了远处闪闪烁烁的灯火，什么都看不见了。

"后悔"这个词在他的脑子里一闪，李卓然立即感到全身虚虚的没有一点底气。他很想找个人交谈一下，可是看看车厢里的人，一个都不认识，现在甚至已经没有一个人愿意多看他一眼了。李卓然只好在铺位上躺下来，开始独自品味孤独。而这孤独，完全是他自找的。

"昨天所有的荣誉，已变成遥远的回忆。辛辛苦苦已度过半生，今夜重又走进风雨。……"这是谁的歌声？这歌词又是谁写的？怎么就那么符合你眼下的情形呢！

有好几次，他都有想办法让火车停下来的冲动，他多想马上下车，走回过去的生活中。哦，过去的一切，他到现在才知道原来是那么美好，甚至和人吵架、争执，他都觉得那么有意思。可是当他身在其中的时候，为什么就不懂得珍惜呢！

别了，《塞外晚报》；别了，可爱的故乡。到现在我才知道，我是多么热爱你们啊！

不知不觉间，他的眼泪再次流了出来。

唉，罢了！世界上没有卖后悔药的，开弓没有回头箭！男子汉，不要如此脆弱，如此没有承受力吧！既然已经出来了，就不要再犹豫了，只管大胆地往前走吧！前方，纵使是刀山火海，你也要去闯荡一番了！

李卓然心情稍微平静之后，就想起了这段时间，围绕着他的去留问题，在塞外小城呈现的是是非非，人情冷暖。

李卓然死也不会明白，他要离开的消息，他只跟两三个好友透露过、探讨过。但不知道为什么，仿佛一夜之间就传遍了大街小巷，并在新闻界、文艺界引起了强烈震动。

塞外晚报社的副总编要走了，要到南方去发展了！这是真的吗？

晚报的效益那么好，李卓然的知名度那么高，他为什么要走呢？

惊叹之余，人们在进行着种种议论和猜测。李卓然一时成为大家关注的焦点。关于他的业务能力，关于他的婚姻家庭，关于他的为人处世，等等，都成了熟悉他半熟悉他或者根本不熟悉他的人茶余饭后的谈资。

那时，"人肉搜索"这个词还没有诞生，但李卓然却提前享受了这个待遇。几天以后，已有朋友向他求证他要走的原因是不是如下几条：

第一，李卓然虽是晚报社副总编，早该转正，但却拖了一年又一年。最近，听说要从外面调进一个人来当副总编。第二，李卓然嫌自己的住房太小，多次向报社申请协助解决，但是报社却没能给予解决。第三，李卓然和老婆关系不好，二人结婚多年，一直没有孩子。他的老婆总是怀疑他和报社女记者有染，二人长期冷战，处于半离婚状态。第四，李卓然有情人在南方，就在深圳或者在他要去的东江市。第五，李卓然在如何办报上经常与领导意见相左，不止一次与区委宣传部干部发生冲突，有一次他竟然拍桌子和一个副部长顶牛：

"你们放个屁都想放到报纸上来，请问你是想把《塞外晚报》办成《塞外简报》吗！再这样下去，老子不伺候了。"据说，就因此事，他的职务问题才长期得不到解决。第六……

李卓然身处舆论的旋涡之中，整天被弄得心烦意乱，无比尴尬。搞新闻的人，第一次知道了舆论的可怕。

他不断向大家申明："你们猜得都不对。我要走，没别的原因，就是在这里活得太滋润了，我想去看看外面的世界，换一个活法儿。"

但是人们根本不信他的话，继续穷追猛打，刨根问底。

最后他索性闭口不言，听之任之。

最让他尴尬和生气的是，有人一见面就问他："哎哟，不是说你已经去南方了吗？怎么还在这里！""哎呀李总，你什么时候走啊？"

在一片混乱之中，报社和上级领导先后找李卓然谈话了。让李卓然感到奇怪的是，他没说走的时候，领导似乎也没怎么在意他，但是他一旦要走，却成了不可或缺的重要人物，成了炙手可热的人才。仿佛他如果真的走了，报社就要垮台似的。

领导们在赞美他的同时也在自我检讨，热情而且慷慨地表示："不要走了，你个人有什么意见要求尽管提，组织上能解决的一定马上解决，马上解决不了的以后解决。留下来吧，继续为家乡做贡献。党和人民需要你！"

报社一把手还请他吃了饭，推心置腹地说："老弟啊，你都四十岁出头了，已经不年轻了，还走什么呀！继续跟着我干吧，我不会亏待你的。你嫌房子小，接下来我就想办法帮你换成三室一厅的；你的转正问题，我答应半年之内就帮你解决，这还不行吗？"

巨大的热情包围着他，感化着他，李卓然竟然有点举棋不定了。

但是也有不少朋友强烈支持他走。排除个别早就觊觎他的位置希望他尽快走人腾地方的，多数人都真诚地希望他能出去闯一闯，到南方去建功立业。

"李总，你先去杀出一条血路吧，我们随后就跟上，还去做你的部下！"

"咱这地方，思想这么僵化，再说，咱这个报社不过是家县级报社，熬下去就算给你转了正，让你当总编，当社长，也不过是个正科级干部，你就算再有本事，也只能是桌子底下放风筝，永远都飞不高。"

"李总，你不要听领导的承诺，那些都是空头支票。等你决定不走了，他们马上就会变卦的。"

"去吧，宁可在南方放张床，也不在北方置间房。"

两股力量在拔河，李卓然一时不知如何是好。

在最后关头，倒是妻子蒋丽丽帮助他下了决心。已经在娘家住了很久的她这天突然给他打电话，说："姓李的，你做得真是很绝啊！你去南方找情人，也要和我把手续办了吧。你说，咱们什么时候到民政局去，离婚协议就等着你签字了。"

至此，能把他拴在这座城市里的最后一条绳子，咔嚓一声断了⋯⋯

走，到南方去重活一回！

天地悠悠，岁月匆匆，红尘滚滚，人生苦短，何不潇洒走一回！

走，去那个美丽的城市深入生活，体验生活，干一番惊天动地的事业，写一部史诗般的作品！

走，到那里去办一张自己和别人都真正喜欢的报纸。

走，到那里去寻找真正的爱情⋯⋯

李卓然最终说服了自己，也说服了父母，他终于踏上了征程。

现在，经过两个月的拼杀，他满载收获，胜利归来。说他衣锦还乡那是早了点，但最起码也是凯歌高奏、风风光光啊！

那时候，火车还没怎么提速，更没有听说过高铁。在不晚点的情况下，李卓然需要坐24个小时的火车先到北京，然后去北京北站转车，再坐10多个小时，才能到家。但是李卓然不怕，他带了几本书和文学杂志，一路恶补。因为这两个月来，他几乎全身心地投入工作，没什么工夫看书，他感觉自己与所钟爱的文学，竟然很疏远了。

这次回家，首先要陪父母好好待几天。有道是"父母在，不远游"，可他这个当儿子的，居然一家伙游到遥远的南方去了。幸亏妹妹和妹夫家境好，房子大，父母退休后就住在妹妹家，这倒解除了他的后顾之忧。但是不管怎么说，他没有尽一个儿子的孝道，这是不争的事实。特别是他的婚姻问题，一直使两个老人头疼伤心，他心中一直充满愧疚，但是又一时没有办法。

其次，如果有空，要动手写几篇小说。长篇当然以后再说，写中篇也颇费工夫，那就先写点短篇和微型小说吧。特别是微型小说，这种文体是在二十世纪八十年代初兴起的，这些年方兴未艾，全国许许多多的报刊都开始发表微型小说，许许多多著名的微型小说作家也应运而生了。他过去写的一些微型小说，也曾经被权威的《微型小说选刊》选载过，那里的编辑老师曾经对他寄予很大希望，对，应该在这方面继续多下功夫……

还有，此次回来，真的要跟蒋丽丽做个了断，不能再继续互相折磨下去了。

闲言少叙。且说李卓然经过长途跋涉，下了火车，直接到了妹妹家里，看见父母身体健康，自是高兴。他给他们汇报了自己两个月来的成绩，并献上荔枝干、龙眼干、梅菜等南方特产，他们就不断地说："你花这些钱干啥？只要你好，我们就放心了。"妹妹、妹夫就张罗着准备出去吃饭。现在到处都讲究家务劳动社会化，一般家宴也都去饭店里办了。

之后李卓然就回了自己的家。他家住在一个比较陈旧的小区里，两居室的房子也很陈旧，装修也不好。他打开门进屋，发现屋内他走时啥样现在还是啥样，桌子上茶几上都落了一层灰。这说明蒋丽丽根本就没有回来过。这个女人看来是真的不想要这个家了。

李卓然心里感到凉凉的，他一边动手收拾屋子，一边想着他和蒋丽丽之间的是是非非。蒋丽丽是中学教师，比他小六岁，他们是经人介绍走到一起的。开始两年感情还好，该要孩子了，蒋丽丽却说她这辈子不想要孩子。夫妻俩为此不断吵架。后来蒋丽丽终于同意生了，却怎么也怀不上。去医院检查，才知道她有毛病。有毛病她却不肯治疗，他们之间没有孩子维系，渐渐感情就疏远了。

这时候，李卓然在工作之余，就把主要精力放在了读书写作上。报社这地方应酬也多，再加上借酒浇愁，他经常半夜三更都不回家。于是蒋丽丽就开始怀疑他，甚至偷偷跟踪他。有天晚上他喝多了，有个女记者开车送他回家，她不但不感激人家，还开口骂了人家。第二天，她竟然又闹到了报社去，一时间弄得满城风雨……

从此，李卓然噩梦开始，天天被她闹得心神不宁。有一天他实在气不过，就动手打了她。她从此回了娘家，两个人开始进入长期冷战阶段。

李卓然正好难得清静，这段时间他努力创作，成就不小。他不但是新闻界的精英，也渐渐成了文艺界的翘楚。谁知他名气越大，蒋丽丽就越有攻击他的口实，一顶"当代陈世美"的帽子，就给他端端正正地扣在了头上。这种状态一直持续到他去南方之前。

李卓然收拾好房间，也随之下定了决心。他接着分别给梁如月和潘总编打了电话，向他们报了平安，然后他就坐下来列了一张表，记下这次回来他要完成的事情。其中一项就是离婚。

在陪父母待了两天之后，李卓然这天带着一大提包茶叶，去塞外晚报社看望诸位同事。走到报社楼下，他抬头仰望这座大楼，又想到自己今天忽然变成了一个客人，不觉感慨万千，感觉眼前的一切都恍如隔世。

看门的老单早已迎出来，大喊着："哎呀，李总回来了。"上前跟他热烈握手。

老单来自农村，两口子吃住都在报社收发室，可以说是以报社为家。李卓然在的时候，有时报社发福利，他也为他们争一份，两口子就特别感激。他走的时候他们恋恋不舍。

李卓然就从提包里拿出一包茶叶给他们，说这是从南方带回来的，两口子便乐得合不拢嘴，连说："还是李总好，到了南方还想着我们。"

接着，老单就替李卓然拿着提包，一路护送他上楼去，嘴里不断喊着："李总编回来了！李总编回来了！"

很多人被惊动了，纷纷跑出来，跟李卓然热烈握手，拥抱，嘘寒问暖。

李卓然应接不暇，又忙着给大家发放茶叶。再次回到这些曾经朝夕相处的同事中间，李卓然感觉十分亲切。有时他甚至忘记自己已经不是他们之中的一员了。这时他不由得又想起了遥远的南方，想起了那里新结识的同事，也不知道这几天他们怎么样了。

李卓然楼上楼下走了一圈，简明扼要向大家介绍了他在南方东江市的情况，他的语气里充满了自豪和骄傲，大家听着，赞叹着，眼里充满艳羡。

于是大家纷纷约李卓然吃饭，一会儿工夫，已经排了十多天了。

李卓然最后才来到社长室，社长见了他，显得不冷不热。看来，他对他两个月前不听劝阻不告而别依然心存不满。这个，李卓然也十分理解。

寒暄过后，社长便指示办公室拿来合同，要李卓然签字画押。

面对这样一纸停薪留职三年的合同，李卓然几次拿起笔来又放下了。过去，报社也有人办过这种手续，李卓然那时都是侧目而视的。没想到现在竟然轮到了他自己，怨谁呢？唉，他的命运就这样被改写了。

李卓然忽然意识到，如果他不签这个合同，那么他和报社之间就还保留着一个相接的端口；如果他一签字，那就真的意味着恩断义绝，他就不再有退路了。虽然那边的情况暂时还不错，但是，下一步到底会怎么样，谁也无法预测。假如真的搞砸了，他下一步的归宿是哪里呢？何不向王光明、刘青草学习一下，来个脚踏两只船呢？

于是他把合同收起来说："社长，我会在家里待一段时间。容我考虑一下，过了春节我们再来签吧。"

社长听他这么一说，马上露出笑容说："哎呀卓然，你还考虑啥，要我说你就不要签了！马上就回来上班，就当什么也没有发生过。"

李卓然试探地问："那怎么给大家解释呢？"

"这个好解释呀！就等于出门办事去了，对，就等于去南方学习了两个月嘛。有我替你顶着，你怕啥！"社长说得情真意切。他接着说："你要同意的话，今晚我就请你喝酒。"

李卓然笑了。他跟社长私交一直不错。现在社长正在跟总编闹别扭，他是多么希望他回来帮助他啊！

"社长，谢谢！等我想好了再说。"李卓然站起来告辞，他看到社长又有点失望。

当晚，李卓然就跟报社的一班死党重新聚在了一起。他们大眼瞪小眼，听李卓然讲他在南方的所见所闻。

李卓然从东江市的自然风景说起，说到那里的历史人物，简直如数家珍。虽然两个月来他几乎哪里都没顾上去，但是他的表达能力真是太好了，他就凭借听说的材料，把那里描绘成了一个令人向往的神奇世界。多少年以后，还有人学着他当时的动作表情，重复着他说过的一些话：

"哎呀那地方，简直就是人间仙境啊！真是山清水秀，四季如春，鸟语花香啊！我去了才知道，'流连忘返'这个成语是怎么发明出来的了。这座城市，有山有水，有江有湖。山叫作飞鹅岭。据说从高处看，就像是一只展翅飞翔的天鹅。在这座山上，曾经发生过著名的东征战役，孙中山、蒋介石、周恩来等为讨伐叛军陈炯明，都曾经到这座山上参战。水是两条江，一条叫西枝江，另一条叫作东江，两江就在城中汇合，旁边建起一座楼，叫作合江楼。城里还有一个湖，也叫作西湖。天下西湖三十六，唯此西湖可与杭州西湖媲美。大文豪苏东坡当年遭贬，就曾经在这里待过两年零七个月，留下几百篇诗文，他的爱妾王朝云就葬在这西湖边。东坡曾有四句诗描写这里：'罗浮山下四时春，卢橘杨梅次第新。日啖荔支三百颗，不辞长作岭南人。'当地人也有四句诗来形容家乡：'家在山水间，人在花园里。水上飞白鹭，城中闻鹧鸪。'你们说，这地方好也不好！"

大家就一起叫好，心驰之，神往之。

东江晨报社，当然也是李卓然讲述的重点。他讲他进入报社以后，是如何在老总和市委宣传部的支持下，大刀阔斧进行改版，之后又如何策划新闻报道，引起全社会关注的。环卫女工被打事件，荀文生档案问题大讨论，周末版的创办和《社会写真》栏目稿件的撰写，一件件讲得引人入胜。可是街头电话乱象治理却被他有意隐去。总之，只讲过五关斩六将，不提夜走麦城。

人啊，特别是出去闯荡过的人，都具有强烈的虚荣心，他们在外面混得再不好，也要打肿脸充胖子，把他们在外面的一切说得天花乱坠。只向人展示光彩的一面，而将不是特别光彩的东西完全隐藏。背后的酸甜苦辣，艰难困苦，只有他们自己知道。

李卓然还带回了一些样报给大家看，大家翻看着，都说李总编这是把《塞外晚报》的许多经验甚至版式都移植到南方去了。不过借鉴之中又有创新，这张报纸现在办得的确不错。

他们争抢最厉害的，是新年第一期报纸。后来李卓然发现，他们哪里是在看报纸，分明是在看美人照。这些家伙纷纷指着梁如月的照片问："哎呀，你们报社还有这样的大美女？"

"那当然了！人家原来可是市级电视台的播音员，现在是我们报社的发行部主任。"

"怎么样，她对你，或者是你对她有没有点意思？"

"你们猜猜看。"李卓然有点得意忘形地扫视着这群人。

"有戏，有戏！"他们就拼命起哄，纷纷叫喊，"这么漂亮有气质的女人，你还客气啥，赶紧把她搞到手哇！"

李卓然这会儿有点喝多了，他当即掏出手机，拨打梁如月的号码。电话通了，梁如月那甜美的声音马上传了过来："卓然啊，你好。"

全场立即鸦雀无声，所有人都屏息静气听李卓然和美女对话。

"你好如月。这几天报社情况怎么样？"

"还能怎么样。你不在，报社好像塌了半边天。潘总编太忙，又把总编室交给赖副社长管，他一管就恢复了过去的老一套做法。编辑记者都很有意见，我发行这一块也比较难办。大家都盼望你早点回来呀！"

那边的梁如月，就好像知道李卓然跟前有人似的，她说的每一句话，都在证明他在南方的成功。两个月，短短两个月，他就在那里呼风唤雨，玩转乾坤，赢得人心。泰山不是堆的，火车不是推的，李卓然的牛皮一点也不是吹的。

李卓然心里就像抹了蜜一样甜。

"谢谢美女夸奖，其实我也特别想念你们，特别是想念你。"

"是啊，我也真的很想你。还是那句话，你可不要一去不回头啊！"

"放心吧。还是那句话，不为别的，光是为你，我也要回去。"

"谢谢你，卓然。你这样说我心里就有底了。拜拜。"

一挂电话，那些家伙一下子都扑了过来，呜嗷喊叫，撒欢蹦跳，敲盘子敲碗，纷纷举杯共庆，庆祝李卓然终于找到了他的心上人，一个人见人爱的头等美女。不过只有李卓然心里明白，他和梁如月虽然貌似已经走得很近，但是两人之间还横亘着许多高山大河呢。

此后，李卓然在老家度过了一段快乐时光。春节前后，每天都有人请他喝酒，有时一天要安排两场甚至三场。先是报社内部的同事，接着就是新闻界和文艺界的朋友。大家都想从他这个勇敢走出去的人身上，了解一些外部世界的消息，用来与自己的生活对比，也想像他一样，毅然决然地走出去闯荡一番。

已经有好些人悄悄在李卓然那里挂号了："然哥，在你认为合适的时候，能不能让我去你那里当个马前卒？""哥，你需要人马的时候，就招呼一声呗，保证招之即来，来之能战，战之能胜，不给你丢脸！"

甚至还有人想这次就跟着他走。

在酒精的作用下，李卓然一律慷慨答应，但是酒醒了，他就开始含糊其辞了。他告诉这些人，现在条件还不成熟，要等一段时间再说。他心里明白，如果现在就带人过去，只怕是请神容易送神难。

快乐的日子一直持续到正月初十，这时候李卓然喝酒喝得神经都有点麻木了，撒尿都有酒味儿。在故乡的怀抱里，在同事和亲朋好友中间，他真的有点乐不思蜀了。

但是这天，苏子突然给他打了一个很奇怪的电话，他在电话里语气沉痛地说道："大哥，我惹祸了。东江晨报社，我没办法再待下去了。我劝你也不要回来了，就在咱家乡干吧。"

李卓然急忙问他怎么了，但是他没有说，随即挂断了电话。再打过去，对方已经关机了。

苏子这个电话，使得李卓然心里就像十五个吊桶打水，七上八下。他接着打潘总编的电话，电话里却总是忙音，随后他又打梁如月的手机，她也没有接听。

天啊，那边到底出了什么事呢？李卓然急得直跺脚，酒也没有心思喝了。

当天深夜，李卓然正在做梦，突然被手机铃声吵醒。迷迷糊糊地接听，竟是梁如月，只听她的声音带有明显的哭腔："卓然，报社出事了，你快点回来吧。"

"啊，如月，你别着急，你慢慢告诉我，报社出什么事了？"

"是苏子，他制造假新闻。他和阿红晚上去逛街，遇见了阿红的前男友。那人纠缠阿红。苏子上前制止，却被那家伙拿刀捅伤了胳膊。为了向报社借钱治伤，他谎称自己与卖假洗发水的歹徒搏斗。赖副社长就亲自操刀，写了一篇《本报记者勇斗歹徒光荣受伤》在一版发出来，引起轰动，市领导也批示了。结果公安介入调查，证明是伪造的。日报为了打击我们，竟然在一版把这件事捅了出去，现在这件事越演越烈，我们报社刚刚树立的好形象，已经彻底崩塌了。"

"啊！怎么会这样啊！"

李卓然一激灵坐起来，立刻想起了苏子白天的电话。他着急地问："那苏子呢，他现在怎么样了？"

"报社为了自保，已经做出了开除他的决定。公安机关正在到处找他，他已经不知去向了。"

"天啊，苏子啊……"

"报社现在上下乱作一团，领导互相推卸责任，记者无心采访。你快回来吧，你再不回来，报社就要完了！"

"那潘总编呢？潘总编他不在吗？"

"潘总编现在焦头烂额，那几个领导都把责任往他身上推，他是自身难保啊！"

　　"怎么会这样啊！怎么会这样啊！……"

　　李卓然不断重复着这句话，睡意全无。他的脑子里，似乎一下子出现了报社人心惶惶的景象，也出现了读者堵在报社门口对他们指指戳戳的场景，他不由得不寒而栗起来。

　　他开始安慰梁如月，到现在他才发现，梁如月原来对他是那么信任和依赖。作为一个男人，他懂得这意味着什么。他以平静温柔的语调，告诉梁如月要保持冷静，不要惊慌失措。兵来将挡，水来土掩，他不相信这件事情能把报社彻底击垮。他坚决表示，明天他就去订票，尽早尽快地赶回去。

　　在他的安慰下，梁如月的情绪大有好转。

　　但是此时此刻，李卓然的心情却糟糕透顶，呆呆地坐在床上一直到天亮。后来他又去楼下胡乱行走，双眉紧锁，唉声叹气，整个人就像霜打的茄子，蔫头耷脑提不起精神。打击如此突然、致命，接下来他一时不知道该怎么办才好。

　　女人的第六感真的很准，梁如月预感到的事情还真的发生了。是走还是留？他再次被推到了人生的十字路口，再次面临人生的重大抉择。

　　走，那边迎接你的，虽然也有一双双企盼的眼睛，但同时还有一个千疮百孔的烂报社。而且你并不是什么救世主，你也没有三头六臂或者腰缠百万，你去了，肯定就会一下陷入无边的苦海，你必须和那里的人一起苦苦挣扎，每走一步都要付出艰辛的努力。而且这苦海漫无边际，不知道跋涉到什么时候才是尽头。

　　留，这就太容易，太轻松愉快了。真的就是苦海无边，回头是岸。社长已经明确表态，停薪留职合同还没有签署，他今天就可以去上班，继续当他的副总编辑，一切都会恢复到原来的模样。而且经这一番折腾，他的知名度已经再次大幅提升，领导也真正知道了他的价值，他的转正问题、住房问题等等很快就会迎刃而解。

可是，梁如月怎么办？你的承诺怎么办？

好马不吃回头草，你当初轰轰烈烈地走了，现在却又要无声无息地回来，你的颜面何在？人家问起你来，你该怎样回答？

这些天，你一副春风得意的样子，把牛皮吹上了天，闹得那么多人都羡慕嫉妒恨，还有那么多人跃跃欲试想跟你走，但是你却突然成了一只缩头乌龟，突然又留下来不走了，大家会怎么看你？你今后还怎么做人？

走还是留？留还是走？李卓然内心一次次掀起巨大的风浪，搅得他的脑袋马上就要爆炸了。

第十一节　爱的魅力

元宵节前一天晚上，李卓然没有跟家人以外的任何人打招呼，突然再次踏上了南行的列车。一路上，他总嫌火车走得太慢，太慢。

现在，那首童谣已经不再在耳边响起，火车轰隆隆的声音，已经变成这样一句话：我要回东江，去见梁如月。

促使李卓然下定决心再次离开的，是两个远方的电话。一个是潘总编打的，一个是梁如月打的。

潘总编在电话里语气沉重："卓然，报社的事情你听说了吧？"

"哦，听说了，有人打电话告诉我了。"

"你是怎么想的？你还能回来吗？"

"潘总，不瞒您说，我正在考虑。这边报社要我留下，马上上班。"

"哦，那你考虑清楚吧。现在这种情况下我也不好勉强你。一句话，人心浮动，效益下滑啊！唉，都怪我把关不严。当时赖副社长来找我签字，我正忙着。我也没找苏子核实一下，认为这也许是提升报社形象的一种手段，我就相信了他们。谁知这字一签下去，麻烦就大了。我这个总编不合格啊！"

潘总编痛心疾首地在电话那端向自己的部下检讨，可见问题的严重性。

"潘总，你也不要太自责了。谁都有失误的时候，老虎也有打盹之时嘛。"李卓然只好这样安慰他。

"不对，如果我能够细心一点，醒目一些，这个错误本来是可以避免的。唉，说到底，如果你在，帮我把把关，这件事情可能就不会出了。你知道对我们的影响有多大吗？就等于当头一棒啊！那些人都在幸灾乐祸哦！"

"潘总，你别着急，我记得你曾经说过，办法总比困难多。"

"话虽这么说，可是要有人啊！假如你能回来，还是可以凝聚人心的，起码可以稳定队伍。所以卓然，你还是克服困难，尽量回来吧。《东江晨报》需要你，大家需要你哦！"

总编辑，报社一把手，竟然对他说了这样的话，就差说"求你了"。李卓然的心灵立时受到强烈震撼。

接着，梁如月的电话就像是一股洪流，霎时冲开了他心中的所有防线，使他彻底地无条件地缴械投降了。

梁如月是哭着给他打电话的，她说："卓然，你到底回不回来呀？现在报社上下人心浮动，不少人说你不会回来了，潘总编孤掌难鸣，许多人都要走了。"

"如月，你听我说，事情肯定没有你想的那么严重，我也没有那么重要。"

"卓然啊，其实比这还要严重啊！你回来就知道了。你不回来帮助潘总编，报社可能真的就完了。"

"如月，你别急，我这里还有一些事情需要处理。"

"卓然，我就听你一句话了。假如你决定不再回来，那么我也不在这里待了。我有可能回到新疆，去当播音员。那我们这一生，就不会再有见面的机会了。"

"啊，真的呀！"

"是的，那边电视台已经给我来信了，说如果在外面情况不好，欢迎随时回去。"

"哦，这样啊！"

"卓然，事情已经到了这份上，我也顾不上那么多了。我问你，那天你在电话里说你爱我，这话是真的吗？是发自内心的吗？"

"当然！我再说一遍，如月，我爱你，真的爱你！"

第十一节 爱的魅力

"那好，我也爱你。为了证明你爱我，你就回来吧。报社需要你，我更需要你！你，听清我的话了吗？"

此时此刻，李卓然还能说什么呢！他对着手机大喊："如月，我的如月！我马上就去买票，今晚就是天上下刀子，我也要出发，回到你的身边。你等着我，等着我啊！"

这真是前程诚可贵，爱情价更高。正在犹豫徘徊的李卓然，立即舍弃一切，做出了最后的决定。他马上收拾东西，并跑去火车站，凭原报社的记者证买了一张硬卧票。然后，他又给蒋丽丽打电话，二人约好去了民政局，正式办理了离婚手续。

许久不见，他发现蒋丽丽又黑又瘦，眼角爬满了细密的皱纹，眼神很冷，充满仇恨。想到毕竟夫妻一场，在财产分割上李卓然做出了巨大的让步，写明那套房子归她所有。反正他不想再回来了，索性来个破釜沉舟吧。这时他才看见蒋丽丽的眼神没那么可怕了，她还主动拿出一个存折说："这是这些年我攒的钱，你去南方肯定要用钱，你拿去吧。密码是我的生日。"

蒋丽丽的这一举动倒使李卓然很感动，他推辞了一下，最后还是接受了。他看了一下存折里的钱数，竟有五万多。他霎时觉得自己再去南方更有底气了。

"丽丽，谢谢你。这些年我对不起你。以后你自己多多保重吧。"

"是我不好。你也多保重，到南方找个合适的人，再成个家吧。"

十多年的夫妻，长期打打闹闹的夫妻，就这么和平友好地分手了。

随后，李卓然毅然决然地签了停薪留职协议，委托妹妹回头送去报社。

晚上，他再次告别父母和妹妹，一个人悄悄打的到了火车站，进站上车。虽然这次没有人送，他心里却充满悲壮。李卓然用留恋的目光，看着家乡的一切。他知道，从此他就像一只断了线的风筝，再也飞不回来了。

经过一天两夜近四十个小时的长途跋涉，李卓然终于再次来到了南方，回到了东江市。

火车刚到河源，李卓然就不断给梁如月打电话，告诉她自己所到的位置。当列车员前来换票，告诉他马上就要到站的时候，他的一颗心竟然欢蹦乱跳起来。他知道，此时此刻，美女梁如月正在火车站等他，他马上就要见到自己的心上人啦！

他老早就拖着行李箱，到车门那里等着。他明明知道不下车出站根本就看不到梁如月，但他还是不断地向外张望。

其实，满打满算，他和梁如月也才分别了二十多天的时间，可是他却感觉有半个世纪那么久，他甚至有点记不清梁如月的模样了。他越是努力想她，就越是记不清她。他恨不能一下子就见到她。

这次回去之前，他和梁如月之间还隔着一层纸，但是现在，他们之间的这层纸却被呼啦啦地捅破了。就连他自己也没有想到速度会这么快。这还要感谢报社出了事，不出事他们的感情肯定不会这么迅疾升温（灾难往往会使人迅速靠拢）。依照梁如月的性格，不拖个一年半载根本就不会有什么结果。这回好了，既然已经说破了，那么他们现在再见面时，就应该是一对恋人了。既是恋人，见面就应该热烈拥抱，甚至亲吻才对。但是不知为什么，他竟然有点不好意思起来。如果外面的天是黑的还好一些，可是现在却天光明亮，他不知道彼此一见面的动作表情应该是怎么样的。

火车喘着粗气，终于停稳了。李卓然迫不及待第一个跳下车来，拖着箱子飞快地朝出站口跑去。现在他的脑子里只有一个念头，那就是赶快见到梁如月，哪怕是早一秒钟都好。

"卓然！"随着一声熟悉而亲切的喊声响起，李卓然举目望去，但见在接站的人群里，梁如月身穿一件米黄色的呢子大衣，正满面笑容向他招手。她在人群里那么惹眼，大有鹤立鸡群之势。李卓然一边快速通过甬道，一边也使劲挥手，喊着："如月！"他的两只眼睛就像探照灯一样，直直地、痴痴地看着她，嗯，还是那么漂亮，就像是一枝出水芙蓉。有点消瘦？但却显得更加精神。

他拖着箱子向她跑去，她张开两手向他跑来。近了，近了，就在最后的时刻，他们却停了下来，彼此不好意思地笑着，只是用力握了握手。

第十一节 爱的魅力

"你一路辛苦了。"

"没事，你还好吧？"

说出来的话似乎不像是恋人之间的话，感觉也不像想象的那么浪漫。

"来，我来拿行李吧。"梁如月过来抢他的箱子。

"哪能让你拿呢。"李卓然躲避着，"走，我们去打车吧。"

"走。"梁如月这时上前挽起了他的一条胳膊，就在许多人羡慕的目光里往前走，这时他们才终于找到了一点恋人的感觉。

二人上了出租车，梁如月报出的地方是金地花园小区。李卓然不由得看了她一眼。梁如月立刻说："放心，那个该死的年前就滚回新疆去了。"停了停又说："兰兰想姥姥，跟他一起走了。"李卓然一听，心中不由得大喜。他预感到，他的好机会终于来了。

上车不久，两个人的手就不自觉地抓在了一起，而且轮流用力，越抓越紧。他们谁也不说话，就在后排座位上互相依靠，闭上眼睛静静地坐着。李卓然明显感觉到，梁如月的身体在轻轻颤抖，呼吸急促，他也觉得自己的心脏咚咚咚跳得格外厉害。一时间，他们都沉浸在巨大的幸福之中。

好像才一会儿工夫，金地花园就已经到了。梁如月抢着付了车费，二人下车上楼，一进门就紧紧拥抱在了一起，接着，就是一个长长的、震撼心灵的吻。

这个吻持续了多长时间，他们不知道。此时，他们的脑子里早已没有了时间概念，他们都闭着眼睛，嘴唇粘住嘴唇，舌头搅着舌头，都在努力地吸吮着对方，恨不能把对方吸到自己的肚子里去。

不知道过了多久，两张嘴才分开了，他们呼哧呼哧地喘气，接着各自脱去了外套。李卓然这时才看清，梁如月里面穿的是一套紧身衣，线条毕露，胸脯高耸。他不由分说又扑了上去，把她那迷人的娇小身躯紧紧搂在怀里，一边用力亲吻，一边在她胸前摸索起来。

"卓然……不要。亲爱的，现在还不是时候，你要……忍一忍。"梁如月娇喘吁吁地抵抗着，她死死抓住李卓然的手，呻吟着，企求着。但是她的目光却完全迷乱了，头发也乱了，脸蛋绯红，身体就像遭到电击一样不停抽搐。

梁如月的动作表情，不但不能阻止李卓然，反而把他体内积蓄已久的激情彻底激发出来了，他颤声喊着："如月，我的宝贝，我都要爱死你了。今天如果得不到你，我就活不了啦。"

在他的强大攻势下，梁如月的反抗越来越软弱，后来她的整个身体似乎都瘫了下去，软得就像一团面一样。

李卓然就像疯了一样，不顾一切地把她抱起来，进了卧室……

也不知过了多长时间，也许是一个世纪那么久，因为肚子饿得咕咕叫，李卓然才醒过来了。他发现天早就黑透了，借着窗外射进来的灯光，他看见他和梁如月都赤身裸体地在被窝里躺着。他们的衣服被胡乱地扔在床上、地上。梁如月两条白嫩的胳膊搂住他的脖子，正在他的怀里甜蜜地睡着，丰满的胸脯一起一伏。

哦，大美女梁如月，"美娇娃"梁如月，天仙一样的梁如月，我今天终于得到了你，和你在一起了。为了证明这不是幻觉，李卓然的一只手又在梁如月的身上摸索起来，那光洁的肌肤犹如绸缎一样滑嫩，手摸上去，感觉弹性十足。

梁如月被他弄醒了，娇吟低哼，紧紧抱住他的脖子，嘴唇主动凑了过来，两人再次长吻，接着，他们再次激烈运动起来。

但是突然，梁如月停了下来，她一边温柔地替李卓然抹去额头上的汗珠，一边说："亲爱的，休息一下吧。我听见你肚子抗议了。下来，我给你弄吃的去。"

梁如月劝了半天，李卓然也的确感觉累了，这才乖乖趴到床上喘气，一会儿又进入了迷糊状态。后来，他感觉梁如月在他的耳边轻轻呼唤他，用温柔的小手抚摸他，又像照顾小孩一样帮他穿衣服，扶他下床。李卓然感觉自己仿佛一下回到了童年，回到了妈妈的怀抱。他觉得无比幸福，就真的像个孩子一样耍起赖来。后来他看到梁如月换上了一套鲜艳的睡衣，显得更加妩媚娇艳，他不由得又开始亲吻她，抚摸她，二人缠绵了许久，才来到了饭桌旁。

第十一节 爱的魅力

饭桌上，已经摆上了好几个菜，开了一瓶白酒，而且还有一碗热气腾腾的汤圆。

梁如月说："这个元宵节你是在火车上过的，现在给你补上。"

李卓然惊喜地说："啊，是元宵。太好了。"

梁如月急忙纠正他说："在南方，这叫汤圆。"

李卓然诺诺连声，他忽然想起什么，急忙打开行李箱，拿出了一些特意带回的牛肉干，也算是北方特产吧。二人就频频举杯，开怀畅饮，先说甜蜜情话，渐渐又转到报社的事情上来。

梁如月告诉他，王光明已经走了，这老兄，连个招呼都没跟潘总编打，手机BP机也不交回报社，就那么悄悄走了。加上苏子，报社一下子少了两大主任。人心动摇，刘青草等人也准备走。真是人心惶惶，记者哪里还有心思采访！稿件都是凑合的，当然没什么可读性，发行工作便困难重重。特别是零售这块，以前每天报纸能卖两三千份，现在连一千份都卖不了啦。这些天，几乎没人来报社卖广告了。面对这样的局面，报社班子不但不团结一致，共同应对困难，反而互相指责，背后告状，有人想借机把潘总编挤走。

事态如此严重，比想象的还要严重！李卓然的心情霎时沉重起来。

这一夜，李卓然就住在了梁如月家里。良宵苦短，他们说一会儿，做一会儿，或者边做边说，几乎一夜未眠，可是他们并不怎么觉得疲乏。

吃早餐的时候，李卓然强烈要求马上公开他们的恋情，他干脆搬过来一起住，然后在适当的时候结婚。但是梁如月却不同意。她说现在的条件还不成熟，兰兰还要回来，她要有个接受的过程。再说那个混蛋虽然表示不回来了，但是如果他再跑回来怎么办？那个疯子，什么事都干得出来，不如等他稳定一下再说。

梁如月嗔怪地对他说："都是你，说什么都不忍。按理说我们现在都不应该突破这最后防线，但是既然已经这样了，反正我把什么都给你了，你还怕啥！我们暂时还是秘密来往为好。等条件成熟了，我们再隆重地办个婚礼。我梁如月也想风风光光地做一回新娘，做个天底下最幸福的女人啊！"

梁如月继续苦口婆心地说："你既然回来了，还是要把主要精力放在报社那边，积极协助潘总编工作，带领大家走出困境。你为我归来，我一辈子感谢你，属于你，一辈子都会爱你！如果你能为报社做出贡献，和大家一起力挽狂澜，那我就更爱你了。"

最终，李卓然被梁如月说服了。他见外面天色尚早，还没有多少人出来活动，就和梁如月吻别，拉起行李箱直接去了报社。

极品女人的一夜柔情，似乎把他锻造得更加成熟。现在，他浑身上下充满另外一种战斗激情，他迈着稳健扎实的脚步往前走，感觉自己就像是一个将军，奉命归队，走向战场。

那是一片没有硝烟的战场，也是一片狼藉的战场。他一个人走着，却感觉身后跟着许多人：梁如月、高自然、马向南、刘青草、黄晓敏……他一路走来，感觉自己恰如一块磁石，把大家都吸引过来了。他们昂首阔步，英姿勃发，自信满满，似乎在他们的脚下，没有什么样的坎坷不能踏平。难道一个"苏子事件"就能把一个报社击垮吗！

李卓然走到报社楼下的时候，看看手机，时间是6点10分，可是报社的卷帘门竟然还没有打开，看门的老陈肯定还在里面睡觉。他妈的，看来这日子还真不想过了！李卓然忍不住，便对准卷帘门嗵嗵踹了两脚。

一会儿，卷帘门从里边打开了。老陈一边系着裤带，一边嘟嘟囔囔。他是当地的一个农民，单身汉，受雇来报社看门。由于他不太会说普通话，李卓然平日很少跟他交流。现在他却虎起脸来训斥他道："老陈，都什么时候了你还不开门！"

老陈就对着他说了一大堆客家话，但是他一句也没听懂，只猜出了大概意思，那就是他没钱了，报社该发工资了也不发，过春节也不给红包。

李卓然冲他说了句"你好好干，不会少了你的"，就拖着箱子上了楼，进入他工作的那个格子间，放下箱子，茫然四顾。

楼上静悄悄的没有一个人，桌子凳子横七竖八地随意摆放，到处都是一派破败的景象。这个积重难返的报社，刚刚看到一点希望的报社，就在他离开不到一个月的时间内，再次遭到重创。看眼前的景象，就知道人的精神状态怎么样了。都成这样了还能东山再起吗？他在心里问着自己，一时没了主意。

他动手擦了一下自己的办公桌椅，然后一屁股坐下来，呆呆地想心事。他的眼睛盯住一个地方半天也不眨一下，仿佛那地方会有什么答案一样。

后来，他听见楼下有人说话，接着脚步声响，有一个人上楼来了。他猜想，肯定是潘总编来了，就急忙站起来到楼梯口迎接。

果然就是潘总编！他一看到李卓然，脸上立刻显出惊喜的表情来，他大步上前，跟他热烈握手，然后拥抱，连声说："卓然，你回来了，太好了。真是太好了！什么时候到的？"

李卓然说："刚到不久。我一看天亮了，就直接过来了。"

潘总编一边掏钥匙开他办公室的门，一边埋怨说："怎么不给我打个电话呀？我派车去接你嘛。"

李卓然心想，如果派车我和梁如月还怎么相会？一想到梁如月，他的心里就充满柔情，感觉无比甜蜜，就像有一块糖在慢慢地化。他嘴上却说："到的时间太早了，不想打扰你。这样也给你一个惊喜，不是更好吗！"

潘总编就开始忙着烧水，又拿出一包好茶，满面笑容地看着李卓然说："卓然，我真的担心你不回来了。现在你回来就好了，我们马上就召开编委会，研究应对目前局势的办法。我这里已经有了一套方案，要听大家特别是你的意见。"

潘总编一边等水开，一边简要介绍了报社目前的情况，包括王光明不告而别等等。其实李卓然早已经知道这些，但他还是耐心地听了一遍，有时还做吃惊状。

不过接下来，潘总编说的一些事情还真令他吃惊不小。

这次"苏子事件"以后，围绕事件的责任问题，报社班子成员暗中展开了一场较量。

作为报社一把手，事件一出，潘总编就积极主动承担责任，坦率承认自己把关不严。在如何处理苏子的问题上，他则主张先放一放。没想到这却成了别人攻击他的口实。

那几位本土的副社长,包括始作俑者赖副社长,他们一直都对潘总编拿高工资不服气,这次不自觉地就联合起来,分别打电话给朱副部长反映情况。他们都把自己的责任撇得干干净净的,而把一切都推到潘总编的头上,他们给潘总编定下的罪名是:瞎指挥,宣传和保护坏人,使报社遭受严重损失。他们之中还有人无中生有地说,潘总编和苏子有利益关系,所以他才要宣传他;另外,潘总编还有作风问题,经常带女记者、女编辑到他的宿舍过夜。他们强烈要求撤去潘总编的职务,让赖副社长上位,或者在本地另选高人。

潘总编一看事态严重了,不得已说明了真实情况,并把赖副社长写的原稿拿给朱副部长看。

但是朱副部长还是下令:这个惹事的苏子,必须马上开除。为了表示自己和苏子没啥关系,也是为了给朱副部长一点面子,潘总编不得不做出让步,忍痛割爱,同意开除苏子。丢卒保车的结果,就是拿着屎盆子扣在自己的脑袋上,再也无法洗清了。

事情到此还不算完。那些人一计不成,又施一计。这些天又拿王光明等人离开说事,还说李卓然也不会回来了,这说明潘总编根本就不会用人,根本就留不住人才,必须马上撤换。这次使用的手段是写匿名信,春节前后,市委宣传部连续收到多封举报信,封封都说潘总编胡作非为,搞垮了报社,使报社陷入水深火热之中。如果不尽快撤换他,东江晨报社马上就要关门大吉了。

潘总编说到这里,从桌上拿起一封信给李卓然看,信是打印的,署名"一群革命群众",行文很像是"文革"时期的大字报,满篇火药味十足,不断上纲上线,给人扣大帽子。

李卓然感到头皮发麻,想不到事情会闹到这种地步,背地里还有人这么无聊。他们睁着眼睛说瞎话,意欲赶走潘总编而后快。难道把他赶走,报社就会好了吗?稍有良知的人都明白,那可是适得其反啊!

幸亏朱副部长坚决顶住。朱副部长力挺潘总编,还特意到报社召开班子会,要求大家精诚团结,共渡难关。潘总编在会上就整个事件进行了客观说

第十一节 爱的魅力

明，理清了主要和次要责任，并带头进行自我批评。问题往桌面上一摆，就什么都清楚了。赖副社长只好承担了责任，做出了检查。其他人也都进行了自我批评。会上，潘总编还宣布说："我已经和李卓然同志通了电话，他表示很快就会回来的。他说，正是因为报社有困难，我们才需要回来一起奋斗。只要大家团结一致，不互相拆台，不当面说好话，背地里下毒手，东江晨报社还是大有希望的。"

说到这里，潘总编抱歉地说："卓然，你别见怪，在那种场合，我只能借你的口来点下他们了。我对你也有信心，相信你一定会回来的。你看，你这不回来了吗！我没有白替你吹牛！你这次回来本身，就是对我、对报社的巨大支持。在这关键时刻，你真的是好犀利哦！"

潘总编不觉又说了一句客家话，他随后急忙翻译说："'犀利'，就是厉害的意思，比'醒目'这个词还有分量。"

李卓然嘴上说"哪里哪里"，心里却说，唉，如果没有梁如月，如果我知道这里的情况这么复杂，也许，我真的不会回来了。不过现在既然回来了，那还能怎么办？只能好好干了，为了报社，同时也为了自己。

潘总编说到这里，语气更加郑重："卓然，既然你已经回来了，那么鉴于目前报社的情况，我准备马上向社委会和市委宣传部打一个报告，建议提拔你为报社副总编辑，主管采编工作。现在我正式征求你的意见，你愿意和我一起拼搏奋斗吗？"

闻听此言，李卓然不由得一阵激动，说实话他根本没想过这么快就获得提拔，连一点心理准备都没有，他赶紧说："这……这样怕是不行吧？"

"行！"潘总编肯定地说，"假如现在你是总编，你想办好报纸，但是你的副手跟你离心离德怎么办呢？你能不找一个既有能力，又和你贴心的人一块干吗？"

李卓然点点头说："那是当然，可是……我来的时间毕竟太短了。"

潘总编摆摆手说："卓然，你不必担心，你以前就是报社的副总编嘛。有人老是说你原来报社的行政级别低，其实报社根本就没有大小之分，工作规律都是一样的。而且你这两个月的实践，已经证明你是有真材实料的。就目前报社的情况看，包括我在内，在业务水平方面，说实话还没有人能超过你，这是真的哦！"

潘总编如此高度评价自己，李卓然听了心里发热，但是他又说："这样的话，那赖副社长怎么办？他去哪里？"

"他嘛，自然有他要去的地方。"潘总编停了停，又好像下了决心似的说，"卓然，索性我都告诉你吧。赖副社长呢，他觉得在这里工作不愉快，准备离开。去哪里还没定，我也没有留他。所以就不必介意他了。中层干部这一块呢，我也在考虑。假如短期内没有高人进来，那我们也得把缺额补上。总编室主任，我想让梁如月来做，以便配合你的工作；李佳媛去代替王光明，做专刊部主任。马向南一直表现不错，可以先提拔他为文艺部副主任，代替苏子。其他空缺以后再说。这个结构你觉得如何？"

一听潘总编要让梁如月当自己的助手，李卓然自是十分欢喜。他首先想到的就是今后可以和梁如月朝夕相处了。但似乎是为了掩饰，他还是说："哦，如月她文字功底不是很好，不知道能不能胜任。"

潘总编说："做总编室主任，写稿只是一个方面。主要任务是上传下达，策划协调。梁如月恰恰协调能力强，她又特别敬业，还有，她和你的关系也比较好，策划这一块有你呢，我认为她完全可以胜任。"

李卓然的心跳了一下，怎么，难道潘总编已经看出他们关系不一般了？细看他的脸色，又不像有什么特指，这才放下心来。

潘总编最后说："卓然，我跟你说的这些，只限你一个人知道。这些还只是我的个人想法，也许以后还有变化。"

李卓然点点头说："放心吧，这个我懂。谢谢潘总对我的信任。"

这时报社已经有人来上班了。李卓然就站起来告辞。潘总编最后对他说："卓然，你放心，有市委宣传部的大力支持，再加上我们的艰苦奋斗，我觉得报社还是有前途的。另外从大的发展格局看，在改革开放的大背景下，东江市马上就会迎来新一轮发展高峰，它的发展规模和速度，肯定要远远超过你

第十一节 爱的魅力

的塞外，所以你选择回来还是对的。你记住我的话，现在你可能有时候会后悔，但是有一天，你会为自己明智的选择而自豪骄傲的。"

潘总编这些话简直说到李卓然心里去了，他有点热血沸腾。他伸出手来跟潘总编击了一下掌，俩人同时喊了一声："耶！"然后，他就像打了鸡血一般回到自己的格子间里去了。

见李卓然回来了，不少人立刻呼喊着围过来，和他热烈握手、拥抱。李卓然从行李箱里拿出特意留的牛肉干分发给大家，大家一边吃牛肉干，一边围着李卓然说话，问他是不是还不知道报社出事了。

李卓然知道，此时此刻，他的一举一动、一言一行，都会对大家产生影响。于是他说："报社的事情我在老家就听说了。"他看众人的脸上都写满疑惑，就豪情万丈地说："正是因为听说报社出事了，我才连夜赶回来了。实话告诉你们，那边的报社再次使劲留我，说马上就可以上班，官复原职，还说就等于派我到南方学习了两个月，甚至连工资都可以补发。但我还是不辞而别了，你们知道这是为什么吗？"

众人就一齐问："是啊，这是为什么呢？"

"这是因为，我不相信我们这样一家市级新闻单位，一张具有全国统一连续出版物号的党报，那么不堪一击，一个'苏子事件'就把我们彻底打垮了！我坚信，随着南方改革开放的不断深入、经济建设高潮的到来，党和政府会越来越重视新闻舆论，报社的政治地位会越来越高，社会作用会越来越大，所以我们的前途也会越来越光明。这是大趋势，是任何力量也阻挡不了的。眼前这点波折算什么？我们的眼光为什么不放得远一点、广一点呢？放眼全国咱不说了，起码要放眼整个东江市吧。大江大河，波涛汹涌，小河小沟，何愁没水！你的周围全是水，你还愁自己不能盆满钵满吗！"

李卓然一番话说得铿锵有力，掷地有声，大家听了纷纷点头。然后一个个也像打了鸡血一般散去，各忙各的去了。

李卓然特别注意刘青草的表情，看别人离开了，就悄悄问他："怎么样，青草，我听人说你也想走，是吗？"

刘青草说:"李主任,如果不是为了等你,我早就走了。我就是要看你到底回不回来,听听你怎么说。"

李卓然问:"那你现在还想走吗?"

刘青草说:"主任,你说的有道理。我决定留下来,就跟着你干了。"

李卓然听了,不由得上前拍了拍他的肩膀。

李卓然回来的消息很快传遍了报社的各个部门,一些人虽然没有过来看他,但还是受到了鼓舞,感到报社还有希望,于是人心很快稳定了下来。有句话叫"榜样的力量是无穷的",这话真的很适合东江晨报社现在的情况。

当天晚上,众人又在四川饭店小聚了一下,为李卓然接风。聚会发起人是高自然,梁如月来了以后马上主动说她今晚埋单。众人就起哄说,梁如月听说李卓然回来,精神状态一下子变好了,仿佛是另外一个人。李卓然偷偷打量梁如月,发现她真的是面如桃花,眼若秋水,就像一棵被雨露滋润的禾苗,显得生机勃勃,鲜嫩娇艳。他便在心里偷着乐,心想爱情这东西真的是太伟大了,有了爱情的滋养,丑女也会变漂亮,本来就漂亮的更会光芒四射。

但是表面上,他俩却装作彬彬有礼、一本正经的样子,时不时偷偷对视一下,把笑容藏在眼角,把甜蜜藏在心里。

这次聚会,因为一下少了王光明和苏子,开始的时候还是有点沉闷。老板娘廖美丽挺着高高的胸脯进进出出,也没人逗她,气氛显得没有那么活跃。本来高自然也喜欢逗她,可是因为有李佳媛在场,他也不敢放肆。

廖美丽对李卓然的归来也表现出极大的热情,她不但送了两个菜,还送了两瓶四特酒。因为几乎每天都有报社的人来这里吃饭,她对报社情况了如指掌,所以有时大家说话,她也能插上几句。

现在,大家正在说王光明和苏子,都在为他们的短视行为扼腕叹息。特别是苏子,人人都觉得他是被人害了,也是被钱害了。

李卓然问:"苏子出事以后,谁见过他?还有那个阿红,她现在在哪里?可有苏子的消息?"

大家七嘴八舌说了一些马路消息,这时廖美丽说:"李主任,这里面,我可能是最后一个见到苏子的。还有阿红，我前天还见到她。"

大家的注意力立刻就集中到她的身上，催她快说。

廖美丽告诉大家："那天晚上，我都要收档了，却见苏子突然急急忙忙地来了，一只手还拖着一个大行李箱。他说他要走了，来向我告别。我急忙问他：'怎么了？报纸上不是刚刚登了你的事迹，你不是大英雄吗？'苏子就苦笑说：'什么英雄，他妈的演砸了！我没办法在报社待了，要找个地方躲几天。'他还问我有没有空房子。我说没有，他就要走。我看他很狼狈的样子，就强把他留下，给他弄了两个菜，煮了一碗面，还陪他喝了几杯酒。苏子喝着喝着就哭了，说他被人耍了。还说如果李卓然在，就不会出这事了。可是到最后他也没有告诉我他究竟出了什么事。他吃完喝完，说：'老板娘，我记住你的好了，咱们后会有期。'说完就拖起箱子走了，也不知道到哪里去了。后来，阿红曾经来问过我，见到苏子没有。我说了那天晚上的情况，阿红就急得直跳脚，埋怨我说怎么不把苏子留住。我说我一个女人，怎么留他啊！前天她又来了，告诉我苏子已经找到了，他去了深圳。苏子要她来谢谢我，说以后假如他在深圳干好了，还会回来看我，看望大家的。"

廖美丽说完，大家都沉默了。最后还是李卓然举起酒杯说："来，老板娘，我代表我老乡苏子，代表报社，感谢你给他的温暖。"

大家就一起举杯敬老板娘，一起把酒干了。

李卓然又说："唉，苏子给报社带来这么大的伤害，你们一定很恨他吧。我也恨他，恨他的糊涂。但是话说回来，你们想啊，如果苏子有钱，他会干这种傻事吗？他来报社都两三年了，为什么没钱，受了伤还要骗取医药费呢？原因就是一句话：报社没钱！你们说对不对？往下我不想多说了，来，我们共同祝愿苏子在深圳能有一个好的开始吧。"

大家就纷纷点头，共同举杯。

说完这个沉重的话题，李卓然又讲起了这次回乡的见闻，讲了一些南北方的差别，氛围这才渐渐轻松起来。

最后李卓然说："各位，据我所知，这几天报社就要采取系列措施应对当前局面了，有些事情的变化会大大超出你们的预料。你们就记住我一句话吧：坚持就是胜利，坚持下来的人都是精英，都会有好的归宿！"

席散以后，李卓然跟刘青草一起回了宿舍。因为王光明走了，现在房里只剩下他们两个人。冲完凉以后，刘青草回屋睡了。李卓然想着梁如月，心里就像火烧一样想马上见到她。他不断侧耳谛听，估摸刘青草睡熟了，就蹑手蹑脚地出来，轻轻开门出去，拼命往梁如月家里跑。

好在离得不远，不到十分钟就到了。李卓然就像做贼一样溜上楼去，轻轻敲门，不想门马上就开了。梁如月似乎就在门内等他。

二人也不说话，只有动作。他们激情澎湃，一直到欲仙欲死，方才搂抱着沉沉睡去。

直到东方发白，梁如月才把李卓然弄醒，说："亲爱的，你该走了。让人家看见不好。"

李卓然更加用力地搂紧她说："我不走。我要马上跟你结婚。这么偷偷摸摸的我受不了。"

梁如月一边亲吻他一边说："傻子啊，你以为我不想啊！我多想有个完整的家，多想天天和你在一起呀！你这害人的家伙，你现在把我的魂都勾走了。昨天一天，我无时无刻不在想你。昨晚你要是不来，我都想主动去宿舍找你了。我怎么一下子变得这么没出息呀！我还是梁如月吗我！"

李卓然说："这就对了，这说明我真的钻到你的心里去了。既然谁都离不开谁，那我们干脆先公开同居吧，不然被人发现了，反而会传绯闻的。"

梁如月摇摇头："亲爱的，我不是跟你说过了吗！你再等等，啊，再忍一忍，我早晚不都是你的吗？你就放一万个心吧，我这辈子只有一个老公，那就是一个叫李卓然的坏家伙，他是一匹来自北方的狼！"

又缠绵一会，天马上就要亮了。这时李卓然突然想起什么，就把潘总编准备提拔自己，也准备让梁如月当总编室主任的消息对她说了。没想到梁如月却说："提拔你那是应该的，但是这样安排我肯定不行。"

"为什么呢？"

第十一节 爱的魅力

"哎呀，我自己还不知道自己几斤几两吗！再说了，有朝一日我们的关系公开，那肯定会有人说，这不是在开夫妻店吗。还有，两个人整天在一起，也未必是什么好事。我觉得我现在做个发行部主任挺好的。"

"哦，你这么想也有道理。可是如果潘总编非要这样决定怎么办呢？"

"不会的，我会想办法让他改变主意的。"

"你有什么办法？你可不要说漏了嘴啊。这可是天大的秘密呢。"

"看把你吓的，怎么会呢！现在这些只是潘总编的个人想法，是随时可以改变的。关键是你的事情不要变。从现在开始，你说话办事可一定要注意低调啊！"

接着，梁如月就强迫李卓然穿衣服，又推着他出门。李卓然并没有马上回宿舍，他索性去了公园，在那里悠然散步，看那些老头老太太跳扇子舞、舞太极剑。时间差不多了，他才大摇大摆地回到宿舍，一进门就喊着刘青草的名字说："怎么还没起床啊，我都散步回来了。"自己却忍不住偷偷地笑。

这样充满刺激、充满激情、充满幸福的日子，一直持续到梁如月的女儿兰兰回家。

第十二节　风波再起

就在东江晨报社重整旗鼓，准备东山再起的时候，却发生了一件大事，一件令晨报雪上加霜，几乎一蹶不振的大事，那就是市里的一个领导在一个公开场合，悍然驱赶晨报记者。

这天，市里召开一个有关社会治安、综合治理方面的工作会议，晨报前往采访的记者是马向南。会议即将开始的时候，出席的市委副书记段伟突然问："各家新闻单位的记者都来了吧？"在得到肯定答复之后，他忽然又说："晨报派谁来了？"马向南应声站起来，向领导点头致意。没想到他却说："那么请你离开吧。这次会议不需要晨报采访报道。"

马向南一下子定在了那里。她本来个子就高，鹤立鸡群，引人注目，这回好了，全场的目光唰地一下子全都集中到了她的身上。马向南当记者时间不长，从来没有经历过这样的事情，一时红头涨脸，不知所措。

段副书记竟然又来了一句："这位姑娘，我对你个人没意见。只是本次会议不需要晨报宣传，请离开吧。"

在大家的注视下，马向南几乎是哭着离开会场的。她出来直奔电话亭，分别给高自然、李卓然打电话，报告事情经过。

这真是奇耻大辱啊！

李卓然和高自然一听此事，都跳了起来，马上一起来找潘总编报告情况。他们情绪激动，一进门就大喊大叫。

李卓然说："我也算是走南闯北的人了，市领导竟然在公开场合驱逐报社记者，真是闻所未闻！他有什么权力这么做？他这是对党的新闻工作的公然践踏，也是对晨报的严重打击！是可忍孰不可忍！"

高自然说："市领导带头这么整，我们还有什么希望！这件事的直接后果，是在全市造成一种印象，晨报不受欢迎。以后我们还怎么出去采访！"

潘总编让他们冷静，在弄清事件原委之后说："这显然是'苏子事件'的直接后果。你知道当初在报纸上对苏子的事情做出批示的人是谁吗？就是这个段副书记。他那次吃了苍蝇，所以就不喜欢晨报了。"

"那他作为市领导，也不能这么干啊！"

潘总编："先不要急，等马向南回来，问清具体情况再说。"

一会儿，马向南哭哭啼啼地回来了，悲愤万分地诉说了事情的经过。

潘总编说："好了向南，你受委屈了。市领导不管是出于什么动机，都不应该这么做。你马上去把事情的经过写成一份书面材料，然后交给卓然。卓然你呢，立即起草一份给市委宣传部的报告，表达东江晨报社全体员工的不满和抗议。要写明，记者是'无冕之王'，任何人不能以任何理由驱赶和侮辱记者。段副书记必须给东江晨报社员工一个说法。你们马上去办吧，我现在就联系朱部长，向她说明情况。"

这时李卓然已经冷静下来了。他听了潘总编的安排，不由得十分佩服，暗想自己遇事还是有点嫩啊！立即就答应着出去办了。

不说李卓然和马向南忙着写材料，却说高自然回到格子间里，越想越来气。这个敢为爱情辞职来南方的家伙，骨子里就不怕事大。于是他跑到报社平日发通知的小黑板前，拿起粉笔，在上面写了这样几句话：

今天，市里的某位领导竟然在公开场合驱赶本报记者。东江晨报社，到了最危险的时候！各位同人，奋起抗争吧！

就像丢下一颗炸弹一样，整个报社立即炸窝了。特别是采编人员，一个个怒火中烧。他们联想起平日里到市里的一些部门采访，受到各种冷遇的情形，憋在心里的火山终于爆发。大家聚在一起，群情激愤，楼上楼下，乱作一团。

潘总编出来给大家解释了几次，说正在准备材料上报，但是依然不能平息众怒。他只好再打电话给朱副部长，说明事态的严重性。

这会儿，市委宣传部副部长朱玉梅也在办公室里生气。她不明白，有的市领导为什么会这么任性，会犯这么低级的错误。公开赶记者，这样的事情就连一般人也干不出来，可是一个堂堂的市委副书记，副厅级干部，怎么就能干出来呢！他脑子里在想什么呢！

东江晨报社，这个历史遗留下来的沉重包袱，这个老大难单位，真是一直让人头疼。报社本来就千疮百孔，积重难返，再加上一个"苏子事件"闹得沸沸扬扬，几近崩溃。好歹潘总编还是个有能力的人，那个李卓然也在关键时刻重回报社，她正在积极协调，准备让它起死回生。就在这种情况下，市领导不但不帮忙，反而添乱，冷不防又来了这么一闷棍，这让做具体工作的人，接下来怎么做哦！亲爱的段副书记，你的脑子真的是进水了吗！

桌上的电话又响了，接起来，又是潘总编打来的。"什么？整个报社群情激愤？大家强烈要求段副书记给一个说法，否则报纸会把这件事捅出去。哦，事态这么严重。好，我马上向汤常委汇报。在领导做出决断之前，请你让大家保持冷静。东江晨报社现在不能乱。好，就这样先。"

朱玉梅挂断电话，就直接去敲常委汤越办公室的门，人不在。事情紧急，她马上又往汤常委的另一个办公室疾步走去。作为市领导，汤常委有两个办公室，一个在宣传部，一个在市委那边。平日不遇紧急情况，没人会去他的另一个办公室找他。

市领导的这一排办公室很隐秘，设在楼内的一个转角处，楼口设有电子锁，按对密码才能打开。市委书记、副书记、组织部部长、宣传部部长等重要领导都在这里办公。不过汤常委平日大部分时间都在宣传部，很少到这边来。

朱玉梅按了密码，电铃响了几声之后，竟然开了。这说明汤常委此时真的就在这里。她急忙走了进去。在走廊上，朱玉梅看到了市委副书记段伟的门

第十二节　风波再起

牌，她真想直接敲门进去，质问他为什么要这么做，当然她还是忍住了。

汤常委的办公室里烟雾腾腾，他显然在写什么材料，看见朱玉梅一脸焦急，就知道一定是发生了什么事。他给她倒茶，又打开门窗往外排烟，然后让她慢慢说。

朱玉梅缓了口气，尽量用平静的语调讲了事情的经过和现在的紧急情况。

汤常委听罢，叹了声，说："这个老段啊！"半天沉默不语。

"常委，那我们现在应该怎么办哦？"朱玉梅还是沉不住气了。

"这样吧，"汤常委说，"你先回去，给晨报那边打电话，或者你亲自去一下，安抚大家的情绪。你就说，汤越正在找段伟交涉，肯定会给大家一个说法。唉，晨报本来就危机重重，可不能再出什么事了。"

"好的，还有吗？"朱玉梅显然觉得这个答复还不够。

"还有就是，你让晨报准备一下书面材料，让他们尽快送来。这样我说话才有理有据呀。"

朱玉梅答应一声，告辞出来，迈着急促的步伐在楼道里行走。她的半高跟皮鞋发出清脆的响声。走到电梯旁，她站在那里犹豫了一下。她真想马上就去晨报社，直接面对那些被侮辱被损害的人，当面说一声"对不起"。但是她一想觉得不行，自己现在过去，不明真相的人很可能马上就会把她当成出气筒，甚至会有过激的举动，那样事情就会更加复杂。

最后，她只好先回办公室，拿起桌上的电话打起来。

这时在晨报社，马向南和李卓然的材料都写好了，潘总编正在审阅。另外，一条爆炸性新闻也已经由高自然主动写毕，这条新闻的标题是：《东江市昨日出怪事，市委领导公开赶记者》。高自然说，这是他为明天的《东江晨报》准备的头版头条。

李卓然觉得这些还不够，他又让李佳媛起草了《致市委副书记段伟的一封公开信》，在电脑房打印出来，留出半页空白，然后先签上自己的名字，之后便由梁如月拿着，在报社内部掀起了一场轰轰烈烈的签名运动。公开信全文如下：

尊敬的段伟副书记：

您好！就在今天，东江晨报社全体员工因一个意外的消息而震惊，晨报的一名记者，被您逐出会场。消息传回报社，大家感受到了一次莫大的打击，火热的工作热情刹那凝固，大家都在相互询问，不知道您作为市委副书记何出此举。

近段时间，晨报社全体员工正沉浸在"苏子事件"带来的痛苦之中，感觉压力甚大。正当我们重新抖擞精神，用加倍的工作努力消除负面影响，让东江人民重新认识晨报的时候，您却给我们来了当头一棒。作为市领导，您真的是不应该啊！

晨报社的采编人员，大都是近两三年内，怀着一腔热血，从祖国大江南北汇聚到一起的。其中的大多数人都具有多年丰富的采编经验，有高级和中级职称的人占百分之五十以上。大家看中东江这片热土，看好这里的发展前景，舍弃了在家乡的一切，义无反顾而来，准备为这里的两个文明建设贡献力量，干一番轰轰烈烈的事业。东江市的每一步发展，都牵动着晨报社采编人员的心，大家为之欣喜为之忧虑，把自身的生存发展和东江市的繁荣昌盛紧紧联系在一起，并为之付出了艰辛的劳动。记者们不分白天黑夜，哪里有新闻哪里就有他们的身影，哪怕是最危险的时刻，他们也会冲在最前面。我们紧紧围绕市委市政府的中心工作，进行了一次次策划和深度报道，树立了一个又一个先进典型，记者们的一篇篇佳作，在全国新闻大赛中屡屡获奖。

从今年开始，我们对版面进行了大刀阔斧的改革，四开十六版的都市报受到了广大读者的欢迎，而且我们新增的周末版和新开的一些栏目，更是受到了市民的喜爱。赞扬的电话不断打到报社，一面面锦旗被送到报社。但是令我们大惑不解的是，您为什么要在公开场合驱赶我们的记者？就算我们的工作有不合您意之处，您也可以采取其他方法批评，有必要当众羞辱吗？

"苏子事件"已使我们压力重重，您的这种做法更使我们心寒。晨报社近百名员工的饭碗将危在旦夕，晨报社的前途一片渺茫。也许您看到了一些表面现象，导致您做出了不当之举。那您为什么不抽出一点宝贵时间，到晨报社来走一走看一看呢？了解一下晨报社是在什么样的情况下发展的，我们是如何生活的。为此，我们强烈要求您：第一，必须马上就此事给大家一个说法；第二，在适当场合向晨报社道歉，消除影响；第三，保证今后不再发生类似事件。

否则，由此产生的一切后果，将由您本人负责。

东江晨报社全体员工（签名）：

年　月　日

这一天，东江晨报社的员工表现出了空前的团结一致，大家都挤在报社楼上，密切关注事情的进展，竖起耳朵捕捉着一点点消息。

朱玉梅副部长又给潘总编来电话了，让他赶快送书面材料过去。

潘总编亲自送材料过去了，而且他很快又赶回来，向大家转达朱副部长的话说，现在汤常委正在处理此事，希望大家少安毋躁，保持克制，相信市里一定会给大家一个说法。

潘总编说："大家该干什么还干什么，不要因此影响报社工作。"

但是没有人动。大中午的，采编人员也不回去休息。大家仍然聚在报社，一边不停议论，一边等候下一步的消息。

由此，潘总编和李卓然都看出来了，晨报社员工还是有向心力、凝聚力的。在关乎自己前途命运的关键时刻，他们还真的会发出"最后的吼声"。

到了下午，仍然没有什么消息。

下午五点多钟，大家有点沉不住气了。他们不约而同聚集到总编室来，一起看着李卓然，希望他给大家拿个主意。李卓然就拿起高自然的那篇稿子，还有那封上面已经签满名字的公开信，说："大家别急，我现在就去跟潘总编说，如果今晚八点之前仍不答复，那么，明天这条新闻就一定要见报。干脆把公开信拍成照片，也见报。"

众人便七嘴八舌地说："他们不答复，我们就等到明天早晨！""现在不抗争，我们今后就没有好日子过了！"

李卓然来到潘总编办公室，看见他仍然在接听电话。今天，他真的成了"电话大王"。见李卓然进来，潘总编手指沙发，示意他坐下，嘴里仍在不断地说着"是的""好""可以""谢谢"之类的话，看来通话已经进入了尾声。

又过了一会，电话终于挂断了。潘总编一下靠在椅背上，长长地出了一口气，说："卓然，你马上去通知吧，今晚八点，召开全体采编人员大会，市委常委、宣传部部长汤越将来报社，就市领导赶记者事件进行表态。去吧。"

李卓然本想多问几句，但是他看到潘总编那疲乏的样子，就闭了嘴。他把手里的两份稿子放到潘总编的办公桌上，然后直接走出来。他在众人的注视下，走到小黑板前，擦去上面的字迹，然后写道：

通　知

今晚八点，召开全体采编人员大会。市委常委、宣传部部长汤越等将来报社，就市领导赶记者事件进行表态，望大家准时参加！

大家拥挤着，一个字一个字地把通知读完，然后一起问李卓然："这表态是什么意思？算是道歉吗？""对啊，那个段副书记他为什么不亲自来呢？"

李卓然说："大家先去吃饭吧。我现在就知道这么多，其他也无可奉告了。晚上不就什么都知道了吗！"他接着又说："据我所知，这是市领导第一次到我们报社来，大家心中有什么疑问，会上可以和领导面对面交流一下嘛。"

李卓然说完这话，看见梁如月在人群里冲他摆手，他就知道自己最后这句话可能说错了。果然不一会儿梁如月就给他打电话："卓然，你现在处于关键时期，说每一句话都要过一下脑子好不好！你说这话，有发动大家围攻领导之嫌。如果有人使坏钻空子，会对你不利的。"

李卓然看四下无人，便悄声说："谢谢老婆提醒。"引得梁如月在那边娇叫连连："哎呀你这个傻子，坏蛋，你不怕别人听见啊！"李卓然就故意高声说："听见才好呢！省得每天像做贼似的。"说完，他就得意地嘿嘿笑起来。

晚八点，会议准时召开。汤常委在朱副部长和潘总编的陪同下，走到临时主席台前坐下来。立刻，所有的目光都集中到了他的身上。

那天晚上虽然见过汤常委一面，但是匆忙之间看得并不仔细。现在李卓然在台下仔细打量他，发现这个主管全市宣传文化工作的长官，额头真的十分饱满，两眼也的确炯炯有神。他虽然个子不高，穿戴也说不上多么洋气，但是他往那里一坐，确实不怒自威，令人敬畏。

潘总编主持会议，首先向大家隆重介绍汤常委，并说："今天会议的内容大家可能已经知道了。虽然是坏事，但是现在看却已经开始向好的方面转变。标志之一，就是汤常委今天亲自来到了我们报社，和大家见面并讲话。让我们用热烈的掌声，欢迎汤常委的到来！"

在掌声之中，汤常委站起来向大家鞠躬致意，然后以平和的声音开始讲话：

"晨报社的各位同人，大家好。今天我来晨报社，带来了两个道歉。一个是我个人的道歉。我早就想来你们这里调研，这个想法我也跟潘总编等同志说过，可是因为公务缠身，也因为主观努力不够，一直拖到今天才来，你们有事了我才来，这是不应该的。所以我首先向大家道歉。另外，就是我代表市委副书记段伟同志向大家道歉。段副书记今天下午和我见了面，我对他讲了你们的反映和诉求，也给他看了报社写的相关材料，我还说了你们给他写了公开信，他感到很吃惊。他说，他当时也没想那么多，只是因为对报社出了苏子这样一个人有意见，所以他就说了。如果因此真的给报社带来了损失，给大家特别是去采访的记者带来了伤害，那么他愿意真诚道歉，并在以后的工作中给予弥补。同志们，一个市委副书记能这么说，我觉得也可以了。他也是人不是神，在这里，我代表他请求大家的原谅。好吗？"

底下鸦雀无声，一片沉闷。汤常委不由得看了潘总编一眼。

潘总编立刻说："大家听懂汤常委的话了吧？李卓然，你代表大家表个态嘛！"

猛然间被点到名字，李卓然一下脑子里一片空白。他一边慢慢地站起来，一边努力稳定情绪，然后他开始说：

"尊敬的汤常委，首先我代表大家对领导深入基层，走进我们中间表示欢迎。您刚才的讲话，态度真诚，这也令我们感动。至于段副书记，我没有见过他——哦，不对，我在报纸上、电视里见过他。我认识他，他不认识我罢了。"

李卓然说到这里，下面响起了笑声。同时他也听到了梁如月的咳嗽声。他知道那是在警告他。于是他急忙把话题引回来：

"我觉得，一个市领导能对大家说声'对不起'，表示真诚的道歉，请求大家原谅，这的确已经很不简单了。如果我们不原谅他，那又能怎么样呢！不说别的，就看在汤常委快速处理此事，连夜赶来给大家开会致歉的分上，我们也只能原谅他了。但是话说回来，段副书记他也的确不应该这么做。驱赶新闻记者，特别是市领导在公开场合驱赶新闻记者，这我还真没有听说过。这种行为，不仅是对本报，其实也是对整个新闻行业的一种极大蔑视和侮辱。在晨报目前的这种情况下，他更不应该这么做。一个市领导，不能给我们雪中送炭，也不要落井下石啊！假如我们真的把这件事捅了出去，那么我相信，段副书记一定会比苏子还出名！"

突然爆发出一阵热烈的掌声，把李卓然吓了一跳。接着，他听见梁如月的咳嗽声更重了。李卓然急忙又说："汤常委，不好意思，我是北方人，可能说话太直率了，请您原谅。"

第十二节　风波再起

没想到汤常委却说:"没关系,我觉得你说得很好啊!李卓然,都说你是个才子,今天我才有所见识。那么你对部里的工作还有哪些意见要求,也可以说说嘛。对,今天的会也可以开成调研会哦!大家平等对话,我保证不抓辫子,不扣帽子,不打棍子。怎么样?你可以大胆讲嘛!"

全场再次安静下来,李卓然不用看就知道,现在所有人的目光都在他的身上。他顿时感到了巨大的压力。他知道,这个时候,他已经成为民意代表,如果他吞吞吐吐说不出个一二三来,或者是说些鸡毛蒜皮无关痛痒的话,过后大家一定会骂他。但是他如果说得过分尖锐,也很有可能得罪领导。哎呀,事先毫无准备,这不是要命吗!到底应该说些什么呢⋯⋯

李卓然向潘总编望去,他看见潘总编向他点头,很显然是鼓励他说。哦,有了!要说就挑要害说。

"汤常委,谢谢您给我这样的机会。提意见说不上,我觉得市委宣传部分管领导朱副部长非常尽职尽责。我只是有一事不明,想在这里问下领导,不知可否。"

"你讲嘛。"

"好的。我想问的,是报社目前的这种管理方式问题。刚来时我还没多想,甚至认为这是南方改革开放的举措。但是因为'苏子事件',这几天我想了很多。我不理解,既然我们是党报,是党的喉舌,那为什么要任由企业来宰割、胡作非为呢?"

李卓然说到这里停下来,他看着汤常委的反应。

汤常委说:"你继续说吧。"

"报纸是重要的舆论工具,加强党对舆论工具的监督管理,这也是我们党一贯的做法。但是我们的晨报,它的经营权却落入了企业之手。恕我直言,这个我在北方闻所未闻,现在看在南方也不是什么先进经验。事实证明,如果参与企业不具备强大的财力,根本就无力养活一家报纸,小马拉大车,势必会把企业拖垮,也必然会导致报纸公信力的严重下降。关键是,如果偏离了党的领导,没有政府的支持,就像一个人没有了灵魂,在这种情况下,什么怪事和悲剧都有可能发生。我认为,'苏子事件'就是这么发生的,今天赶记者的事件也是这么发生的。苏子出事,是因为他穷,报不了医药费;领导赶记者,是因为他根本没把晨报当成党报!汤常委,我想说的是,要想真正解决晨报的问题,其实只有一个办法,那就是尽快结束这种现象,这再简单不过!"

再次爆发出热烈的掌声,而且经久不息。

李卓然急忙给大家鞠了一躬坐下。回头的瞬间,他看见了梁如月焦急和担忧的眼神。他马上陷入后悔之中。

"好,好,好!"汤常委一连说了三个"好"字,又望着大家说:"还有谁要说话,请继续说。"

就见高自然站起来说:"领导,我觉得李卓然主任刚才已经说到要害了。办好报纸,振兴报社,这是我们大家的共同愿望。但是我们心里也很清楚,这又谈何容易啊!为什么呢?就是因为我们的报纸已经沦为一家企业的赚钱工具了。企业想赚钱,可是又无力投入,杀鸡取卵,这样不恶性循环才怪。这现状就像是一座大山压在我们头上,我们怎么翻得了身呢!"

接着马向南也站起来说:"汤常委,我就是那个被赶的记者。我来南方当记者也有一段时间了,我出去采访,经常会被别人另眼相看,仿佛我们是后妈生的孩子一样。段副书记在赶我的时候,心里肯定就是这么想的!事情不就这样发生了吗?所以我也呼吁,要想避免以后再发生类似事件,党和政府必须给我们亲生孩子的待遇才行!"

下面的应和之声哄然而起,局面似乎马上就要失控。台上的朱副部长和潘总编似乎有点坐不住了。

但是汤常委却显得镇定自若,他的脸上始终带着微笑,认真倾听着每个人的发言,最后他看了一下腕上的手表,摆了摆手说:"好了。我看时间也不早了,大家也说得差不多了。那我就对大家提出的问题进行一个现场答复吧。

"今天我来晨报社没有白来,因为我听到了你们发自心底的声音。我个人觉得,你们能够想到并且敢于提出报社的关键问题,说明你们还是有头脑、有水平的人,并不像有些传言说的那样,晨报社的员工都是很'流'的人。

哦，这是客家方言啦，很'流'的意思就是流里流气没什么料的啦。其实你们提出的问题，正是一直以来困扰我们的问题，也是我们早想解决的问题。刚才李卓然同志说对了，你们报社最近出的两件事，并不是孤立的、偶然的，根子就在企业协办上。只是这个问题太复杂，太棘手了。你们知道吗，当初和人家签订的合同有效期是十年。十年啊同志们，现在还不到三年，谁要废止合同，那是要负法律责任的！

"说到这里我要说明一点啊，这个合同不是在我手上签订的。我这不是推脱责任哦，这个确实和我没有关系。没有关系我就可以撒手不管了吗？当然不是。可以告诉你们，我一直都在努力。只是你们要给我时间，不可能你们今晚提出来，我明天就能解决。说实话我真的没有那个本事哦！

"下面我就要说，你们现在应该怎么办了。既然有些问题一时不能马上解决，那你们的报纸就不办了吗？日子就不过了吗？或者说，你们就真的无法翻身了吗？当然不是。我要说，你们的报纸不但要办，还要办好；日子不但要过，还要过好。在'苏子事件'发生以前的一段时间，也就是你们的报纸改版以后，不就办得很好吗！这说明，人的因素永远都是第一位的。只要人的积极性、创造性真正发挥出来了，有时候，什么人间奇迹都会出现！

"我非常明白大家的心思，很想让报社立刻与协办企业脱钩。但是我要告诉你们，就算有一天真的脱钩了，最终你们还是要靠自己的骨头长肉，靠办好报纸来赢得社会效益和经济效益。所以你们也不要有'等靠要'的思想，从现在开始就要自力更生、发奋图强，团结一心，出版好每一期报纸，用你们自己的实际行动，消除各种不利影响和偏见。只有这样，你们才能杀出一条血路，自立于东江市新闻行业！"

整个会场鸦雀无声，只有汤常委的声音在房间里回荡。李卓然感觉到，他的讲话在情在理，实实在在，但又不乏政治智慧。难怪是常委、部长，真的不是白当的。

汤常委继续说："我说你们晨报可以振兴，并不是给你们画饼充饥。现在有一大一小两个有利条件，正在向你们招手。

"第一个，是大的环境。这些天，我们正在积极与国外的跨国公司合作，计划在我市建设超大型石化项目，目前已经进入实地考察阶段。一旦落实，就将有几十亿美元的投资进来，到时东江市就真正有了龙头企业。龙头一动，经济腾飞，东江市很快就要进入经济发展的快车道。大家试想一下，整个东江市的经济腾飞了，作为宣传舆论阵地的报社，你们有什么理由不腾飞呢！

"第二个，我听说你们这里不是有一些人走掉了吗，不要紧，东江市还有办报人才。最近啊，按照上级的有关文件精神，我们正在对一些私营报社进行清理整顿，关停并转。这些报社都有一些办报和写作的高手，日报社去一批，你们这里也可以来一批嘛。这样，你们的缺人问题，特别是缺少中层干部的问题，就可以得到有效解决了！

"总而言之，我今天来报社的目的，一个是道歉，一个就是鼓劲。我衷心希望，等我下次再来的时候，你们这里已经是一派生机勃勃的景象了。你们每一个人都腰包鼓鼓的，打扮得漂漂亮亮的！我讲完了。谢谢大家！"

又是一阵经久不息的掌声响起。接着潘总编进行了简单小结，再次隆重感谢汤常委，称他的讲话，是对报社的巨大鼓舞和鞭策，报社将认真落实；他同时表扬了李卓然等人，称赞他们敢于实事求是地向领导反映情况，说真话。最后，他又问朱副部长和坐在台下的赖副社长要不要讲话，他们都摆手拒绝，于是他就宣布散会了。他提议，请大家用热烈的掌声欢送领导离开。

汤常委和朱副部长在掌声里起身告辞，又在主要人物的簇拥下下楼乘车。汤常委最后拉住李卓然的手说："卓然同志，你要多多配合潘总编的工作，好好发挥你的专长哦。今天，我们就算正式认识了。"

李卓然的心中一时充满温暖，他摇着汤常委的手说："谢谢常委，我一定尽力，一定尽力。"

汤常委他们走了以后，李卓然等人又去潘总编的办公室里坐了一会，兴奋地议论了一番。人人都对李卓然、高自然、马向南今天的表现竖大拇指。

又过了几天，报社接连发生了两件大事：

一是赖海光副社长真的被调走了，回到日报社当主任去了。对此人们议论纷纷，有人说他终成正果，有人说他是被挤走了，给人腾地方。但是他本人却显得很高兴，临走时还特意来跟李卓然打了个招呼。他说："卓然先生，这回你可以放开手脚干了。其实我和你一样，都是希望晨报好，谁也不想它坏。只是想法不同而已。"望着他渐行渐远的背影，李卓然忽然发现其实他也很可爱，心里竟然觉得有点对不起他，好像真的是自己把人家挤走了一样。

二是报社真的进了一批人，就是汤常委说的那些私营报社的采编人员。这些人中还真有高手，比如王光明原来的房间里，就住进了一位"大神"。他叫赵汗青，是《东江商报》的副总编。他来东江市多年，去过多家报社杂志社，是个典型的流浪记者。多年的媳妇刚刚熬成婆，报社就关闭了。日报社他去不了，只好到晨报社来讨生活。他一来就骂骂咧咧的，言必称"老子"。他与整个东江市新闻系统的人都熟得不得了，谁家的大门朝哪边开他好像都知道。又特别喜欢喝酒，一喝酒就神侃胡扯，指点江山，激扬文字，粪土当年和现在的万户侯。他来的那天晚上，李卓然帮他安顿好内务，见他屋里少了一张写字小桌，又千方百计帮他找来一张，然后又请他和刘青草出去坐了一下，小酌了几杯。他们互相看了对方写的新闻稿件，又交流了办报的一些想法，竟然英雄所见略同，从此便成好友。

从赵汗青的嘴里，李卓然还了解到，报社还来了一位女神，那就是女作家阿雪。据说她文采才情极高，曾经在许多报纸上开过专栏。不用说，办副刊的能人到了。不过阿雪这几天回家了，还没有正式过来上班。

他还听说，这次来的人里面，还有几个为写新闻可以不要命的拼命三郎。

李卓然暗自高兴，他觉得有了这些精兵强将，往后办报就更有底气了。不过他转念又一想，这个副总编辑你能不能当上还不一定呢，你瞎激动啥！

这天下午，报社召开社委会。李卓然看见朱副部长都来了。他心里明白，研究决定大事的时刻到了。他人在格子间里坐着，却竖起耳朵捕捉着任何风吹草动，下班的时间过了他都没有离开。

后来，梁如月的电话打了进来，要他到楼下发行部去。

李卓然收拾东西下楼。他走进发行部，看见屋里只有梁如月一个人，她正站在屋子的一角，仰头看着天花板，好像在倾听什么。见他进来，就把食指竖在嘴边，接着又往楼上指。

李卓然屏住呼吸走过去，侧耳细听，竟然听到了楼上开会的声音。原来发行部的楼上，正是潘总编办公室。可能是因为楼板有缝隙，隔音效果不好，所以在楼下寂静的时候，楼上大声说话的声音就可以清晰地听到。

现在，潘总编正在说话："他的办报能力是公认的，从报纸改版到策划活动，从组织指挥集体采访到个人新闻稿件写作，他都表现出色。特别是'苏子事件'之后，他在老家已经听说了此事，他们的报社也要他重新去上班，他其实完全可以不来了。但是当他得知我们这边需要他的时候，竟毅然回来了，对稳定人心起到了重要作用。而且，他有新闻副高职称，在老家就是晚报副总编。这样的人才对我们来说，是打着灯笼都不好找的啊！"

接着，朱玉梅副部长说话了："各位，今天我来，不是想以市委宣传部副部长的身份压服谁。按理呢，我也可以不来。我来是想谈下我个人的看法，避免你们研究上报了又批不了。哎呀，东江晨报社，多灾多难。这次人事任命，事关晨报的生死存亡。假如在座的每一个人都真心实意地想晨报好，那你们就必须站在正确的立场上，公平公正地选人用人。而不能从这人是不是我的人，是不是听我的话的角度去考虑问题。李卓然这个同志我也接触过多次了，总的感觉是阳光向上，有能力、有点子，也是有群众基础的。在报社屡遭劫难的情况下，他还能坚持回来，的确令人钦佩。"

接下来是一阵长久的沉默。

后来，才听见邱董事长说："好吧，那这次就提拔李卓然啦。不过朱部长，以后报社人事再有什么变化，宣传部可要尊重我们董事会的意见哦。"

楼下偷听的两个人，到这时不由得同时来了个大喘气，又一起往门外看了看，然后情不自禁地抱在了一起。梁如月嘴里喊着："卓然，卓然，真不容易啊！谢天谢地，真不容易啊！"她竟然抽抽搭搭地哭了起来。

李卓然兴奋地亲着她说："亲爱的，走，我们吃西餐去。庆祝一下！"

第十二节　风波再起

梁如月一边收拾东西，一边说："是得庆祝一下了。再过几天，兰兰就要回来了。"

谁也不知道消息是怎么泄露出去的，第二天，整个报社都知道李卓然要高升了。许多人纷纷来找他核实，向他祝贺，表示愿意跟着他大干一场。李卓然嘴上极力否认，心里却甜滋滋的。

这期间，潘总编又找他谈了一次话，正式通知他将被提拔，并暗示这个结果的来之不易。李卓然心里什么都明白，他一再向潘总编表示感谢，并表示一定不辜负期望，会不遗余力地配合他做好工作。他反复强调了一句话，就是"士为知己者死"。

接着，朱玉梅也打电话召他去了她的办公室，代表市委宣传部和他谈话。朱副部长对他此前的工作，特别是对他这次归来的行动给予充分肯定，希望他能在新的岗位上发挥专长，带领采编人员把报纸办好。朱副部长还暗示他，对于此次提拔，市委宣传部是下了功夫的。根据汤常委的指示，她特意去晨报社做了工作，坚持把他提起来，要求他一定要珍惜这得来不易的机会。李卓然当然免不了又是感谢又是表态。这回他说的核心话语是："请领导看我的实际行动吧。"

两次谈话过后，东江晨报社全体员工大会终于正式召开了。台上坐着的，是除赖副社长之外的诸多老面孔，但是台下出现了许多新的面孔。这些新面孔有的李卓然已经见过了，有的还没来得及见。比如阿雪，她昨天刚来报社上班。现在，她正风姿绰约地坐在那里，她的风采竟然跟梁如月有的一拼。因为她也是作家，李卓然不由得偷偷多看了她几眼。发现她长得虽然不是特别漂亮，但是气质优雅，穿着大胆独特，所以也就更为引人注目。嗯，报社从此多了一个重量级美女、才女，这的确是令人高兴的事情。

潘总编主持会议。他宣布聘任李卓然为副总编辑，赵汗青为总编室主任，阿雪为专刊部兼文艺部主任，马向南为记者部副主任。原有的中层干部，一律不变。

新任副总编李卓然上台讲话。他依然是手不拿稿，镇定自若，侃侃而谈。他表示，决不辜负领导和全体采编人员的信任，一定全力以赴，带领大家把报纸办好。他讲话铿锵有力，中气十足，引起一片掌声。梁如月在人群里看着他，满脸都是甜蜜的笑容。阿雪看着他，也是一副非常欣赏的表情。

接着，赵汗青和阿雪也先后登台讲话。

赵汗青平日神侃胡扯挺有本事，到了正式场合却显得有点慌乱，而且他竟然不合时宜地讲起了自己的光荣历史，讲他们的《东江商报》办得如何好。给人的印象是，晨报社给他的官小了，应该也让他当回副总编。有人在下面发出了嘘声。

阿雪讲话倒是非常风趣。她用带有浓重湖南口音的普通话说，她来晨报社，等于嫁到了一户新的人家。这户人家她感觉蛮好，兄弟姐妹很多，也很团结。而且她刚来就当了主任，不知道能不能干好，但是她有决心干好。

最后是朱玉梅副部长讲话。她说："东江晨报社在经历了又一次波折之后，今天又迎来了新生。新的班子，新的队伍，带来新的希望。我相信，《东江晨报》的明天，一定会更加美好。"

朱玉梅还宣布了一个振奋人心的消息：为了支持晨报的工作，汤常委决定，从他掌握的切块资金中，拿出十万元来补贴晨报。

台下一片欢腾。

东江晨报社，就像是一艘处在风雨飘摇中的破船，在经过新一轮修理之后，又重新起航，奔向茫茫无际的远方。

第十三节　风云突变

在此后的大半年时间内，《东江晨报》的办报质量，进入了一个相对平稳、稳中有升的发展时期。

在李卓然的主持下，报纸的各版栏目逐步稳定下来，四开十六版的都市报逐步成型。《记者观察》《社会写真》《婚姻家庭》等栏目越办越好。自从苏子出事走了以后，《南国寻梦》栏目停办了一段时间，后来交给了新来报社的打工记者许汉文，也很快办得风生水起。

这期间，李卓然还把《塞外晚报》的另一个成功经验移植过来，就是和当地驻军合办《军旅生涯》栏目，组织部队战士轮流到报社来当编辑记者，这样既为读者打开了一扇了解部队生活的窗户，也为部队培养军地两用人才提供了平台。

七月，湖北长江沿岸发生百年一遇的洪灾，部队奉命前往抗洪抢险。李卓然提议，潘总编拍板，报社立即派出张杰、王建两位记者随军采访。他们深入抗洪一线，一个负责写稿，一个负责摄影，每天把新闻稿件和照片不断发回报社。报纸在一版和周末版上以大量的版面刊登，受到市政府双拥办领导和部队首长高度评价。当抗洪抢险的部队载誉归来，全市百姓夹道欢迎之时，众人看到部队为《东江晨报》记者派了一部专车，两位记者披红戴花，接受检阅。

随后，晨报社又及时把王建拍摄的照片收集起来，进行装裱，再由李卓然写前言后记，配上说明，在市展览馆隆重举办了"大堤上的丰碑——驻军抗洪抢险摄影展"。开展那天，驻军首长和地方党政领导全部出席，社会各界齐声赞誉，《东江晨报》声威大震。

首长随后下令，部队要像订阅军报一样订阅《东江晨报》，这一下，就使晨报发行量增加三四千份，梁如月乐得眉开眼笑。

报社内部的工作机制也在逐步完善，建立了评审稿制度，还确立了周一例会制度。每到周一，李卓然就召集各部门主任到潘总编办公室开会，总结上周工作，确定本周工作重点，最后听取潘总编的指示。这种制度坚持下来以后，逐渐形成了上下一致、团结奋斗的局面。

李卓然升任副总编之后，每月固定工资三千元，写稿不再计算稿费。但是他时刻不忘自己是一名记者，只要他有时间，就会跟记者一道去采访。特别是在进行战役性报道时，他总是身先士卒，从策划到指挥再到写稿和稿件的审阅修改，他一天到晚忙得不亦乐乎。他所追求的文学梦想，似乎与他越来越远。只有和阿雪、赵汗青等人在一起的时候，他才会兴致勃勃地和他们大谈文学。不过他一直没有放弃积累素材，他的那个小本子上，密密麻麻记满了各类人物故事，当然也包括报社的人物故事。他们的挣扎奋斗，他们的性格特点，包括他们一个个是怎么到东江市来的，他都认真记录下来。他一直在想，等忙过这一段，等《东江晨报》一切都步入正轨了，等有时间了，他一定要坐下来，写一部长篇小说。

因为当了报社领导，他到市里去开会的机会多了起来，特别是市委宣传部每半月举行一次的新闻通气会，潘总编总是要他代表自己去参加。这样，他不但和市委宣传部领导以及各科室的工作人员渐渐熟络起来，也和日报社、电台、电视台等单位的新闻同行渐渐熟悉起来。

新闻通气会一般是由分管新闻工作的副部长朱玉梅主持，程序是各新闻单位首先汇报工作，然后听取新闻监督员对报纸和节目的评点，最后领导提出要求。据说以前的新闻通气会上，《东江晨报》总是被批评的对象，但是现在却经常受到表扬。

有时候，汤常委也会参会，听取情况汇报，然后做出指示。他对《东江晨报》很关心，每次都会问到报社的情况，李卓然就据实回答。

第十三节　风云突变

另外，市里召开的一些重要会议，还有一些单位和企业举办的大型活动，潘总编也尽量派李卓然出席。他接触的社会面越来越广了，对整个东江市的人文环境，经济发展状况及走势，也渐渐了然于胸。他渐渐融入了这个陌生城市的生活，不知不觉间，他已经变成了一个新客家人，一个东江人了。

业余时间，他分别和李志强、高自然、李佳媛、赵汗青、阿雪、马向南、刘青草等人结伴，曾去飞鹅岭上登高望远、去罗浮山上参禅悟道、去大亚湾亲近大海，也曾去夜游东江，坐在东江边上吃海鲜，一边乘凉，一边侃大山。

日子就像流水一样过去，但是他和梁如月的爱情生活却停滞不前。

一切都是因为兰兰的归来。

兰兰这孩子，本来是个聪明活泼的小姑娘。以前李卓然到她家里来，她也一口一个"然伯伯"地叫。可是这次她回来，不知道怎么一眼就看穿了李卓然和她妈妈的关系，她竟然性格大变，变得沉默寡言起来。李卓然越是想过来和她一起玩，培养感情，她越是拒绝。他给她买好吃的、好玩的东西，还试图给她讲故事、带她上街，但是她统统不买账，最后竟然干脆不许他进门了。有时候，他想梁如月实在想得厉害，就在半夜偷偷打电话，想趁兰兰睡着了和梁如月亲热一下。想不到她每次都会醒来，大喊大叫、大哭大闹地质问他们想干什么，搞得两个人尴尬不已。

梁如月垂头丧气地说："想不到这孩子会如此拒绝你，这该怎么办哪！"

李卓然说："我估计她心里，还是把那个臭流氓当爸爸。他就是再坏也是爸爸，而且他还活着。所以她就拒绝别人亲近她的妈妈。"

终于在一个星期天，兰兰去参加夏令营活动了，两个人避开众人耳目，一起去游览了西湖。

"三处西湖一色秋，钱塘颍水更罗浮。"这是南宋著名诗人杨万里的诗句。他这里说的"钱塘"指的是杭州西湖，"颍水"指的是现在安徽阜阳的西湖，"罗浮"指的就是东江的西湖了。可见东江西湖在全国还是颇有名气的。

一般的名胜古迹，都是和名人联系在一起的。据李志强说，西湖过去不叫西湖，而叫丰湖。苏东坡在北宋绍圣年间遭贬至此，他住在丰湖以东的合江楼上，便在诗文里称那片湖水为西湖。名人一开口，人们慢慢也跟着这么叫了。

现在的西湖，是由五个湖组成的，分别为丰湖、平湖、南湖、鳄湖、菱湖。这五个湖，有的相互连接，有的稍有隔断。五湖之中，有苏堤、西新桥、泗洲塔、孤山、九曲桥、点翠洲、鸟岛等诸多景点。王朝云墓、苏东坡纪念馆等人文景观，就建在孤山之上。

他们先是荡舟湖上，相互依偎，在旖旎风光之中呢喃，彻底放飞自我和放松心情。接着，他们就重点去孤山看了朝云墓。读着朝云的墓志铭，还有墓前六如亭两侧"如梦如幻如泡如影如露如电，不增不减不生不灭不垢不净"的对联，他们感慨万千，都为朝云和东坡的千古爱情唏嘘。

想当年苏东坡遭贬岭南的时候，朝云才三十岁出头，正值韶华。他们从河北定州出发的时候，东坡本来不要她跟随。他知道岭南那地方是瘴疠之地，朝廷贬他去那里的目的就是要他有去无回。北宋时代不杀大臣，但是把你流放到一个蛮荒之地，让你自生自灭，这就是一种变相的杀人之法。于是他便开始遣散家人，当然也包括朝云。但是朝云却不肯离去，誓死相随。她和东坡的小儿子苏过一起，历经千难万险，陪同年近六十的苏东坡来到了岭南。那时候，东坡的第二任夫人王闰之早已去世，作为侍妾的朝云，其实就成了他的第三任夫人。只是北宋时代有规定，不允许侍妾"转正"罢了。朝云无微不至地照顾东坡，成为他最大的精神安慰。但是朝云不幸被毒气所侵，撒手人寰。她的艳骨，就这样永远地留在了岭南，留在了东江。王朝云，是为爱情勇敢献身的绝代女子！

李卓然看到这些，不由得感动至深，感到这真是绝好的创作素材。他赶紧在心中默念背诵，准备回去写入素材本，也好将来大作文章。

梁如月在朝云墓前长跪不起，泪水涟涟，口中念念有词。李卓然喊她几次，她都不动。直到天色向晚，她才爬起来，和他一起恋恋不舍地离开。

第十三节　风云突变

走出不远，李卓然问梁如月："你刚才在朝云墓前说什么？"

梁如月挽住他的胳膊，轻声说道："卓然，我怎么觉得自己好像变成了王朝云呢？"

李卓然说："你是王朝云，那我就是苏东坡咯。"

"你别开玩笑，我跟你说正经的呢。我不知道为什么忽然有一种感觉，或说是一种担心，我觉得自己今生好像很难跟你在一起了。就算在一起，也不会白头偕老的。我的命，很可能就像朝云一样，半路就……"

李卓然猛然站住，先是用手捂住了梁如月的嘴，然后把她拉到了路边的一棵树后，把她拥到怀里，脸对脸地对她说："你怎么说这种话呢？你傻了？你这是什么意思呀你？"

梁如月的眼里泪光闪闪，她小声地说："我也不知道我怎么了，怎么会有这种感觉。"

"是因为兰兰吗？没关系的，她还是太小。等她大了，就懂事了。"

梁如月摇摇头："不是兰兰的问题。"

"那你还担心什么呀？你不会怀疑我吧？"

"哪里。也许……也许是我的身体原因吧。"

"啊？你的身体？怎么，你哪里不舒服吗？要不要我陪你去医院啊？"

"我跟你说了这只是一种感觉。以前吧，这感觉只是朦朦胧胧的。可是今天到了朝云墓前，不知道为什么一下子变得那么强烈，那么真实。我甚至觉得自己是朝云转世，好像听见她在墓里呼唤我快快回去。算一算，我已经比她多活了四五年了。"

"如月，你不要胡说好不好！人家王朝云是钱塘人氏，都去世快一千年了，和你有什么相干！你怎么还拿死人自比呢！"

"我知道自己这么想不对。可是，我为什么会有一种生命就要走到尽头的直觉呢？如果真是那样，兰兰怎么办？你能帮我照看她，把她养大吗？"

梁如月不知道为什么忽然浑身发抖，她抱住李卓然的脖子，以哀求的语气问他。

来西湖游玩本是为了浪漫，没想到梁如月最后却来了这么一出，这让李卓然立刻觉得脚底发凉，身上发冷，他不由得紧紧抱住她说："不，不会的。有我在，怎么会呢！你赶紧把你脑子里这些奇奇怪怪的想法剔除掉吧。"

后来，他忽然想起民间有鬼上身的说法，想到梁如月刚才在朝云墓前待的时间太久，就急忙拉着她顺着苏堤往外走。这苏堤，是当年苏东坡为了当地百姓方便带头捐资修建而成。苏堤之上还有一座桥，即西新桥。据说当年是用罗浮山的石盐木所建，现在当然是钢筋水泥桥了，为五眼拱桥。他们走过西新桥，又往前走，眼看出了西湖景区的正门，梁如月的情绪才稳定下来。

李卓然也不怕有人看见了，他一直紧紧抓住梁如月的手，带她走到了人声鼎沸、灯光绚烂的大街上。他们又穿过马路，走入对面的步行街，找了一家饭店进去坐下来。李卓然很快点了几个菜，要了一瓶白酒，然后小心地问道："怎么样，亲爱的，这回你不用再吓我了吧？"

梁如月不好意思地笑了一下说："我没吓你，我说的都是真心话。"

"打住，打住！"李卓然用手做着动作说，"你这样的真心话，以后千万不要再说。是第一次，也是最后一次，好吗？"

梁如月点点头说："好吧。"

李卓然发现她此时脸色惨白，好像刚刚生过一场大病一样。

接着菜就上来了，他们开始吃菜、喝酒。几杯白酒下肚，梁如月的脸色这才红润起来。

一瓶酒，两个人一人喝了一半，有点晕乎乎的，感觉正好。李卓然买了单，拉着梁如月到街边打了个车，两个人直接来到了梁如月家。兰兰参加夏令营活动今夜不归，天下又属于他们两个人了。他们已经很久没在一起了，又喝了点酒，一进门就激动起来，一边脱衣服一边亲吻着往卧室里挪。这一夜，他们缠缠绵绵，恩爱无限……

但是李卓然不会想到，这是他和梁如月在一起的最后一夜。

转眼，冬天来临了。

第十三节 风云突变

李卓然是去年冬天来南方的。去年冬天是个暖冬，加之他中间还回去了一趟，所以他并不怎么觉得冷。可是今年不行了，他第一次体验到了南方冬天的冷。

在北方，冬天虽然十分寒冷，但那种冷是干冷，只冻你的皮肉。而且，你在外面的时间毕竟有限。屋里要么有火炉，要么有暖气。只要你一进屋，立即就会热气扑面。但是南方的冷，却是湿冷，那种冷阴阴的，直往你的骨头里钻。最主要的是你无处躲藏，外面冷，进屋也一样冷，甚至钻进被窝也暖和不过来。这里可以一连多日不见阳光，天总是阴沉沉的，时不时就来上一阵冷雨。雨水打湿了树木，打湿了楼宇街道，也打湿了人的衣服和鞋袜，一切都是那么冰冷难挨。谁说南方冬天不冷呢？你亲自来试一试就知道了。

李卓然来的时候，把棉衣、棉鞋这些东西都扔在了北方，他以为永远也不会再穿这些厚重的东西了。他带来的最厚的衣服，就是羊毛衫和绒裤。他在外面套上羊毛衫和绒裤，可是依然觉得寒冷。在办公室里坐久了，更加感觉背后寒意阵阵。

现在，他早就搬到原来赖副社长的办公室里办公了，他经常一个人站在窗前，望着外面灰蒙蒙的天空，盼望着太阳快点出来。

和眼前的天气一样，现在报社的情况也是令人心忧。

办报这一块虽然问题不大，但是报社经济收入这一块却一直令人头疼。东江市虽然五大工业集团相继建立，又在打造数码名城，但是因为南海石化的大项目一直没有真正落地，没有龙头带动，经济发展速度还没有真正上来，所以广告的份额也就那么多。各家新闻单位拼命争抢，日报社和电视台当然各占先机。晨报创办较晚，再加上出现过几次事故，所以发行广告一时还难有起色。尽管潘总编和广告部、发行部想了很多办法，但是发行量还是不能突破两万，广告收入好时每月二三十万，不好时每月只有十多万。

这么一点钱，七八十张嘴，怎么够吃呢！

今年一年，几乎就没有发过全额工资。如果不是汤常委拿来十万元顶了一下，也许就连这不足额的工资也发不出了。钱，再次成为制约晨报发展的关键，成为人人关心的话题。

李卓然因为手里有些存款，加上他又是一个人，所以他还没有感觉到经济上的紧张，但是像梁如月这样拖家带口的人就吃不消了。还有那些刚刚走出校门的大学生和赤手空拳来南方闯荡的人，就更是捉襟见肘。

李卓然就开始接济梁如月，但是梁如月竟然很是抗拒，多次拒绝他的钱。他发现自从那次游览西湖之后，梁如月性情大变，不像原来那么活泼开朗了。她经常一个人呆呆地想心事，饭局她也很少参加。大家也都感觉到梁如月变了，以前那个和蔼可亲的"梁姐"，似乎一下子变得拒人于千里之外了。

是因为生活和工作压力大她才变成这样吗？李卓然这天晚上好不容易把她约出来，沿着他刚来时他们曾经散步的路线行走，推心置腹跟她说话，企图把过去的梁如月召唤回来，但是梁如月却心事重重的一言不发。

最后，他们来到了那棵他们刚认识时在下面站立过的假槟榔下，李卓然有点生气地问："如月，你到底是怎么回事嘛！我哪里做得不好，或者你遇到了什么不幸？既然我们已经是这种关系了，你就痛快地告诉我嘛。你这样不哼不哈的，简直要把人急死了！"

这时候，他们头顶上正有乌云堆积，湿冷的风掠过街面，吹得假槟榔、紫荆摇摇摆摆，哗哗作响。冰冷的风也钻进他们的身体，使他们感觉到阵阵寒意，冷入骨髓。在迷蒙灯光的照耀下，梁如月那张脸虽然依然漂亮动人，但却双眉紧蹙，乌云密布。

"卓然，你不用问了。到时候你就知道了。"

"到时候？到什么时候？你能不能把话说得明白一点？"

梁如月苦笑了一下，说："暂时还不能说。反正你做好我将离开你的准备吧。我已经替你想过了。假如我走了，你一个人也不是办法，我看阿雪不错。你们都是作家，应该是志同道合的……"

"梁如月，你胡说什么呀！你难道发现我和她有什么暧昧关系吗？天地良心，真的没有啊。我这辈子，有你就够了，我不会考虑别人的。请你相信我好不好？"

第十三节　风云突变

"卓然你误会了，我没怀疑你。我真的是在为你着想。你听我说嘛，阿雪这人当然也是挺有个性的，另外，两个人都是作家也好也不好。到时候谁伺候谁呀？我觉得还有一个人挺适合你，就是四川饭店的老板娘廖美丽。"

"啊，你怎么还想到她身上去了？"

"她很好啊！聪明能干，人也丰满漂亮。你知道吗，她其实早就看出我们之间的关系了。有一次她跟我说：'梁姐你好幸福啊！李卓然真的是太惹人爱了。如果不是你跟他好，我真的想跟他好。'这可是一个女人的真实心声啊！你仔细想啊，她这样的女人才是会过日子的好女人啊，她一定会把你伺候得舒舒服服的，让你静下心来写东西。而且，她一定能给你生儿子。"

这话被梁如月说出来，真使得李卓然有点振聋发聩的感觉。但是此时此刻，他却根本顾不上什么阿雪，什么老板娘了。他一下子把梁如月抱住，生怕她跑了似的说："如月，亲爱的如月，我求你不要老是这么吓我好不好！你到底怎么了，你快告诉我呀！"

梁如月闭了一下眼睛，慢慢地说："再过两个月吧，再过两个月我会告诉你的。现在不要逼我，好吗？"

把梁如月送回家，李卓然在寒冷的街道上独自行走，街上的一切早已没了他刚来时的神秘，变得普通。他边走边想，梁如月她到底怎么了，难道得了什么绝症，或者是她那个该死的前老公又给她带来了什么麻烦？但是她为什么又不肯跟我说呢？他不由得想到，假如有一天他真的失去了梁如月，那他来南方吃苦受罪还有什么意义吗？假如梁如月遭遇了什么意外，他该怎么办？他还能够回到那个让他魂牵梦萦的北方吗？

　　　　往南往南再往南，
　　　　南面有个百草滩。
　　　　百草滩上有白马，
　　　　吃的啥，喝的啥，
　　　　还有一个美娇娃。

难道，这首歌谣也是假的吗？

或者，梁如月并不是那个真正的"美娇娃"？

不知不觉间，他竟然泪流满面。

这天，李卓然从潘总编那里，又听到了一个消息：报社要再从深圳聘请社长、副社长，理由是要把经济迅速搞上去。

"那么这社长、副社长，他们是干什么的？"

"这些还不清楚。也许，我们分别的时候就快到了。"

"不要啊潘总，你走了我怎么办哪？"

"你没事呀，谁来也得用办报人才啊！不过你在这里，也真是有点受委屈了。假如有一天我真的走了，你如果干得不顺心，也可以考虑去其他新闻单位哦。你有副高职称，不用怕。"

晚上，李卓然心情沉闷，下班后不知不觉就走到四川饭店这里来了。没想到廖美丽老远就迎出来，嘴里喊着："哎呀李总编，都好久没见你了。怎么，你升了官就把我们这个小店给忘了呀？"

李卓然想想也是，这一段时间大家都罗锅子上梁——前（钱）紧，的确是有一段时间没来过了。他就打着哈哈说："老板娘，这不是来了吗？忘了谁，也不能忘了你呀！"

廖美丽就把他让进一个小包间内，柔声问他道："李总编，你想吃点啥？这会儿没人，我亲自去给你做。"

李卓然满腹心事，一时不知道吃什么才好。廖美丽就说："那你稍等一下，我去去就来。"然后就风一样出去了。不一会儿，她就用托盘端着一盘川北凉粉、一盘回锅肉、一盘辣子鸡、一盘花生米还有一瓶泸州老窖走进来。

廖美丽满脸是笑地说："来，李总编，我今天有空，陪你喝几杯酒，帮你消消愁。"

李卓然感到奇怪地说："你怎么知道我有烦心事啊？"

廖美丽坐下来说："你脸上写着呀！再说你们报社那点破事，哪有我不知道的啊！我这里你顾不上来，来的人不是多着吗！"

"哦，"李卓然说，"那你最近又听见什么消息了？"

"来来，先吃菜、喝酒，我慢慢跟你说。"

于是两个人就开始推杯换盏。因为那天梁如月说了廖美丽几句，李卓然不由得再次仔细打量起眼前这位来自四川的老板娘来，她真的是眉清目秀、皮肤白嫩，尤其是她那饱满的胸脯，的确会使每个男人都想入非非。而且，她嗓音清脆悦耳，一口地道的普通话已经很少有四川口音。

见李卓然认真地看着自己，廖美丽竟然有点不好意思起来，脸上飞过几片红霞，她不由得噘起嘴说："哎，你这人怎么了？不吃菜，看什么看！不认识呀！"

李卓然自觉失态，赶紧举起酒杯说："来，老板娘，我敬你一杯。你呀，真的算是我们晨报社的编外人员了。"

两个人碰杯，一饮而尽。廖美丽高兴地说："好啊，你把我当成自己人就对了，晨报社的事，你知道的我知道，你不知道的我也知道。"

"你都知道什么？请举例说明。"

"比如你们报社又要来新领导了呀，潘总编怕是要受到排挤了呀！"

李卓然不由得大吃一惊，这么机密的事情，她是怎么知道的呢！这个老板娘，还真的不能等闲视之呢！于是他急忙装起了糊涂，故意问道："哎呀，你还别说，你说的这件事我还真的不知道。你告诉我，这消息你是从哪里得来的吧。"

"你不用问那么详细，你就等着吧，要不了几天，你们报社就又有好戏看了。"

李卓然连连摇头，表示不信。他真的很想知道，到底是什么人把这件事告诉了报社之外的一个老板娘。这也太……那个了吧。

廖美丽经不住他的软磨硬泡，终于说："告诉你也无妨，就是你们那个邱董事长和他夫人，昨天带着两个人来我这里吃饭，他们在一起说的。那两个人牛气得很，他们吹牛说，三个月之内就能使报社扭亏为盈，那个邱董事长竟然相信了！我看他就是病急乱投医，智商低得就像个傻……傻子似的。"

"哦，那两个人长什么样啊？"

"一个戴副眼镜，眼珠子往外鼓；另一个是个矮胖子，留板寸头。我看他俩那样子，不像是来路正经的人。"

看来，潘总编说的话已经应验了，邱董事长他们的确已经在行动了。报社现在已经有四五个领导，再聘两个进来，光领导就六七个人了。如果新来的人手里有钱，懂得管理还行；如果他们既无钱又不懂管理，到这里控制报社，倒行逆施，那报社可就真的要完了。邱董事长，真的是昏头啦！

"你还听他们说什么了？快告诉我。"

"他们主要是说潘总编，说他不听话，工资太高。如果他想继续干，工资降到每月五千元，就负责和你一起办报；如果不干，就可以走了。"

"那他们说我什么了？"

"说你不过是一个书生，只要姓潘的走了，你就不在话下了。"

天啊，这几个人真是疯了，这么严肃的话题，这么高端的机密，他们竟然跑到一个小饭店里来说。李卓然边听边摇头，表示不可理解。

廖美丽还以为他不相信自己，就说："他们说这些话的时候，我当然不在场。但是他们坐的那个包房，紧靠着我的吧台。他们说话又高声大气，所以我一不小心就听到了。"

李卓然最后说："看来我今天来你这里来对了。这事你自己知道就行了，千万不要对第二个人说呀。"

"好的，你放心好了。我虽然文化水平不高，但最敬重有文化的人。我追随我老公到南方来，就是因为他有文化。可惜他……好了，来，喝酒。你以后，不要架子那么大嘛，要经常来看看我嘛。"

"其实我每天都想来，只是囊中羞涩罢了。"李卓然不好意思地说。

"这你就见外了。以后这样，你李卓然需要请客办事，就到我这里来，我全都给你免单……"

"不行不行，那怎么行！"

第十三节　风云突变

"那我就让你挂账，这总行了吧？但是只有你自己可以，别人不行。对，梁姐也可以。怎么样，你最近和梁姐的关系怎么样？"

天啊，这个廖美丽简直太可怕了。她真的是什么都知道啊！

李卓然没有马上回答，他一连敬了廖美丽三杯酒，这才歪着头问："你太让我惊讶了。那么你再告诉我，我和梁如月……你是怎么知道的呢？"

"这还不简单，看出来的呗！"

"看出来的？你是怎么看出来的？"

"眼神啊！你俩的眼神不对劲儿。我也是过来人，这个还不懂吗？"

"哎哟，你是火眼金睛啊！那别人呢，有看出来的吗？"

"苏子没走的时候，他好像看出点来。他说你真厉害，刚来就把报花搞定了。那梁如月，多少人黑夜白天惦记着都得不到哇，可是你一来就得手了。"

"这小子，啥叫得手啊！唉，可是我不知道她最近为什么有点反常，问她也不说，难道你们女人，都变幻莫测吗？"

"哎，梁如月可不是变幻莫测的人啊！这人可是百里挑一，不，是万里挑一的好女人啊。只是——我也是猜测啊，她有可能得了什么病。"

"啊！那……你是根据什么这么猜的？"

"看你急的，我只是猜，还不一定嘛。那天她带兰兰来我这里吃饭，我看她愁眉不展的，就问她怎么了，她说身体不舒服。问她哪里不舒服，她又不肯说。"

"哦，这样啊！"

"还有，那天她不知为什么跟我说起了你，说你这人如何好，只是有时候会冒傻气，还有生活上也太粗心，将来要有个好女人来照顾。你说她好模好样的，跟我说这个干啥？"

李卓然听闻此言，鼻子一下子就酸了起来，心中产生一种不祥的预感。如果不是廖美丽在场，他一定会号啕大哭起来。如月，我的如月，你到底怎么了嘛！你这简直就是在安排后事嘛！

他冲动地站起来，想现在就去梁如月家里，一定要问个究竟。可是一想到兰兰，一想到那孩子抗拒甚至是敌视的眼神，他又坐下了，一连灌下三杯白酒。

见他难受，廖美丽就急忙安慰他说："李总编，事情也有可能不像我们想象的那样哈。就算她真的得了什么病，以现代的医疗条件也可以治嘛。不要着急，车到山前必有路。好了，我们还是说点别的吧。"

这一晚，李卓然在四川饭店待了很久，和廖美丽聊了很多，第一次对她有了深入了解。回到宿舍，他心里想着梁如月，怎么也睡不着觉。后来他索性爬起来，信马由缰地在素材本上书写起来：

我的爱人梁如月，你究竟是怎么了？

既然我们的生命已经连接在一起，我怎么会轻易地放弃你？不管你遇到了什么苦难，在你身上发生了什么天崩地裂的事情，我都会矢志不渝地爱着你，坚定不移地和你站在一起。

请相信我，天大的事情我会和你一起扛的！

你，梁如月，肯定会成为我将来作品里的主人公，一号主人公。

今晚去见四川饭店的老板娘，没想到她竟然知道报社那么多的事情。和她聊，也知道了她的一些故事。原来她还真是个有故事的人。

廖美丽，四川饭店老板娘，四川德阳人，自幼聪明，能歌善舞。及成年，追求者众。但是家境殷实者她看不上，偏偏看上邻村穷小子万华。不顾家人拦阻，硬是跟万华谈恋爱。万华也真争气，这年竟然考上了北京大学。家里没钱供他，廖美丽竟然赶过来豪迈地说："没关系，我来供你上大学。"

她先是张罗借钱送万华上路，接着又进城和人合开饭店，拼命赚钱供万华读书。万华以优异的成绩毕业之后，就留在北京的中国青年报社当记者。万华感激她的恩情，把她接到北京，租房与她成婚。但是婚后他们很快就感觉到生活的拮据。廖美丽也想在北京开个饭店，但是京城虽大，却一时找不到一个合适的地方。正在此时，万华前往东江市采访。他竟然一下子就爱上了这个风景秀丽的南方小城，加之接待的市领导在交谈过程中，不断鼓励他到南方落户，他回去之后竟然真的办了辞职手续，带着廖美丽到南方来发展了。

开始在东江日报社上班，但是他那来自京城的开放思维很快就与小地方的保守思维发生了碰撞，再加上性格倔强，不会通融，结果他碰得头破血流。一气之下，他就去了别的报社，但是依然磕磕碰碰。于是就一家家地走。他这样一个京城大报的记者，最后竟然沦落为一个流浪记者。

好在廖美丽到南方后很快找到了位置，开起了四川饭店，并做得风生水起。这样，万华当记者是不是能赚到钱，已经不重要了。

天有不测风云，却有一个本地小流氓看上了老板娘廖美丽。这天晚上，小流氓竟然带着几个小兄弟，趁万华不在，来饭店寻衅滋事，调戏廖美丽。他们把廖美丽从饭店里拖出来，竟往不远的一座桥底下拖。正巧这时万华回来了，他不顾一切地冲上来与小流氓搏斗，却身中数刀倒地⋯⋯

过后小流氓虽然受到了法律制裁，但是万华却永远走了。此事在东江市曾经轰动一时，热心的文友曾写下一篇篇文章，最后结集成《流浪记者的悲歌》一书出版。

万华就这么走了，但是廖美丽却不相信万华已经走了。她坚持留在东江，她说有一天万华还会回来的⋯⋯

李卓然一口气记完，好像完成了一件心事似的，这才上床睡觉。

第二天，李卓然就接到了曾主任的通知，晚上到鸿运大酒店吃饭，深圳有客人来了。

李卓然是和潘总编一起走路过去的。路上他们预料，肯定是报社要聘的人到了。到那里一看，果然两个陌生人坐在那里。一个戴着眼镜，眼球微凸；

另一个矮矮胖胖的,留板寸头。这两个人现在都是一副居高临下的气派,用审视的目光,看着进来的每一个人。

另外两个副社长和曾主任也先后到了。邱董事长便叫大家围桌而坐,没想到他竟然让那两个人一左一右坐到他的身边。潘总编应该坐的位置,却被那个戴眼镜、眼球微凸的人占据了。

潘总编和李卓然交换了一下眼色,他们不约而同一起坐到了邱董事长的对面。尽管邱董事长的夫人一再让他们靠过去他们也没有动。

"我先来给大家介绍一下吧。"邱夫人流利地说,"这两位是邱董最近从深圳物色,经过反复做工作聘请到的两个高人,他们已经答应来我们报社帮助工作,具体职务一个是社长,一个是副社长,邱董已经上报给市委宣传部等待批准。报社其他同志的职务一律不变,该干什么还干什么。他们两个的任务就是抓经济,尽快把晨报社的经济搞上去。让我们对他们的到来表示热烈欢迎!"

邱夫人说到这里,带头鼓起掌来,但是潘总编和李卓然却无动于衷。

邱夫人首先指着戴眼镜那人说:"这位,是深圳某大企业集团的高官兼企业报总编,是资深的文化人,他的名字叫吴麦;这一位,是深圳市鲲鹏文化发展有限公司总经理陶军先生。让我们再次欢迎他们!"

闹了半天,是一对跟正规报社根本就不沾边的生瓜蛋子!他们三个月之内就能使报社扭亏为盈?现在看,邱楚定董事长的脑袋不是进水了,就是被驴踢了。难怪廖美丽都说他是病急乱投医,智商低得就像个傻子似的。

李卓然这样想着,依然没有鼓掌。但是他不懂,为什么潘总编会热烈鼓起掌来,他还把手举起来鼓掌,一副兴高采烈的样子。

接着,邱夫人又把大家介绍给吴麦和陶军二人,然后是邱董事长说话。这位董事长先生,竟然真的把"三个月之内扭亏为盈"这句话说出来了。他又啰里啰唆说了些什么,李卓然根本就没有兴趣听了。

两位"高人"自然也要说话。面对李卓然等人的灼灼目光,他们的态度似乎突然变得十分谦虚。

第十三节　风云突变

吴麦说："感谢宣传部的信任，兄弟此次来东江，来晨报社，就是要和诸位一道，重振晨报雄风，开创晨报新局面。我和陶军兄弟已经达成共识，如果三个月之内不能扭亏为盈，我们就提头来见大家！"听他的口音，应该是湖北人。

提头来见，啊呸！到时候你脚底抹油一溜，还提头来见个鬼！

陶军接着说："兄弟我在深圳搞文化公司十几年，企业去过很多家。我没别的本事，就是专治企业亏损的毛病。不是吹牛，你们一个小小的报社算啥，不就负债几百万吗？那些一亏损就上千万甚至上亿的，听了我的话都起死回生、扭亏为盈了。可以说，只要是我和吴麦先生答应去的地方，就没有'亏损'二字！"听口音他是东北人。

现在，轮到潘总编表态了。他显得异常淡定，咳嗽了一声说："很好啊，可以三个月之内扭亏为盈，这简直是太好了。我代表我自己吧，表示热烈的欢迎和衷心的感谢。我本人没本事，来了一年多了也没能使报社扭亏为盈，感到非常惭愧。我真心实意地让贤，希望两位高手说话算话，带领报社尽快走出困境。那样，就算我哪天离开报社了，也感到心满意足了。"

李卓然看见，潘总编说到最后的时候，已经有点热泪盈眶了。

接着是廖副社长和黄副社长表态，他们当然欢迎有人来扭亏为盈，但是他们却隐晦地表达了自己的怀疑，认为这话可不是一说就能实现的。

最后轮到了李卓然，因为他提前就已经知道了情况，所以心中早已充满怒气，此时的吴、陶二人，在他的眼里就像两只螳螂，挥舞着前臂在马路上放言说自己可以改变世界。但是他们到底有多大本事，那就是另外一回事了。他真想拍案而起，怒斥他们一番。但是这时他的耳边却又响起了梁如月对他的一贯教导，于是他便极力压住火气，尽力把自己的声音放低，他说："我也代表自己欢迎二位高手的到来。不过我想问一下，二位准备带多少钱进来呢？因为现在报社其实什么都不缺，就是缺钱。"

空气立刻就凝固了。过了半天，吴麦和陶军才对视了一下，吴麦坐直身子说道："各位，我们已经想到你们会提出这样的问题。那我告诉大家，我们一分钱也没带来，但是我们带来了比金钱更宝贵的东西。"

"哦，就是说，二位是赤手空拳来打天下的。勇气可嘉，勇气可嘉啊！那么二位带来了什么锦囊妙计？是不是可以透露一二呢？"李卓然毫不客气地逼了上去。他觉得如果他不这样问他们一下，就显得东江晨报社的人也太好糊弄了。

"哦，这个嘛……"吴麦果然打起了哈哈。

"这个还没到说的时候！"陶军突然语气强硬地说，"我们既然敢来，就肯定有我们的办法！但是这办法肯定是不能轻易透露的。大家看我们的行动就是了。"

"好，那我们——当然不只是在座的各位了，就拭目以待咯！"李卓然说完最后这句话，似乎清楚地看到，正有一块千斤巨石，压在了那两个不知天高地厚的所谓"高人"身上。他既有点幸灾乐祸，又有点为晨报感到悲哀。

当晚，他打电话给梁如月，向她"汇报"刚才的情况。没想到梁如月却第一次肯定了他的做法。她说："对，关键时刻，你就是要代表大家说几句话，不要让他们以为我们好欺负。"

第十四节　激烈碰撞

　　新的社长、副社长上任，理应开个全体职工大会宣布一下，但是这个会却没有开成。原因是市委宣传部不肯来人。他们不来人，潘总编当然不会配合，邱董事长怕压不住阵脚，所以最后只好不开了。他自我解嘲说："就让他们低调上任吧。"

　　吴麦、陶军二人上任那天，却一点也不低调。他们竟然开了三部车，带了五六个身穿制服的保安来，前呼后拥的，好像是什么大人物来了一样。然后，他们就让曾主任带着，浩浩荡荡地到报社各部门去视察。

　　视察到广告部，他们把广告部主任训斥了一通，说："报社就这么点广告，你还好意思当主任。"视察到发行部，两个人看见梁如月，都眼睛发直，虽然对发行数量不满意，但是却温柔地说："我们一起来想办法。"

　　视察到编辑部的时候，情况有点不妙。因为潘总编和李卓然没有陪同他们，所以那些编辑记者就开始你一句我一句地调侃起来。

　　这个说："哎哟喂，新领导挺威风啊！"

　　那个讲："我说新领导，什么时候给我们发工资呀？我宿舍里的老鼠都快饿死了！"

　　赵汗青、高自然等主任说话就更不客气："听说新领导是带着金点子来的，不知道这金点子到底值多少钱，何不快点把它卖了，变现以后你们拿着钱来，那样岂不是更好？"

　　"是啊，现在晨报需要的是真正的救世主哦！"

两个人在众人的夹击下显得很是狼狈,那些保安更是干瞪眼。他们刚才那种趾高气扬的派头被一扫而光,他们匆忙地在编辑部这边转了一圈,说了一句:"你们不用讲那么多,就等着看结果吧!"然后就赶快去印刷厂那边视察了。

在他们身后,响起一阵嘘声和口哨声。

这还没完。很快,那些有才的采编人员就给吴麦和陶军编出顺口溜来了:

> 吴麦是雾霾,陶军来淘金。
> 二人手空空,保安一大群。
> 到了晨报社,威风更凛凛。
> 指手又画脚,不知何居心。

这段顺口溜几乎在一瞬间传遍了整个报社,自然很快传到了吴、陶二人的耳朵里。他们恨得咬牙切齿,这才明白,报社采编人员是最难对付的人群。要想在报社立足,非得把他们制服不可。

现在,办公室主任老曾亲自带人,把报社原来的一个杂物间收拾出来了,又去买来了豪华的老板台、老板椅、沙发和茶几,然后在门口挂起了"社长室"的牌子。第二天,这两个"重量级人物"便正式进驻了报社。

他们的第一个动作,是请人在报社门口的上方,贴上一排红色的大字:"发展才是硬道理!"好像这个道理东江晨报社的人都不懂似的。

第二个动作,是召开社委会,给每个采编人员都分派广告和发行任务。

吴麦就像发现了新大陆一般说:"昨天我和陶副社长对报社进行了调研,发现现在广告发行的空间简直太大了。报社为什么发不出工资?根源就在抓广告、抓发行的力度远远不够!好像拉广告就是广告部的事情,搞发行就是发行部的事情,这怎么行呢!这种现象必须改变,这种局面必须立即扭转!从明天开始,凡是报社聘用人员,包括采编人员在内,每月必须完成一定数量的广告任务，也要完成一定数量的发行任务。这是硬性的规定，你要想在晨报社干，就必须承担这个任务。下面，请陶副社长具体分配任务……"

"请等一下。"潘总编这时说话了，从他的脸色看，他已经忍无可忍了。

"作为报社总编辑，以前的一把手，我觉得我有必要说明一下情况。刚才吴社长说的那种情况，其实是根本不存在的。首先说发行，这是个具有很强的季节性的事情，岁末年初，也就是发行季节来临的时候，报社上下都会全力以赴抓发行，每个人都被分配过任务并都较好完成了。怎么能说发行只靠发行部呢！再说广告，东江市的广告资源有限，竞争激烈，所以我们也采取了两条腿走路的方式。第一，让广告部的专业人员去整合资源，有序开发；第二，让有活动能力的跑线记者去和各大企事业单位搞好关系，积极拉取广告。谁说拉广告只靠广告部呢！

"现在我要说回到问题的本质上来，就是要想真正把广告发行搞上去，我们应该靠什么呢？不是依靠人海战术，更不应该依靠强摊硬派，我们要依靠报纸质量，要依靠读者的口碑！你把报纸办好了，有影响力了，人家才会订你的报纸，才会在你的报纸上做广告。你们刚来，还不了解，因为今年我们报社改版，报纸质量不断提高，我们在发行和广告上已经有相当大的突破了。空间有没有？有！空间大不大？大！但是必须稳扎稳打，一步一步推进才能实现，不可能一蹴而就！大轰大嗡式的群众运动只会搞乱我们自己的市场。

"我过去认为，现在依然认为，采编人员的主要任务就是集中精力写好稿、办好报。他们就像蜜蜂，记者只负责外出采蜜；编辑则负责酿蜜，并把酿好的蜜呈现给读者。你想让蜜蜂既采蜜，又卖蜜，一心不可二用，他们忙得过来吗！其结果必然是，他们没心思采蜜，也没心思酿蜜了，对付出来的东西都发馊变味了，我们还卖什么呀！如果进入这种恶性循环之中，那我们离死亡也不会太远了。所以说，你们的这种做法纯粹是舍本求末，是短视行为！所以我呼吁，你们最好收回成命，不要这样做。"

潘总编一番话有理有据，说得廖副社长、黄副社长等人连连点头，李卓

找 魂

然也深感佩服，但是却句句扎在两个"高人"的肺管子上。吴麦脸都气青了，陶军更是暴跳如雷，他毫不客气地说："潘总编，看来你是屁股决定脑袋呀！现在报社只让你负责办报了，你就站在采编人员的立场上说话。但是我想告诉你，现在报社是吴社长和我说了算，我们说怎么办就一定要怎么办！不然的话我们怎么能够在三个月之内扭亏为盈啊！对不起，你的意见我们不能听，下面我还是要分派任务。"

就听啪的一声，潘总编一拍桌子站了起来，他怒视着吴麦和陶军说："想要我走，没那么容易！我本来准备走了，但是如果你们坚持这么干，我就不走了。我倒要看看，你们究竟要怎样倒行逆施！哼，下车伊始，自以为是，呜里哇啦，指手画脚，你们这样只会把报社带入深渊！"

李卓然这时也站起来说："作为分管编务的副总编，我认为潘总编的意见是非常正确的。强行摊派广告发行任务，我看这根本就不是什么锦囊妙计，而是自毁家园的馊主意。非得这么干，请问报纸还办不办了？许多采编人员刚来东江市不久，对整个环境还不熟悉，认识的人也有限，你让他们去哪里拉广告，找谁去订报纸？他们要是完不成，难道你们能把他们统统赶走吗？如果大家都走了，报纸不存在了，你还谈什么广告，搞什么发行！难道要缘木求鱼不成？"

李卓然说完，廖副社长和黄副社长也应和道："这个办法其实以前我们也试过，行不通哦！"

众人反对，吴麦和陶军立时傻了。会场陷入一片死寂之中。过了许久，吴麦才说："那好吧，这件事情暂时搁置，我们先来讨论别的事情吧。"

第一次交锋，吴、陶二人严重受挫。他们也看出来了，潘总编如果不离开报社，就会像一座山一样挡住他们的路，还有李卓然，这家伙也不是一盏省油的灯。潘、李二人联手，完全可以与他们这两个新来乍到、没有任何群众基础的后来者抗衡。

于是他们改变了策略，很快打出了另一张牌：筹备《东江晨报》成立五周年庆祝活动。围绕这一活动，动员报社所有有能力的职工外出拉赞助、找广告，包括推销征订报纸。

虽然现在离报社成立五周年还有大半年时间，但不能不说这是一个好点子。而且这样一来，就为报社开展经济活动开拓了广阔的空间。其实这个点子，过去李卓然就听潘总编说过，只不过他还没有正式提出来罢了。

这个点子，这回在社委会上获得了一致赞同。大家分好工，然后分头执行。吴、陶二人得意扬扬。

与此同时，他们开始对潘、李联盟进行瓦解。

对潘总编采取的是阴损的手段。那几个保安，没事就在潘总编办公室门外转悠，好像在监视他的一举一动；他的小车轮胎，莫名其妙被放了好几次气。这天晚上他走路回家，突然从路边冲出几个人来，对他拳打脚踢。幸亏潘总编身强力壮，加上在部队学过散打，所以他才没怎么吃亏。

而对李卓然，他们则采取怀柔政策。吴麦和陶军轮番找他谈话，又请他和梁如月、赵汗青、高自然等人吃饭，放下身份向采编人员示好。他们极力装扮成文化人，还分头写了文章向李卓然虚心"请教"。

这一切，李卓然当然都会如实报告给潘总编。潘总编说："没关系，你以后还要在这里工作，你就按自己的方式跟他们交往吧。但你要把握一点，那就是坚决站在采编人员的立场上，始终注意维护大家的权益，任何情况下都不能出卖他们。至于我呢，已经没有必要在这里待下去了。"

潘总编又说："我走以后，他们很有可能会把你作为下一个攻击目标。你一定要团结全体采编人员，紧紧依靠市委宣传部，坚决顶住！我认为，这两个人来的目的就是趁乱捞钱。他们不会在这里待很久的，多则一年，少则半年。你只要能够坚持住，就是胜利。不要轻言放弃，因为还有那么多兄弟姐妹在看着你。你记住我的话了吗？"

李卓然连连点头。

分别的时候终于到了，潘总编已和原报社联系好，他马上要回深圳上班了。

这天晚上，李卓然在四川饭店设宴，为潘总编饯行。他开始只请了梁如月、赵汗青、高自然、阿雪、李佳媛、马向南等部门负责人，但是后来不知道怎么回事，越来越多的人闻讯过来给潘总编送行。一桌不够，又开一桌，两桌不够，再开一桌……大家纷纷喊着："潘总编，你不能走啊！"这使李卓然想起了他离开塞外晚报社时的情景，他不由得热泪滚滚。

潘总编已经是五十多岁的人了，经历过无数风浪，按理不会轻易动感情了，但是他现在端起一杯酒，却数度哽咽。他说："各位兄弟姐妹，感谢大家一片赤诚前来送我。本来呢，我是想和大家一道团结拼搏，把《东江晨报》办好的，让大家在政治上、经济上都彻底翻身，可是……唉，看来我的愿望无法实现了。我对不起大家，请你们……原谅我吧。这一年多时间，我也算竭尽全力为大家做了一些事情，并多次挺身挡枪，我觉得还是对得起自己的良心的。我走以后，大家要多支持卓然的工作，他这人正直无私，勇于担当，而且才华横溢，你们要紧紧团结在他的周围，抱成团才有力量。我相信，青山遮不住，毕竟东流去。一切阴霾都会消散，光明灿烂的艳阳天还会属于大家。到那时……我再回来看望大家！"

屋子里哭声一片，就连廖美丽也在外面泪流不止。

李卓然上前与潘总编紧紧拥抱，泣不成声。

送行宴结束，潘总编在大家的簇拥下走出来，准备开车出发。他摇下车窗玻璃，一遍遍跟大家握手、挥手，车子慢慢地往前开，大家就默默地跟在后面，一片呜咽之声。最后潘总编实在受不了，他大喊了一声："同志们再见，李卓然再见！"然后加大油门。

看着他的车子绝尘而去，李卓然感到自己的心好像一下子被掏空了。同时，他也感觉到肩头霎时压上了一副千斤重担。

潘总编离开之后，吴麦和陶军对李卓然的态度果然大变。

现在，吴麦已经堂而皇之地搬进了潘总编的办公室，大摇大摆地坐到了一把手的位置上，陶军也享受到了单间待遇，他们带来的那些保安每天不离左右。反正他们的办公室都很大，随便坐在哪里都行。但是这样一来，谁要进他

第十四节　激烈碰撞

们的办公室，似乎都要受到保安的"检阅"和监督。

李卓然采取了不卑不亢的态度。他要么在自己的办公室里不出来，要么跟记者下去采访，尽量避免和他们正面接触。

但是他们却开始找他了，他们要介入办报。

办公室与办公室之间只有几步距离，但是吴麦却给他打来电话："李总编，请到我的办公室来一趟。"

过去潘总编可不是这样，他要么直接走过来，要么在走廊上探头喊一声："卓然！"看来现在的确是江山易主了。

李卓然走进吴麦办公室，首先看见四个保安分列两侧。

李卓然垂下眼帘，装作没有看到他们。

"李总编，请坐，请坐。"吴麦并没有起立，只是用手指着对面的椅子。

李卓然坐下来，抬眼注视着他："吴社长，有事？"

"哦，是的，是的。你看潘总编不是已经走了吗——对了，听说那天晚上你们为他送行，哭得都很厉害？"

"是的，那天晚上是我出钱为他饯行。潘总编他是好人，有能力的人。大家在一起工作一场，还是有感情的。怎么，这个有问题吗？"李卓然直视着他的眼睛问。他心里很生气，也很吃惊，这些家伙，看来什么消息都在打探啊！

"没有没有，我只不过是随便问问，随便问问。是这样，李总编，你看潘文涛不是走了吗，我呢，肯定是脱不开身的。我和陶社长商量过了，怕你一个人忙不过来，想请陶社长来协助你办报，你的意见如何？"

"当然可以。但是你要说清楚，是他协助我，还是我协助他。"

"他协助你，协助你。你是专家嘛。他呢，主要是在政治上把下关，也就是看下一版、二版的稿子吧。其他版面的稿子还是由你来定。你看行吗？"

"行，当然行！那从明天开始，一、二版的稿子我就不管了。"

"不是不是，你误会了。管，你还是要管。他呢，看一下清样就可以了。有问题你们就商量，好不好？"

李卓然立刻明白了，他们这是在试探。等试探好了，他们会随时把一、二版等重要版面拿走。或许，会再找一个人来取代自己。

李卓然觉得悲愤之情一瞬间充满他的胸膛，他真的想大哭一场。但是他不能哭，他必须为他的尊严勇敢战斗。

接下来，李卓然又被召到了陶副社长的办公室。同是北方人，他们之间的交流就更加直截了当。

"老乡面前不说假话。要说办报纸，你李卓然肯定比我强。但是吴社长为什么要我插一脚呢？不就是担心你不跟我们一条心嘛！你要明白，就算你是一根冻萝卜，但现在遇上了铁叉，你不服也得服！"

"我没有不服哇！这不已经任凭宰割了吗？还要怎么样？"

"哎呀，不是这个意思！是你的心好像还在老潘那里。据说前几天你们为他送行，场面很感人啊！"

"不错，但是这又怎么了？请问我们欢送报社的老领导碍着谁了？你们为什么这么大惊小怪的？人，毕竟是感情动物嘛！"

"好了好了，不说这个了，看在咱们是老乡的分上，我这都是好心提醒你。你这个人啊，的确有才，是办报高手、写作高手！但是我也看出来了，你就是一根筋，太不懂得变通了。你这样犟下去会吃亏的你明白吗！"

"随便吧。此处不留爷，自有留爷处；处处不留爷，爷爷卖豆腐。难道还能把老子的家伙咬下来，打上眼，去当横笛吹？"

李卓然愤怒地发泄着，不觉爆起了粗口。

陶军惊讶地看着李卓然，他想发作，却又止住了。他知道，他和吴麦现在还立足不稳，还不能彻底得罪李卓然。于是他依然笑着说："哎呀兄弟，你看你一个大知识分子，一个作家，这说的是什么话呢！好了好了，咱哥俩往日无仇，近日无怨，说白了这个报社又不是你李卓然的。我们来报社呢，也不是来跟你抢饭碗的！我跟你明说吧，办报这一块还是你说了算，我呢，既然吴社长有话，我也就是照管一下，该怎么整你还怎么整。这总行了吧？"

第十四节 激烈碰撞

李卓然的气这才消了一些。

第二天上午，一、二版的清样出来以后，李卓然让电脑房的人多打了一份，直接送给陶军审阅。他以为他真的只是"照管"一下，随便看下就拉倒，没想到不一会儿他就打电话叫他过去，似乎满面愁容地对他说："我说老乡，你这一、二版这么整不行吧？"

"怎么了？"

"你看啊，这文章都是鸡零狗碎的，没有大块重头有分量的文章啊！"

"亲爱的陶社长，一、二版主要是刊登时政新闻、社会新闻，扫描社会热点，关注百姓话题。文章一定要精短，言之有物，信息量要大。什么叫鸡零狗碎呀！你不知道人家的晚报、晨报都是怎么办的吗？"

"这个我不用知道，"陶军竟然不容置疑地说，"现在是我办报，我想怎么办就怎么办。别的我先不说了，就说你这个《东江时评》吧，你看才几句话，真的是豆腐块啊！这么短的文章读着根本就不过瘾。我和吴社长的意思是，今后要在一版上连续刊登大块的、有分量的评论文章，争取引起轰动。"

"请问这样有分量的文章在哪里呢？"

"我们自己来写啊！而且我们已经写出了七八篇。"陶军说着，就从抽屉里拿出一沓打印好的稿件递过来，"这些评论，都是我和陶社长亲自撰写的。从今天开始，要每天一篇在一版上刊登出来。这个不能讲条件，你一定要坚决执行。"

李卓然接过来一看，差点笑起来。这些署名"吴陶"的文章，有的他们曾经给自己看过，什么《潮汐已经到来》，什么《为了东江的明天而歌唱》，什么《春风又绿大亚湾》，什么《东江人，你准备好了吗》，都是些玩弄辞藻、空洞无物或者从其他报刊上摘抄七拼八凑出来的稿件。每篇都是四五千字，又长又臭。如果放在现在的版面上，最少要占半个版。那还不得把读者恶心死。

"怎么样，这样你就不用愁没米下锅了吧？你去安排吧，把那些不痛不痒的稿子都给我撤了，今天先排《潮汐已经到来》这篇。"他的语气已经是命令的了。

李卓然感觉自己的脑袋里轰轰作响，他甚至听到了周身的血液快速流动的声音，狗东西，这简直就是对报纸的强奸啊！

他强压怒火，把那沓稿件坚决递还给陶军，尽量用和缓的声音说："对不起，这样的稿子咱们晨报可能登不了。"

"什么？我们自己的报纸，社长、副社长亲自写的稿件登不了！李卓然，你以为你是谁呀！你该不是给脸不要脸，蹬鼻子上脸吧？看在老乡的分上，我对你够客气了！你……"陶军五官扭曲，嘴唇好像都气哆嗦了。

"陶军，你喊啥？你有种，现在就把我撤了！我告诉你，只要我在，就不允许你们这么胡整！"

李卓然说罢，转头就往外走。却不料陶军马上冲过来把他拉住了。他惊讶地看到，陶军现在又换上了笑脸。他把他按在沙发上，又倒了一杯茶给他，然后和颜悦色地说："兄弟呀，你这脾气也真是太大了。唉，咱东北人也真是，一个个说话就像吃了枪药似的，就不像人家南方人那么温柔委婉。来，咱们商量商量，为啥就不能登呢？你说出个理由来，如果有道理，我就服你。"

"这很简单，咱们不是《人民日报》，也不是《东江日报》，咱们是《东江晨报》。晨报的主要受众是谁？是广大市民，是普通百姓。公务员下班回到家，他们也是普通百姓。他们看我们的报纸，不是想看什么大块政论文章，这些其他报纸上都有了，而且比咱的水平不知道要高出多少倍。人家在单位都已经学过了，有的道理人家早就明白了，还用你来说！他们想看一些相对轻松活泼的东西，短小精悍的东西。你们写的这些东西如果真的言之有物也行，我不客气地说，全是假大空的唬人玩意，你写再长都没人会看，纯粹是浪费版面。这且不说，关键是读者还会骂我们。接下来他们还会订你的报纸、看你的报纸吗？"

"你说得也太耸人听闻了吧？不就是登几篇稿件吗？后果有这么严重吗？"

"可能比这还要严重，简直就是后患无穷啊！任何一个真正对报纸负责任的人，都不会同意你们这么做的。"

"亲爱的李总编，那你说应该怎么办，能不能变通一下呢？"

"没办法变通。除非统统重新写过。"

"那好呀。你这个大才子就替我们重新写几篇呗。"

"不好意思，我没那水平，再说也没那时间。"

"哎哟李卓然，怎么说你胖你还喘上了呢！你是不是以为离开你地球就不转了？说实话，要不是看你是我老乡，我就把你刚才说的话告诉吴社长，分分钟就把你给灭了。你这样的人才难找，那我们矬子里头拔将军还不行吗！没听过那句话吗，说你行你就行不行也行，说你不行你就不行行也不行！"

"你……"面对他的流氓理论，李卓然竟然一时语塞。

"兄弟，我给你面子，你也得给我面子呀。我和吴社长刚来，当然也需要展示一下啊，我们也要威信和群众基础啊！如果你连这一点都不理解，都不配合，那我就真的没有办法跟你合作了。"

对方说了实话，李卓然的气反而没那么大了。看来这个陶军，好像倒也不坏。他和吴麦一起来报社，除了想捞钱，是不是也想满足一下发表欲，来过一下办报的瘾呢？人在世间的许多行为，是很难用一句话解释清楚的。

想了一下，李卓然最后说："好吧，人在屋檐下，怎能不低头？这样吧，稿子可以发，但是必须修改。每篇不能超过一千字……"

"好好，就按你说的办！稿子也由你来改，好不好？在这个问题上，我们一、二把手都听你的，这样总可以了吧？"

陶军说着，又拿起那些稿子强塞到他的手里，然后推着他出门："哎呀快去办吧，去办吧。吴社长那儿，我负责跟他解释。"

李卓然回到办公室，马上打电话给梁如月，征求她对此事的看法。梁如月听完说："你表现不错，能这样对报纸负责，真的很不错。不过陶军也很聪明，他没有压你，最后还做出了让步，这已经很不简单了。如果他强迫你执行，不换思维就换人，你也真的是毫无办法。不过，你已经当面顶撞了他们几次，估计他们也会记住你，有机会他们还会收拾你的。你可千万要小心啊！"

李卓然在电话这边噘起嘴来叭地亲了她一下，然后就开始处理那篇稿件。他删繁就简，润色加工，终于把篇幅控制在一千字之内。他重读一遍，感觉质量比原稿提高了很多。他又把版面上的两篇稿子撤下来，让总编室去重新排版。

一会儿，赵汗青拿着那篇稿子进来，神神秘秘地说："哎呀李总，你胆儿够肥的呀！一、二把手的稿子都被你改成这样，佩服佩服。"

李卓然笑着说："文章都是改出来的。"

当晚，赵汗青拉着李卓然去四川饭店小酌。李卓然记起为潘总编送行的账还没有结，就掏出钱包来要廖美丽结算。但是廖美丽却说："算了，你那单我替你买了。"

"那怎么行，好几桌，怎么能让你替我掏钱呢！快算下吧！"

"不用了，真的不用了。潘总编一直对这里很关照，算我回报他了。"

李卓然就从钱包里掏出一千五百块钱放在吧台上，说："也不管多少了，就给你这么多吧。"

廖美丽生气地把钱拿起来，塞回到李卓然的怀里，说："你很有钱是吧！说了不用就不用嘛！你这人，简直就是个瓜娃子，怎么那么看不起人呢？真是！"

李卓然只好尴尬地把钱收起来说："那好吧，你就记账上吧，以后一起算。不过呢，我可不是什么瓜娃子。"

廖美丽这才笑起来，她又拿起一瓶酒递过来说："快去喝酒吧。"

坐下来以后，赵汗青就开始感叹自己怎么就没个女人喜欢，走不了桃花运呢。李卓然就吹嘘说："你没胆改一、二把手的稿子，哪个女人会看上你！"

赵汗青说："你也不要高兴太早，他们这不过是缓兵之计罢了。等他们站稳脚跟，弄不好，第一个要收拾的人就是你。"

他的话，竟然和梁如月的话惊人一致。

而且没过多久，他们的话就应验了。

第十五节　杨开寿事件

且说新一期报纸出来之后，办公室的人送了几份到吴麦和陶军的办公桌上。吴麦一看文章被改得面目全非，而且所占版面比豆腐块也大不了多少，立刻勃然大怒。他马上打电话把陶军找来，问他这是怎么回事。

陶军说："哎呀，我还没顾上跟你说呢。昨天为发稿子的事，我跟李卓然争论了很久，他的意思是，晨报有晨报的特点，不宜发太长的文章。我觉得他说的也有道理，就同意他拿去修改。我看他改得还不错呀。"

"改得还不错？反了他了！你知道他这是什么行为吗？这叫太岁头上动土，骑脖子上拉屎，你懂不懂！我问你，现在报社谁说了算？谁是一把手？他连你我联合署名的稿子都敢改成这样，他这不明显是往你我眼里插棒槌吗？去把他给我找来！"

陶军假装走了两步，又回过身来说："吴社长息怒。我觉得不就是一篇文章吗，改就改了，他不是给咱登出来了吗？本来就有人说咱俩是黑社会的，带一群保安来捞钱呢！别忘了，咱们可是刚刚过来，窝还没焐热呀！"

"那依你说应该怎么办？"

"怎么办？凉拌（办）！这是小事，咱不如先忍了。等咱们站稳脚跟，等他有错被咱们抓住了，再收拾他也不迟。这家伙，真的是茅房里的石头，又臭又硬。"

吴麦听了，一时无语。

陶军进一步说："再说咱俩来，主要不是来办报的呀。是来抓经济，搞钱的！别忘了，咱们可是当众言明，三个月之内要扭亏为盈啊！你可别捡了芝麻，忘了西瓜呀！"

吴麦被他说服，挥手让他出去。那些保安也都出去打篮球了，他一个人在屋子里开始驴拉磨一般转来转去。

人各有志。吴麦这辈子最大的心愿，就是当一个大报社的总编辑，指挥一大群人办报。可是时也命也，他的这一愿望在湖北武汉却一直无法实现。他大学毕业后，曾去一家报社当记者，可是干了几年，连个副主任都没干上。总编那个位置，就像是天上的星星，他看得见，但是离他却太远了。

后来他就跑到深圳去发展。深圳更是高手云集，就凭他的文笔，他根本不可能在这一行里出人头地。后来，他就投奔一个在某集团当董事长的老乡，到他们公司去编企业报。干了两年，他终于登上了总编的宝座。

但是，一个每月才出两期的企业报的所谓总编，也就是那么一说。他的手下只有一两个人。再说了，一张企业报只限企业内部发行，每期印一两千份，会有多少人看呢！他渐渐感到寂寞，感到不满足。

偏偏邱楚定董事长的夫人也是他们这个集团的员工，听她说她老公在东江市协办晨报，他不由得动了心，跃跃欲试。于是，他开始给邱夫人溜须，并找机会说出了他的想法。

邱夫人便带他去拜见了邱董事长。正巧那些日子东江晨报社出了记者被赶事件。邱董事长接到汇报，说李卓然在会上发难，要求改变报社管理方式，他一听就急了，连夜赶到东江去坐镇。本来他对李卓然的印象很好，也同意提拔他当副总编。但是因为李卓然有了这番言论，他便发生了动摇。于是，他改变主意，让吴麦来东江晨报社看一下，先不暴露身份，只是观察。

在回去的路上，吴麦便说潘总编和李卓然显然都靠不住，邱董必须把报社班子逐步换成自己真正信赖的人，只有这样才好控制。于是邱董事长当即决定，放弃李卓然，聘请吴麦过来当副总编。如果干好了，他以后还可以当总编。吴麦非常高兴，却不料市委宣传部坚决反对。

吴麦并不甘心，就找来他以前认识的文化公司的老板陶军共同策划，一心夺取东江晨报社的最高权力。陶军这人能言善辩，头脑灵活，很快就和他一起把耳根超软的邱楚定忽悠住了，就这样，他们一起来到了东江晨报社。

毕竟是去一个完全陌生的地方，毕竟没带一分钱过去，毕竟他们二人都不是办报高手，所以难免心虚胆怯，于是就花钱雇了一些闲杂人员，为他们保驾护航。

现在看来，这的确不是什么好玩的地方。报社这么穷，欠了那么多外债，能在三个月之内就扭亏为盈吗？这个连他自己也似信非信。所以他还是给自己留了一条后路，在企业请了两个月的长假，打得赢就留，打不赢就跑。大不了就是来这里过下官瘾，过下办报瘾。不过嘛，这官还真他妈的不怎么好当，这帮文人还真他妈的不好对付。他们刚来就给他们编了顺口溜，刚想插手办报李卓然又给他们来了个下马威。往下，谁知道还会发生什么事呢？他内心感到惶恐，一点底气都没有。

后来他想起来了，今晚上他和陶军，还有廖、黄两位副社长，要一起请一家大型企业的老总吃饭。目的是为庆祝报社成立五周年，拉一个广告大单。他也明白，要想在报社站稳脚跟，光靠写点文章肯定不行，他们必须想办法做出点成绩来。

陶军这家伙的策划能力还是挺强的，他还通过廖、黄二位，积极联系本地的大企业，准备大干一场。

原来这东江市，经过市委市政府的资源整合，近年已经逐渐形成了五大企业集团。这五大集团中，有国有的，也有私营的。这些企业有的是生产电视机的，有的是生产电话机的，有的是生产录放机的，还有的是生产摩托车的。他们的产品，已经行销全国，有的甚至成为国内业界的翘楚。东江市正是因为有了这些骨干企业，经济总量才开始逐步上升。

但是这些企业做大以后，紧盯外地和国际市场，对本地市场就不怎么在意了。当然他们就很少在本地登广告，就连在日报和电视台，他们也很少登广告，更别说创办较晚又频频出事的《东江晨报》了。

但是吴、陶二人却不了解这些，他们就像发现了新大陆：这五大集团，就像是五大块肥肉，如果能够在每块上面都咬上一口，那可就赚得盆满钵满了。今天是他们计划实施的第一步，自然要格外重视。

这次请客，安排在市区最高档的天禧大酒店。虽然报社和那里没有对等消费关系，但是吴麦说必须在那里请。在那里请人家还不一定愿意来呢。

出席作陪的人，当然是社委会主要成员。本来是有李卓然的，但是这家伙既然这么犟，那就算了，先给他一点颜色看看。对了，要叫上一两个美女才行，企业家都是喜欢美女的。而且他觉得，没有美女参加的酒席肯定是没意思的。于是他就想起了那个梁如月。那天一见，他简直惊为天人。想不到这报社里，还有这样相貌气质超群的女主任。还有那个阿雪，也不错啊！听说她们都是单身，嗯，这个好。现在老子既然是社长，就要找机会接近她们，寻找下手的机会。假如在这里捞不到什么钱，捞个美女玩下也好呀！

于是他又打电话，叫来了办公室主任老曾，开出一个名单让他去通知。

老曾就乘机请示他说："吴社长，给潘总编租的那套房子，你看是退了还是给李卓然住？按道理，李卓然已经是副总编了，是可以享受这个待遇的。"

"退掉，退掉！"吴麦不假思索地说。看见老曾出去，他心里不由得说道："他妈的跟老子作对，还想住好房子，想得美！这就是你改老子稿子的下场。"

下班以后，李卓然接到了梁如月的电话，她问他要不要一块打车去天禧大酒店。李卓然问："去那里干什么？"梁如月就感到很奇怪地问："不对啊，难道曾主任没有通知你，今晚要在那里宴请企业老总啊！""他没有通知我啊。"李卓然心里咯噔一下，马上就意识到了什么。但是他很淡定地说："那好，让你去你就去吧。估计是要你去作陪。他们还叫了谁呀？""好像还有阿雪。""哦，那我知道了。什么情况，你随后告诉我一下就行了。"

挂断电话，李卓然骂了一句吴麦，又骂了一句陶军。这一对小人，竟然在请客这种事情上实施报复。不叫就不叫呗，老子能损失什么呢！反过来一想，又觉得他们十分可笑。

不一会儿，阿雪的电话也打来了。阿雪的声音总是细细的、柔柔的、甜甜的，甚至有点发嗲："李总你好，请问你老人家动身了没有。要不要我们一路同行啊？"

"阿雪你好，我很遗憾地告诉你，今晚本人不在被邀之列。"

"哦，有没有搞错？"

"没有搞错。吴社他们喜欢美女，不喜欢我这样的傻老爷们。你放心大胆地去吧，但是要小心色狼哦！"

"哎呀，你不去就没意思了。那我也不想去了。"

"美女，还是去吧。为报社做点贡献。我等着你们的捷报。"

挂断电话，李卓然对阿雪那句"你不去就没意思了"琢磨了许久。

接着他就回了宿舍，在房间里看书，走来走去，盯着手机等待消息。

一转眼，他在这个房间里已经住了一年多时间。前几天老曾对他说，准备给他换下房子，有可能让他去住潘总编住过的那套房。那房子他曾经去过，两室一厅，宽敞明亮。可是不知道为什么到现在还没有动静。如果能去那里就好了，起码和梁如月会有个幽会的地方。想想，他们已经很久很久没在一起了。

晚上九点多钟，梁如月的电话终于来了。她说话气喘吁吁的，显然是边走路边打电话。

"哎呀，终于结束了，简直是受罪！吴社长让我坐他的车，我没坐。想自己走走，顺便跟你通话。反正离得不远。"

"哦。宴请结果如何？"

"依我看，是赔了夫人又折兵。那个老总，对，是常务副总，我看他根本就没把我们报社放在眼里，更没拿吴麦和陶军当盘菜。他们那边来了七八个人，又是董事又是秘书又是美女的，呼啦啦坐满了大半张台。他们坐那就开始自己点菜，啥贵点啥。你知道今天他们点了一道什么稀罕菜吗？老鹰蛋！光这个菜就九千块！加上别的菜，再加上洋酒，这顿饭至少花掉报社两万块。可是人家最后只是答应——还是看在廖和黄是本地人的分上答应，在我们的报纸上做一个整版的祝贺广告！一个版，最多也就三万块钱吧，再打个折，你说这顿饭不是白请吗！可是吴麦和陶军却说，这是一个良好的开端，开了大企业在我们的报纸上做广告的先河。你说这不叫自欺欺人吗！"

这个结果，李卓然倒是预料到了，但是他绝对不会想到，他们竟然敢吃这么贵的一顿饭。报社正处于困难时期，大家的工资都发不全，可是他们却敢一下子花两三万块去请客，换来的却是人家扔下的一根骨头。人家这是把我们报社当成一只摇尾乞怜的狗了，可是他们竟然还自鸣得意！真的是一对败家子啊！

想到这里，李卓然忽然庆幸他们没叫自己去。估计这件事明天就会传遍报社，没去正好，免得挨骂。于是他对梁如月说："如果不想办法制止他们，报社离垮台的日子，真的不远了。"

"是啊，感觉他们两个人，就是来砸大家饭碗的。等到他们折腾够了，拍屁股一走，受苦受难的可是我们这些人啊！"

"对，我们绝对不能坐视不管。哎，你现在走到哪里了？我去接你吧。"

"不用了，就快到了。我主要是担心兰兰。她一个人在家，我不放心。"

"那好吧。"李卓然心中不免失落。

挂了电话，李卓然想起潘总编走时说过的"紧紧依靠市委宣传部"，看时间还不算晚，他就给朱玉梅副部长打了个电话，向她反映报社最近的情况，重点说了吴、陶二人插手办报，特别是今晚花重金请客的事情。朱副部长听后很是生气，她说："好了，这几天有时间，我会到你们报社去一下。"

朱副部长接着又说："卓然同志，办报这一块现在全靠你了。你一定要把好关啊。你那样坚持就对了，绝对不能允许他们把报社经济和报纸都搞乱！"

李卓然连连答应，心中这才有了一点底气。

第二天，吴麦和陶军请人吃老鹰蛋的事情果然就在报社传开了。人们一个个义愤填膺，骂骂咧咧，很快，打油诗又创作出来了：

> 吴陶请吃饭，上了老鹰蛋。
> 请人吃顿饭，花了两三万。
> 效果怎么样，广告一个版。
> 如此穷大方，晨报要完蛋。
> 说啥要扭亏，实则毁家园。

这首打油诗很快又传到了吴、陶二人的耳朵里，气得他们咬牙切齿。他们竟然开始追查，消息到底是怎么透露出去的。这样，梁如月和阿雪就成了重点怀疑对象。

吴麦恨恨地骂道："什么狗屁美女，简直就是美女蛇啊！"

陶军也说："你看见了没有，这里没有一个人是可以信任的。都是你，非要带什么美女，那老总什么样的美女没见过！你看看人家带来的那些美女，一个个水葱似的，那才叫年轻漂亮呢！"

于是他们就给梁如月和阿雪记上了黑账。

这天下午，朱玉梅副部长来到报社，代表市委宣传部找吴、陶二人严肃谈话，严厉批评他们胡作非为，警告他们不许插手办报业务。

朱副部长说："你们两个人一分钱也没有给晨报社带来，花起钱来却这般铺张浪费，大手大脚，请问你们到底来干什么？不要以为请你们来你们就可以为所欲为了。我明确告诉你们，我们绝对不允许有人在这里胡作非为！"

吴、陶二人还要辩解，朱副部长却摆了一下手说："你们不用说了，三个月之内扭亏为盈是你们自己说的，到时候，我们要来检验。如果不能兑现承诺，对不起，你们要给报社全体成员一个说法。还有，听说你们带来很多保安，那么多人，报社怎么养活？明天赶紧让他们回去。你们就是来抓经济的，办报有李卓然。他是由市委宣传部推荐任命的，我们信任他。今后，不许你们对他指手画脚，乱塞私货！就这样吧！"

朱副部长说完，起身就走，根本不听他们解释。两个人立刻就像霜打的茄子一样蔫了。

吴、陶二人遭到朱副部长严厉训斥的消息很快传遍报社，上下无不拍手称快。大家随后看到，他们带来的那些保安果然在报社消失了，报纸上也不再刊登他们的狗屁文章了。二人似乎真的老实了许多。

但是这时却发生了"杨开寿事件"，报社局势险些再次逆转。

杨开寿，一个来自四川的打工仔，他在市郊的一个电子厂里当工人。这天晚上，他带女友到电子厂附近的小山上散步，遭到两个歹徒的围攻抢劫。两个歹徒不但劫财，还要强奸他的女友。杨开寿怒吼一声，赤手空拳和两个手持利刃的家伙搏斗起来，结果身中十几刀。他宁死不屈，女友大喊救命，后来警察赶来，歹徒仓皇逃窜。

所幸杨开寿被警察及时送往医院，经过抢救，保住了性命。但是手术费等加起来竟有五六千块之多。这对一个打工仔来说，简直就是天文数字。杨开寿没办法，只好让他的女朋友拿着收据，去找厂领导报销。谁知厂领导竟然告诉她："我们调查过了，你们是在下班时间出去拍拖，到处乱走，是在厂区之外受的伤，这根本不算工伤。"不但不能报销，而且厂里已经将杨开寿除名了。

这真是晴天霹雳，杨开寿欲哭无泪。无奈之下，他想起了《东江晨报》，想起了他在那上面曾经看过的《南国寻梦》栏目。于是他让女友找来报纸，按照上面提供的热线电话打过去，诉说自己的不幸遭遇。

这边接电话的，正是打工仔出身的记者兼编辑许汉文。许汉文一听，立即怒火中烧。他对着话筒喊："兄弟你放心，如果你说的完全属实，我们一定会为你做主的！"他记下了对方的准确地址和电话，马上找到记者部副主任马向南，相约一起前往采访。

采访之前，马向南分别与主任高自然和总编室主任赵汗青做了沟通，赵汗青觉得此事非同寻常，晨报可以进行连续性报道，直到杨开寿的问题得到解决为止。他马上把自己的想法告诉了李卓然。李卓然一听，立即感到这条新闻的价值绝不亚于环卫女工被打事件。他马上把马向南和许汉文找来，交代道："你们去了，一定要核实好每一个细节，不但要找杨开寿，还要去他的厂子里找他的领导，听他们怎么说。对了，你们最好也去一下辖区派出所，找下办理此案的民警，一定要做到万无一失！"

马向南、许汉文二人得令而去。他们东跑西颠，用了整整一天的时间，终于将事件调查梳理清楚。杨开寿斗歹徒受伤，后被工厂开除，事实俱在。最令人愤慨的是杨开寿还躺在病床上，工厂就已经把他开除了，更不要说有什么人前来慰问他了。于是他们很快写出了《勇斗歹徒的打工仔流血又流泪》，李卓然加以修改，并配上了《东江时评》稿《决不让英雄流血又流泪》，在一版醒目位置推出了。

果然又像上次一样，社会反响强烈。他们趁热打铁，又接着发表了一篇《杨开寿，现在活得真不易》，讲述了他人在医院，无任何经济来源，无法支付住院费，甚至连吃饭都成问题的艰难现状，并配发了部分读者来信、来电内容。

真是一石激起千层浪。杨开寿所在的电子厂立即成为众矢之的，市总工会等纷纷过问此事，社会上还有人主动到医院去看望杨开寿。

马向南、许汉文抖擞精神，准备把这一事件追踪到底，给杨开寿和广大读者一个满意的答复。

谁也没有想到，这家电子厂竟是那家准备在晨报登广告的大企业所属的分厂。那位常务副总闻听此事，骂道："什么《东江晨报》，表面上请我吃饭，背后捅刀子。还要我去他们那里做什么广告，不理他们！"

他还给总裁办主任下了一道命令："立即想办法把这件事情摆平，不惜一切代价把它翻过来！"

有了老板这话，总裁办主任就叫下边的人去运作，撒了一些钱，事情很快开始向相反的方向发展。

这天上午，李卓然正在办公室审稿，陶军忽然开门进来，他一脸怒气地说："李总编，你不许我们介入办报，还让市委宣传部朱副部长来训斥我们。

这回你中彩了，等着上法庭，当被告吧！"

李卓然抬头看着他说："老乡，你在说什么呀？"

陶军说道："你先别急，很快你就知道了。老乡，我对你可是一直没恶意呀，在吴社长面前我还老是替你说话呢。没想到你老兄对我可是不客气呀，背地里痛下杀手。这一回，我倒看你怎样躲过这一劫！"

李卓然说："你不要吓唬我行吧？我按照党的方针政策，堂堂正正办报，我招谁惹谁了？再说，你们不检讨自己的错误，却说别人痛下杀手。我问你，假如你们真心实意为报社出力献策，朱部长怎么会训斥你们呢？"

陶军忽然把门打开，走到门口大声吼道："我们有什么错？不就是陪人家吃了一顿高价饭吗！企业老板要点老鹰蛋，我们有什么办法？报社五周年庆典，我和吴社长都部署好了，饭菜虽然贵了点，但是大企业之门却被我们敲开了。现在倒好，让你们一个'杨开寿事件'都给搅黄了。人家本说要做一个版的广告，现在却不做了，一分钱都不投了。你们这些采编人员，一个比一个牛，干得真是太漂亮了！你们这么不配合，我们还怎么在三个月之内扭亏为盈啊！还想发工资，你们等着喝西北风吧！李卓然，你带头破坏报社的战略部署，这回就让你吃不了兜着走！咱走着瞧吧！"

陶军天生一副叫驴嗓，整层楼的人都听见了他的喊声，一时间，人们纷纷跑出来探头探脑。

李卓然一看，陶军这等于公开宣战了，自己也不能厌了，他急忙站起来，也跑到门口大声说："陶军，你干什么！你以为你这么一喊，就可以转移视线，推卸责任吗！我们报道杨开寿流血又流泪怎么了？那是为底层打工者鼓与呼，党和人民都赞成，只有你们不赞成！这可比登你们那狗屁文章强多了！报社现在这么困难，你们还敢一餐就花两三万块，换回来的却是侮辱。请问你们的道德良心何在！挨训活该，不要到我这里来寻找借口！"

两个北方人，在南方的一家报社的走廊上，从各自的立场出发，展开了一场针锋相对的论战。多年以后，李卓然每每想到这一幕，都感觉有点匪夷所思。

陶军见李卓然出来跟他公开论战，更加来劲，他挥舞着手说："什么为打工者说话，你们纯粹是在制造假新闻，企业和法庭马上就会来找你们。哼哼，我们为了报社发展吃顿饭倒成了天大的事儿，你们把报社拖入官司怎么算？东江晨报社，这回真的像你们说的那样，是要完蛋了！"

李卓然喝道："陶军，你不要胡说八道，扰乱人心！大家都回去，不要听他乱讲！我们有市委宣传部支持，我们的新闻也经得起推敲检验。任何人的任何阴谋诡计，都不会得逞的！"

"李卓然，你是破坏报社经营活动的罪魁祸首！"

"陶军，你们才是来报社制造混乱的害群之马！"

这时候，李卓然忽然看到，吴麦也出现在走廊上，而且在他的背后，竟然跟着那些保安。哦，看来保安根本没走，只不过隐藏起来了。

一看这架势，赵汗青、高自然、刘青草、许汉文等在报社的采编人员，也开始往李卓然身边聚拢，一时间剑拔弩张，吓得女人都尖叫了起来。

这时办公室主任老曾赶紧跑出来，上前拼命将两个人拉开。

也许双方都不愿意把事情闹得更大，就都气咻咻地回屋了。大家散开，议论纷纷，报社一时间人心惶惶。

李卓然回到办公桌前，急忙拿起电话打给朱副部长。在这种时刻，他首先想到的就是向党求援。朱副部长听完之后说："卓然，我正要打电话找你呢。我告诉你，今天那家大企业已经找到市委市政府来了，也找了市委宣传部，状告你们制造假新闻，破坏企业形象。市委书记发火了，下令追查此事。我问你，你们的那篇报道，到底能不能经受住考验？"

"能，绝对能！发稿之前，我让马向南和许汉文进行了深入采访，不仅采访了杨开寿，而且采访了他的工友，采访了派出所的人，对所有的细节都进行了核实。我敢保证这绝对不会是什么假新闻。"

"哦，这样就好。那你们手里，现在有没有相关文字或录音资料？"

"这个没有。只有记者的采访笔记。"

"采访笔记不行，你现在必须马上行动，抓紧去搞这些东西，否则会很麻烦的。"

"好的朱部长，谢谢指点。我马上亲自去办。"

放下电话，李卓然急忙找来马向南、许汉文和赵汗青。他讲了目前的情况，然后让赵汗青守在报社，他就和马、许二人一起打车，十万火急直奔杨开寿住的医院。

但是他们还是来晚了。杨开寿已经办理了出院手续，不知去向。忙打他的传呼机，并给他留言，但是他却没有复机。他们又去了杨开寿的工厂，找到他的宿舍，又去找了他的老乡，可就是不见杨开寿的踪迹。他仿佛人间蒸发了。

李卓然心中暗叫不好，二话不说，三人再奔辖区派出所。没想到派出所值班的指导员就像做好了准备，背书一般说道："你们不要再来找我们了，为此事我们已经受了批评。杨开寿他是因为和别人争夺女朋友，在厂外打架受伤的，他根本不是什么勇斗歹徒的英雄！"

马向南一听急了，他说："指导员，你可能不了解情况吧，你们的办案民警在哪里？还有你们所长，他也知道情况啊。"

指导员说："对不起，他们都出差了。"

"他们出差也不要紧，"李卓然说，"那请您给我们看一下案发时的原始笔录吧。"

"这个你们没有权力看。"派出所指导员牛气地说，说完摆了摆手，"对不起，我有事要出去，失陪了。"

李卓然感到头脑发蒙，他们从派出所出来，一时不知道下面该怎么办才好。很显然，那家企业已经抢先一步，转移了当事人并搞定了派出所。现在假如真的上了法庭，他们两手空空，除了输还是输。如果官司输了，对方索赔事小，关键是报社的信誉形象将会再次遭到重创。作为副总编辑，他势必要承担事故的主要责任。那么吴麦和陶军的说法就会成立，他们就会堂而皇之地把自己赶走，真正入主报社，报社的灭顶之灾也就跟着来了。想到这里，李卓然觉得不寒而栗。

第十五节 杨开寿事件

怎么办？怎么办？到底应该怎么办？

李卓然四顾茫然，马向南和许汉文更是垂头丧气。李卓然站在马路边考虑了许久，脑子终于开了一点窍，他说："向南，汉文，你俩不要泄气，我想那杨开寿，他的伤还没有好，肯定不会离开东江市的。今天你们什么都不用干了，就是挖地三尺，也要想办法把他给我找出来。找到以后，马上让他写证言。事关重大，这任务你们必须完成。至于派出所这块，等我回报社去再想办法。"

二人听了，打起精神走了。李卓然马上打车回了报社。他没有上楼，而是直接去了发行部。现在，潘总编走了，能和他商量大事的，似乎只有梁如月了。

好几天没有近距离接触，他感觉梁如月似乎消瘦了许多，眼眶有点发青。他看在眼里，疼在心上，但是当着别人的面，他又不好意思问。

梁如月更是装得一本正经，一口一个"李总编"地叫，还彬彬有礼地泡茶给他喝，这使李卓然感到很别扭。后来屋里的人陆续出去了，梁如月才问："看你这急慌慌的样子，是不是在'杨开寿事件'上遇到麻烦了？"

果然心有灵犀！李卓然点点头，小声把现在的情况告诉了她，并问："看来事态很严重了。怎么样，你有什么好主意没有？"

梁如月想了一会，说："你不是也交了一些本地朋友吗？能不能找下他们？看谁有公安系统的朋友。我就不信，他们能把整个公安队伍都买通了。"

梁如月的话使李卓然的脑子里打了个闪，他立即想起了李志强。对，这个热情诚实的南方人，他在这里出生长大，社会关系肯定要广泛一些。他急忙掏出手机，找到他的电话号码就拨了过去。一边等待接通，一边冲梁如月伸出了一个大拇指。

电话通了，李志强立即听出了他的声音："你好李总编，好久不见啦。"

"是啊，整天瞎忙。没有顾上去看你。怎么样，你现在有空吗？"

"我比较有空啦。你有什么事情吗？"

"对，有件事情。你在公安机关特别是城区公安机关，有朋友吗？"

"哦，我有啊！我的一个妹夫，就是城区公安局的副局长啊。对了，他也是北方人哩，特别喜欢写诗歌。"

"哎呀，太好了！那你在单位等我，我马上过来找你！"

"好的，好的！"

挂断电话，李卓然脸上露出了笑容，他对梁如月说："你一句话点醒梦中人，走，跟我一起去李志强那里坐下吧。"

梁如月说："你自己去吧，目标越小越好。卓然你记住，越是这种时候，越要沉住气，别让他们看出你慌慌张张的样子。"

"好的。"梁如月的话让他心中充满温暖。他说了句"你也要注意身体呀"就匆忙出门走了。

却说马向南和许汉文，此时也在南方的寒风里奔忙。

作为写稿的记者，他们都知道自己肩负重大的责任。如果弄不好，不但会连累李卓然，还会连累整个报社。

杨开寿打工的工厂找过了，他住的出租屋找过了，他的老乡也找过了，可就是没有他的下落。

中午时间已过，两个人的肚子咕咕叫，他们就在街头的一个大排档坐下来，每人要了一碗河粉吃起来。

北方姑娘马向南，现在心里充满对杨开寿的怒气。我们这么为你卖命，为你一个打工仔鼓与呼，我们也不图你什么，可你怎么跟我们玩失踪呢！打呼机也不回，这也太没良心了吧！

由杨开寿，她又迁怒于眼前的许汉文。实际上在内心深处，作为大学本科毕业生的她，很是瞧不起这个"土八路"。她听人说过许汉文的经历，他原本就是湖南乡下的一个农民，而且已经有了老婆孩子。但他就是不想当农民种田，硬要跑出来打工。打工就打工吧，还非要当什么记者。他就到处流浪，这家报社待些天，那家报社搞一段时间，现在又来东江晨报社谋生。李卓然让他当编辑，编《南国寻梦》栏目，本来已经高抬他了，你老老实实当你的编辑就是了。可是他为了多挣点稿费,非要编采一块干。这不,就捅下了这么大的娄子,让我也跟着受罪。

你看他长那样,根本就不像个记者。就好像先天不足似的,瘦得像一根黄瓜。他说话带有浓重的湖南乡下口音,你不仔细听,根本就听不懂他在说什么。据说他在别的报社时,曾去一家企业采访,他说自己是记者,人家根本就不信,说他是冒充的,把他赶出门去。可是他偏不走,非要见企业老板。结果被几个保安绑在树上晒了一天,直到报社的人赶来把他领走。也真是奇怪,他硬是百折不挠,好像今生今世就认定了这个职业似的。

现在马向南心急如焚,一碗河粉只吃了一半就吃不下去了。可是许汉文吃完一碗,却又要了一碗,最后把她剩下的那半碗也吃下去了。这叫马向南心里很是恶心。

"你到底吃饱了没有哇?都什么时候了你还吃吃吃!解铃还须系铃人,你赶紧想办法呀!不然,咱俩都得完蛋你知道吧?"

许汉文不慌不忙地擦着嘴说:"我已经想好了。杨开寿肯定是被人控制或者收买了。你想啊,他的伤还没好,走不了。他这时候肯定是在哪家医院啊!我们就在附近一家家医院地找,不信找不到他。"

嘿,看不出这个人还有点智慧啊!马向南马上有点不好意思起来。她跳起来说:"那就快走,我们赶紧找去。李总编不是说了吗,就是挖地三尺,也要把他找出来!"

二人这回有了正确方向,寻找的速度加快了。傍晚,他们终于在一家很偏的小医院里,找到了杨开寿和他的女朋友。

杨开寿一看见他们,立刻显得又羞又愧。马向南和许汉文生怕他再跑了似的,上前把他紧紧围住,双方各诉其苦。

原来昨天晚上,杨开寿打工的工厂派了几个人去看他,他们拿出两万块钱给他,条件是他必须写下保证书,承认自己是因为打架受伤,保证不再接受晨报采访。

面对大把的钞票,极度缺钱的杨开寿动摇了。最后他以写不了字为由,让他女朋友代写了一份保证书。那些人随后又"热情"地帮他转院，把他放在这么一个偏远的地方，就不再理他了。而且，他们还收走了他的传呼机。

杨开寿听说晨报社因为他现在要吃官司，立刻急了，他吃力地从床上坐起来说："这两万块钱我不要了，我现在就给你们写证言。"

杨开寿用受伤的胳膊，吃力地在纸上写字的时候，马向南出去给李卓然打了个电话，说杨开寿终于找到了，他正在写证言。李卓然也兴奋地告诉她，下午他在城区公安局张副局长的陪同下到了那家派出所，已经看到并复印了案件的原始笔录。派出所的指导员看见副局长陪李卓然来了，马上躲起来不敢见面。所长也不断道歉，说他不在，上午怠慢了记者。办案民警也来了，他态度鲜明地说："杨开寿就是勇斗歹徒受伤的，你们报纸的报道是没有任何错误的。"他还在李卓然的要求下写了证言。

有了这些东西，李卓然终于长出了一口气。这时他才突然觉得饿了，想起自己已经一天没吃东西了。于是他就急忙去了四川饭店，让廖美丽煮面给他吃。他一边吃，一边把情况说给她听，看她反应。他忽然觉得，老板娘廖美丽，似乎早已是东江晨报社的一名成员了。

廖美丽听完以后，果然就给他出主意说："为保险起见，你还要提前找一个律师，最好是有名的律师。这样，你才有百分百赢的把握。"

"嗯，对头，对头。"李卓然学着四川话说。边说他边想起了马心岚。这个曾被自己无情拒绝的女人，他已经许久没有和她通过话了。

她怎么样了？现在还好吗？

他决定回宿舍以后，深夜给她打一个电话，好好跟她聊一聊。

第十六节　不打不成交

第二天上午，李卓然接到朱玉梅副部长的电话，她要他带当事记者马上到那家大企业去，由市委市政府派出的联合调查组，马上会去那里。

李卓然小声地问了一句："朱部长，您去吗？"

朱副部长回了一句："我去。"然后挂断了电话。

李卓然心里立刻就觉得有底了。

这家大型国企，总部离报社其实很近。李卓然带着马向南、许汉文打了个车，没用十分钟就到了。李卓然还是第一次到大型国企来，望着那巍峨气派的大楼，他立即感受到企业的强大。他一边往里走一边想，看来以前的一些策划，过多关注底层百姓的生活，这当然也没有错，但是却忽略了对大中型企业的宣传。除了派记者参加他们举行的活动，就很少积极主动与企业进行沟通；另外，也很少主动采访各级领导特别是市领导。报社上下似乎都有一种自卑心理，不敢往前冲，这是绝对不应该的。所谓记者，就应该上通天，下达地，关注全局，发现线索，引导潮流。否则，你的报纸只能是低档的报纸。退一步说，就算你是为了生存，也要和企业搞好关系。假如报社过去就和大企业很熟，关系良好，就不会发生令人不快的事情。看来以后，一定要补齐这些短板，这样，一家报社才能做到多视角、立体化经营，也只有这样，报纸才能真正受到社会各界欢迎。

按照约定，他们来到了九楼会议室。进去以后，发现朱副部长他们还没有到，却有四五个人东倒西歪地坐在那里抽烟，弄得屋子里烟雾腾腾的。马向南就小声告诉李卓然，其中一个就是杨开寿打工的那个厂的厂长，姓孙。他们曾经找过他，就是他坚持认为杨开寿受的伤绝对不能算工伤，他更不是什么勇斗歹徒的英雄。他违反厂规厂纪，开除他理所应当。

见他们进来，其中一个看上去精明的人站起来和他们打招呼，他自我介绍说，他是集团总裁办主任林江山。马向南就上前介绍说："这位是我们的李卓然副总编。我是记者马向南，这位是记者许汉文。"林江山也介绍说："这几位就是我们下属企业的老总和分厂厂长。这位是陈总，这位是李副总，这位是孙厂长。"

李卓然礼貌地向他们点头致意，却发现他们都面无表情，一个个像别人欠了他钱的样子。李卓然他们就走到对面坐了下来。

还没等李卓然他们屁股坐稳，那个四方大脸的李副总就用手机敲着桌子，气势汹汹地说："啊，终于看见你们这几个造假新闻的人了，胆子很大啊！"

李卓然立即盯着他说："李副总，你说话能否客气一点，敲什么桌子！你不就是有部手机吗，我也有啊。可是我的手机不是用来敲桌子的！"说着，他也掏出自己的手机，放在桌子上。

李副总受了一击，他不再敲桌子，却站起身来说："你们一个小报，有什么了不起的，竟敢找我们的麻烦。这回就叫你们彻底关门！"

李卓然看着他，竟然笑了起来，他说："李副总，无论是大报还是小报，你都管不着吧？你操心太多了。再说关不关门，也不是你说了算的，对不对？"

见李副总占不到便宜，那个孙厂长马上接过话头说："你们竟然把一个违反厂纪，和人争风吃醋被刺伤的人说成英雄。什么是英雄？董存瑞、黄继光他们才是英雄。他杨开寿算个狗屁英雄！你们说他流血又流泪，可是他自己都承认他是打架受的伤。你们这不是造假新闻是什么？我听说你们原先就有个记者造过假新闻，现在一下子又出来三个，其中一个还是什么副总编。你们不关门还等啥！"

第十六节　不打不成交

听他这么说，马向南和许汉文都要跳起来反驳，却被李卓然拦住了，他转头对林江山说："林主任，你们这么大的一个国有企业，难道人员素质都这么低吗？领导都说脏话，下面的人员可想而知。"

这一说把林江山说得脸都红了，他急忙对那几个人说："你们讲话能不能文明一点？再说，也还没到说的时候嘛，等调查组来了你们再说嘛。"

几个人这才不吭声了，却依然对李卓然他们怒目而视。

一会儿，朱副部长等人从外面进来了，众人起立迎接。落座后，朱副部长就介绍说："这位是市委办的刘秘，这位是市政府办的黄秘，我们三个人是代表市委市政府来调查处理'杨开寿事件'的。今天你们双方都到齐了，可以各自陈述理由，关键是拿出有效证据来。调查之后，我们将把情况上报给市主要领导。开始吧。"

首先是林江山代表企业集团表态。他说："各位领导，《东江晨报》刊登'杨开寿事件'以后，在社会上引起很大反响，大家纷纷谴责我们集团下属企业的做法，认为这是非常残忍、非常不人道的。这给我们企业的社会形象造成了很大的负面影响。集团领导对此高度重视，委派我负责调查核实情况。但是，我们了解到的情况，却和晨报的报道差别很大。从现在掌握到的材料看，基本可以断定，晨报进行了虚假报道。我们不清楚晨报为什么要这样做，是为了吸引读者眼球还是别有目的？今天如果不能给我们一个合理的说法，我们将诉诸法律，维护企业的合法权益。具体情况，请三洋电子有限公司的陈总进行说明。"

想不到这个林江山说话口齿清楚，表达准确，李卓然不由得暗暗佩服。

刚才一直没有说话的陈总这时掏出了一沓材料，开始发言。他普通话说得很别扭，只好照本宣科：

"尊敬的各位领导，今天我们怀着非常气愤的心情，控诉东江晨报社某些人对我们企业声誉造成重大损害。他们黑白颠倒，硬是把一个因打架斗殴而受伤的烂仔说成英雄。我们认为，这是对'英雄'这个词的侮辱。现已查明，杨开寿是湖南人，他来我公司所属的光华电子厂上班不足两个月，平时工作态度恶劣，表现很差。厂领导曾多次对他进行批评教育，并准备将其除名。1999年1月15日晚9时许，杨开寿违反工厂关于员工晚上不得单独外出的禁令，独自到他的老乡那里去玩，并勾引别人的女朋友让她跟他一起回厂，准备非法同居。当他们走到厂区附近的时候，被人发现。双方开始争吵，随后开始搏斗。对方有两个人，杨开寿是一个人。而且对方手里有刀。为报夺女友之仇，对方一连捅了杨开寿十多刀，造成他重伤。幸亏警察及时赶到，送医院治疗，杨开寿才保住了性命。

"杨开寿受伤以后，厂领导出于人道主义考虑，曾去医院看望他，并为他提供了两万元人民币的医疗费用。但是，杨开寿违反厂规厂纪，晚上外出，打架斗殴，争风吃醋，受的伤根本不属于工伤。工厂为他提供两万元医疗费，已经做到仁至义尽了。根据他的一贯表现，决定将他除名，也是合理合法合规。杨开寿本人对他的所作所为，也供认不讳，承认自己是打架斗殴受的伤而不是什么勇斗歹徒。因为手不能动，他还让自己的女朋友代他写下了保证书。但是，令我们非常不解的是，东江晨报社作为市级新闻单位，不顾以上事实，偏听偏信，连续发表《勇斗歹徒的打工仔流血又流泪》《杨开寿，现在活得真不易》两篇文章，而且还配发评论和读者来信等，进行歪曲报道，欺骗公众，博取读者的眼球。

"东江晨报社的这种做法，是非常恶劣的，严重损害了我们企业的形象和信誉。他们根本就不是为打工者鼓与呼，而是为了一个烂仔鼓与呼，说到底是为了自己的私利鼓与呼。一家号称党报的报纸，这样做也完全违背了党的办报原则。联系到这家报社以前就有人制造过虚假新闻的事实，我们可以断定，这家报社的办报导向已经出了问题。为此我们强烈要求，市委市政府和主管单位市委宣传部，必须严肃处理此事，还企业清白。《东江晨报》必须在一版刊登对于事实真相的报道，并赔礼道歉，为企业正名。否则，一切后果将由报社自己承担！"

李卓然暗暗吃惊，看来他们真的进行了精心的准备。这篇控诉书在不知情的外人听来，有理有据，充满悲情，而且要求一点都不过分。

第十六节　不打不成交

果然，市委市政府的两个秘书就向他们投来了冰冷的目光，朱副部长的脸上，则写满焦急和忧虑。

接着，李副总展示了他们带来的直接证据，那就是杨开寿女朋友代写的保证书，以及一份派出所指导员的证明材料。材料说，杨开寿那天晚上就是打架，而非遭遇打劫。《东江晨报》记者只是打电话问了一下，而他们那边的一个同志发音不准，他说的"打架"和"打劫"听起来差不多，记者就由此断定杨开寿是勇斗歹徒，这是非常不负责任的，肯定是假新闻。派出所对晨报记者不深入采访，随意报道的做法表示极大的愤慨。

屋里的空气似乎一下子凝固成了钢板或是巨石，直朝李卓然他们压来。所有人的目光都集中到他们身上，李卓然感觉似乎有点喘不过气来。

"轮到我们说了吗？"他问，他听到自己的声音似乎有点发抖。

朱副部长朝他点了点头，用鼓励的眼神看着他。

李卓然清了一下嗓子，他尽力控制自己的情绪，使自己的声音变得平稳有力。

"调查组各位领导，各位企业家朋友，大家好。刚才，听了三洋电子有限公司李副总的陈述，我感到非常遗憾。我无论如何都想不到，我们这样一家享誉全国的大型国有企业，为了自身的利益和所谓形象，不但不勇敢承认和面对自己的错误，反而千方百计掩饰，甚至采取不正当的手段，按照自己的需要对事实进行歪曲，制造假象和伪证，以此来对抗正常的舆论监督，并对报社恶语相加，置之死地而后快，这真的是十分可怕的事情。请允许我在这里对事情的真相进行说明。

"本月15日晚，杨开寿并不是单独外出，他是和他的女朋友一起外出的。请注意，他的女朋友名叫刘爱莲，也是光华电子厂的员工。如果孙厂长记忆力没有问题的话，应该记得她就是你检测车间的工人。如果按你们所说，她是杨开寿从外边勾引来的，请问她的名字为什么会出现在你们员工的花名册上？"

"你胡说，那是重名了！天下叫刘爱莲的多了，难道都是我的员工吗？"那几个企业家一阵骚动，孙厂长不由得叫了起来。

朱副部长狠狠看了他一眼，严厉地说："你们能不能让人家把话说完？你们讲的时候，他们打断你们了吗！心里没鬼，你们怕什么？李卓然，你接着讲。"

"好的，谢谢。那天晚上杨开寿和女朋友是八点半从老乡家里出来的。走到离工厂还有五百米的地方，那里有个山坡，还有一片树林。这时突然从树林里跳出两个人来。他们拦在路上，口称打劫。可是杨开寿他们身上，根本就没有带钱，那天他连传呼机都没带。歹徒搜了半天找不到钱，看杨开寿女朋友挺漂亮，就说没钱那就让她陪他们玩玩吧。说着就把他的女朋友往树林里拖。杨开寿大喊一声：'我跟你们拼了！'就赤手空拳和歹徒打起来。穷凶极恶的歹徒就拿刀往他的身上乱捅，他的胳膊、腹部、大腿等处连中十多刀。幸亏他的女朋友大声呼救，警察后来赶到，歹徒才逃走了。在杨开寿进手术室之前，办案民警王勇做了简单的笔录，笔录上清清楚楚地写着，杨开寿遭遇了打劫。大家请看，这就是原始笔录的复印件，还有民警王勇的证言。王勇同志说，杨开寿在遭受抢劫时奋起反抗，然后受伤，这是事实。"

李卓然说到这里，马向南站了起来，向大家展示了两份材料，并走过去交给了调查组。李卓然注意到，几个企业家不由得面面相觑，调查组的那两个秘书立刻显出很吃惊的样子，急忙翻看材料。

"杨开寿虽然没受致命伤，但是他失血过多，需要抢救。医药费高达五六千元。他和女朋友都出来打工不久，还没有什么积蓄。于是他让女朋友回厂去求援。但是他万万没想到，工厂以他违反厂纪为名，不但不提供任何帮助，竟然还把躺在病床上的他给除名了。杨开寿叫天不应，叫地不灵，万般无奈，这才给我们打了热线电话求援。"

"谁说我们没管他？我们给了他两万块钱呢，不然他的保证书是哪里来的？"这回又是那个李副总叫了起来。

"请你少安毋躁！"这一回，是市委办的刘秘说话。

李卓然继续说："朋友别急，我很快就会说到这两万块钱的。这里我要先说，我们《东江晨报》自从去年初改版以来，在市委市政府的正确领导下，在市委宣传部的具体指导下，始终坚持党的办报原则，严格遵守党的工作纪律，我们的政治导向是正确的。至于曾有个别人制造假新闻，我们对他也早已处理过了。对这个问题，我们的态度是公开的、鲜明的，绝对不会搞遮遮掩掩那一套。因为那样做只能是掩耳盗铃，自欺欺人！

"在报道'杨开寿事件'之前，我们的记者，也就是坐在我身边的这两位记者，他们按照报社领导的指示，对事实进行了深入的采访和核实。他们不但采访了杨开寿本人，也采访了他的工友还有他的老乡，还采访了在座的孙厂长。虽然孙厂长表示拒绝，可是我们起码知道了企业的真实态度。我们当然还去派出所采访了，接待记者的是陈所长和民警王勇。那位做证的指导员，他当时还出门在外呢。可是我觉得很奇怪，他怎么出面做证呢？言之凿凿地说我们的记者根本就没去采访，见过睁眼说瞎话的，还没见过这么睁眼说瞎话的！

"在事实俱在的情况下，我们经过反复修改，最后才非常慎重地编发了那两篇稿件，在社会上产生了很大影响。这时候，对于当事企业来说，勇敢改正错误，去医院看望一下杨开寿，报销他的医药费，撤回除名决定，这并不是什么难事。这样的话，我们的报纸肯定会善意跟进，正面报道企业行为。这对企业来说，不但不会产生负面影响，还会提高企业的知名度、美誉度。可是令人不解的是，光华也好，三洋也罢，他们倚仗自己是大企业下属的分公司——说实话我们报道之前根本就不知道这家电子厂原来有这么强大的靠山。他们所采取的办法，竟然是掩盖事实，以大欺小，恃强凌弱！于是，就有一系列怪事发生！

"首先是杨开寿神奇失踪了，他是被失踪的。有人为了把晨报整垮，跑到医院给他扔下两万块钱，条件是他必须写下保证书。杨开寿留了个心眼，推说自己的胳膊受伤写不了，让自己的女朋友代他写。然后，这些人就不由分说给人家办理了出院手续，把重伤在身的他转移到了一个极为偏僻的小医院，还拿走了人家的传呼机。他们以为这样就可以瞒天过海，但是很不幸，我们的记者不惧艰辛，又找到了杨开寿。杨开寿本人以及他的女朋友，都亲笔给我们写了证言。不信请看！"

这时许汉文站起来，向众人展示了两份证言，然后交给调查组。

李卓然看到，现场的气氛彻底扭转，林江山他们好像都傻了眼。林江山的脸上红一阵白一阵的。于是他乘胜追击：

"接下来的怪事就是，派出所的指导员不允许我们查看案件原始笔录，说我们没有这个权力。他本来没有介入办案，也和我们无冤无仇，却一口咬定杨开寿就是和人打架受伤，还胆敢白纸黑字地做伪证，说我们制造假新闻，又代表派出所对我们表示什么愤慨。这位显然拿了什么好处的指导员先生，我相信公安机关的纪律绝不会放过他！

"再就是我们的企业家，我也百思不得其解。你们明明知道自己理亏，却摆出一副遭受了天大委屈的架势，咄咄逼人，口不择言，恨不能把《东江晨报》一口吃掉！你们凭什么这样做，为什么敢这么做呢？看见你们我才明白了，那是因为你们相信，老子天下第一，老虎屁股摸不得；你们还相信，有钱能使鬼推磨！只要肯花钱，世界上就没有摆不平的事。但是你们错了，你们不懂得，谁也无法改变铁的事实；你们不懂得，公理不可欺，正义不可辱！你们口口声声说要把晨报社送上法庭，那我现在就先把你们送上道德法庭！请你们扪心自问，你们是否对得起自己的良心，是否对得起一个社会底层的打工者，一个身受重伤却被你们无情抛弃和加害的人呢！"

李卓然说到这里，感觉浑身发抖，眼泪几乎都流下来了。他只好停下来，摘下眼镜擦拭。屋子里一片沉默。那几个嚣张的人，这会儿也都低下了头。

"为此我们强烈要求，光华电子厂立刻向杨开寿赔礼道歉，报销他的一切医疗费用，并保证等他伤好了让他回厂继续上班，还要根据他的身体情况给予必要照顾，同时赔偿他女朋友的误工费、陪护费等。如果你们能做到这些，《东江晨报》将不计前嫌，继续跟踪并给予正面报道。如果坚持不承认错误，那我们就把事情的真相写成长篇报道，配上图片发到周末版上，让全社会的人都看看，到底是你们的企业大，还是真理大！谢谢，我说完了。"

这时候，李卓然看见朱副部长的脸上早已阴霾消散，看他的眼神充满欣慰。她和两位大秘低声交换了一下看法，然后她大声说："林主任，现在看来事情已经很清楚了，你们还要我们说什么吗？或者，你们还有什么可说的吗？"

林江山的脸上流下汗来，他没想到事情会搞得这么糟。下属企业做的事情，有的他知道，有的不知道。本以为既然老板交代了，那让下面的人想个办法把事情摆平就行了。说实话他们也不想把谁送上法庭，也就是吓唬吓唬，让报社的人服个软。不料晨报社会有这么强大的对手，一番唇枪舌剑下来，把他们批得体无完肤，尴尬难当。一向以老大自居的他们，还是头一次感觉到自己的渺小和卑劣。他慢慢站起来说："不好意思，对不起。听完李总编的陈述，看了相关证据，我感觉很可能是我们做错了。我在这里先表个态吧：第一，马上把事情的真实情况向老总汇报；第二，立即纠正对杨开寿的错误做法，完全落实晨报社提出的要求。我们也希望，《东江晨报》以后多多为企业进行正面宣传。"

说到这里，他转头看着那三个蔫头耷脑的人说："怎么样，你们可以落实吗？"那几个人急忙参差不齐地点头。

"很好，"朱副部长说，"企业知错就改，并不丢人。丢人的是讳疾忌医，掩盖错误。这里我也代表调查组，代表市委宣传部说几句话，《东江晨报》自从改版以来，办报水平和质量的确有了飞跃性的提升，已经成为我市两个文明建设的重要舆论阵地。报社采编人员在十分艰苦的条件下，在坚持正确舆论导向的前提下，积极发挥舆论监督作用，为底层百姓发声，匡扶正义，为民做主，这是值得肯定的。任何被监督的单位和个人，都要正确对待。不要动辄说把谁谁送上法庭，去市委市政府无理取闹，这种做法，其实是非常愚蠢的。我说得难听一点，你以为法庭还有市委市政府，都是你家开的吗！只要你去告状，去闹事，不管有没有理你都能赢？具体到'杨开寿事件'，涉事单位更要认真吸取教训，放平心态，找准位置。要懂得，企业再大也是东江市的企业，也在党和政府的领导之下，也要接受社会舆论的监督。不能因为你大就可以乱来，就可以违背真理。我还听说，最近晨报社为了拉广告，请你们老总吃个饭，你们竟然点了老鹰蛋，一餐饭就花了人家两万多块。《东江晨报》那么困难，你们也吃得下去！林主任，对于此事希望你们一并认真反思，随后把你们的认识和具体做法，写成书面材料上报。怎么样，能不能做到？"

林江山等人诺诺连声。

朱副部长说："如果大家都没什么补充，会议到此结束。"

大家都站起来往外走，李卓然快步走过去，和朱副部长等三人热烈握手，表示感谢。他还大度地走过去，和林江山等人握手。那几个人耷拉着眼皮，不大敢正面看他。

这时林江山忽然拦在门口，转身大声说："朱部长，两位大秘，还有晨报社的三位大记者，能不能留下来？我们请你们在企业吃顿饭，以表歉意。"

朱副部长说："我们三人还有事，谢谢了。不过我倒建议你和李总编他们聊一聊，加强一下沟通哦！"

于是林江山就死命把李卓然他们三人留了下来，三洋公司的人大概觉得不好意思，也推说有事走了，林江山就热情地把他们带到职工食堂楼上的一个小餐厅，叫服务员安排饭菜。

"真的是对不起，这件事我没有办好。多有得罪，多有得罪。"林江山说，一脸歉意。他接着又说："我们搞企业的，有些没有文化，素质不高，今天让你们见笑了。"

李卓然说："我觉得你很有文化呀，表达清楚，思维敏捷。我听你说话，心里其实很佩服你，觉得你是个人才。真的！"

"哪里，李总编才雄辩滔滔呢！"林江山说，"今天你的演讲，真的是声情并茂，有理有据，丝丝入扣。作为你的对手，我真的甘拜下风。唉，他们背地里干的这些事，有的我真是一点都不知道，我感到非常惭愧。"

"没事了，事情已经过去了。我们这也算是不打不相识吧，也许，通过这件事，我们会成为好朋友的！"

"对对，这话说得好，不打不相识！"林江山高兴起来，命令服务员上酒。服务员问他上什么酒，他说："上两瓶茅台吧，最高规格的。李总编，今天我就破例陪你们喝几杯。"说着，又打电话，叫来了总裁办的一男一女，形成了三对三的格局。

茅台打开了，香气四溢。李卓然还是在北方时喝过几次茅台，到了南方，人家喜欢喝洋酒，还没有喝过茅台。这时候菜也上来了，林江山给大家满好酒，举杯致辞："今天非常荣幸，东江晨报社的李总编和二位记者赏光，到我们企业来坐。以前我们彼此缺少沟通，导致某些不愉快的事情发生。让我们重打锣鼓另开张，友好合作，从今天开始！"

李卓然一听，高兴万分，连忙和林江山碰杯说："林主任说得好，从今天开始，晨报社和企业，就是结对子的关系；我和林主任，就是哥们儿的关系。来，为了我们的友谊，为了我们未来的友好合作，为了我们共同的美好明天，我们大家连饮三杯！"

众人响应，一饮而尽。李卓然每次干完，都会让酒杯底朝上给人看，态度非常诚恳。大家也都仿效。

林江山也许根本没想到，李卓然和马向南，他们喝酒竟然也是高手。六个人，两瓶酒下肚，似乎啥事都没有，便喊再来两瓶。李卓然考虑到下午都要上班，就拼命拦住了。他说："今天酒就喝这么多了，以后有机会我请你，咱们再好好较量。"

林江山只好作罢。

接着李卓然说："既然说到友好合作，我现在说两个想法，请林主任参考。"

林江山急忙摆手说："大哥，不要再叫林主任，我是你老弟，你说，你说。"

"好的，老弟。我有两个想法，先说第一个。你们的老总曾经答应过，要在我们的报纸上做一点广告，后来因为出了这事，据说又不做了。看能不能协调一下，不但要做，还要多做！"

"可以，这事我知道，没问题。你说第二个问题。"

"再说第二个。我刚有了一个新的策划，接下来本报想搞一个《东江访谈》栏目，我想把它搞成大型高端系列采访栏目，可以与市电视台联合来搞，一个一个地去采访我市主要领导和著名企业家。企业可根据宣传效果，提供一定的赞助。我想这个采访，能不能从你们企业老总开始。不知此想法可行否。"

"非常好！"林江山说，"你们新闻单位，就是要搞这种高端大气上档次的栏目，这样才有利于企业的宣传。你搞这样的栏目，企业才乐意掏钱。不要直截了当地请客吃饭，开口就是广告。说实在的，那也太小儿科了。老兄，你说的这两件事我都记住了，但你不要急，要给我时间。我要找机会跟我们大老板说。"

李卓然心里忽然动了一下，他说："不急，过段时间再搞也不迟。"

李卓然他们起身告辞，林江山一直把他们送到楼下，双方不断挥手告别。

一路上，他们欢欣鼓舞，谁都没有想到事情会有这么圆满的结局。吴麦和陶军还在等着看笑话，这回看他们还有什么可说的。

马向南一路上对李卓然赞誉不止，她说："哥啊，你是怎么练的呀！那发言，不慌不忙，不急不缓，句句到位，无懈可击！简直就像机关枪、迫击炮，打得他们只有招架之功，毫无还手之力，最后只得缴械投降啊！简直太精彩，太过瘾了！提气，解恨，骄傲，我当时就差欢呼歌唱了！"

许汉文也说："李总可以当外交官去了。"

一会儿到了报社门口，他们下了车。李卓然就嘱咐二人继续跟踪报道好"杨开寿事件"，把结果及时告诉读者。另外，有关广告及策划的事情暂时不说。

看见二人走了，李卓然就先去了发行部，向梁如月报喜。

第十七节　过年

两天以后，"杨开寿事件"终于尘埃落定。

《东江晨报》在一版以《知错就改，闻过则喜——勇斗歹徒的打工者杨开寿流下幸福热泪》为题，以较长的篇幅，报道了相关企业为杨开寿落实政策、报销费用、恢复厂籍的经过，同时配发了工厂和公司领导到医院去慰问他的照片，当然也配发了评论《为知错就改叫好！》，再次引发社会轰动。

吴麦和陶军看了报纸，有点蒙。他们不知道李卓然变了什么戏法，最后竟然摆平了这件事。他们正攒着劲等他交权走人呢，怎么一下子就没事了？看来这人除了办报，关系和手段也不可小觑。

当晚，李卓然在四川饭店请客，除梁如月、赵汗青、高自然、李佳媛、马向南、刘青草、许汉文外，他还特意请来了报社之外的三个人，那就是老朋友李志强，还有新朋友城区公安局副局长张进、某大型国企总裁办主任林江山。

李卓然把他们一一隆重介绍给大家，也把大家一一介绍给他们，然后他端起一杯酒，开始"造句子"："'杨开寿事件'得到圆满解决，有赖于报社同人的艰苦努力，有赖于社会各界的真诚帮助，也有赖于涉事企业总部的开明态度。现在坏事变成了好事，真正做到了报社、企业和杨开寿本人三方满意，这是极其难得的。让我用这杯酒，真诚地表达祝贺和感激之情！"

大家干完之后，李卓然又为三个朋友单独造句子。第一杯感谢李志强危急时刻出手相助；第二杯感谢张进副局长主持正义，帮助报社拨乱反正；第三杯感谢林江山主任快刀斩乱麻，不但当场指示下属企业立即纠错，还主动表示愿与报社合作。他向大家宣布说，林江山是他来本市以后结交的第一个企业界的铁哥们儿。

四杯酒下肚，李卓然开始"放权"，要求按照座位顺序，每一个人都要造句子。酒桌上一时觥筹交错，热闹非凡，而且精彩的句子频出，把气氛一次次推向高潮。林江山压轴，他的句子是这么造的："本人大学毕业以后，一直在企业里摸爬滚打，我经常与新闻单位打交道。一般情况下，都是他们主动来求我，我根本用不着去求他们，且很少去外面参加饭局，因为怕找麻烦。但是今天，李卓然大哥叫我，我来了。我来一看，真的有几个想不到：没想到你们的报纸办得那么好，没想到晨报社的人素质那么高，没想到你们这里俊男靓女这么多！现在我也给你们一个想不到，那就是今天上午，我拿着你们的报纸，去给我们的大老板详细汇报了'杨开寿事件'，也说了市委市政府的批评和建议，大老板已经明确表态，你们可以在适当时间去找他，商谈合作事宜！"

众人一片欢呼，纷纷举杯。

这一晚上酒喝得酣畅淋漓，大家相谈甚欢。

第二天一早，李卓然上班，路过发行部时，看见只有梁如月一人来了，他就进去坐了一下。

李卓然说："怎么样，你不理我的原因，现在可以告诉我了吗？"

"暂时还不能。"梁如月垂下眼帘说，接着又抬起头来，直视着他说："卓然，现在你不必想我太多。你要想的是，很快就要过年了，报社这种情况下，我估计更是发不出工资了。很多人都没钱回家过年，你要代表大家，及早考虑向市委宣传部提出合理要求啊！"

过年！这两个字把李卓然吓了一跳。掐指一算，天啊，再过二十多天真的就要过年了。想想报社目前的这种状况，可以说真的是年关来了。

李卓然朝梁如月郑重点头。他走上楼去，看见吴麦办公室里竟然亮着灯。怎么，他会这么早来上班？走近一看，哪里有人！只有吴麦的一件西服上衣挂在椅背上。李卓然忽然想起，这种情况已经持续好几天了，报社里根本就看不到他的影子。吴麦是在用这种办法，宣示他依然存在。可是他到底干什么去了呢？不会脚底抹油溜了吧？

他开了自己办公室的门，并敞开着，一边看稿一边注意着斜对面陶军的办公室。快到十点钟，陶军来了。他立刻站起来，走到他的办公室去。

自从上次公开争吵之后，他们就彼此回避，不再来往。李卓然突然主动走进他的办公室，陶军似乎有点愕然，半天没反应过来。

"陶社长，这些天忙啊？"

"啊，实在是太忙了。太忙了。"

"怎么好几天不见吴社长了？"

"哦，他也在忙啊，我们都在四处奔波啊！"

"哦，我问句话你别见怪。你们也来了一个半月了，按照你们三个月内扭亏为盈的说法，已经时间过半了。我想问的是，进展如何呀？"

"进展得很好啊！只是你们采编这一块拒绝配合，给我们造成了很大的麻烦，设置了很多障碍啊！"

"很多障碍？陶社长，不会吧？'杨开寿事件'，我们已经圆满解决了呀……"

"李总编，你等等。我很想知道，那件事情，你最后是怎么解决的。"

"当然是通过正常渠道，合理合法解决的呀！陶社长，我是代表大家来跟你说，马上就要过年了。报社很多职工都是外地人，他们肯定都要回家过年。怎么样，这个月的工资能不能发？"

"这个嘛，我还不能马上回答你。这些天我跑了很多地方，这些地方都答应给我们钱。这要看钱的到账情况。如果全部到位，不但要发工资，我们还要大把大把地发奖金哩！"

李卓然急忙说："不用，只要你能把工资，包括拖欠的工资如数发给大家，那我们就给你烧香磕头了。"

陶军觉得李卓然的话很刺耳，就不高兴地说："烧香磕头受不起，你们配合一下就行了。不要我们在前面豁出老命谈事，你们在后面使劲搅事。"

李卓然也不高兴了，他说："我希望你们不要老是找借口。你说吧，接下来要我们怎样配合。"

李卓然这么一将军，陶军反倒没话说了。他说："好吧，需要你们配合的时候，自会找你们的。"

见他那毫无底气的样子，李卓然不由得摇着头走了。

看着李卓然摇头出去，陶军心里其实也不是滋味，或者叫作有苦难言。他当初决定和吴麦一起到东江晨报社来，又夸下海口说三个月内扭亏为盈，现在看来他们想得太简单了。东江市不是深圳市，经济发展还相对落后，打着报社旗号出去拉赞助，真是比登天都难。他们做的那个报社五周年庆方案不能说不好，但是真的实施起来，却没那么容易。广告部的人马都派出去了，他们也亲自出马了，但是多日过去，成效不大。经济总量上不去，哪里有多余的粥给你喝呢？

这且不说，最糟糕的是吴麦遇上了麻烦。他本来请了两个月长假，想三下五除二把报社整好了，再决定是否辞职。但是从现在的情况看，根本就不可能。而且他的上级不知通过什么途径，竟然知道了他去东江晨报社任职的事，于是马上找他谈话，严厉地批评他，责令他要么在本单位好好干，要么辞职走人。吴麦当然舍不得辞职，他只好悄悄让陶军在此坚守，他呢，只留一件衣服，人已经回去上班了。打算避过风头再说。

他们当初带来的那些保安，在干满一个月拿到工资后，也已经离开。现在，陶军就真的变成孤家寡人了。他孤掌难鸣，人生地不熟，不知道该如何是好。他心里正在盘算，再坚持几天，老子也得开溜了。

又过了几天，李卓然直接去办公室找会计查询，问报社最近有无钱进账。会计说，哪里有！陶副社长整天说这里来钱那里来钱，可是只有很少几笔。这个月的广告费，也被他们装修办公室、吃饭、给深圳来的保安发工资等花没了，报社账面上几乎一分钱都没有了。

年关一天天临近了，报社所有的人都格外关心起工资问题来。这天却传来一个消息，副社长陶军截留了一笔三万元的广告费，说是抵他的工资，人已经跑回深圳去了。李卓然立即拨打他的电话，却已关机。再打吴麦的电话，也打不通。看来这两个牛皮吹得比天大的人，在把报社糟蹋了一番之后，就这么滚蛋了。

李卓然气得发抖，马上打电话给朱副部长汇报情况。

朱玉梅副部长这时作为救火队员出现了。她每天来报社上半天班，临时主持处理晨报社日常工作。她又从汤常委那里搞来十万块钱，然后她交代会计，给采编人员五万，给后勤等其他部门五万，不足的话，让李卓然和廖、黄二位副社长想办法自行解决。

李卓然算了一下，采编人员一共四十三人，如果每个人平均发三千元，那么要近十三万元，还缺一大半呢。想了想，他立即给林江山打了个电话，请求他们的企业这两天无论如何都要做一个整版的广告，并立即把三万元广告费打过来。

林江山很够意思，马上照做了。这样，李卓然手里就有了八万元。还缺五万元怎么办？李卓然想到了自己的那五万块积蓄。算了，先拿出来应急吧。于是他就让会计给自己写了欠条，盖了公章。终于，采编这边可以发钱了。

本来，李卓然跟会计及曾主任说好，不能把这事说出去。可是不知道怎么弄的，领钱的时候大家还是知道了。大家纷纷跑到李卓然的办公室来，热泪盈眶表示感谢，一个个说："哎呀，李总，本来想过了年就不回来了。冲你这样对大家，我还回来和你一起干！"

李卓然说："这没什么。这钱反正我暂时用不着，是我借给报社的，报社早晚还是要还给我的呀。"

最后，十三万元没花完还剩了一点，再加上李卓然自己的工资，他手里又有了一万多块。他觉得自己还是一个有钱人。

办公室主任老曾深受感动，他也没有请示谁，就把给吴麦租的那套房的钥匙交给了李卓然，这样，李卓然在新春佳节前夕也乔迁新居了。他打电话给父母和妹妹，说今年春节他就不回了。他还特地跑到邮电局，给父母汇去了五千块钱。

腊月二十九，报社放假，所有人都欢欢喜喜地回去过年了。李卓然最后一个离开报社，一阵孤单的感觉袭上心头。他走在街上，看见四川饭店也关了门，廖美丽也回四川老家过年去了。大街上行人匆匆，商店的喇叭反复播放着唱"恭喜发财"的粤语歌曲，人们都在忙着买年货，许多人都成双成对地逛街。他忽然想到自己都四十岁出头了，还孑然一身，真觉得活得好失败。

后来他不由得想起了梁如月。他知道她今年也不回家，就在这里过年。他多想去她家过年哪！可是一想到她女儿兰兰那冰冷仇恨的目光，他就停住了脚步。他在街上漫无目的地走着，不觉走到花市来了。

花市是南方春节一景。在一些非主要街道上，进入腊月以后，花市就开张了。大街两侧摆满了各种各样的盆景：橘树、鸿运当头、君子兰、菊花、蝴蝶兰、勒杜鹃、映山红……应有尽有。特别是那些大盆小盆的橘树，更是摆成一片海洋。看橘树看的不是花，而是果。黄色的、红色的小橘子挂满枝头，配上绿叶，煞是好看。最重要的是"橘"和"吉"音近，每到春节，几乎家家户户都会买一盆或几盆橘树摆到家里，再在橘树上挂些红色的利是封，为的是讨个吉利。单位则都要买上几大盆橘树，摆在门口，以示喜庆。

李卓然还是第一次到花市来，他随着人流慢慢走着，欣赏着，感觉眼花缭乱，一双眼睛根本就不够使。此刻他觉得做一个南方人真的很幸福。北方街头，此时肯定寒风凛冽，去哪里能寻到半点绿色？更不要说鲜花了。北方人也喜欢花，也养花，但是只能在房间里养。北方所有的花南方几乎都有，而北方没有的花，南方也有。它们就在大街上热烈开放，昭示着春天的到来。南北真是两重天啊！逛了半天，李卓然也想买上几盆花，摆到他的新房里去，也好冲一下吴麦他们带来的晦气。正不知买什么好，这时他的手机忽然响了，一看，竟然是梁如月打来的。

"卓然，你现在在哪里啊？"

"我在花市，随便转转。"

"哦，那你不想回咱家来过年吗？"

啊，"回咱家"！梁如月一句话，说得李卓然差点泪奔。他隐忍了半天，才声音发颤地说："怎么不想，但是……兰兰，唉！"

"没事了，我已经做好她的工作了。你回来吧。"

"真的吗？哎呀，真是太好了！"

"不过她有条件，白天你来家里吃饭可以，晚上必须离开。这个，你能做到吗？"

"哦，能，尽量做到吧。"

"不是尽量，是必须。这个，也是我的意思。"

"啊，你的意思？那好吧。对了，咱家还缺什么？要不要买花？"李卓然有意把这个"咱"字说得很重。

"好，那你就买几盆来吧。对，再去买点巧克力吧，兰兰喜欢吃。"

"好的，遵命！"

梁如月的电话犹如一针强心药，使得他全身的每一个细胞霎时都兴奋起来。他立刻就去选了两盆橘树、两盆鸿运当头，又买了几盆菊花，然后招来一辆三轮车，让车夫送到金地花园小区去。他呢，则小跑着去商店里买巧克力。

到了商店他又想，应该再给她们娘儿俩每人买一件新衣服。于是他就凭着他的喜好，到卖衣服的地方挑了一大一小两件衣服，然后兴冲冲直奔梁如月家。

到了楼门口，他看见那个三轮车夫正在一趟趟往楼上搬盆景。所有的花都摆在梁如月家的门口。他付了车费，然后定了定神，就按响了门铃。

开门的是兰兰，她看见李卓然，喊了一声"然伯伯"，眼里竟然没有了敌意。李卓然立刻堆起笑容说："兰兰，过年好，你看我给你买什么了。"说着，就把巧克力和那件新衣服递过去。兰兰迟疑了一下，还是伸手接了，并说了一声"谢谢然伯伯"，然后跑回她的房间去了。

这时梁如月的手上沾着面，也出来了。她看见一地的鲜花，还有李卓然手里的衣服，立刻说："哎哟，你买了这么多花呀！还买了衣服！天哪，天哪！"

李卓然急忙把衣服递到她的手上说："这是我凭自己的眼光买的，急匆匆的，也不知道你喜不喜欢，合不合身。过年了嘛！这花，如果你这里摆不完，剩下的我会搬我新房去。"说着，他就脱去外套，动手往屋里搬花。他找到他认为合适的地方摆好一盆橘树，又摆好那两盆鸿运当头，再摆上菊花，屋里霎时充满了喜庆气氛。

这时候，兰兰竟然穿着那件红色的新上衣，跑了出来，连声喊："妈妈，你看，然伯伯给我买的衣服好漂亮，他还买了巧克力呢！"

李卓然和梁如月相视而笑。梁如月说："好，兰兰穿上这衣服好漂亮。谢谢然伯伯了吗？"兰兰说："谢了。"梁如月又对李卓然说："快洗下手，准备吃饭吧。我正在包饺子呢。"

李卓然便去门外拍了拍身上的土，然后关门进屋。他环顾四周，真的有了一种回家的感觉。有家的感觉真好！他觉得鼻子有点发酸，心中涌动着幸福的暖流。

李卓然去卫生间洗完手，就去了厨房。他忽然闻到一股强烈的中药味，又看见厨房一角摆着一个熬药的砂锅，便问："哦，怎么，你在吃中药？"

梁如月点点头说："嗯，吃了好久了。大过年的不说这个，来，帮我包饺子吧。你会不会包？"

李卓然捋起袖子说："北方人，哪能不会包饺子！"就动手熟练地包起来。一边包，一边仔细打量梁如月。她真的比过去消瘦了许多，就连那两条白嫩的手臂，也好像比过去细了一些。他开口想问什么，话到嘴边却又变成别的："你是怎么做通兰兰工作的？"

梁如月笑了一下，她笑起来依然那么美丽迷人。她说："一遍又一遍地说呗。说你人怎么好，在报社如何厉害，还拿自己的钱出来给大家发工资。还有你舌战群雄的故事，一个人把一群人批驳得无地自容。反正就是说你的好话，慢慢她就没那么恨你了。不过离真正接受你，还差得远呢。"

"高，你实在是高！"李卓然笑嘻嘻地说，"我坚信这一天不再遥远了。"

梁如月就用沾着面的手点了一下他的脑门："看把你美的！"

第十七节 过年

　　二人说说笑笑的，很快就包出了一大盆饺子。其中一些是留着年夜吃的，先放冰箱里冻起来，他们还往里面包了硬币。

　　中午吃过饭，李卓然就自觉地起身，抱起一盆橘树，要回自己的新房去。梁如月也没有留他，只是说："晚上要早点过来，一起看春节联欢晚会。"李卓然点头，抱着橘树下楼，朝自己的住处走。橘树加上盆，还挺沉，又不好搬，他歇了好几次才走到。进了门，他把橘树放下，喘息一会儿，又找来一些利是封挂上去，房间里也立刻有了喜气。

　　这是一套两居室的房子，里面的家具一应俱全。只是因为吴麦并没有在这里真正住几天，显得有点脏乱。李卓然就动手收拾起来。该擦的擦，该拖的拖，该扔的扔，不一会儿，房间就显得整洁明亮了。他随后在床上躺下来，想小睡一会儿，没想到这一觉睡得天昏地暗。等他被手机铃声吵醒，他惊讶地发现，外面天已经黑了。天啊，他整整睡了一个下午啊！自从来到南方，每天都神经紧绷，他还从来没有这么放肆地睡过。

　　电话是梁如月打来的，她有点急切地问："卓然，你怎么还不过来？没事吧？"他就笑着说："能有什么事？睡着了，我马上过来。"

　　他开了灯，打开衣柜开始挑选衣服。今天是大年夜，又是去爱人家，当然要穿得体面一点。最后他选了一套西服，还打上了领带，精神抖擞地出了门。

　　和北方相比，南方大年夜的年味稍显不足。在北方，家家户户挂红灯，放鞭炮。但是南方人却好像不怎么喜欢挂红灯，城里又禁放鞭炮，到处都静悄悄的。只有小区门口的橘树和两盏红灯，才显出一点过年的气氛来。其实南方人的务实精神也表现在过年上。他们不追求表面上的热闹，却纷纷到酒店去吃年夜饭，派发利是，所有的热闹都藏在房间里。

　　李卓然穿过小区，来到梁如月家门前，还没按门铃，门就开了，他惊讶地看到，梁如月母女俩都穿着他买的新衣服，兴高采烈地站在门口，一起拍手说道："欢迎欢迎，热烈欢迎！新春大吉，恭喜发财！耶！"

　　想不到他匆忙买下的衣服，她们穿在身上竟显得那么合体，那么漂亮。

特别是梁如月，仿佛仙女一般。李卓然看得呆了，直到梁如月拉了他一下，他才缓过神来，急忙从口袋里掏出一个大红包，说道："新年快乐，恭喜发财！"并把红包递给了兰兰。兰兰欢呼着，跳跃着，到处乱跑。

李卓然这时注意到，房间已经被梁如月精心布置过了，竟然挂了两串彩色挂件，橘树上也挂了利是封，茶几上摆满了水果、瓜子、花生、糖块等，到处显得喜气洋洋。那边餐桌上，已经摆下了好几个菜，还有一瓶白酒。梁如月伸手做出了一个优雅的请的手势，轻轻地说："可爱的先生，请入席。我们开始过年吧。"

三人入席，霎时组成了一个完整的家庭。恍惚间，李卓然觉得这就是真的。他花费了半生时间，不远万里跋涉到南方来，就是为了寻找这个家。现在他终于找到了，他感到无比幸福，他感到魂魄归位，于是他频频举杯，向他的爱人还有她的孩子，致以最诚挚的祝福。

吃完饭，收拾利索，电视机里也传出了欢乐的乐曲，春晚来了。李卓然让梁如月给他找来纸笔，他要把所有的节目都记录下来。好就打钩，不好就打叉。随后他要写个评论，准备到时候在报上发一发。毕竟国人现在太关注春晚了。

他们在沙发上坐下来，兰兰坐中间，他们分坐两边，边看边评论。李卓然发现梁如月不愧是从电视台出来的，不但对节目，而且对主持人的表现还有镜头的切换等，都有一些独到看法，他也顺便记在纸上。

十一点多钟，梁如月就去厨房煮饺子了。十二点，饺子准时端了上来。这时春晚也已经接近尾声了。他们就开始吃饺子，看谁吃到的钱最多。结果李卓然吃到三个，兰兰吃到两个，梁如月一个也没有吃到。但是她说："没关系，你们有钱了，我就跟着发财了。"

吃完饺子，李卓然知道他该走了。这时梁如月说："你等等，带上一些饺子，你明天早晨吃。明天中午，你再过来吃饭。"

在打包的时候，兰兰已经坚持不住，坐在那里睡着了。梁如月就抱着她进了房，安顿好她后，她提上饭盒说："走，我送你一下，到你的新房去看看。"

李卓然一听有门，立即欢欣鼓舞地拉她出门。来到外面，但觉春风柔和，空气里飘散着浓浓的花香。他顾不上这些，只管催促梁如月快走。但是梁如月却说："你急什么，我们已经很久没有在一起散步了。"

好不容易才来到了新房，一进屋，李卓然就迫不及待地把梁如月抱住了，一阵狂吻。但是他感觉到，梁如月几乎没有什么回应，甚至她的嘴唇，都是冷冰冰的。后来，他想把她抱去卧室，没想到她却反抗起来。

"卓然，你放下我。那件事，我做不了啦！"

"什么？你说什么？"李卓然喘着粗气问。

"你没看见我正在吃药吗！我得了不好的病，没办法做爱了。"

"不好的病？你到底怎么了？告诉我，你告诉我啊！"

"现在我还不能告诉你。该告诉你的时候，我肯定会告诉你。如果老天有眼，让我好起来，那我就不必告诉你了。好了，该说的话，我以前都对你说过了。今天过年，我不想重复。我走了，你睡吧，啊！"

李卓然顿觉心里发凉，如同坠入深渊。

梁如月走到门口，又转过头来看着他说："亲爱的，你不要垂头丧气的好不好？不管遇上什么事，忍一忍就过去了，啊！对了，我还得跟你说件事，就是过完年以后，大家回来上班，报社肯定会有一个最为艰难的时期。咱们账上一点钱都没有，日常开支怎么办？所以你要有点心理准备，就算花你自己的钱，也不要大手大脚的。你明白吗？"

李卓然木然点头。眼睁睁地看着梁如月开门出去，他就那么呆呆地坐着，思前想后，差不多到天亮。

第十八节　艰难时刻

俗话说，好过的年节，难熬的岁月。一转眼，已经是正月初八，上班的日子到了。

这八九天，李卓然一般是中午去梁如月家吃饭，吃完饭他就回到自己的住处，看书，写稿。他还跑出去采访，写了几篇有关南方人过年习俗和街头新风的报道。他还深入采访了一些过年不回家，坚持在南方加班、做生意的外地人，写出了一篇几千字的《社会写真》栏目稿：《在异地他乡，他们这样过年》。他已经预测到，春节一上班，就将面临稿荒，这些稿件起码可以顶上一阵。最主要的是，他时刻没忘，自己是一名记者。

李卓然在东江市的大街小巷穿行，感觉他来的这一年多时间里，城区的变化相当大。来时他听人说，这座城市的基础设施建设以前非常落后，直到九十年代街头才出现红绿灯。可是现在，一座座现代化的高楼拔地而起，特别是东江和西枝江的两江四岸，修建了漂亮的带状公园，还修建了立交桥。城市发展真的是日新月异。在采访中，李卓然还抓到了两条"大鱼"，一条是，深圳市的一家大型超市已落户东江，即将成为带动东江市商业发展的龙头；另一条是，全市第一家五星级宾馆已经在春节期间破土动工。李卓然千方百计拿到了第一手资料，并已写好稿件，准备上班之后连发头条，引爆社会舆论。

这期间，他也曾提议陪梁如月和兰兰一起去逛逛公园，去看大型演出。但是梁如月不肯，说是怕遇见熟人。初四那天，李志强请他吃饭，他很想带上她们娘儿俩，但是梁如月犹豫了半天，最后还是拒绝了。她说："那不等于告诉人家，咱们已经是一家人了吗？"

李卓然感到，梁如月这人什么都好，就是有时太过正经，胆子太小。这是他对她唯一不满意的地方，但是他又无可奈何。

大年初一，李卓然还给潘总编打了个电话，给他拜年。他给他讲了他走之后报社的情况，问潘总编有无可能回来，带领大家走出困局。但是潘总编说："好马不吃回头草，我肯定回不去了。如果哪一天你觉得不行了，不愿意在东江市待了，可以到深圳来找我。凭你的能力，在深圳新闻界肯定会大有作为。"李卓然表示感谢，但是他又说："这么多人现在都看着我，我真的走不了啊！"

报社的卷帘门哗啦啦地打开了，经过休整的人们，身上还带着年味的人们，从四面八方汇聚过来，握手拥抱，彼此问好。没结婚的人就忙着向已婚的人讨要红包。这是南方的习俗，只要你还没有结婚，你就永远能享受这个权利。李卓然虽然现在也是单身，但他是领导，所以他也要派发红包。这一天他就发出去二十多个红包，幸亏每个金额不大，都是五块钱的小红包。

李卓然组织采编人员开了一个会，要求大家收回心思，抓紧编辑版面，外出采访，争取实现新年开门红。他当众把自己这些天采写的一沓稿件交给总编室，众人都惊讶得张大了嘴巴。赵汗青说："大家看到没有，什么叫作记者？李总编给我们做了榜样！"

初九上午，朱玉梅副部长来到了报社。她召集报社部门主任以上干部开会，中心议题是做好报社目前的维稳工作。朱副部长说："报社董事会的失误造成了目前的困难局面。一方面，市委宣传部正与邱董事长协商，让他必须在短期内拿出解决问题的办法；另一方面，也希望报社中层以上干部能够同心协力，各司其职，带领大家度过这个特殊时期。"

朱副部长在会上隆重表扬了李卓然，认为他年前拿出自己的钱来给采编人员发工资，简直就是义举。而且她还听说，李卓然春节期间不回家，到处采访，写出了一批高质量稿件，这种以报社为家的精神值得大力提倡。如果报社人人都像李卓然这样无私奉献，那么还愁不能搞好？

朱副部长宣布，鉴于报社目前的情况，经市委宣传部研究，报社近期工作在市委宣传部的统筹管理下，由李卓然副总编临时负责。廖副社长、黄副社长要积极主动配合李卓然的工作。

散会以后，朱副部长又把李卓然留下和他单独谈话，勉励他迎难而上，在关键时刻显露身手，建功立业。她向他透露，邱董事长现在正与江西一家报社经营中心的负责人联系，想请他过来参股经营，据说此人颇具实力。

朱副部长最后说："报社现在的困局，估计会持续一段时间。这也许是报社成立以来最为艰难的时期。你呢，算是赶上了，受命于危难之时吧。希望你能带领大家挺住，坚持就是胜利。"

李卓然用力点头，他说："有您的大力支持，有市委宣传部这座靠山，就是天塌下来，我也要和大家一起顶住！"

虽然只是临时负责，但毕竟成了报社一把手，李卓然既觉得兴奋，又心里发慌。他先是把赵汗青、高自然、阿雪等几大主任叫到他的办公室，做了部署，交代他们务必把好办报质量关；然后，他又让办公室曾主任去请两位副社长，还有广告部主任及发行部主任到他的办公室来开会。

老曾说："你的办公室太小了哦，你不如搬到潘总编那间办公室去哦。"

李卓然摆摆手说："不行，那间办公室现在谁也不能动。你去把吴麦的衣服扔出去，把它锁起来。廖、黄两位副社长一直在一间办公室里挤着，现在陶军那间办公室没人了，可以请黄社长搬过去。现在就去告诉他们。"

一会儿，廖、黄二位副社长高高兴兴地来了，一进门就连连抱拳，说："哎呀，李总编，这几年就没人把我们太当一回事，你一上任就给我们解决大事，多解，多解！"

李卓然知道他们说的"多解"就是"多谢"的意思，于是也抱拳说："委屈两位了。其实也不是什么上任，从现在开始，咱们三个人就是命运共同体了。希望你们多多帮我，咱们共渡难关。"

二人就连连点头："好说，好说。"

李卓然知道，这两位副社长其实也挺不容易的。现在李卓然一上台就照顾他们，他们自然心存感激。

这时梁如月和广告部主任彭刚也来了，加上老曾，人就到齐了。李卓然开门见山地说："各位，谦虚的话、客气的话我就不说了。目前我们大家共同面对的，是一个烂摊子，是一个由于人为破坏而形成的烂摊子。事实既然形成了，再怎么抱怨也无济于事。我们要做的，就是千方百计不让《东江晨报》这艘破船沉没。我们的船上现在有七八十人呢，一旦沉没了，谁都罪责难逃。采编这一块，刚才我已经开过会了，问题不是很大。关键是后勤保障这一块，没钱寸步难行。食堂要开伙，租房要付钱，报纸要印刷，大家要工资，哪一样没钱都解决不了。但是我们现在却恰恰没钱，几乎一分钱都没有。怎么办？找大家来就是要大家献计献策。大家都谈谈想法吧。"

众人都面露难色，纷纷嗑起了牙花子，说，该想的办法年前都想过了，年后是广告最少的时候，该怎么办呢！梁如月看着李卓然，替他捏着一把汗，显得忧心忡忡。

李卓然见众人为难，就带头说："我这里有个主意，就是因为'杨开寿事件'，我们年前和某大型国企闹了矛盾，但是不打不成交。当时达成了友好共识。我们在报纸上开设《东江访谈》栏目，重磅推介企业，挨个对全市企业老总进行专访。这事可与市电视台一起来做，显得更加郑重。我想好了，这件事我要亲自办，梁如月主任负责与电视台联系并配合我工作，深入企业的过程也是扩大发行的过程。广告部呢，当然也要配合，你们也派一个专人跟进吧。"

大家听了，一起说好。接着廖、黄二位副社长就说，可否也采访一下他们所在的企业的老总，通过宣传，看他们是否能够继续投入。

李卓然说，访谈本着先大后小的原则进行，随后当然可以考虑。

广告部主任彭刚也说，现在企业都学精了，不愿意做硬广告，喜欢做软广告，就是找人写一些精彩的软文。可是广告部没有这样的人才，记者部可否配合？

李卓然说:"没有问题,现在为了保吃饭,保正常出报,记者去写一点软文也没什么。二位副社长,你们是本地人,看能否挖掘一下个人资源。另外,为了调动大家的积极性,我建议,今后无论是谁拉来广告,无论是硬广告还是软广告,只要有钱进来,可以给百分之十的提成。怎么样?"

大家议论说,百分之十少了点,可以提到百分之十五或百分之二十,重赏之下必有勇夫。李卓然同意了。

李卓然最后说:"动员有能力、有积极性的人去拉广告,仍然可以围绕庆祝报社成立五周年这个大的主题去进行。这个方案虽然是吴麦、陶军他们做的,但是本身还是好的。报社五周年庆典,无论谁来主事都是要搞的。大家可以继续去各企事业单位拉取这方面的广告。"

散会以后,众人就分头去行动了。李卓然似乎听到,《东江晨报》这艘并不陈旧的破船,发动机又开始突突突地转动起来。他的心里,霎时充满了战斗的激情。他拿起桌上的电话,直接打给林江山。寒暄过后,就说了马上开始做《东江访谈》栏目的想法。但是林江山却说:"哎呀老兄,不巧啊,老总他最近出国考察去了。他一年四季大多数时间都在外地或者国外,只能等他回来再说哦!"

李卓然听了,心里不由得一凉。他说:"老弟,那怎么办!现在报社是马踩车了。你要想办法出手相救哦!"

他们商谈的结果是,企业再在报纸上做两个版的祝贺广告。林江山说:"老兄,我手上的广告机动指标,可都给了你哦!"

李卓然连声说:"感谢老弟,我请你喝酒。对了,我们开会研究过了,今后拉广告可以提成,百分之二十。这个当然要给你啦。"

林江山说:"我才不在乎那点钱呢,你自己拿着吧。关键时刻,你还可以拿出来救急呀!"

李卓然心中一阵感动,心想这林江山真是太够朋友了。他既精明强干,谙熟企业和社会之道,又为人仗义,急人之难。这样的兄弟,真是难得。于是就说:"今晚有空吗?再来四川饭店一战,如何?"

第十八节 艰难时刻

林江山说："这两天忙，过几天再说。我先把广告的事情给你落实了。"

放下电话，李卓然忽然又想到了廖美丽。他远远看见她的饭店已经开门了，说明她已经回来了。中午或晚上应该过去看看她，给她拜个晚年。记得春节期间，她还从四川老家特意打电话给他拜了年呢。

一会儿，梁如月打来电话，说她跟电视台联系过了。电视台不同意和报社合作，说他们自己正准备上一个类似的节目。

李卓然一听，心里咯噔一下。说什么他们正要上类似的节目，实际上就是要"借用"他们的这一创意。本以为电视台不属于纸媒，可以和他们一起把事情做强做大，没想到他们也这样毫无温情。

看来，大型高端访谈栏目只能暂时搁浅。林江山工作的企业是龙头，如果他们率先做了，接下来就很容易推动；他们没做，去找别人就很费力。而且没有像林江山这样在企业要害部门工作的铁哥们儿，你根本就打不进去。无论以前还是现在，本市乃至全省甚至全国的新闻单位，都在对稍有实力的企业进行轮番轰炸。"防火防盗防记者"，说的就是记者到企业拉赞助，给企业造成的压力太大了。企业就是这样，没有记者帮助宣传不行，但是记者太多了，你走我来，企业又难以招架了。

必须找到一种办法，一方面，真正能为企业的发展服务；另一方面，也能为报社创收，实现真正的互利互惠，合作共赢。

可是这样的办法在哪里呢？

李卓然正坐在椅子上苦思冥想，赵汗青突然推门进来说："哎呀领导，都几点了，你怎么还不下班哪！"

李卓然看了一下手机，吓了一跳，已经过了十二点半。一上午的时间好像一眨眼就过去了。他一边收拾东西一边问："你怎么也没走啊？"

赵汗青说："等你啊。走，我们去看看老板娘吧。"

此话正合李卓然之意，他关上门和赵汗青一起下楼，往四川饭店走。路上想起赵汗青来东江市较早，去过的新闻单位又多，就问他现在这样的情况下应该怎么办。赵汗青就说:"我倒有个主意,就怕你不敢干。"

李卓然说:"都到这份上了,只要不违法乱纪,还有啥不敢干的?"

赵汗青说:"那好,你听着。你明天就去市委宣传部,找朱部长或者汤常委,搞一封介绍信来。介绍信这样写,市委宣传部指定东江晨报社为全市企业家写传记,同时为大型企业各出一本宣传画册。你拿到这个尚方宝剑以后,就把事情交给我,我会组织人一家家地扫荡过去,让每家企业出个十几二十万的,应该不成问题。当年我在东江潮杂志社,曾经用过类似办法,结果赚得盆满钵满。"

李卓然听了说:"你这个主意,好像和办报关系不大呀,市委宣传部能开这样的介绍信吗?那样的话,报社不成了出版社或公司?我看这办法有点玄。"

赵汗青说:"不管是黑猫还是白猫,捉住老鼠就是好猫。现在都火烧眉毛了,能整到钱就行。你这思想啊,还是不够解放。"

李卓然说:"解放思想不能乱解放。这办法,不到万不得已不能用。"

说话间,他们到了四川饭店,老板娘廖美丽已经迎了出来。她穿了一身暗红色的连衣裙,双手抱拳,笑容满面地对着他们喊:"李总编好,赵主任好!恭喜发财,红包拿来!"

李卓然这时猛然想起,她也是单身,急忙翻口袋找红包,还真的找出来一个。在递过去的时候,他发现廖美丽似乎更丰满了。特别是胸前,鼓鼓的好像要撑开一样。

赵汗青没有递红包,却递上了甜言蜜语:"哎呀,这才分别几天,老板娘怎么越变越丰满了,越来越漂亮了!你说你往这一站,不就是一道亮丽的风景线吗?你说哪个男人能经受住这个诱惑呀!"

李卓然发现,赵汗青也和苏子一样,非常喜欢挑逗女人。但是苏子显得更粗野一些,不但语言露骨,还要附加动作。赵汗青毕竟大了几岁,他只有语言,没有动作。

廖美丽咯咯地笑着,寒暄着,把他们让进一个雅间,开口就说:"李总编，听说你当报社一把手了？恭喜你啊！想吃什么，尽管点！我请客！"

廖美丽就是消息灵通，报社上午发生的事情，她中午就已经知道了。

李卓然赶紧说："不过是临时负责而已，山中无老虎，猴子称大王。"

"不管怎么说，也是大王啊！不过大王和大王真是不同，过去潘总编还可以，年前来的那两个人，算啥子嘛！来吃了两顿饭，夜里就打电话进行性骚扰。"

"哦，还有这事？"李卓然非常惊讶。他接着问："是谁呀？是吴麦还是陶军？"

廖美丽却岔开话题说："不说这个了，来，点菜吧。"

赵汗青却说："该！谁叫你长得那么漂亮，又那么风骚呢！"

廖美丽用菜牌敲了一下他的头说："你再胡说，不让你来了！"眼睛却看着李卓然，一副娇羞的模样。

报社公布了拉广告可提成的规定之后，广告业务量有所上升，但是到了月底一算，依然入不敷出。

李卓然过去没有当过单位一把手，他曾经也不断抱怨，钱老是不够花，特别是没有钱给大家发工资。现在他一负责，才知道为什么说不当家不知柴米贵。

除去各项必要开支外，也不知道又从哪里冒出那么多的开支。那些闻风而至，一个比一个凶恶的债主，更是让人头疼。这些人纷纷跑到他的办公室里赖着不走，害得他几乎无法办公。他后来干脆躲到宿舍里去办公。可是那些人的鼻子比狗鼻子都灵，没几天就又纷纷找上门来了。他们有的给他下跪，有的骂骂咧咧要打他。直到现在，李卓然才知道吴麦、陶军是怎么祸害报社的。在不到两个月的时间内，他们到处签单消费。如今他们拍拍屁股走了，倒要他来给他们擦屁股。人家拿着盖有报社公章的欠条上门，还带着打手，手指李卓然的鼻子叫骂不止，声言再不还钱就把东江晨报社给砸了，或是告上法庭。李卓然是什么心情，可想而知。

李卓然想，老子本来是到南方来当记者的，想办一张真正受百姓欢迎的报纸，现在怎么阴差阳错，成了替别人背黑锅的人呢！我给人家赔笑脸，说小话，这不活活是个三孙子吗！

本想千方百计留下点钱，给大家发一部分工资，可是到最后，狼多肉少，发工资的钱一分也没有。李卓然觉得非常对不起大家，他甚至想辞职了之。

自从实行拉广告提成的政策以后，也在采编人员中造成了不小的矛盾。有的记者跑的线好，比如电信部门啊，一些企业啊，这些单位本来就是要做广告的，现在一有提成，跑线记者就有钱拿了。可是跑其他线的记者，比如联系市委市政府的，联系驻军的，这些地方永远都不会做广告，但是又特别重要，都是主力记者在跑，他们一分钱也拿不到，当然有意见了。于是纷纷要求重新分配，一时间闹得沸沸扬扬。

这时候，李卓然又成了救火队员，他不断开会调解，苦口婆心做大家的思想工作，搞得身心俱疲。而且，办报还要他把关啊。于是他就经常加班加点，深更半夜看稿子、谈策划。再加上动不动就忘了吃饭，一个月下来，人整个瘦了一圈。

梁如月看在眼里，疼在心上。可是她身体不好，又带着兰兰，而且他们也没有公布关系，所以她也没办法照顾李卓然。她想来想去，这天就来到了四川饭店。在和廖美丽亲热拉呱了一番之后，就说了李卓然的情况。说如果再没有人照顾他，他非累倒不可。

廖美丽一听，急忙说："哎呀，这样真的不行。梁姐你放心，我会替你照顾他的。"

梁如月的脸一红，说："不是替我，是替报社。"

廖美丽就拉住她的手说："梁姐，你不用瞒我，其实我早就看出你俩好了。你们郎才女貌，简直就是天生的一对。可是我也感到奇怪，你们为啥不干脆搬到一块去住呢？现在不是时兴同居吗？"

被廖美丽说破，梁如月索性说："唉，天不由人啊！一是兰兰不干，另外……"她凑到美丽的耳朵边，悄悄说出几个字来，廖美丽立刻惊得跳起来，

第十八节 艰难时刻

她一下抱住梁如月，连声说："我的姐呀，那你为什么不赶紧去医院哪！"

梁如月苦笑一下说："去医院，那就要做手术。你看现在报社这情况，连工资都发不出，去哪里弄钱啊！有个老中医说用中药也可以治疗，我现在就在吃他的药，保守治疗呢。美丽，这可是机密啊，连李卓然我也没告诉，而且我和他的关系，也就你知道。你可千万不能对别人说啊！"

廖美丽说："姐，你就放一百个心吧。"

梁如月衷心道谢，她好像完成了一项重大使命似的，起身要走，却又忽然停住脚步说："好妹妹，我还有一件事相托。"

廖美丽说："姐，有什么事情你尽管说。只要我能做到，我就会尽力做。"

梁如月悲戚地说："美丽呀，我想，假如我的病治不好的话，我是说假如，你……能不能……我的意思你应该懂的，李卓然，他确实是个值得爱的好男人啊！他都四十出头了，早该成个家了。"

廖美丽听罢，立刻羞红了脸，她说："梁姐，你说啥呢！你的病一定会好起来的。你千万不要多想，一定会好的。你们这对有情人，一定会终成眷属的。"

她们说着都流下泪来，紧紧地拥抱在一起。

这场女人之间的对话充满温情，直到梁如月去了天堂以后，才为外人所知。

也就是从这一天开始，李卓然受到四川饭店的特殊照顾。饭店有个男服务员叫阿新，一天三次准时给他送饭。早饭送到宿舍里，中饭和晚饭送到办公室，有时还送来夜宵。这使李卓然受宠若惊，他急忙打电话给廖美丽，让她不要送了，可是廖美丽却说："我是受人之托，忠人之事。"后来他当面去问，她是受谁之托，但是她却不肯说。李卓然就说，老是这么送饭怕影响不好，容易产生误会，但是廖美丽却说："又不要你们报社出钱，老娘我愿意送，谁管得着啊！"

李卓然没办法，只好先由着她。

第一个月就这么艰难曲折地过去了。虽然没发工资，但是李卓然等人几次开会解释，大家也就没说啥。可是到了第二个月，情况就有点不妙了。

原来第一个月因为拉广告有提成，大家纷纷出去找关系，差不多把资源都用完了，第二个月当然再无广告可拉，报社广告额就开始大幅下滑。

这时候，大家身上带的那点钱也渐渐花完了，一个个都成了穷鬼，有的记者去采访甚至连公交都坐不起，只好骑单车或步行。食堂的伙食也越来越差了，报社最艰难的时刻真的到来了。

越穷越来事。

这天，一个叫刘军军的记者突然在报社里号啕大哭。别人问他怎么了，他说他父亲病了，无钱治疗，正在床上等死。他的哭声，他的眼泪，激起了大家的无限同情。尽管大家一个比一个穷，但仍然你五块我十块地给他凑起钱来。李卓然因为上个月拿了一笔一万多的提成，他甚至想一下给他一千元。但是他想起梁如月说的不能大手大脚的话，最后决定给他五百元。

谁都没有料到，刘军军竟然是在撒谎。他把大家捐给他的近三千块钱拿到手，但是他并没有回家，而是去了广州，去另一家新闻单位上班了。

刘军军的行为，严重伤害了大家的善良和信任，使得抱团取暖的人们开始相互猜忌，以前那种虽穷却很和谐亲热的局面被打破，许多不该发生的事情就开始发生了。

有人去给企业写软文，报纸上也发了，但是钱却自己装起来了。

有人出去征订报纸，却把别人订报的费用据为己有了。

还有一个人拿着广告费跑了……

队伍开始动摇，有人出去寻找新的出路，而且各种互相攻击的谣言也越来越多，最后竟然攻击到李卓然头上。说他年前借五万块钱给报社，是为了获取高额利息；他还拿报社的钱给自己开小灶，整天吃香的喝辣的，不顾大家死活；还说他与饭店老板娘有染，与报社多个女记者有染。他的那套两居室的房子，就是他的行乐宫。

李卓然听了，气得浑身发抖，他再次感受到了人心的险恶。而且这样的事情，你又不能去解释，那样会越描越黑，越传越广。唯一的办法是假装不知道,让时间证明一切。

他首先去四川饭店找廖美丽,感谢她的关照,同时说明情况,要求她暂停"特供"。廖美丽一听自己的好心竟然真的给他带来了麻烦,只好含泪答应。同时对他说:"我的饭店大门永远对你敞开,你可以随时来我这里吃饭。"

李卓然随后又找来曾主任,以给报社节约经费为名,让他退掉了那套房子。他又搬回集体宿舍,并和大家一起吃食堂,真正实行起"三同"(同吃同住同干活)来。如此一来,谣言不攻自破。

有几天,他忙得没去见梁如月,这天一见,忽然发现她又憔悴了不少。他猜想她一个人带个孩子,肯定经济上有困难,身体又有病,营养不良,就赶紧拿出五千块钱,晚上给她送去。

走进这个他已经有点熟悉的家,他忽然发现马向南、刘青草等七八个人正在她家打牌,看样子他们是来蹭饭吃的,因为梁如月正在厨房里忙着。李卓然心里一下就来了火。你们怎么就那么没有眼力?难道看不出梁如月有病吗?又一想,也许他们真的没看出来。这些人都是没家的单身,他们肯定把梁如月这里当成他们心灵的港湾了。梁如月刚强,咬紧牙关不说,就那么硬挺着。

看见李卓然来了,大家纷纷站起来,人人显出一副恭敬的模样。李卓然急忙摆手说:"你们玩,继续!我来跟梁如月说件事。"

说着他直接去了厨房,故意说:"梁主任,在做什么好吃的呀?"同时四下打量,他发现梁如月的药罐子已经不在了。

梁如月在蒸汽里转过脸来,那是一张凄美绝伦的面庞,这面庞迅速在李卓然脑子里定格,在以后的岁月里他会经常回看。

梁如月也故意大声说:"哎呀,李总编大驾光临,有失远迎啊!好吃的倒没什么,大家来我这里,吃的是那份情感。"

李卓然随手把门关上,低声说:"你是病人哪,你不要命了!对了,你现在不吃药了吗?"他说着,把那五千块钱掏出来,放在一个隐蔽的地方。

梁如月一看,嘴里说着:"不用,不要。"过来要推辞,李卓然却把她推了回去。他感觉梁如月的身体就像一棵小草那么轻，他都没怎么用力，她就有点摇摇晃晃。他心中不由得又是一疼，继续说："我这些天太忙，也顾不上你。对不起了。"

梁如月却说："说什么呢，倒是我帮不上什么大忙，感到挺内疚的。我没事，你放心吧。其实我这么做，也是想为你分担一些，增加一点报社的凝聚力。"

李卓然听了，心里霎时盛满了感动，一时不知道说什么好。他忽然又想起药罐子，就说："刚才我的问题你还没有回答呢。这药，你怎么不吃了？"

梁如月笑笑说："那个老中医说我问题不大了，可以暂停一段时间了。"

"真的吗？"李卓然半信半疑。

"当然是真的。我骗你干什么？"

"那太好了。可是你这几天怎么有点……憔悴呢？"

"想你想得呗。"没想到梁如月小声来了这么一句。这话使得李卓然既感意外，又觉得温暖。他不由得笑了起来，真想上前去拥抱她，亲吻她。但是外面有人，他又不敢。他随后把门打开，故意说："好吧，就这样吧。你先忙着，我走了。"

梁如月故意追出来说："李总，那你不和我们一起吃饭哪？"

李卓然说："谢谢，我已经吃过了。我还有事。"又对客厅里那几个人说："你们的梁大姐身体不好，你们以后来，可以帮她做点家务啊。"

大家一边答应，一边说："可是她死活不让啊！"

出了梁如月的家门，李卓然稍微心安了一些。他想那五千块钱，起码可以顶上一阵了。以前他给钱梁如月都死活不要，这次收了，说明她真的到了山穷水尽的地步。

又过了一段时间，报社的状况更差了。许多人连到报社食堂吃饭的钱都没了。李卓然把手里剩下的钱都交给食堂，告诉那些实在没钱的人可以暂时挂账。他想，能顶一天就多顶一天吧。

现在，他几乎每天都给朱副部长打电话，汇报情况，请求支援。朱副部长告诉他，与江西某报社经营中心负责人的谈判已经进入尾声，对方提出要以市委宣传部的名义调他过来，并承认他为副处级干部，这样他才会来。鉴于报社目前的状况，与组织部沟通了，他们已经基本同意了。如果他能够过来，晨报就应该有救了。她说："请你转告大家，再咬牙坚持几天。"

李卓然立即把这消息通过小黑板，作为本报内部新闻发布出去。于是大家写满绝望的脸上，又出现了希望之光。

可是又等了几天，还是不见动静。好多人就沉不住气了。李卓然没想到，这次闹得最厉害的竟然是总编室主任赵汗青。

赵汗青这家伙，来南方时间长。由于到处漂泊，又喜欢喝酒打牌，也没有攒下多少钱。他有老婆孩子在湖南老家，他平时给她们寄的钱也十分有限。正当报社最困难的时刻，他的老婆却带着孩子来看望他了。到这里一看，他住在那么小的一间屋子里，大热天的脚上却还穿着一双棉皮鞋，她们娘儿俩来了，他竟然管不起一顿饭。老婆立刻勃然大怒，要求他马上跟她们回去。

赵汗青左思右想，觉得晨报真的是没什么希望了，于是他决定跟老婆孩子回湖南去过日子。他收拾好东西，就来找李卓然辞行。

李卓然一听事情很严重。如果此时此刻他的总编室主任走了，就意味着采编队伍即将崩溃。他急忙把他拦住，并请他们一家人到四川饭店去吃饭。席间，他的嘴唇都快磨破了，极力劝说赵汗青留下来。赵汗青其实也舍不得走，几杯酒下肚态度就开始转变。这却惹恼了他的老婆，她手指李卓然的鼻子说："你倒是一人吃饱，全家不饿。你留他，你敢保证你们这个烂报社会好起来吗？"

李卓然拍着胸脯说："我保证，一定会好！而且我告诉你，好日子就在眼前。如果你现在把他领走了，你们都会后悔一辈子的。"

"狗屁吧！"赵汗青的老婆是个辣妹子，说话口无遮拦，"这么多年都没好，这几天就会变好，谁信哪！你骗鬼去吧！"

她吃也吃了，喝也喝了，却半点不领李卓然的情，站起来拉起赵汗青说："你走不走？不走的话，家里的男人就不是你了！"

赵汗青被逼无奈，抓起桌上的半瓶白酒咕噜一口气喝了个底朝天，然后他对李卓然作了个揖说："兄弟，对不住了！《东江晨报》，永别了！"

他就那么哭哭啼啼地，脚穿一双棉皮鞋往外走。李卓然看得心酸，急忙叫住他，从衣兜里掏出两百块钱说："汗青，你坚持要走，我也没有办法。我就剩下这两百块钱了，你拿上，先去买一双鞋换上再走吧。今后你无论走到哪里，我都希望你不忘东江，不忘报社。不求青史留名，但也不当个孬种吧！"

赵汗青大哭而去。李卓然跌坐在椅子上，心里也充满绝望。

后来，他无精打采走回报社去上班，突然感觉报社空荡荡的好像变成了一个空壳。他看见采编人员都不干活了，正三五成群地窃窃私语。也许是因为刚刚喝了点酒，李卓然立刻高声吼叫道："你们都在干什么！想走的，就赶紧滚蛋！想和我一起坚持的，就赶紧干活！"

他也不管众人反应如何，气冲冲走进办公室，嘭的一声关上了门。

到了下午五点多钟，依然处在悲愤状态中的李卓然，忽然听见楼下有人哭闹，他又听见许多人纷纷跑下楼去。他坐在那里没动，心想爱他妈怎么样就怎么样吧。最后还是刘青草小心翼翼地进来报告，是赵汗青在那里撒酒疯。

李卓然说："他？他不是已经跟着他的老婆孩子走了吗？"

刘青草说："他说他已经上了火车，又下来了。是你的一双鞋把他留住了。"

李卓然立刻就像弹簧一样跳起来，三步并作两步跑下楼来，他看见赵汗青衣衫不整地坐在报社门口，正一把鼻涕一把眼泪地在那里大喊大叫。一些人围着他看，老远就能闻到他身上那股强烈的酒气。

"东江晨报社，你这坑人的鬼地方啊！你把老子害惨了啊！李卓然，你这条北方的狼啊，你给老子买什么鞋呀！你让老子一辈子也还不了你的情啊！老子只能把自己卖给你，卖给报社啦！"

李卓然看见，他的脚上真的穿了一双新皮鞋。

李卓然上前拉起他，帮他整理好衣服，又把他的胳膊搭在自己的脖子上，然后对他说："好兄弟，走，我们上班去！"

第十九节　又抓一个倒霉鬼

人还未到，就给报社的账上打来十万块钱，这就是金运昌的办事风格。

好一位江西老表！李卓然在心里喝了一声彩，却又暗暗替他担忧：我的哥，你手里到底有多少钱哪，你真的能填满这个穷坑吗？但愿你是一个神通广大的人物，能够带领报社走出泥潭，否则的话，你就是被抓来的又一个倒霉鬼。

且不管这些，先给大家发工资再说！久旱的禾苗，正在等待甘露呢！

李卓然让会计马上做表，一分不少把钱全部发给了大家。看着大家那开心的模样，他郁闷已久的心情也随之好转。

现在，报社所有的人都在热切等待新的领导上任。这个领导真的好特别，人还未到，钱已经到了。这说明啥？说明人家实力强大！

有关金运昌的各种传说就开始不胫而走。有说他是江西首富的，有说他是江西省省长亲戚的，有说他人在那边报社任职，却又自己开了一家大公司的……

众人凭着自己的想象，极力美化他。众口一词，他就是晨报的大救星，只有他才能拯救大家于水火之中。美好的形象一旦形成，大家想早点见到他的愿望就更加强烈了。

这一天终于来了！

这天晚上，李卓然和廖、黄二位副社长接到通知，马上到鸿运大酒店去。每次报社班子发生变动，序幕都会在这里拉开。

于是他们三人就有幸先一步与那位传奇人物见面了。

果然是一个非常爽快的人，白皮肤，红脸膛，一双眼睛炯炯有神，带有江西口音的普通话说得也很顺溜。一见面他就紧紧握住他们三人的手说："你们辛苦了！"好像他老早就是晨报社的领导，只是因公外出，现在又回来了一样。

大家彼此介绍寒暄，李卓然这时才发现，金运昌并不是一个人来的。他还带来了一位江西某日报社的退休总编辑，姓孔名飞，还有一位伴随孔总编左右的年轻美女。

不知道为什么，李卓然心里立刻泛上了一阵酸溜溜的感觉。

市委宣传部已经决定，让金运昌任报社社长，孔飞任总编辑，其余人的职务不变。感谢李卓然和廖、黄二位副社长，这一段时间稳住了报社。

听他说完，李卓然立刻就有了一种如释重负的感觉。同时他也感到，新来的金社长显然对他并不信任，他带了一个办日报的老总来办晨报，不知道下一步的合作能否愉快。这一点，怎么朱副部长事先没有对他提起呢？这两个多月的时间，作为临时负责人的他呕心沥血，尽职尽责，他觉得新领导来了之后，肯定会重用自己，没想到等来的却是这么个结果。颇有拉了一圈磨，挨了一鞭子的意思。

李卓然的脸色就显得不怎么好看。他就是这么个人，喜怒哀乐必形于色，一点也不善于伪装。

金运昌接着说话，他竟然首先做自我批评，他说："对不起大家，我们来晚了。"接着他又说："今后我们就是一家人，在一口锅里搅马勺了。孔总编以前是我的老领导，这次跟我一起前来。还有这位美女孙晓倩，她也一起来了。我们来的目的只有一个，那就是要和大家一起把晨报办好。我就不信，天下还有报社办不好的！"

哎呀，这位老兄，他的想法竟然和自己当初来时的惊人一致，甚至连说的话都大同小异。看他的年纪，应该有五十岁出头了，但是他竟然和自己一样，依然保持着率真的天性，依然豪情万丈，李卓然立刻又对他充满了好感。

再想想他人还未到，十万块钱就到了。这样的人，还不可爱吗！

随后他又想，人家刚刚到一个完全陌生的地方工作，当然要带上自己信任的人了。如果换了你，恐怕也要这么做吧。想到这里，他心里的不快立刻消失了，便开始满面笑容地介绍起这边的情况来。

第二天下午，报社又隆重召开了全体职工大会，宣布对新领导的任命。朱玉梅副部长也出席了会议。会前，她找了李卓然，让他不要有什么想法，市委宣传部对他这一段时间的工作是给予充分肯定的。李卓然表示，没什么，真的没什么。只要报社情况能够好转，他具体做什么都无所谓。

宣布完任命，然后就是新任社长讲话。

金运昌讲话果然也像李卓然一样慷慨激昂，他挥舞着手臂，中气十足地表示，他完全有信心，也有能力带领报社走出困境！他宣布了三项重大决定：第一，请会计立即整理账目，首先要把今年以来拖欠大家的工资全部补齐；第二，报纸现在还是黑白印刷，这个不行，他将与有关方面联系，争取在今年下半年引进彩色印刷设备，把《东江晨报》变成漂亮的彩色报纸；第三，将以庆祝报社成立五周年为契机，积极吸纳东江市和深圳、东莞等周边城市的资金，把《东江晨报》办成跨地区的报纸，甚至是可以发行到江西乃至全国的报纸。

因为大家早就对他心存好感，金社长的讲话不断被热烈的掌声打断，最后大家又一起拼命长时间鼓掌，人人激动不已，多人热泪盈眶。甚至还有一个人一不小心喊出了"金社长万岁！"这样的口号。

轮到李卓然讲话，他依然字正腔圆，充满激情。他首先回顾了这一段时间以来大家经历的苦难，表扬了大家团结奋斗的精神，然后他说："朱部长当时对我说，坚持就是胜利。到今天我们可以不无骄傲地说，我们经受住了最大的考验。盼星星盼月亮，我们终于盼来了金社长！从今以后，我们要在党的集中统一领导下，在市委宣传部的具体指导下，紧紧团结在金社长周围，同心同德，努力奋斗，去书写《东江晨报》的光明未来！"

大家都知道李卓然这一段时间不容易，加上他又较好地表达了大家的心声，大家也对他报以经久不息的热烈掌声。

会议也安排了新任总编辑孔飞讲话，但是他不肯讲，他只是轻描淡写地说："我是跟着金社长到这里来玩的。至于办报的事情，还是要李总编多负责。"他的这两句话，与整个会议气氛格格不入。

最后是朱副部长讲话，她首先隆重表扬了李卓然，称赞他在晨报社最为艰难的时刻，不负重托，立场坚定，带领大家克服困难，奋然前行。这期间，不但报纸的政治导向没出现任何问题，而且基本稳定了队伍，在几乎弹尽粮绝的情况下，做到了人心不散，队伍不乱，记者骑单车采访、点蜡烛写稿，报社上下团结一心，共渡难关。更令人感动的是，李卓然同志还拿出自己的钱来给大家发工资，同时一个人承担了几个人的工作，他的政治觉悟、他的工作精神、他的领导能力，都值得赞赏。

朱副部长还谈到，报社这一阶段的严重困难，是上面决策失误造成的，教训是沉痛的。在潘总编离职的情况下，李卓然同志旗帜鲜明地和骗子进行坚决斗争，并成功开展了对"杨开寿事件"的系列报道，使事情得到圆满解决，这也是值得肯定的。

在朱副部长的表扬声中，李卓然一直低着头，有点不好意思。他做过的事情被领导说出来，他感到特别亲切。往事历历在目，回想起来，他甚至有一种想哭的冲动。他同时十分佩服朱副部长对晨报情况的了然于心，如果不是一个负责任的领导，怎会有如此清晰的记忆？更不会有如此是非鲜明的表达。

朱副部长最后说："现在，金运昌社长的加盟，给报社带来了新的转机和活力，刚才他的表态更是让人振奋。市委宣传部衷心希望，金社长能够和其他班子成员合力打拼，开拓前进，兑现承诺，带领东江晨报社全体员工，走出恶性循环的怪圈，创造新的奇迹。"

大会结束之后，又召开了班子会议。进一步明确由金社长主持报社全面工作，孔总编本应该主持办报工作，但是他却以情况不明为由，表示还需要熟悉一段时间，主动提议编务仍然由李卓然副总编负责，其余分工不变。

随后，重新安排了办公室。金社长入主原来潘总编办公室，黄副社长重回廖副社长办公室，腾出地方来给孔总编，还有那个美女孙晓倩——事业发展部主任，也做了安排。《东江晨报》新的一段历史，就这样开启了。

在最初的日子里，金社长言必信，行必果。他答应给大家补发工资，没两天真的就兑现了。李卓然借给报社的那五万块钱，他也主动还上了。报社上下再次欢腾一片。让李卓然感动的是，金社长说他这段时间稳定报社和办报有功，竟然还奖励了他两万块钱。加上他的工资以及还回来的钱，李卓然手里居然一下子有了十多万块钱，他觉得自己成了一个富翁，可以考虑在东江市买房了。

是啊，已经四十岁出头的他，的确要考虑成家立业了。

这期间，李卓然不断到金社长的办公室和他租的宿舍里去，和他谈工作、聊家常，很快对他个人的一切了如指掌。

原来金社长在江西某报社工作时，起初只是一个小角色。后来，总编辑孔飞慧眼识才，把他一步步提拔起来，让他成为经营中心负责人。他在这个位置上一干多年。先是因为这是个肥缺而不想动，后来想动了，孔总编却退休了。

金社长文化水平不高，但是他天资聪明，不但把报社的经营搞得风生水起，每年都能拿到很多奖金，而且他还悄悄开了一家广告公司，依靠报社资源，赚得盆满钵满。

手里有了钱，他越发感觉职位太低，很想弄个报社副社长当当，也好成为一名副处级干部。用他的话说，一辈子就是个正科级干部，死了以后，悼词咋写？祖坟咋入？可是，他的这个心愿却难以实现。眼看年龄不断增长，他想此生，这个愿望是无法实现了。

没想到正瞌睡呢来了个枕头，听说东江晨报社正有个社长的空缺。他在报社工作，当然明白一家市级晨报社的社长，至少是个副处级干部。在与东江市委宣传部取得联系并提出一些条件之后，他毅然决定，放弃眼前这个千人争万人抢的职位，让儿子继续经营广告公司，而他，则带着一百万元资金，到广东的一个地级市去当这个社长，一个副处级干部，轰轰烈烈再干一番事业！虽然，他也听说那家报社现在的情况很糟糕，但是这不但没影响他的决定，反而激发了他的勇气和豪情。他认为，那边越是困难，越是混乱，才越容易出成绩。只要手里有钱，聚拢人心那是分分钟的事情。

金运昌是个说干就干的人。为了表示自己的诚意，他人还没来，就给报社打了十万元钱，以解燃眉之急。

他风风火火上任之后，在短短的十几天时间内，连发工资带还债，一百万元已经花得所剩无几了。

但是，仍然不断有债主找上门来。还有，《东江晨报》自创办以来就没给作者发过稿费。现在，一些作者不知道怎么听到了风声，也开始纷纷以各种方式讨要稿费，甚至有人扬言，如果不给，就把报社告上法庭。

金运昌就像一头冲入狼群的肥牛，一匹匹饿狼不断扑上来，对他进行无情撕咬，就算他皮再厚、肉再多，又能够抵挡多久呢？

李卓然替他捏着一把汗，和大家一起暗暗为他祈祷，但愿他能够经受住严峻考验，引领报社这艘破船真正冲破黑暗，走向光明。

然而每当他与金社长在一起的时候，他却总是感觉自己的担心是多余的。他发现金运昌永远都那么乐观、那么自信，对他而言，似乎一切艰难险阻都不在话下。他的红脸膛上总是挂着笑容，说话总是那么底气十足。他的头发有点弯曲，很驯服地贴在头皮上，一双眼睛炯炯有神而又灵活，举手投足之间，颇具大将之风。

"没关系嘛！"这句话似乎成了他的口头禅。"大江大河都过来了，我还怕你一条小水沟不成！"这又是他经常说的一句话。没人见过他发愁，每当一件事情搞定，他都会偷偷吹上几声口哨。和他在一起，就算你有天大的烦心事，也会随着他快乐起来。

李卓然悄悄对大家说："金社长就是我们报社的一个宝贝，是老天赐予我们的福星。我们一定要像爱护自己的眼睛一样爱护他，支持他。只要有他在，东江晨报社就有希望。如果他再倒了，我们的世界就将彻底崩塌了。"

为了以实际行动支持金社长，这一段时间李卓然在办报上格外用力。更可喜的是，林江山这天打电话给他，说他们的大老板马上要回来了，他那个

第十九节　又抓一个倒霉鬼

《东江访谈》的栏目策划可以实施了。

听人说，城区电视台最近成立，李卓然立即让梁如月前往商谈合作事宜，没想到一拍即合。因为电视台刚刚成立，有经验的主持人还十分缺乏，对方提出能否请梁如月担任主持人。他们出人，出机器，负责录像剪辑并播出。如果有收入，晨报社还可以多拿一些，按四六分成。李卓然立刻高兴地答应了。

李卓然马上把此事以及下一步设想向金社长做了汇报，得到他的高度认可，他立即拍板，由李卓然亲自挂帅，把此事当作庆祝报社成立五周年的龙头策划组织落实。报社的车子，可以随时为他们提供服务。

金社长拍着李卓然的肩膀说："卓然啊，我来前只是听人说过你，当然还不太了解你。现在我亲自看到你，你的的确确是个难得的人才啊。你就放开手脚干吧。有成绩是你的，出问题是我的。"

李卓然听了这话，鼻子发酸。因为同样的话，他也在潘总编那里听到过。他还能说什么？只能再一次为知己者死了。

最让他高兴的是，他接下来就可以光明正大地经常和梁如月在一起了，不必再刻意地避人耳目，在人面前装模作样了。

现在他和梁如月的主要联系方式就是打电话。李卓然经常在夜里给她打电话，就报社的一些问题和她交流看法，征求她的意见。李卓然几乎每次都过问她的身体情况，强烈要求她为了他，把身体养好。在他的不断督促下，梁如月已经重新开始吃药，加上最近手里有了钱，吃得好一点，她的气色看上去比以前好多了。

在去采访之前，李卓然认真做了功课，他根据企业的发展情况，就当下国内外最热和百姓最为关心的话题，制订了一个详细的采访提纲，打印出来交给梁如月去熟悉。他反复对她说："这次采访事关重大，一定要一炮打响。接下来就看你的了。"

五月的一天，李卓然、梁如月和城区电视台的两个记者一起，来到了这家享誉全国乃至全世界的大型企业，与企业老总面对面。日后引起强烈反响的

《东江访谈》栏目就此拉开了序幕。

李卓然真没有想到，梁如月面对在国内外都大名鼎鼎、不把一般人放在眼里的企业家，显得那么淡定从容；面对久违的镜头，她更是落落大方，不留任何破绽地与他展开了一场轻松愉快、妙语连珠、寓意深刻的对话。她出镜的形象，看上去比本人更加漂亮，显得那么高贵优雅，表达是那样精准到位，其访谈水平绝不亚于省级甚至国家级电视台的主持人。

梁如月不但把李卓然提纲所列内容发挥得淋漓尽致，而且提纲里没有的她也能借题发挥，句句到点，层层推进，精彩绝伦！

采访完毕，老总兴高采烈，主动提出请梁如月等吃饭，并给访谈组中每个人都发了大红包。席间他对梁如月赞不绝口，说他接受过那么多的高端采访，其中包括央视、凤凰卫视的，但是今天的采访最让他满意，最让他舒服。东江晨报社果然就像林江山主任说的那样，人才大大地有。"你们单位以后组织的活动，我们企业一定会积极参加，大力支持。"

趁着老总高兴，李卓然又即兴对他进行了采访，掌握到了更多的第一手资料。随后，在电视台进行后期制作的时候，他的一篇洋洋万言的专访《东江之畔赤子情》也已创作完成。就在周末电视台播出访谈节目的同时，《东江晨报》以三个整版的篇幅，图文并茂地发表了这篇他和梁如月署名的文章。

一时间，好评如潮！

第二天，省报全文转发了这篇报道；随后，省电视台也转播了这期访谈节目。

市电视台后悔不迭，急忙主动联系晨报社，问能不能与他们合作，继续录制节目。李卓然客气地说："谢谢，我们已经找到很好的合作伙伴了。"

林江山随后打电话来，告诉他老总已经看了电视和报纸，他非常高兴，指示无偿赞助《东江晨报》二十万元，以示奖励。

金社长的脸立刻笑成了一朵花，他立即决定，按照资金到账的实际数目（十二万元，其余八万给城区电视台），给李卓然和梁如月每人百分之十。就是说，他们进行了一次采访，每个人就拿到了一万二奖金！

简直太让人高兴了！两个人的脸也立即笑成了一朵花。不过拿钱的时候李卓然有点不好意思，觉得太多了。金社长却说："没关系，该拿你就拿！以后我们就是要这样，赏罚分明。"

因为有了这一良好的开端，接下来的访谈就进行得顺风顺水了。一时间，能上《东江晨报》和城区电视台的《东江访谈》栏目，对企业来说成为一种荣耀、一种成功的标志了。不少企业纷纷主动找上门来，要求被访谈。这一栏目迅速走红，成为城区电视台和《东江晨报》新的王牌栏目。

《东江访谈》栏目也很快引起了市领导特别是市委宣传部的高度关注，在新闻通气会上，朱玉梅副部长对这个栏目给予高度评价，称赞《东江晨报》在引领时代潮流、促进企业发展、树立企业形象方面发挥了重要作用，号召其他新闻单位向东江晨报社学习。

随着这个栏目文章的不断发表，李卓然和梁如月的知名度迅速提高。特别是梁如月，许多老板都争先恐后请她吃饭，以能见到美女梁如月为荣。

在这期间，李卓然再次感受到了作为一个新闻记者的快乐。自从来到南方之后，虽然也策划指挥了多次重大采访活动，写过多篇评论，但是因为他陷入报社管理事务，出自他手的重头文章还不是很多，这也成为他的一大憾事。现在，他终于找到了一个突破口，写作激情立刻就像火山一样喷发。每次访谈完，他几乎都能从不同的角度，寻找到具有普遍意义的重大主题，再用他的生花妙笔酣畅淋漓地写出来，在《东江晨报》上重点推出，每一次都会引起社会反响。这些文章又被不同的报纸、杂志转载，就产生了滚雪球效应，许多从政者和企业家，纷纷收集这些文章，置于案头随时研读。

李卓然、梁如月就像两颗新星冉冉升起，他们的名字日益深入人心，他们已经成为东江市乃至更大范围内的名人。

李卓然对这些倒不是特别在乎，让他开心的是可以经常名正言顺地和他的爱人梁如月在一起。他们搭档的过程中，不断发现对方身上的优点和才华，感情也在日益加深。

但是梁如月还是不肯公布他们的爱情，更不肯和他结婚。她依然让李卓然耐心等待，等待那个神圣时刻的到来。

李卓然却不管她，他很霸道地对她说："今年末，你必须嫁给我。"为此他已经开始准备了，在报社附近的一个楼盘看好了一套房子，并交了首付，就等房子交付并装修好了，作为他和梁如月的新房。

在报社，李卓然和金社长的合作也很愉快。《东江访谈》栏目开设之后，报社名利双收，每次都有钱进账，而且，因为与企业打成一片，梁如月又会做工作，报纸的发行量也随之上升。金社长不断在大会小会上表扬李卓然和梁如月，并为他们的工作提供各种方便，他还一直坚持给他们提成，并马上支付。李卓然感觉每天都活得非常充实快乐。

唯一让他不满的是孔飞总编辑。

这位老总，如他自己所说，好像真的就是来玩的。转眼他来报社已经多日，但是他却很少到办公室来。他每天带着那个年轻美女到处游山玩水。但是到了发工资的时候，李卓然却发现孔总编的月薪竟然有五千元，孙晓倩也有三千元，和他的一样多。两个人一点活也不干，却拿着高工资，这让李卓然心里颇不平衡。

李卓然这一段时间特别忙，他既要做访谈又要写重头稿，还要审阅稿件，他很希望孔总编能够搭把手，真正担负起总编的责任来。他把这一想法跟金社长说了，但是金社长却只是笑了笑，他说："卓然，你先辛苦一段时间，我给你增加一千元工资吧。"之后就无下文了。

李卓然觉得，金社长这样做，太过感情用事。你要报孔总编当年对你的知遇之恩可以，但不应该是这么个报法。这是在拿原则问题开玩笑，持续下去必然产生恶劣影响。

这天他实在忍不住，直截了当把这个意见又跟金社长说了。他怎么也想不到，金社长竟然把脸拉了下来。

"李总编，我不是跟你讲过了吗！而且工资我也给你加了，你还要我怎样？该你管的事情你管好，不该你管的事情，以后你就不必管了。我这样做，自有我这样做的道理！"

一顿抢白，搞得李卓然尴尬不已，他只好红着脸转身离开。

这是他们之间第一次出现不愉快。从此李卓然明白了，金社长其实是个以自我为中心、非常霸气的人，他要做某件事情，是不允许别人说三道四的。尽管过后金社长有意无意向他表示过歉意，但是李卓然心里还是结下了一个疙瘩。

报社成立五周年的日子越来越近了，金社长不断号召大家外出拉赞助，他自己却是雷声大雨点小，他说过的去深圳、东莞寻找赞助和合作伙伴的计划一直未能实现。现在他最热衷的事情，就是去拜访市里的各级领导，不管是有用的还是没用的他都要去拜访，还要请人家吃饭，诚惶诚恐邀请人家届时参加报社五周年庆典。他还去拜访了老对手日报社等单位的领导，也向他们发出邀请，说要虚心向人家学习。

起初，李卓然还去参加过几次饭局，但是他后来发现，这些饭局毫无意义。于是他就寻找理由不去了。金社长后来也就不再找他，据说每次出面作陪的，却是孔总编和孙晓倩。这两个不肯为报社出一分力的人，却成了采编代表，成了不可或缺的座上客。

三个月以后，《东江晨报》成立五周年庆典在鸿运大酒店如期举行。

报社在酒店门外搭起了彩门，摆上了鲜花，请来了十名迎宾小姐，里面的会场也布置得气派豪华，到处都是鲜花彩饰，而且竟然备了八十桌酒宴，遍发英雄帖，邀请东江市各界代表出席。

金社长雄心勃勃，准备通过这次庆典，广结天下豪杰，借势造势，把《东江晨报》打造成东江市的第一大报。

但是受邀嘉宾的出席情况却不尽如人意，很多人都没有来。特别是那些同行，除了城区电视台之外，其余一家也没有来。还有金社长曾经去拜访并宴请的那些单位领导，他们本来都答应得好好的，但是到了关键时刻，却都变卦了。他们以各种理由拒绝前来，说他们如何忙，仿佛他们如果来参加晨报的庆典，单位就会垮一样。

最令人遗憾的是，没有重量级领导出席会议。本来汤常委是答应出席的，但是他却临时接到市委书记的指示，代表市里去省里参加一个会议。汤常委无奈，只好委托朱玉梅副部长代表他出席并讲话。市委市政府的其他领导也都很忙，最后只派来一位市委副秘书长代表出席。

唯一令人欣慰的是，那些被访谈过的企业老总，几乎都来了。

参加的宾客，加上报社的所有员工，还没坐满四十桌，整整比预计的差了一半。李卓然看到，金社长强作欢颜，里里外外地张罗，眼睛有点发红，嗓音有点嘶哑。李卓然完全能够理解此时此刻他的心情，打心眼里为他着急。同时他也感觉到他似乎有点好大喜功，过高估计了晨报自身的实力和号召力。

不管怎么说，庆典还是要照常举行的。

一直等到上午十点多钟，估计能来的人都来了，金社长才宣布活动开始。

活动主持人是梁如月。她今天穿戴讲究，脸上略施粉黛，显得光彩照人。只是她的声音虽然悦耳，但却似乎多少有点绵软无力。李卓然在台下注视着她，心里在暗暗替她加油。

领导开始讲话，依次应该是金社长代表报社总结五年工作，朱副部长代表市委宣传部讲话，市委副秘书长代表市委市政府讲话。但是在金社长讲话以后，不知怎么突然插入了孔飞总编辑的讲话。他没有拿稿，走上台去侃侃而谈。他讲话的主要内容是自我吹嘘，说他曾经主持过多家报纸，取得过怎样的惊人成绩，他个人获得过什么样的大奖。随后他就说到了《东江晨报》，说他这一段时间经过认真观察和研究，发现晨报在办报方面还存在很多问题。在这样严肃的场合，他在那里旁若无人地信口开河，一口气讲了半个多小时，搞得下面一片哗然。晨报社的全体员工，都感觉莫名其妙，都不明白为什么要临时安排这个整天游离于报社之外的人上去乱说一气。

李卓然看着金社长，知道这肯定是他的主意，他真的搞不懂他这是哪根筋搭错了。毫无疑问，这是庆典的一个巨大败笔。

孔总编终于讲完了，没人给他鼓掌。他讪讪地下了台。

他占用时间过长，导致活动延时，直到十二点半才匆匆结束。

接着酒宴开始。上菜以后大家才知道，酒宴上所安排的菜品、所上的酒，都非常高档讲究，每桌平均至少一千五百元。

原定八十桌，只来四十桌的人，报社要求减少桌数。但是酒店却以已经准备好了为由，最后只同意减少二十桌。剩余二十桌无人，但是照样上菜，造成了不必要的浪费。最后只好让员工打包带走。

庆典就这样结束了，离当初的设想差十万八千里。朱副部长和市委副秘书长连饭都没吃就走了，他们临走时批评金社长说，乱请人参会，乱让人讲话，过分追求奢华，不讲究实际效果。还有那些企业家，本来因为《东江访谈》对晨报产生了好感，但是他们来了一看，大失所望。有些人半道就走了。总之活动遭遇了滑铁卢。无论是政治上还是经济上，都损失巨大。

政治上，不但没给报社对外形象加分，反而减分。第二天，整个新闻界就开始流传晨报社搞报庆请不到人，几十桌宴席无人来吃的笑话；不该讲话的人随便讲话，不但没给报社员工鼓劲，反而打击了大家的积极性，造成了思想混乱。人们都在问，这个孔总编到底是怎么回事？他整天带着美女优哉游哉，关键时刻却跑到台上去自吹自擂，说三道四，他到底要干什么！

经济上，也没有赚到什么钱。现场布置和吃饭等开销巨大，再加上此前的请客送礼等，一共花掉二三十万，而现场收到的礼金不到十万，加上原来拉的赞助，最后能够保本就不错了。

活动之后，金社长在大家心目中刚刚树立起来的光辉形象大打折扣，很多人都在悄悄议论，他作为报社一把手，做事随意，不计后果，听不得反面意见，表现出他政治上的不够成熟，业务上的某些欠缺。

李卓然更是生了一肚子的气。因为这两年他一直在主持办报，孔总编的话其实对他伤害最大。在会议上，如果需要采编代表讲话的话，也应该是由他来讲啊！你孔总编只是挂个虚名，连一个字都没有给晨报编过，更没写过稿，有什么资格上去讲话且随意贬损他人呢！真是岂有此理！他越想越气，第二天上午就找到金社长，再次强烈要求由孔总编主持编务工作。他说，像孔总编这样拿着高工资，整天不干活，只管在旁边挑毛病，他也会干。如果社长觉得有他在孔总编不便于开展工作，无法发挥作用，那么他可以马上辞去副总编的职务，只当一名普通记者。

与上次的态度截然不同，金社长连连给李卓然赔礼。他说，这一次的确是他失误了，是他太过重情，只想感恩，却误了大事。当时孔总编强烈要求露个面，讲个话，他也没多想就答应了。他根本没有想到他会在那样的场合讲那样的话。现在，孔总编自己也知道错了，他已经决定辞去总编辑的职务，这一两天就回去了。

哦，看来这位老总已经玩够了。

为了安抚李卓然的情绪，金社长还不断地说："卓然，主持办报这一块非你莫属。你办报，我放心，你就继续努力干吧。你的职务待遇问题，我会跟市委宣传部协商，一定尽快给你解决。"

金社长还说："这次报社经济上出现的亏空，我个人会拿钱补上。另外，为了给大家一个交代，我已经开始筹资，准备去北京购买彩色印刷设备。如果能进行彩印，将会使报纸的印刷质量跨上一个新的台阶。这样的话，你作为报社总编辑，该是多么牛啊。"

李卓然发现金社长不管遇到什么样的困难和问题，精神都永远不倒，永远那么自信满满。他这样不遗余力地为报社发展谋划，出钱出力，真是难得。就算他有这样的缺点和那样的错误，也都应该原谅他。

于是，他心里的气很快消了，重新精神抖擞地回到自己的岗位上。再遇到有人议论金社长，他就会替他解释，说金社长还是个好同志，是个很可爱的人。

没两天，孔总编还真的带着那个美女走了。黄副社长重回那间办公室，有人跟他开玩笑说："要不要也给你配个美女呀？"

报社的一切工作都恢复了正常，大家照例忙碌起来。

现在，《东江访谈》栏目将进入第二阶段，要去逐个采访市里的各级领导。有点规模的企业都已经采访完毕，为了保证栏目的质量，不能继续凑数了。

第十九节　又抓一个倒霉鬼

但是，第一个采访对象却拒绝采访。谁？那就是市委书记陈红球。

这位当地农民出身的东江市最高首长，一直以来就看晨报不顺眼。报社庆典请他，他不但不来，还故意指派汤常委去省里开会，造成无主要领导出席的窘况。现在晨报社提出采访他，他只用两个字来回答："没空！"

这使得栏目组十分为难。按规矩必须是从高到低，依次采访，最高首长拒绝配合，事情还真的有点难办。书记就像是一座大山挡在面前，谁也无法逾越。

李卓然打电话给朱副部长，请她让汤常委出面进行协调，但是陈红球书记的回答仍然是那两个字：没空！真是神仙也没办法。

李卓然最后决定，采取突然袭击的手段，寻找时机强迫他接受采访。

这天，李卓然接到消息，陈红球会在晚上去宾馆出席一个欢迎晚宴，他的特点是不恋酒场，差不多就会提前离开。

于是，李卓然就带领梁如月和城区电视台的两个人，提前在宾馆大堂等他，就像上次潘总编他们在这里等待汤常委一样。一想到潘总编，李卓然心里就像打翻了五味瓶，想着假如他不走的话，报社现在的情况会怎么样。

八点多钟的时候，他们看到在电视里见过多次的陈红球在几个人的簇拥下出来了。按照事先的计划，梁如月立即手持话筒迎了过去。

"陈书记您好，我是电视台的记者。请问您可不可以抽出宝贵的几分钟时间，接受一下我们的采访？"

眼前忽然出现了这么一个大美女，而且说要采访他，刚喝过几杯酒的陈红球立刻心花怒放，不假思索地说："可以啊。"

"谢谢陈书记，请到那边谈吧。"

陈红球竟然乖乖地跟着梁如月来到大堂的沙发前，坐下接受起采访来。李卓然呢，则躲在一边记录。他看见梁如月面对市委书记，依然那么气定神闲，不由得在心里为她喝彩。

但是，镜头下的市委书记，或者说在美女记者面前的市委书记，表现得却让人大失所望。在谈到东江市的社会经济发展现状及前景时，虽然大致说出了一些想法，但却不断卡壳，经常词不达意。尽管梁如月极力引导、启发，但是最后的采访效果依然不能让人满意。

这就是一个市委书记的水平！看来肯定是个念惯了发言稿，一离开稿子就不会说话的领导。怪不得朱副部长说在他任上，东江市错失了许多发展机遇。如果给他打分的话，他根本就没法及格。

采访结束，陈红球可能心中没底，一再嘱咐梁如月："如果你们想播出这个采访录像的话，一定要我提前看过才行。"他还说："东江晨报社的人找我很多次了，我都没有接受他们的采访。这次对你们电视台已经是破例了。"

听到这里，梁如月索性告诉他："谢谢陈书记接受我们的采访，我们就是《东江访谈》栏目组的。这个栏目是由东江晨报社和城区电视台联合主办的。这一位，就是我们报社的副总编李卓然。"

陈红球先是一愣，接着面露愠色，转而脸上又多云转晴，他说："哎呀，你们《东江晨报》挺会钻空子呀！怪不得我看这位美女眼熟呢。好了，看在你们，特别是看在这位美女主持人这样敬业的分上，我就不跟你们计较了。但是如果电视台播出或者报纸发表，必须经我审查才行。"

李卓然趁机上前说："陈书记，您放心，我们一定会按照您的指示办的。机会难得，书记能不能为《东江晨报》的读者说几句话，或者给我们写几个字呢？"

陈红球连连摆手，拔腿就走。

这一期的《东江访谈》，是他们做得最辛苦的。电视镜头他们反复剪辑，报纸稿件更是反复润色，李卓然查阅了许多资料，他借市委书记之口，对东江市改革开放后的发展变化、取得的各项成果，进行了有说服力的比对，又通过文学手法加以渲染，最后形成了一篇文采飞扬、数据扎实的专访，才一并送请陈红球书记过目。

陈红球竟然十分满意，对专访稿件更是赞赏有加。他在稿件上批示，这篇访谈不但《东江晨报》要刊登，《东江日报》也要刊登。

于是就出现了戏剧性的一幕，在《东江晨报》发表了《东江市的昨天、今天和明天——与市委书记陈红球一席谈》之后，《东江日报》也稍做修改发表了这篇文章，他们实实在在地炒了一回晨报的冷饭。

当地读者评价说，陈红球哪里有这水平，都是记者往他脸上擦粉哩。

接着，东江日报社和东江电视台也向市委宣传部，强烈申请加入《东江访谈》栏目组，形成了一次以《东江晨报》为主导的大型集体采访活动。从市委书记开始，再到市长、市委副书记、副市长，直到各县（区）书记、县（区）长，一路采访下来，规模空前，影响巨大，成为东江市新闻界的一次重大行动。

每一次采访，其实都是由李卓然出提纲、梁如月出镜，其他单位都是等城区电视台的新闻和李卓然的专访出来，再稍做修改拿去播出或发表。最初李卓然他们抗议了几回，结果无效，只好由他们去了。

现在，《东江访谈》栏目组已经组成了最受欢迎的新闻采访团，他们无论走到哪里，都会受到隆重欢迎和接待，对梁如月和李卓然，他们更是礼让有加。

李卓然和梁如月就有了更多单独亲近的机会。李卓然感觉到，梁如月的身体越来越差了，很多时候都是在咬牙坚持。她对他说，如果不是为了这个栏目，她很想请假休息一段时间。

果然，在采访完最后一个县的县长之后，梁如月病倒了。

第二十节　祸不单行

那天采访结束，车子送他们回家。下车的时候，梁如月先是摇摇晃晃的站不稳，最后竟然倒在地上。

李卓然急忙跳下车，上前扶起她，只见她脸色煞白，双眼紧闭，汗水已经顺着头发流了下来。

李卓然一看急了，他什么也不顾了，一下子就把她抱起来上了车，对司机喊："快，去医院！"

一路上，他一直搂着梁如月，嘴里不断地喊："如月，你可要挺住，挺住啊！"梁如月吃力地睁开眼睛，看着他，有气无力地说："卓然，这回……我可能挺不住了。"她的身体一点点瘫软下去，双手抱住李卓然的脖子，眼里流出泪来。

下了车，李卓然抱着她一路狂奔，直接去了急诊室，会诊、拍片、化验、办理住院手续，等待最后结果。

随着检查结果一项项出来，李卓然终于知道了梁如月一直隐瞒的事情：子宫癌晚期，癌细胞已经扩散。

虽然一直都在猜测，但是当事实清清楚楚摆在眼前，李卓然还是不肯相信，他感到脑袋发蒙，不断怀疑眼前的一切到底是不是真的。他的一颗心犹如被几十把钢刀切割一般难受。

啊，梁如月，我的如月，我的"美娇娃"！我穿过大半个中国，飞跃千山万水，众里寻你千百度，终于在这座南方小城找到了你。你是我的魂，你是我的魄！我们情投意合，相亲相爱，相互配合，创造神话。艰难时，你默默地给我支持；高兴时，你及时给我提醒，你已经成为我生命中不可或缺的人。不管怎样我都要娶你为妻，你怎么能得这种病，并且隐瞒了这么长的时间啊！

　　李卓然欲哭无泪，如同坠入了深渊。等梁如月打完针睡着了，他呆呆地坐在走廊的椅子上，久久不动。他突然感觉自己是那么无能，甚至是那么薄情寡义，竟然不懂得及早把他心爱的人送到医院来，强迫她进行检查，强迫她住院，那样也许就不会这么严重了。你明明知道她在吃中药，有可能得了什么难以言说的病，可你还拖着她到处采访，让她出镜，让她费尽心思去和那些高端人物对话。节目是成功了，你是出名了，却把她给害了……

　　李卓然这么想着，不断在心里骂着自己，眼泪不由得滚滚而下，最后大放悲声。发现有人看他，他急忙跑进厕所，坐在马桶上打自己的脸，揪自己的头发，质问自己到底是不是个男人，还有什么用。

　　平静下来以后，他才想起给金社长打电话，向他报告这个不好的消息。

　　李卓然怎么也没有想到，金社长此时也正在痛苦中挣扎，他在那头语气慌乱地低声说："卓然，你安排一两个女记者照顾她，还有她的孩子。你马上回报社开会吧。这边，出大事了。"

　　自打李卓然见到金社长以后，金社长还从来没有用这样的语气说过话，事情肯定特别严重。他在心里快速筛选了一下，立刻断定很可能是购买彩色印刷设备这一块出了问题。

　　购买这套设备，总计要近三百万元。社委会几次开会研究，大家意见不一。最后金社长说先由他垫支一百五十万元，报社再贷款一百五十万元，无论如何也要拿下。于是决议也就获得通过了。之后，就由金社长全权办理。这些天他拼命搞钱，不断与外地厂家谈判，据说整套设备已经在路上了，难道又出了什么差错？

　　如果此事出错，那将又给报社捅下一个天大的窟窿！对于刚刚缓过一口气的东江晨报社来说，无疑是一次毁灭性打击。

　　真是福无双至，祸不单行！

李卓然急忙打电话给阿雪，让她和马向南立即分头带人来医院和去梁如月家，照顾她和兰兰。他打了个车，急如星火赶回报社。

果然就是印刷设备出了问题。

原来是金社长被人骗了。本来已经和正规的厂家谈好，但是半路上却突然杀出几个来自北京的所谓朋友，说他们那里的设备如何好，价格如何优惠。金社长脑子一热，没去北京考察，就与这几个人签订了合同。设备运来后，打开一看，却显然是翻新的，根本就不能用。这时金社长再找那几个人，他们却早已人间蒸发了。

也就是说，近三百万元的资金，竟然打水漂了！

金社长傻了，在场的所有人都傻了。

李卓然赶到的时候，社委会的几个成员，正在驴拉磨一样围着那些设备转圈子。李卓然弄明白事情以后，不由得大喊："你们还转什么，还不快点报警！"

这才想起报警。警察来了，又是拍照，又是做笔录。李卓然看到，一向雄赳赳气昂昂的金社长，竟然像霜打的茄子一样蔫了。

案情重大！接着又向市委宣传部报告，朱副部长很快赶来，听了情况介绍脸色马上变了，立即向汤常委汇报，汤常委随即又向市委书记和市长报告。一时间，东江晨报社购买彩色印刷设备被人坑骗案，成为全市的第一大案。

李卓然嘴上安慰着金社长，心里想的却是梁如月。他真的不明白，为什么好事难成双，坏事却总往一块凑。他隐隐预感到，这一次东江晨报社有可能在劫难逃了。

等警察折腾完毕，汤常委又特意赶过来，看完那堆废品，又召开班子会，要求大家沉住气，暂时保密，大家该干什么还干什么。他还特意表扬了最近的办报情况，尤其是《东江访谈》栏目，他说从策划到组织，都非常成功，受到全市上下一致认可，李卓然和梁如月同志，值得表扬。

得到市委常委、宣传部部长的认可和表扬，若在平时，李卓然一定会心花怒放。但是现在，他却高兴不起来。他不知道梁如月的情况怎么样了。另

第二十节　祸不单行

外，晨报社遭受如此重创，下一步将会发生什么，令人担忧，他心里就像压上了一块千斤巨石，使他简直喘不过气来。

散会以后，他饭也顾不上吃，立即打的直奔医院。

梁如月已经换上了病号服，显得别有一番韵致，她躺在床上的姿态也是那么高雅。阿雪和李佳媛正陪伴着她。看见李卓然进来，梁如月欠身想起来，却被大家一起拦住了。

梁如月就向李卓然送来一个迷人的微笑，她声音低低地说："李总编，谢谢你了。我给大家添麻烦了。"

李卓然赶紧一本正经地说："梁主任，你别客气，一定要安心静养。本来金社长等几个领导都要来看你，但是他们有急事，就委托我来了。刚才汤常委也到报社来了，开了个班子会，表扬了《东江访谈》栏目，特别表扬了你，说你非常优秀。你要尽快好起来，我们还要进行新的合作啊。"

梁如月优雅地笑着，点了点头，她说："替我谢谢领导。假如我真能好起来，一定再为报社出力。只是不知道上天还会不会给我这样的机会。"

"会！当然会的！怎么可能不会呢！"李卓然用力说着，好像他就是上天似的。

一旁的阿雪和李佳媛也连连说能，梁如月便微笑点头。

正在这时，忽听门外有孩子在喊"妈妈"，身背书包的兰兰从外面跑了进来，她张开胳膊，一下子就扑到梁如月怀里，母女俩拥抱着哭起来。这一幕使得在场的人都红了眼圈。李卓然使劲忍住眼泪，把头扭向一边，却看见马向南和廖美丽也从外面走了进来，显然是她们带着兰兰来的。大家用眼神交流，都显得很是悲戚。

廖美丽的手里，还捧着一束包装讲究的鲜花，她走过去把花放在床头柜上，然后说："梁姐，没关系。你就安心住院养病吧，缺钱找我。另外，兰兰你就交给我好了，就让她暂时在我那里吃住吧，还有接送也都不成问题。"

廖美丽的豪气，使得屋子里的气氛顿时和缓下来。梁如月拉住廖美丽的手说："美丽，谢谢你。我正在为这个事情发愁呢。"

大家就开始围在梁如月身边说话，说的都是轻松愉快的话题。李卓然乘机给报社的几个人做了分工，让她们轮流来照顾梁如月。他自称总指挥，让大家有事随时找他，而且他还当众表示，只要有时间，他也会守在医院的。

从大家的眼神中，李卓然感觉大家似乎已经看出了什么。他心里想，都到了这个时候，大家愿意怎么想就怎么想吧。

又说了一会，为了让梁如月休息，就留下马向南陪护，其余人先行撤离。廖美丽最近买了小车，她驾车载着兰兰、李卓然、阿雪、李佳媛一起到她的饭店去吃晚饭。一路上谁都没有说话，呼吸声都很沉重。人人心里都很明白，这次梁如月住院意味着什么。

这时在报社那边，金运昌社长正独自在办公室里品尝苦果。

这么多年来，他几乎都是一帆风顺，高歌猛进，还没有遇到过什么大的挫折，就算遇上也从未慌乱过。但是这一回他却有点慌了。如果公安机关破不了案的话，那么他个人垫支的一百五十万元砸进去不说，报社贷的这一百五十万元又成了一个大包袱。本来报社就还有三百万元的欠账，他来之后虽然陆续还了一些，但还得并不多，这么一来，反倒加重了债务。最关键的问题是，他手里没钱了。他已经为报社投入了一百万，现在又拿出一百五十万，加起来已经二百五十万了。剩余的一点钱现在儿子手里，儿子是绝对不肯拿出来的。那么以后报社怎么办呢？依靠每月的那点广告费，那是绝对过不了日子的。

来报社半年多，副处级的职务问题名义上是解决了，但是却无组织部的任命书，充其量只是个待遇，只是"相当于"而已。虽然报社一把手是真的，可这个一把手也太难当了，为此付出的代价也太大了。他在什么都不了解的情况下，头脑发热，简直就像一只飞蛾一样，奋不顾身直奔这灯火而来，不被烧伤甚至烧死，那就怪了。

问题是现在连后悔的机会都没有。你投入那么多钱，原指望等报社情况好转了再拿回来，现在还拿得回来吗？拿不到钱，你走得了吗？走不了，面对这样一个无底洞，你以后该怎么办呢？老金哪老金，你都是五十多岁的人了，怎么处事还像一个小年轻，那么容易相信他人，那么容易上当受骗？你真的是太漆线了！

金运昌感到后背直冒凉气，他恨不能暴打自己一顿。

好在他现在还存有一点侥幸心理，公安机关有可能破案，钱还有可能追回来。

现在，的确需要稳住，一定要有泰山崩于前而不色变的精神。你不乱，报社就不会乱；你如果乱了，报社也就乱了。只要报社不乱，报社存在，那么就有扳回的机会；如果报社垮了，那么一切就真的完了。

想到这里，金运昌的情绪开始稳定下来。这时他才想起来，好像李卓然说，梁如月有病住院了，而且好像病得很严重，得的是什么癌症。哎呀，这个美女、才女，也是报社的一宝啊，你作为一把手，应该去看看她才对呀。于是他赶紧给李卓然打电话，问他在哪里，可否陪他去医院看一下梁如月。

李卓然这时正在四川饭店吃饭。他说："金社长，我们刚从医院回来。我已经代你向梁如月表达了慰问。今天太晚了，她身体很弱，需要休息。要不明天再去看她吧。"

金社长就详细问了她的病情，也问了安排照顾她的情况，最后约定明天上午一起去看她。

挂断电话，李卓然感到金社长似乎又活过来了。刚才看他那架势，有点发傻，唉声叹气好像乱了方寸。经过短时间的修复，人家已经若无其事了，真的是拿得起放得下的人。这才叫大将之风，值得自己好好学习。

当晚，李卓然和廖美丽一起，把兰兰的事情进一步做了安排。兰兰先跟饭店的一个女服务员住，由她照顾兰兰的饮食起居，并负责接送她。廖美丽真是侠肝义胆，一个女人，还反过来不断劝慰李卓然，说一切都会好起来的。李卓然想，这个女人如果文化水平再高点，还不定有多大的造化呢。

第二天上午，金社长在李卓然的陪同下，来到医院看望梁如月，给她留下了三千元慰问金，还说真的不好意思拿出手。接着他又以报社社长的身份去找了医院院长，说梁如月是报社骨干，是难得的人才，请求医院全力救治。院长很给面子，当即叫来了主治医生，询问梁如月的病情。

主治医生说："这位女同志太坚强了。她早就知道自己得的是这个病，一直拖着不肯手术，想通过吃中药治疗。因为拖得太久，又不注意休息和补充营养，或者因为生活压力太大，癌细胞早已开始扩散，即使现在进行手术，估计治愈的可能性也不大，她的时间真的不多了。"

李卓然听罢，如雷轰顶。他含着眼泪，用颤抖的声音问："医生，真的没有办法治疗了吗？求求你，一定要想办法让她活下来啊！"

主治医生说："你求我也没用，是她自己耽误了。就现在的医疗水平而言，真的是没什么办法了。我不知道你是她什么人，要有个思想准备。"

李卓然不由得哽咽起来，他说："金社长，梁如月……她可是为了报社把身体拖垮的呀！我们无论如何都要救她呀！"

李卓然的表现使金社长感到奇怪，但是他还是说："卓然，别难过，我们一起来想办法嘛。"

从院长办公室出来，金社长对李卓然说："这种情况下，应该马上跟梁如月的家人联系了。是做手术还是继续保守治疗，要她的家人拿主意才行，我们都做不了主啊！"

李卓然心想金社长毕竟年长，考虑问题就是周到。于是他说："社长，那你先回报社忙吧，我去找梁如月商量一下。你放心，我会委婉说的。"

金社长答应着先走了，李卓然又回到了梁如月的病房，看见她的一张脸已经变得惨白，他真想上前抱住她，大哭一场。

但是他却必须装出一副轻松无事的神态来，他告诉梁如月："我和金社长刚刚去找了院长，院长表示，一定会派最好的医生、用最好的药物给你治疗，治愈的希望非常大，非常大。现在有两个方案，一个是做手术，一个是不做手术，各有利弊。所以要听你和你家人的意见，要你们做出最后的决定。"

李卓然接着说："如月，我建议你还是给家人打个电话吧。如果他们有空，可以过来一下，起码可以陪一下你嘛。"

谁知梁如月听完以后，眼中立即滚出泪来，她说："卓然，你不用瞒我

第二十节 祸不单行

了。我的病我自己知道。好吧，今天我就给我爸爸打电话。他年纪大了，真的不想惊扰他啊！"说着竟抽噎起来。

李卓然赶紧上前安慰说："哎呀如月，你可千万不要多想哦。"

今天是阿雪在这里陪护，女作家敏感而又情感丰富，她见两个人说得亲切，就推说有事出去一下。她刚一出门，李卓然就把梁如月的手紧紧抓住了，他极力忍住泪水说："如月，我最亲爱的人，你一定要坚强，一定要相信我。我已经买了房子，等着娶你为妻，你说什么也不能抛下我呀！还有，你放心，我交完首付和房贷，手里还有一笔钱，给你治病足够了。"

梁如月用另一只手摸着李卓然的脸说："卓然，我真的很爱你，我多想有一天能成为你的新娘啊。可是……看来，只能来世再说了。"

"不，不！"李卓然忽然控制不住，竟然把头埋在梁如月的胸前哭起来。这时候梁如月反倒平静下来，她抱住李卓然的头，摩挲着他的头发，又轻轻拍着他的后背说："卓然，我的卓然，你不要太难过。其实我们已经是夫妻了。这辈子能遇到你，和你相亲相爱，我已经知足了。如果有来世的话，我一定要嫁给你，陪你一辈子！你一定要好好活着，你这么优秀，肯定会有好女人替我爱你的。"

听梁如月这么说，李卓然哭得更厉害了，简直泣不成声。此时此刻，他和梁如月相识、相知、相爱的过程就像电影镜头一样在他的脑海里飞速闪过，但是他无论如何也没有想到，这部电影的结局会如此悲惨。

过了许久，李卓然才平静下来，他用纸巾擦去眼泪，又去厕所擤鼻涕，等他走回病房，发现晨报社的一群采编人员来看望梁如月了。大家有的手捧鲜花，有的提着水果，有的拿着营养品，一起围在梁如月床前说话。

到现在已经有好几批人来过了，梁如月人缘极好，听说她有病住院，报社所有的人都惦记着她，要来看她。李卓然既为她高兴，也为她惋惜。

这时阿雪也回来了，李卓然便带着大家从医院出来，一起回报社去。他还有许多工作要干，他无法总是守在梁如月的身边。

过了几天，梁如月的父亲，一个退休老人从新疆赶了过来。是李卓然带着报社的车去机场接的他。老人亲切慈祥，通情达理。一路上，他和李卓然聊得特别投缘，不知为什么，李卓然从看见他第一眼开始，就有一种想叫他一声"爸爸"的冲动，但是他也明白，这辈子他可能没有这个机会了。想到这里，他的心又是一阵刺痛。

老人来到医院，和梁如月见面的那一瞬间，爷儿俩都哭了。老人拉着女儿的手说："小月啊，你受苦了！"梁如月不断地喊着："爸爸，爸爸啊！"眼泪就像决堤的水一般流淌。李卓然看得心酸，只好躲了出去。

老人在了解了梁如月的病情以后，又和她商量，最后做出一个决定：带上她们娘儿俩一起回新疆去，然后再决定如何治疗。那里毕竟有她的家，有亲人照顾她。

李卓然一听梁如月要走，简直就像有人摘他的心肝一样难受，可是细想，人家说的也不无道理，而且，他也没有任何阻拦人家的理由。现在，他只能盼望梁如月多待一天，再多待一天。他非常害怕与梁如月分别时刻的到来，他知道，他们一旦分别，其实就是永别。

这天晚上，梁如月说她想金地花园那个家了，就由父亲陪护着，挣扎着回去了。兰兰听说妈妈回来，兴高采烈地跑了回去。人家一家人团聚，外人也不便打扰。李卓然也没有多想，正巧这天晚上报纸临时换稿，他一直忙到很晚才搞定，第二天早上他很晚才起床。将近中午的时候，他给梁如月打电话，让他感到意外的是她却关机了。

一种强烈的预感，突然袭上了李卓然的心头。他拔腿就往梁如月家跑，怎么敲门也没有人应。他又急忙打的赶往医院，却见梁如月的病房里已经住上了别人。李卓然急了，忙去找护士询问，人家说："昨天下午，他们就办理了出院手续。"

李卓然目瞪口呆，他怎么都不会想到，梁如月会以这种决绝的方式跟他分别。我的爱人，你真的好狠心啊！

李卓然发疯般转身往外跑，却又被护士喊住，护士问他："你是不是叫李卓然啊？"李卓然木然点头，护士就拿出两封信来说："这是那个美女病人让我们转交给你的。"李卓然接过来一看，一封上面写着"李卓然亲启"，另一封上面写着"致东江晨报社全体同人"。他两手颤抖地拆开给自己的那封信，刚刚看了个开头，就看不下去了："我此生至亲至爱的先生，我真正的老公李卓然：当你看到这封信的时候，我们已经在回新疆的路上了。尽管我不愿意和你分别，特别是以这种不辞而别的方式，但是思来想去，我必须这么做。多情自古伤离别，也许只有这样做才能减少你和我的过度悲伤。"

李卓然看不下去了。他把信揣进口袋，出了医院大门，沿着马路拼命向离医院不远的汽车站奔跑。路上行人很多，他不断与人碰撞，遭到人家的呵斥，但是他根本顾不上了。他的泪水在流，心里则一遍遍地喊着梁如月的名字，疯了一样只管往前跑。跑到汽车站，已经累得上气不接下气。他也不排队了，直接冲到售票窗口，大声问有没有去深圳机场的车。售票员瞪了他一眼说："去机场要去售票处买票啊！"李卓然啊了一声，如梦初醒，急忙又跑出来。他一时糊涂了，想不起售票处在什么地方。于是急忙招手，跳上一辆出租车。到了地方，他扔下五十元钱给司机，也不等找零，就飞快跑进去，见到穿制服的就问："请问，去深圳机场的车几点有？"人家告诉他，去深圳机场的大巴一个小时一班，上一班刚走，现在要等下一班。李卓然一听还要等一个小时，急不可耐，又跑出来打的。好不容易拦下一辆，人家开口要五百元。李卓然也不讲价，说："五百就五百，只要你快！"出租车就风驰电掣般朝深圳方向开去。但是他依然觉得太慢，路上不断说"快点，再快点"，最后弄得司机也烦躁起来。

其实这个时候，梁如月和兰兰随着父亲，已经在深圳机场通过安检，并开始排队登机了。梁如月手里什么也没有拿，即使这样她也在不断喘息。她一边随着队伍往前移动，一边不断回头向安检入口张望。此时此刻她真的很想有奇迹发生，盼望李卓然的身影出现在那里，他们也好见最后一面。

然而没有，直到他们登上飞机，她通过舷窗最后朝外看了一眼，那个她所熟悉的身影也没有出现。她轻轻说了一声："永别了，亲爱的卓然。"眼泪随之又滚落下来。

在等待飞机起飞的时候，梁如月再次掏出手机，甚至开了机，很想给李卓然最后打一个电话诀别。但她还是忍住了，并坚决地再次关机。父亲和兰兰都在身边，她无法在他们面前对自己的心上人表达情感，这只是一个方面；最主要的是，她想还是不要再藕断丝连了。只有她做得更绝情一些，才能使李卓然忘她更快一些。只有忘记了她，他才会开始新的生活。那样，她在去天堂的路上也会坦然一些。

且说此时在路上，李卓然正不断看表，不断催促司机。那时候手机还不能上网，他无法知道去新疆的飞机几点起飞。他现在唯一的办法是赶过去，飞一样赶过去，去见梁如月最后一面。他的手多次伸进口袋，想拿出梁如月留给他的信来展读，但是他又不敢，他知道那是一封绝笔信，他一读肯定会涕泪交流，司机就在身边，他不想遭人嘲笑或者吓着人家。

本来有一个半小时的路程，司机只用了一小时零十分钟就赶到了。李卓然付钱下车，往机场大厅里飞跑，还是见着穿制服的就问去新疆的飞机起飞了没有。后来人家指点他去了问询处，一个身披绶带的服务员耐心地帮他查询之后说："去新疆的飞机每天有两班，上午一班，下午一班。上午这班已经在40分钟前飞走了。"

李卓然一听，险些瘫在地上。他机械地说了一声"谢谢"，就趔趄地开始在人群里穿梭寻找，他仍然心存侥幸，希望梁如月他们没有买到上午的机票，现在正在等待下午的飞机。但是他来来回回地走了几趟，哪里有他们一家人的影子！

走了，他们肯定走了！他们一家人，此时此刻肯定已经飞翔在高高的天空中了。那个你此生至亲至爱的人，那个你大费周折才在茫茫人海里找到的人，已经渐行渐远，此生难见了。

巨大的悲痛在李卓然的心中翻腾，撞击着他的喉咙和眼帘，仿佛那就是闸门，一不小心就会喷涌而出。他强忍着，后来怎么也忍不住了，只好冲进了洗手间，拉开一扇门钻进去，反身锁好，两手捂嘴，拼命将号啕之声压到最低。但是那巨大的悲声，还是通过他的手指缝隙一点点泄露出来。

第二十节　祸不单行

也不知道哭了多久，他的心情才渐渐平复，然后，他便拿出梁如月的信来，一行行读下去：

　　亲爱的卓然，请不要责怪我对你铁石心肠。这一年多来因为有病，我经常故意疏远你，与你保持距离，其实在我的内心深处，却无时无刻不在爱着你。我就是害怕有一天我走了，对你的打击太大了，伤你伤得太深了。我现在选择以这种方式与你分别，也同样是考虑到你的感受，害怕你无法承受，害怕我们难舍难分。我最爱的人啊，你知道我现在是什么心情吗？我的心都在流血啊，真的是肝肠寸断啊！

　　亲爱的卓然，你知道，我在爱情上曾经是个多么不幸、多么软弱的人。就在我对爱情不抱任何幻想的时候，你却出现了。你是风，你是火，你是雷，你是电，你点燃了我心中沉睡已久或者根本已经消亡的激情，使我真正尝到了爱情的滋味。你使我的人生变得完美，你给我带来了巨大的欢乐。虽然幸福短暂，但是因为有了你的爱，我已经非常满足了，死而无憾了。我的爱人啊，谢谢你给我的爱。我会带着你的爱，面带微笑走向天国。

　　在这一点上，还要感谢《东江晨报》。因为没有《东江晨报》，就没有我们的相识相知。啊，东江晨报社，这个既让人伤心流泪，又让人无比留恋的地方啊！也许正是因为这里有太多的苦难，我们的心才更加紧密地贴在一起。现在我就要走了，就要到另外一个世界去了，但是我的心依然会留在这里，因为这里有我的爱人，还有其他亲爱的朋友。我会在天国继续关注你们，就算化作一缕青烟，我也要飘回来探望你们。

　　我今生今世最大的遗憾，是没能与你结婚，真正成为你的新娘。这些天在医院里，我甚至有在病床上与你成亲的愿望。但是我的身体实在太虚弱了，而且那样做对你也太不公平了。于是我一千次一万次地说服自己，还是要理性地对你，继续与你保持距离。你知道吗，我是多么希望你一直留在我的身边，每时每刻都陪在我的身旁啊！你知道吗，只要看见你的身影，听见你的声音，我的病就似乎好了一半，我真的是一分一秒也不想离开你啊！可是我又深深地懂得，你不光属于我……

卓然，我的爱人啊！我还要感谢你对我事业的成就。我本是播音员出身，却因容貌半生坎坷，几乎一事无成。是你策划的《东江访谈》栏目，使我找回自己。这大半年来，我们的合作不但是成功的，而且是愉快的，更是幸福的。能够经常和你在一起，我是多么高兴啊！只要有你在我的身边，我就会神思飞扬，激情澎湃，主持就会超常发挥。是你帮助我走上了事业的巅峰，你也使我开启了新的人生。你知道吗，这半年里我的身体越来越差，甚至连走路说话都觉得没有力气了。但是为了你，我一直都在坚持。我也为自己能够坚持住感到奇怪。这就是爱的力量啊！

卓然，你给了我这么多，可是我给你的却太少太少了，就连你并不过分的要求我后来也无法满足了。去年的春节，是我这一生最难忘的，也是让我最感遗憾的。我不能再把自己彻底给你，只能让你独守空房，再次请求你原谅我吧。亲爱的，我走以后，你不必忧愁，更不要过分悲伤，你还有很长的路要走，你还会有许许多多美好幸福的时光。这些天在医院里，我找机会和阿雪，还有廖美丽进行了深入的交谈。阿雪对你的印象也特别好。她也是个在感情上受过伤害的人，本来已经决定彻底关闭感情的闸门。但是她说，像李卓然这样的优秀男人，还是可以考虑的。廖美丽嘴上没说，但是我看出她早就非常喜欢你，为了你她甚至可以献出一切。我以前就跟你说过，她们两个各有优点，就看你怎么选了。总之你要尽快把我忘记，尽快成家，你的年龄已经不允许你继续孤独下去了。这样，我在那边也就放心了。卓然，你就听我的话吧。

卓然，我的卓然，虽然我们相遇时我已经不是处女之身，但是我的心却最为纯净。今生今世，你是我唯一的男人，更是我最爱的男人！永别了！我的灵魂会永远和你在一起，和你共同呼吸。我会在那边为你祈祷，为你祝福，假如有来世，我一定会做你的好妻子！

卓然啊，我是在一个月圆之夜出生的，所以爸爸给我取名叫如月。我今生也一直想做一个月亮般美好的女人，死后我也会像嫦娥一样奔月而去。以后你看到天上的月亮，那就是我啊！我会在天上一直深情地凝望你，凝望你！

　　一千遍一万遍地吻你，爱你！

永远属于你的月月，绝笔

　　李卓然读着信，泪水一次次模糊了他的双眼，鼻涕也不断地流出来。幸亏厕所里有纸巾，他便不断扯下来擦拭，把人家的一卷纸都快用完了。他两手扶墙，胸膛起伏，哭成了一个泪人。如果这里不是厕所，他真想躺在地上，永远不起来了。

　　平静下来之后，他把梁如月给报社全体同人的信也读了。她在信里衷心感谢大家对她的关爱，衷心祝愿《东江晨报》越办越好，创造辉煌。

　　那一天，应该是李卓然四十多年人生中最黑暗的日子。他后来迷迷糊糊、歪歪斜斜地从厕所出来，摸摸口袋，已经没有多少钱了，怎么回东江市都是问题了。后来他打听到，机场有去东江的大巴，这才花十五块钱买票坐上去。这时已经是下午了，他也不觉得饿，整个人就像被人抽了筋一样无精打采。

　　一连多日，他茶饭不思，夜里失眠，人明显瘦了一圈。

　　他经常一个人走到他们最初相识的那棵假槟榔下去呆呆地站着，想着他们在一起的美好时光，他感觉自己就像做了一场梦。

　　他感觉到，在南方自己刚刚找到的灵魂，似乎又悄然离他而去了。

　　在此期间，廖美丽和阿雪都开始异乎寻常地关心起他来，特别是廖美丽，每天都千方百计对他嘘寒问暖。

　　但是，她们的热情却得不到应有的回报。李卓然一时无法从阴影里走出来，他仍然一心想着梁如月，千方百计打探她的消息，对着她的照片悄悄流泪，就像魔怔了一样。

很快，有着强烈自尊心的阿雪知难而退。

但是廖美丽却依然在无怨无悔地坚持。据说有很多人追求她她都不愿意，她心里似乎只有一个李卓然。

李卓然终于被她感动了，这天他明确表态说："美丽，你再给我半年时间吧。等我有一天想通了，我会主动找你的。"

廖美丽流着眼泪说："卓然，只要你答应我，十年我都会等。梁姐她临走前把你托付给了我，我就是要和她一块爱你，加倍爱你。这辈子，我非你不嫁！"

李卓然没有想到，这个文化水平不高的女人，情操竟会如此高尚。

报社的情况，现在也像李卓然的心情一样糟糕。公安机关的破案消息迟迟没有传来，金社长带来的好日子很快就到头了，报社重新陷入发不出工资、上气不接下气的尴尬境地。

金社长是个极其爱面子的人，现在，他每天的任务就是搞钱。在东江市搞不到钱，他就跑回江西去搞，厚着脸皮找人借钱。为了给大家发工资，他甚至不惜铤而走险，借起了高利贷。这高利贷简直太可怕了，转眼间，就使报社的负债滚雪球般变大。

后来，报社连印报的新闻纸都买不起了，又是金社长利用自己在江西的关系，去造纸厂出高价赊购。除了印报纸外，还以低价售出一些，变现后保大家吃饭。

为了报社，金社长就差把性命豁出去了。

但是，这种饮鸩止渴、拆东墙补西墙的做法，到底能维持多久呢！

李卓然忧心忡忡，报社上下的人都忧心忡忡。

第二十一节　最后关头

南方阴冷的冬季再次来临。

一连多日不见一点阳光，天幕上堆满铅灰色的云，似乎连个缝隙都找不到。小雨说下就下，在阴凉的海风的裹挟下，无情地扑向任何有热气、有活力的地方，直到把那个地方也搞得冷冰冰的为止。

在这种天气下，假如有一艘破船在海上航行，上面有冷雨浇着，下面有海浪打着，雨水和浪花不断飞溅到船上，不断打在那些船员的身上，而且这个时候大家又都腹内空空，你想想，那该是怎样的滋味。最可怕的是，这艘船没有补给，全靠自己捞点小鱼小虾过日子，如果捞到了大鱼，还会有人来哄抢。它就这样在水上漂啊漂，前路一片迷茫。如果你是这艘船上的一员，你的心情将会怎样呢？

东江晨报社，现在就是这样一艘破船，一艘在海上苦苦挣扎的破船，一艘没有灵魂的船。

其实这艘船的下水时间并不长，才五年多一点，可是因为频频更换船长，加之内部操作混乱，争斗不断，所以这艘船早已变得千疮百孔。来自四面八方的船员们逐梦而来，上船后才发现原来这不是一艘理想之船，可是他们想下船一时又下不去，只能在船上将就，企盼着云开日出、阳光灿烂的日子，企盼着有人来解救他们。

从开船到现在，这艘船已经先后换了好几任船长，船长之中也不乏能人，船员中也藏龙卧虎，但是这船就是无法远航，无论怎么努力都冲不出那片苦海。最后船上的破洞越补越多，越堵越大，不管船上的人怎么用力，也似乎无法改变它即将倾覆的命运。

于是，无论谁来当船长，除了那些想上船捞一把的人外，其余真心实意想让它好起来的人，都注定会被搞得焦头烂额，伤痕累累。现在，新任船长金运昌就成了这样一个倒霉鬼。

可爱的金运昌抱着"没有哪家报社搞不好"的想法，豪情万丈地半路登船，雄心勃勃要让这艘船驶离苦海，而且大家也一度似乎看见了胜利的曙光，但是因为一个决策失误，船洞加大，于是这船便又坠入无边的黑暗之中。

凄风冷雨中，悲痛绝望，叫天不应，叫地不灵，这破船载着七八十个人，就在危机四伏的海上随意漂流，漂流，不知道什么时候就会来个底朝天……

金运昌慌了，船上所有的人都慌了。

怎么办？怎么办？？怎么办？？？

在最后关头，所有的人都在问这个问题，但是所有的人都无法回答和解决这个问题。

但是副船长李卓然说："其实，要解决这个问题也很简单。我们北方有句话叫作孩子哭抱给他娘。我们现在唯一的办法，就是向市委市政府求救。只有获得政府的支持，我们才会有灵魂。"

于是，自救行动便悄悄开始。舞文弄墨的文人没别的能耐，只能诉诸文字。编辑记者纷纷写信给新闻出版署，给省委宣传部，给省新闻出版局，也同时向市主要领导，痛陈自己的遭遇，进行"紧急呼吁"。要求救救大家，救救这张积重难返、失去灵魂的报纸。

但是，所有的呼吁似乎都如同泥牛入海无消息。领导们都在忙大事，顾不上理这些小事。

又拖了两三个月，金社长也到了山穷水尽的地步，他就像是一颗被榨干了油的葵花子，只剩下一个破碎的硬壳撑在那里了。

他主动提出申请，要求辞去报社一把手的职务。他做梦都没有想到，这个副处级干部是如此不好当，他为此都悔青了肠子。

但是市委宣传部却不许他辞职。而且后来他发现，他也不能辞职。他在位还可以和那些债主周旋，债主也还抱着希望。如果他辞职，那些债主就必然会疯狂地找上门来，采取一切手段找他玩命。

金社长知道自己摊上大麻烦了，但是他却只能打碎门牙往肚里咽，咬紧牙关挺着。他还必须装出一副稳操胜券的模样，每天都要跟人说假话，他觉得自己活得很虚伪，但又毫无办法。

在内心深处，李卓然对金社长充满同情。但是同情不能当饭吃，面对又是一连几个月发不出工资的困局，面对大家绝望的眼神，同时为了自己的未来，他必须代表采编人员发声，采取行动自救。

这几天，在高自然、赵汗青和马向南等一班急先锋的推动下，在经过激烈的思想斗争之后，他终于下决心和全体采编人员一道，采取果决措施，制造一个大的动静出来，逼迫有关方面真正来晨报社解决问题。

这个大动静，就是罢工，置之死地而后生！

在罢工之前，李卓然和金社长进行了一次深入交谈。

望着金社长那张因过度操劳而变得憔悴的脸，他真的于心不忍。于是谈话就从表扬开始。李卓然首先充分肯定了金社长上任之后对报社做出的巨大贡献，称赞他是个好人，大好人。但同时他也告诉他："《东江晨报》目前这种状态如果不从根本上改变，就算你付出的努力再多，贡献再大，也无济于事。实践已经证明，《东江晨报》已不是靠个人能力挽救得了的。无论谁来，哪怕有天大的本事，也无法把晨报拖出泥潭。你用力越大，受伤就越厉害。就像那个'南辕北辙'的故事一样，你赶车跑得越快，就会离目的地越远。再继续盲目跑下去，这艘船就可能永远开不回来了。"

不知道是因为没听懂，还是因为这几天又有一家不明情况的造纸厂答应赊销新闻纸，反正金社长又变得自信满满。他反过来劝李卓然："《东江晨报》还是有希望的，只要你能带领采编人员办好报纸，我就保证大家有饭吃，有工资拿。请你不要轻信谣言，还是要积极配合我的工作。只要报纸在，我们就什么都不用愁。这就叫作'留得青山在，不怕没柴烧'。"

金社长还对李卓然说："兄弟，我是绝对赏识你的，更是相信你的。只要你一心一意跟着我干，保证不会让你吃亏。告诉你吧，我已经向市委宣传部推荐你当总编辑，每月工资涨到五千元。你有什么要求，还可以再提。"

李卓然知道，金社长不会欺骗自己，如果他继续跟着他熬下去，总编辑的职位当然非他莫属，只要有钱，工资的事也是可以兑现的。但是，他能够为了自己的这点利益就放弃大家的切身利益吗？而且，这也不过是画饼充饥而已呀！如果他再不和大家一起发声，那么《东江晨报》就会继续在黑暗中苦熬。再耽搁下去，问题就会越积越多，债务就会越滚越大，解决起来也就更加不易。必须快刀斩乱麻，绝不能因为一点个人的利益就变得优柔寡断起来。

于是他笑笑，对金社长说："社长，感谢你对我的信任。但是，对这种情况下的所谓总编辑，我真的是不感兴趣了。难道你还没有看透吗，就算我们把吃奶的劲都使出来，累死累活，《东江晨报》也好不起来了。没办法，我们只能对不起你了。不过请你记住，不管发生了什么事情，我们之间都没什么恩怨，我们永远都是好朋友。"

正说到这里，有人来找金社长，李卓然就趁机出来了。和这个即将受到最大冲击的人谈过话，他心里总算轻松了一些。他在路上不知道为什么想起了明末的崇祯皇帝。据说他是一个非常敬业的皇帝，可是明朝已经失去了人心，或说机制已经出现了问题，尽管他殚精竭虑，最后还是难逃一死。金社长，真的有点像崇祯皇帝，都到了这个时候，他还在为大势已去的晨报呕心沥血，他是可敬的，也是可悲的。

第二天早上，李卓然故意晚到报社一会，结果在路上，他的手机差点被金社长打爆了。他到报社一看，几个社委会成员都在金社长的办公室里，见他进来，就一起很不友好地看着他。

"李总编，你的兵马今天都没有来上班啊。说是罢工了，这事你事先不知道吗？"

"有人跟我讲过，不，是多次讲过。大家几个月都没拿到工资了，连坐公交车的钱都没有了，整天饿着肚子，他们肯定无法坚持下去了。我多次给他们做工作，阻止他们的过激行为，但是我也不能一个个地看着他们哪！"

"那么请你转告他们，如果今天不来上班，明天出不了报纸，那就开除他们。谁不来开除谁！"金社长声音嘶哑，眼睛都红了。

"开除？"李卓然哼了一声，"社长，就现在这状态来说，和开除他们还有多少区别吗？不信你开除几个试试，看他们害不害怕。"

"李卓然，你是报社的副总编，分管编务工作，现在出了这么大的事情，你是要负责的。"

"我负责，那《东江晨报》到今天这地步，又由谁来负责呢？难道你们就没有责任吗？要让大家上班也好办，赶紧给他们补发工资呀，把社保、医保这些都给他们补齐呀！怎么样，这些能办到吗？"

几个人面面相觑，谁也无法回答。

李卓然继续说："如果办不到的话，我看就不要死撑下去了。我建议，立即向市委宣传部通报情况，让他们马上派人来处理问题。这是目前唯一的办法。"

"不行，先不能通报。我就不信，船就这么翻了，报纸就这么完了！"

金社长突然拍着桌子怒吼起来。他就像是一个输光了本钱又不甘心的赌徒，别人劝他他不但不听，还把别人的好心当成恶意。

"那好吧。"李卓然说，他转身走了出去。

采编那边空荡荡的，一个人影也不见，自然也就没有了往日的嘈杂。李卓然开门进了自己的办公室，坐了半天很不习惯。往日只要他一来，就会有主任进来汇报工作，有编辑过来送审稿件，他的大脑就开始高速运转，做出一个个决断，签发一篇篇稿件，或者就某些问题、某些稿件发表自己的见解。他有时低声细语，有时高声大气，有时又开心大笑……可是现在，一切突然戛然而止了，世界一下子变得那么宁静，静得有点可怕。李卓然也随之感到空虚起来。

他若无其事地在办公室里转着圈子，侧耳听着金社长那边的动静，不知道他们下一步将会采取怎样的行动。金社长不让向市委宣传部通报情况，那么李卓然暂时也不能通报。如果他率先通报了，那就是越权上报。现在最好的办法就是静观其变，随时准备应对突发情况。昨晚大家也是这么商定的。

这时桌上的电话突然响起来，一接，是金社长的声音，他很柔和地说："卓然啊，你到我的办公室来一下啊！"

看来他也许明白过来了，李卓然急忙走了过去。

金社长正站在门口等他，见到他就和他握手，好像多久没见一样。屋里没有人，金社长关上门，客气地让他坐在沙发上，又亲自泡茶给他喝。这倒让李卓然有点不安起来。

"金社长，你不必客气嘛。跟我你还客气啥？"

"卓然老弟，现在看来，只有你才能救报社，才能救我了。"

"哎呀社长，你言重了。我何德何能。"

"老弟，你就不要谦虚了。现在，采编人员全听你的，只要你一句话，他们就会来上班了。我知道你还没有成家，过去大哥对你关心也不够。现在你说吧，你有什么条件，只要我能办到的，我一定去办。"

"金社长，这绝对不是你我之间的事啊。如果是我们之间的事情，那就再简单不过了。这事关晨报的前途命运啊！我个人真的没什么条件，条件刚才我都说了呀。社长，你说你能办到吗？"

"卓然，我现在不管别人，只管你。"

李卓然非常诚恳地说："社长啊，看来你对我还是缺少了解呀。我昨天其实已经跟你谈过了，现在报社真的不是我们能挽救的了。别再硬撑了，给宣传部打电话吧。"

"李卓然，我再叫你一声'兄弟'，如果你不健忘的话，应该记得我一向对你不错吧？难道你真的忍心看着我金运昌破产，栽倒在《东江晨报》这条小水沟里吗？"

李卓然看见，金社长的眼睛竟然湿润了。他心不由得一软，金社长对他的种种关照也掠过脑际，他叹了一口气，满面羞愧地说："社长，真的对不起你。要是从个人感情上讲,我的确应该帮你;从你本人对报社的贡献上讲,我也应该帮你。但是现在,真的不是你我之间的事情了呀!这艘破船,明明已经无可挽救了,毁了也就毁了。毁了旧的,新的才会来。社长,放弃吧。"

金社长足足盯了李卓然一分钟,然后突然发作道:"毁了它,放弃它,你口吃灯草,说话轻巧!《东江晨报》没了,我的那些投资怎么办?我借的那些外债怎么办?报纸一旦停办,债主就会找上门来。他们不是来找你,而是来找我,找我呀!他们拿不到钱,就会去报案,警察就会介入,就会以诈骗罪来抓我,这些你知道吗!东江晨报社,害惨了我,你们这些人,一点良心都没有!见死不救,你们的良心难道都被狗吃了吗!"

金社长挥舞着双手,大声咆哮,看那架势,似乎要把房顶掀起来。

李卓然不再作声,任由他喊,任由他骂。他觉得金社长真的很可怜,换作自己,可能比他反应还要激烈。

最后他说了一句话:"社长,对不起,我真的爱莫能助。"然后站起来走了出去。他不想继续待在报社了,现在这里已经乱作一团,电脑部、广告部、发行部的人都在那里窃窃私语,惶惶不可终日。没了报纸,他们也都成了失业者。

出了报社大门,他四下打量一下,径直朝四川饭店走去。现在,只有那里才是他的心灵港湾,他和廖美丽之间的事情,也似乎到了应该挑明的时候。

自从梁如月不辞而别之后,这几个月来,他一直都在打听她的消息,他多次梦见她的病好了,又回东江晨报社来了。每次他都拼命往火车站或飞机场跑,去接她,但是每次都跑着跑着就醒了。只有一次,他似乎远远地看见了她,她变得更加漂亮了,身穿一件红色的裙子,张开双臂,飞一样迎着他跑来。可是还没等他跑到近前,她却突然变成一只大鸟飞走了。

他无数次打她的手机,但是那个号码早已经变成了空号,除此就没有她别的联系方式了。前些天去市里开会,他遇见了一个与梁如月同乡的人,他急忙打听她的情况,那个人说:"听说她已经去世了。"这短短的几个字,就像几声霹雷,劈得早有心理准备的他半晌回不过神来。回到宿舍之后,他又把梁如月留给他的绝笔信重读数遍，大哭了一场。也就是这一天，他梦见梁如月变成大鸟飞走了。他醒来以后，望着天上的月亮久久发呆，觉得这也许就是冥冥之中的一种暗示。

于是他开始尝试忘记梁如月，尝试从哀伤的阴影里走出来。但是只要一看到天上的月亮，无论是圆还是缺，他心里都会一阵刺痛，不由自主想起那位佳人。

在这段时间里，廖美丽对他真的是关怀备至。她每天都打电话让他去饭店吃饭，他不去，她就派人送过来。只要一见到他，她就嘘寒问暖，呵护有加，看那样子，恨不能把一颗心都掏给他。

但是因为梁如月的影子一直存在，再加上工作忙，又乱，他的心情一直都不好，所以廖美丽其实还没能真正走进他的心里。虽然他感觉她也不错，如果和她结婚，她肯定会给他幸福，但爱是无法忘记的。旧爱在心，新爱就很难开始。不过他也明白，这种状况不能永远持续下去。他还不老，梁如月既然已经走了，已经给他做了交代，那么他就应该开始新的生活。

看见他来，廖美丽满面笑容地迎出来，她一边给他沏茶一边说：“听说你们罢工了？唉，你们这个烂报社倒了也好，早死早托生。"

李卓然看着她那丰满的身材、姣好的面容，说：“报社倒了，我可就不是什么总编了，我甚至可能连个流浪记者都不是了。"

"那有什么关系呀！"廖美丽看着他说，“假如你以后真的没了工作，那我就养着你。你喜欢写作，你就在家里写呀！对了，你的房贷下月起我来替你出吧。跟我，你不要死要面子活受罪哦！"

什么叫作赤诚相待？这就是赤诚相待！如果你的内心深处仍然有一个报社的老总怎么会娶一个饭店的老板娘为妻的顾虑的话，那就证明你这个男人还是太冷血，太自私，也太虚伪了。廖美丽，她就像是一块光洁透明的碧玉，是那么温润可人，那么善解人意，同时又充满智慧和活力，你还犹豫什么呢！

往南往南再往南，

南面有个百草滩。

百草滩上有白马，

吃的啥，喝的啥，

还有一个美娇娃。

李卓然的耳边，此时竟然又响起了这首童谣。哦，百草滩，有白马，吃的啥，喝的啥，难道，廖美丽才是那个真正的美娇娃？或许，美娇娃本来就不止一个人？

李卓然心里这么想着，他忽然提议说："美丽，你今天能不能安排一下？我俩出去逛逛吧。"

"好呀！"廖美丽立刻热烈响应。她马上把她的领班找来做了交代，又换了一身漂亮的衣服，拿上她新买的一台奥林巴斯相机，然后大大方方挽起李卓然的胳膊出门去。

这一天，李卓然带着廖美丽，有意识地去了他曾经和梁如月一起去过的许多地方，最后又在他们曾经吃过饭的饭店里吃饭。夜幕低垂，对面的西湖里灯火一片，人流涌动。后来，他们就手挽手在湖边漫步，细细品味着那份浪漫。月亮渐渐升起来，西湖里的水一片迷蒙，充满神秘感。李卓然抬头看着天上的月亮，忽然就看到了梁如月的脸，她正在那里含笑看着他们，仿佛在说："卓然，这就对了。我衷心地祝福你们哪。"

他们最后走到了灯火阑珊处，在一棵高大的榕树下停住了。两个人不由自主地抱在了一起，然后就是一个长长的、震撼心灵的吻，李卓然的手不觉伸进了她的衣服里。廖美丽呻吟一声，全身瘫软，把他抱得更紧，说梦话一般说道："卓然，我好爱你。我们结婚吧。"

"美丽，我也爱你。等我装修好房子……"

"不嘛，人家现在就要和你结婚。走，到我家里去吧……"

第二天上午，李卓然很晚才到报社。走到一楼时，他惊讶地发现，发行部的人竟然在分发报纸。

他急忙冲进去，拿起一张报纸一看，原来各版都是剪报，就是从全国各地的报纸上摘抄一些东西拼凑起来，很显然这已经不是什么《东江晨报》，而是《东江剪报》了。

"这是怎么回事？"李卓然瞪大眼睛，质问现在的发行部主任。

主任说："昨天下午金社长来了，是他命令这么搞的。"

"那这些版面是谁搞的？是编辑部的人吗？"

"是电脑部搞的。"

"电脑部！哼，他们有什么资格编报？我告诉你啊，这可是非法出版物，至少是侵犯各报版权的。你发吧，发了你可就罪责难逃了。"

主任犹豫了一下说："李总编，我也知道办报这一块是你说了算。可是我也没办法啊。金社长说如果我不发，就撤我的职，甚至开除我。"

李卓然摆了一下手，想要上楼去理论。又一想，你能跟他们说明白吗？他们这也是急了眼，他们会听你的吗？现在最好的办法，就是给市委宣传部打电话。昨天不能打，今天这种情况下，不打不行了。

他掏出电话要打给朱副部长，转念一想觉得还是不行。这么重大的事情，电话里怕是说不清楚。考虑了一下，他就开始给几个部门的主任打电话，让他们立即在金地花园小区门口集合，大家一起到市委宣传部去汇报情况。

副部长朱玉梅果然被这一消息吓着了，她对李卓然说："哎呀，你们怎么能罢工呢，怎么能停报呢！这可是重大的政治事故啊！你们事先为什么不跟我打招呼呢？"

李卓然说："朱部长，这也是无奈之举呀，再拖下去就要出人命了。那样事故就更大了！我们不跟您打招呼，是不想把您拖进来呀。如果您提前知道了，又阻拦不住，不是要负责任吗？"

朱副部长沉吟了一下说："事已至此，那我马上要向汤常委汇报。你们立即回去，把你们这么做的理由，还有你们的要求写成书面材料，尽快给我送来，也好作为我们下一步处理问题的依据。"

李卓然答应后带人走了。回到宿舍后，他立即开始亲自起草《关于〈东江晨报〉采编人员无法继续工作的情况汇报》。在报告里，他详细叙述了报社员工的生活惨状，阐述了大家不能继续工作（避开了"罢工"这样敏感的字眼）的理由，请求市委市政府立即派调查组深入晨报社调查，听取民意，真正解决晨报社的出路问题。

报告指出，因为东江晨报社现在已经不具备办报的基本条件，负债累累，拖欠工资，人心涣散，所以采编人员决定暂停报纸的编辑出版。现在，已经到了必须彻底解决东江晨报社问题的时候了。

李卓然一口气写完，立即送到附近的一家打印店去打印，之后迅速送到了朱副部长的手上。

东江晨报社员工罢工的消息，迅速在东江市政界、新闻界传开，震动巨大。读者先是收不到报纸，后来收到的又是剪报，也纷纷投诉，市委主要领导顶不住压力，决定立即派调查组进驻报社，调查处理问题。

三天以后，一个以市委副秘书长王战为组长，市委宣传部副部长朱玉梅为副组长的调查组真的来了。他们在报社一连待了五天，每天找人谈话，做笔录，金运昌、李卓然等人更是被反复约谈。调查结束以后，他们回市里进行了专题汇报，市委随即做出决定，让《东江晨报》停报整顿。

这个消息一宣布，金运昌等报社领导立即销声匿迹了。采编人员因为有李卓然在这里撑着，还算平静，其他部门的人一下子全乱了套，就像一群没头苍蝇一样，甚至有人骂是采编人员砸了他们的饭碗。

也的确是没饭可吃了。报社原本很差的食堂当天宣布停伙，做饭的阿姨已经走了，所有的人都要自己去解决吃饭问题了。接着，就是宿舍停水停电，有的房东收不到房租，竟然扬言要把报社员工的行李统统扔出去。

《东江晨报》进入了最后的时刻，到了最黑暗的关头。

这天晚上，李卓然悄悄把全体采编人员叫到了四川饭店，四十多人坐了四桌，他请大家吃饭，最后又借给每个人两百块钱，嘱咐大家咬紧牙关，挺过这几天，等待市委市政府的最后决定。他信心满满地对大家说："现在就是黎明前的黑暗时刻。只要我们能够坚持住，胜利就一定会属于我们。我相信，市委市政府肯定不会放弃这张党报的。"

但是，李卓然还是想得太天真了。

报是停了，但却迟迟不见有人前来整顿。调查组走了以后，就再也没有回来。

十天过去了，二十天过去了，一个月过去了……人们每天都来报社打听，可是仍然没有下文。大家真的是弹尽粮绝，实在有点坚持不住了。

李卓然不断给朱副部长打电话，询问事情进展。朱副部长先前还要他们等，后来竟然也有点含糊其辞，最后索性告诉他："晨报的问题悬而未决，问题还是出在市委陈书记身上。你们还是想办法找他吧。"

可是，要见市委书记，却不是那么容易的事情。

李卓然只好又让人起草了一份《东江晨报社全体采编人员致市领导的公开信》，打印之后或邮寄，或通过关系送到市主要领导手中。

但是事情仍然没有任何进展。

这天，在朱副部长的悄悄指引下，李卓然带着赵汗青、高自然、阿雪、马向南等人，直闯陈红球办公室，不管怎样都要和他来一次零距离接触。

看见一下来了七八个不速之客，陈红球显得有点紧张，他急忙站起来问："你们是干什么的？"李卓然上前一步说："陈书记您好，我们是东江晨报社的编辑记者。您还记得我吗？上次我还采访过您呢。我姓李，是东江晨报社的副总编，这些是我们各部门的主任。"

"哦，"陈红球想起来了，他说，"那你们随便坐吧。找我有什么事吗？"

"陈书记，《东江晨报》已经停报整顿一个多月了，大家的生活都面临绝境，我们今天来就是想问下书记，市委打算什么时候派人去整顿，解决晨报问题。"

"不是已经派人去过了吗？"

"调查组是去过了，之后宣布停报整顿。我们翘首以盼，等待着工作组进驻整顿。"

"哎呀，你们还都是编辑记者，理解力怎么这么差呀？停报整顿就是停报了。你们该干什么就干什么去，还等什么呀？"

"啊！书记，事情好像没有这么简单吧。这张报纸的主管单位是市委市政府，主办单位是市委宣传部，怎么能宣布一下就不管了呢？这可关系到七八十个人的生计出路问题呀！"

"你七八十人算什么，现在国企改革，大批人下岗，一涉及就是几百上千人，他们怎么办？不都是自谋出路吗？你们也可以自谋出路啊！"

"陈书记，就算我们自谋出路，也得有个人去通知一声啊！善后工作也得有人去做啊！不能这么不明不白地烟消云散了吧？而且这张报纸也不是办不好，只要市委市政府下决心，理顺关系，就完全可以办好。"

"那是不可能的！我告诉你，你们报社这种状况是某些人一手造成的，与市委市政府无关。要找，你们就去找上一任宣传部部长。"

"陈书记，您是市委书记，我们不想找他，就想找您。我想说明一点，《东江晨报》是一张具有国内统一连续出版物号的报纸。您可能还不了解，现在申请一个国内统一连续出版物号有多难。如果这张报纸就这么没有了，东江市会很没面子的。"

"什么国内统一连续出版物号！统一连续出版物号算什么？谁要，我三万块钱就可以卖给他。什么面子，我现在裤子都要没的穿了，还要什么面子！"

一行人站起来，唉声叹气往外走，今天他们才懂得什么叫作绝望。

但是李卓然等采编人员与金社长比起来，境遇还算是好的。

金运昌此时就像是一个罪犯，他正在东躲西藏。

自从《东江晨报》宣布停报整顿之后，各方债主果然就洪水般涌上门来。这些债主中，最多的是造纸厂的人，这段时间以来，报社全靠赊购人家的新闻纸维持，除了印报，还转卖。那些厂家，也都是艰难求生的，一听说这家客户要完了，当然急眼。而所有的新闻纸，他们都是看在金运昌的面子上才赊的，他们自然要把账记在金运昌头上。现在报社出了问题，当然要找金运昌算账。于是金运昌这样一个为了报社不惜一切的人，就成了一个大骗子，债主们一个个对他恨得咬牙切齿。

最要命的是，这些债主大部分都是江西人，有的就是金社长老家的朋友。想当年，金社长在老家那是何等威风八面。现在他为了一家外地的报社，竟然弄得声名狼藉，他的一世英名，他的光辉形象，瞬间就这样被毁掉了。他有家难回，不敢露面，隐姓埋名，不断更换住处，更换手机号码。最后他身上的钱也花光了，不得不打电话给儿子，低声下气地请求支援。

满以为这些债主闹一阵也就算了，没想到他们之中有更狠的角色，这天有人竟然带着江西某市公安局的人找上门来，无论如何都要找到金运昌，带他回江西去问话。

他们在报社附近蹲守数日，无果。随后前往市委宣传部，到朱玉梅副部长的办公室里赖着不走。他们说："金运昌涉嫌诈骗，你们不能包庇他。现在他肯定还与宣传部有联系，只要你们一个电话，他就会马上赶来，我们带他走就可以了。"

朱副部长的手里，的确有金运昌的最新号码。他每次更换号码，总是第一时间通知宣传部。现在假如朱副部长给他电话，他的确会分分钟赶来。但是朱副部长却不能这样做。

金运昌是怀着一腔热血来报社工作的，为了这个处于风雨飘摇中的报社，他尽心竭力，不但自己贴了大量的金钱进去，而且到处借债。他并没有把一分钱装进自己的口袋，他所做的一切都是为了报社，为了大家。这样一个人，怎么能说他诈骗呢！假如把这样的人出卖了，那么谁还敢来东江市干事创业呢！

朱副部长说："我没有金社长的联系方式。而且我们也不认为他这是诈骗。关于报社的债务问题，可以放到将来去解决，就算你们现在把他带走，判他有罪，让他坐牢，又能解决什么实际问题呢！"

"我们就是要把他抓回去，让他给家乡人一个交代。"

"对不起，我真的不知道他在哪里。我也没办法联系到他。"

第二十一节　最后关头

"不可能，你是宣传部副部长，分管报社工作，他不可能不与你联系。今天你们不把他交出来，我们就不走了。"

"不走你们就待着吧。反正我得下班了。"

下午上班，朱副部长一看，那几个人还守在她的办公室里。看样子吃了一点方便面，真的也很不易。

朱副部长就沏茶给他们喝。但是接下来该干啥还干啥，也不理他们。

眼看下午下班的时间快要到了。朱副部长问："怎么，你们打算在这里过夜吗？"

"不过夜，我们明天再来。"

"请你们不要等了，我真的不知道他在哪里。"

"不可能，不可能。朱部长，求你帮帮我们吧。"

女人的心总是很容易被打动的。最后朱副部长说："就算我知道他的号码，我也不能告诉你们，你们不要抱什么希望了。"

"朱部长，你不能啊！"

"我对你们说实话：第一，金运昌在我眼里是个好人，我不能出卖好人；第二，如果我打电话，金运昌来了，你们把他抓走了，你们的任务是完成了，但是我呢？金运昌他有儿子，他儿子来找我报仇怎么办？请问你们能为我的人身安全负责吗？你们远在江西，怎么保证？"

几个人默然，讪讪而退。

但是这些人真的不是等闲之辈，他们不知怎么又打听到金社长与报社女会计关系甚好，现在正是女会计在不断接济他。于是他们想方设法找到了女会计，对她说道："只要你告诉我们金运昌的下落，我们就可以马上给你五万块钱。"

"不知道。我不知道。"

"嫌少的话，再加五万。怎么样？"

"你给一百万我也不知道。"

这些人又去找采编人员打听，但是没有一个人给他们提供线索。最后他们只能无功而返。

再说采编人员这边，日子已经难以为继了。总靠四川饭店和李卓然接济也不是办法，大家先是变卖自己值钱的东西维持，买一把挂面煮一煮，放一点酱油就将就一天。后来看依然遥遥无期，有的就去打工，有的只好跟亲朋好友借钱，还有的实在坚持不住，只好扛起行李走人，另寻生路。每走一个人，大家都很悲伤，大有树倒猢狲散的感觉。

一晃三个月的时间过去了。

这些天为了留住大家，李卓然不仅散尽了自己的钱财，而且把廖美丽这里拖累得不轻。平日只要有记者过来，她就让他们免费吃饭，他们临走时还让他们带上干粮。但是她这里毕竟是做生意的地方，久了她也受不了。

李卓然一看市里如此不负责任，这天，他找来赵汗青、高自然商量，一块起草了两份文件。一份是新闻稿，标题是《停报整顿三月无人理睬，东江晨报社全体员工垂死挣扎》；另一份是内参，题目是《披露〈东江晨报〉停报整顿内幕，呼吁市委关注彻底解决问题》。这两份文件被反复修改打印数十份，一部分邮寄给全国各级新闻出版主管单位，还有大报大刊，另一部分准备直接送往市里的相关单位。

李卓然他们现在什么都不顾了，也没什么好怕的了。他们几人再次来到市委市政府，强烈呼吁彻底解决晨报问题。

汤常委第三天就接见了他们。

汤常委说："市里已经接到了省新闻出版局和新闻出版署的电话，上面要求迅速解决晨报的问题。其实你们的问题我一直都想解决，只是主要领导不同意，我也无能为力，请你们原谅。"

李卓然说："汤常委，市主要领导的这种态度是非常不好的。我真的不理解，一个市委书记，他为什么如此说话办事，我们感到非常遗憾。"

汤常委笑了笑说："先不要议论他。你们回去告诉晨报社的同志，只要坚持到底，最后的胜利一定属于你们。这样吧，我再批给你们三万块钱，解决你们最近的吃饭问题。"

李卓然等人连连表示感谢，感谢汤常委雪中送炭。

经过协商，鉴于晨报社已经停伙的现实，他们决定先把两万元钱放在四川饭店，以解决大家的一日三餐问题。剩下一万拿去交了房租。

这三万块钱，真正成了晨报社最后的救命粮，晨报社的最后班底，就是靠这三万块钱才得以保存下来。

第二十二节　岭南之春

岭南春来早。只有在南方生活过的人，才真正懂得这句话的含义。

还未进入一月，在荒山野岭之间，就有梅花开放的消息传来，引得城里人开着车，一批批出城去寻梅赏梅。在有梅花开放的地方，这个时候总是这里一片雪白，那里一片笑脸，使得整个山野霎时生动起来、热闹起来了。

刚刚进入二月，城里城外的杧果树就开始迫不及待地抽枝吐叶，长出花骨朵。杧果树的花是绿色的，还带一点黄，这花由无数个小颗粒组成，一条又一条，稻穗一样颤颤的挂满枝头，有风吹过，或有蜜蜂飞过，这些小颗粒就会从树上掉落下来，在树下铺满一地。

还有一种艳丽的花朵，学名叫勒杜鹃，别称是三角梅，也开始开放了。勒杜鹃是东江市的市花，它花期很长。只要气温在15℃以上，它就会迎风怒放。这花色泽鲜艳，花朵密集，远看像一团火，近看红黄紫白相间，每朵小花都由三片呈三角形的花瓣组成，煞是可爱。勒杜鹃不但在户外有，而且被人养在阳台上、楼顶上，就那么一片火红地从楼上垂下来，让人一下子就感觉到了季节的美好。

再就是紫荆花了，它又叫红花紫荆、洋紫荆，也是报春的使者之一。天气越是寒冷，它开得越旺。紫荆花的花朵很大，红紫相间，且花朵密集，边开边落。每天早上，你都可以看见紫荆花瓣儿落满一地，使人不忍践踏，不忍清扫，很想来次葬花。

这个时候，最具南方特色的木棉树、凤凰树，却还在沉默不语。它们在

第二十二节 岭南之春

春风里默默地集聚能量，要到几个月后才会一展风采。它们一开，则百花失色。而那些到处可见、品种繁多的榕树，它们虽然不是花树，却也开始舒展身姿，吐出新叶，把黄叶顶落了一地。每天早晨，榕树下就会铺满黄色和绿色的树叶，你放眼看去，仿佛这是北方秋天的景色一样。

从南海方向吹来的风，开始变得轻柔，就算有时猛烈，也已经不那么冰冷潮湿了。万物复苏，江山如画，岭南之春已来临。

这几天，东江市不断有爆炸性新闻传出，先是市委书记陈红球受到处分被调走了。新的市委书记直接从省里空降，据说是位博士，听说他在作就职演说时，手不拿稿，侃侃而谈，条理清晰，语惊四座。

紧接着，南海石化大项目即将签约的消息也传遍了大街小巷。

所有的人都欢欣鼓舞，东江晨报社这一帮留守人员更是欣喜若狂。

感谢上苍，他们终于度过了最为艰难的时刻，穿越了无情的冬天，迎来了充满希望的春天。他们隐约感到，他们马上就会脱离苦海，走向光明了。

这些日子，虽然他们手里没有了报纸，但却依然在和文字打交道。李卓然采纳了赵汗青的建议，利用过去搞《东江访谈》栏目时与企业结下的关系，开始承揽出书、写报告文学的活计，把任务分给大家，让大家分头去采访、写作，最后统一向企业收费。两三个月下来，竟然搞出了六本报告文学集、两本画册，除去出版费用等，竟然赚了二十万元。眼看春节将到，他按每个人的写稿数量给大家支付了稿费，一下子每个人的口袋里都有了钱，大家欢欢喜喜地回家过年去了。

大家都说："李总，过了年我们还来。咱干这个，比办报纸还省力，还实惠，干脆以后我们成立一个写作公司吧。"

李卓然笑着对大家说："其实咱们来南方，并不是光来赚钱的。我们是记者，除了赚钱谋生以外，还得有点社会担当才行。"

把大家一个个送走以后，李卓然就开始跟廖美丽商量，要不要带她回老家去过年，也好让父母看看这个还没过门的准儿媳。廖美丽同意了。李卓然在买票之前给朱玉梅副部长打了个电话，向她请假。没想到朱副部长却说："卓然,你不能走。新来的市委书记非常重视宣传工作,汤常委已经向他汇报了晨报的情况,他说一张党报怎么能搞成这样,一个地级市,没有一张晨报或者晚报怎么行。说不定哪一天,他有空就会专门研究处理晨报问题。现在你是晨报社唯一留守的领导,你不能走,要随时听从指挥。"

李卓然诺诺连声,挂断电话,他高兴得跳了起来。啊!《东江晨报》的转机终于来了!这艘搁浅的破船,终于迎来救援。

李卓然在屋子里连蹦带跳,跳着跳着却又哭了起来。无数往事在他眼前掠过,梁如月的形象也在他眼前闪过,他差一点就说出来:"亲爱的人啊,你要是能够坚持到今天,那该多好啊!"

可是,去年春节,他就没有回家,今年如果再不回去,怎么对得起父母啊!李卓然一时又犯难了。倒是廖美丽爽快地说:"这有什么难的,你打电话让父母和妹妹一家一起来南方过年嘛。咱这里有饭店,吃住都方便。这样,既可以见到咱的父母,又可以随时听命,不是一举两得吗!"

廖美丽一口一个"咱父母",又能快速做出这样的决定,使得李卓然心中充满温暖,他上前亲了她一口,抱住她说:"那你呢,你不想回家吗?"

廖美丽说:"我既然要嫁给你,你在哪里,我肯定就在哪里。我的父母都已经去世了,以后你家就是我的家了。"

李卓然马上说:"那好,趁父母这次来,咱们把婚礼办了吧。我要大张旗鼓地娶你为妻。"

廖美丽一听,立刻扑过来,热烈奔放地亲吻他。

他们就那么拥抱着,开始商量接待父母和举办婚礼的细节。他们发现,两个人对家庭生活的看法竟是那么一致,往往一个人说出上半句,另一个人就会说出下半句,真个是和谐。

但是现在到了年关,买火车票简直比登天都难。廖美丽又当机立断,让李卓然通知家人去买往返机票,这样既快又稳,还能减少父母和妹妹一家的颠簸劳顿之苦。廖美丽说:"你告诉他们不用心疼钱,这钱由我来出。以后咱俩结婚了,家里开支都由我来。你的工资呢,就留着孝敬父母吧。"

第二十二节　岭南之春

　　父母和妹妹一家到达深圳机场那天，廖美丽开车和李卓然一起前往接机。父母一见到廖美丽，立刻就喜欢上了她。特别是母亲，拉住这个准儿媳的手，乐得合不上嘴，她悄悄对李卓然说："好，比我想象的还好。人样子俊，还机灵，会说话，又大方。你总算找对人了。"

　　从深圳机场到东江城区，在路上一个多小时内，廖美丽已经和李卓然家里人打得火热，好像她老早就是这个家庭中的一员似的，这又使李卓然想起一句老话："不是一家人，不进一家门。"看来，他此生注定要娶廖美丽这个既聪明能干又通情达理的女子为妻。唉，梁如月可能只是个仙子，在经历一段苦难和爱情以后，就奉诏回天庭去了。临走前，她还费力安排自己的人生大事，真是用心良苦啊！

　　当天，廖美丽把李卓然的家人安排在附近酒店下榻，晚上，又在四川饭店举行了欢迎宴会，随后，她又为他们安排好了这些天的旅游行程。全家人还一致通过了正月初十为李卓然、廖美丽举行婚礼的决定。

　　大年三十这天，廖美丽关了自己的饭店，带上李卓然一家人到本市新开的第一家五星级饭店去吃年饭。这家酒店豪华气派，酒店内外灯火辉煌，人声鼎沸，许许多多的人都来这里过年了。现在人们的腰包越来越鼓了，尽管在这里吃一餐饭要花费成百上千，大家也不在乎。李卓然看了一下，无论是大厅还是包房，都坐满了人。服务员说，因为要来这里吃年饭的人太多，所以要求每桌的吃饭时间不能超过两个小时，以便让下一批顾客上桌。

　　这家五星级酒店去年开建的时候，李卓然曾经来采访过，想不到今年就已经投入使用了。这速度，这盛况，又触动了他的记者神经。可惜《东江晨报》现在停报了，如若不然，肯定又能写上一篇好新闻了。

　　包括李卓然在内，全家人还是第一次在酒店过年，吃年饭，大家都感到非常新奇，吃到的美味佳肴又颇具岭南特色，人人都觉得自己当了一回上流社会的人，心里都充满幸福感、满足感。而这一切都是廖美丽一手安排的。全家人当然就更加喜欢她了。

　　从初一到初五，一家人的主要任务就是吃和玩。近处的西湖、飞鹅岭、红花湖去过了，稍远的大亚湾、巽寮湾、海龟湾、罗浮山也去过了，更远一点的河源万绿湖、深圳华侨城、广州动物园也去过了。在此期间，李卓然和廖美丽还见缝插针，拍摄了婚纱照，并向好朋友们发出了喜帖。

正月初六，廖美丽的四川饭店照常开门营业，李卓然和家人则开始筹备婚礼。

春节长假要到正月初八，可在正月初七这天上午，李卓然就接到了朱玉梅副部长的电话，朱副部长要他立即赶到市委宣传部去。李卓然马上打的过去。他已经预感到，市里着手解决《东江晨报》的问题了。

一进朱副部长的办公室，他首先看到的是沙发上坐着一个人，他既感惊喜，又有点尴尬。这人竟然是久未露面的金运昌。看到李卓然，他似乎也有点不自然。但是他们马上上前热烈握手、拥抱，又相视而笑。就在这一瞬间，他们冰释前嫌，一笑泯恩仇了。

朱副部长这时在一旁说："哎呀，你们两个今天能够在这里见面，可真是不容易啊！"一句话，包含了多少苦难。

接着，朱副部长又说："你们这么久没见，肯定有许多话要说，但是以后找机会再说吧。今天这么急叫你们来，是汤常委要见你们，谈晨报的事情。走，我们马上到他的办公室去吧。"

金、李二人就跟着朱副部长，来到了汤常委办公室。汤常委一见他们，立即迎上来热烈握手，连说："你们辛苦了，辛苦了。"领导这样一句平常话，竟使两个人热泪盈眶。是的，这段时间他们的确太辛苦了。

大家坐定，汤常委开门见山地说："春节长假，市委班子只休息了两天，从初三就开始开会，研究东江市发展大计，包括你们《东江晨报》的问题。

"这几年，你们晨报虽然有市委宣传部在政治上和人事上把关，但是因为种种原因而乱象丛生。最关键的是，你们那里竟然连个党支部都没有，这就像是一个人没有灵魂哪，没了灵魂，如同傻子、瞎子！所以你们这些人不遭罪，那就怪了！"

领导一句话，点醒梦中人。李卓然这才猛然想起，对呀，我还是个共产党员哪。可是自从来了南方，到了东江晨报社以后，他却似乎早已忘记自己还是一名共产党员，一直没有参加过任何形式的党组织活动。当初他把从塞外晚报社转出来的党组织关系交给老曾，就一直没再问过，他已经很久没有交过党费了。

哎呀，这怎么行呢！你天天说晨报无魂，苦苦地找魂，可是你怎么就没有想到，这灵魂不但在市委市政府那里，其实也在你自己和周边人的身上呢？据说老曾、梁如月、高自然还有金社长等人都是共产党员，当初怎么就没有想到要成立一个党支部，发挥战斗堡垒作用呢？正因为晨报没有一个核心，所以无论怎么用力，也无法走出那个怪圈。其实你们本来是有力量的，只是各自为政，一盘散沙，没能拧成一股绳罢了。

唉，怎么就没有想到过这些呢……李卓然不由得咂了咂嘴，真想打自己几下。

汤常委继续说道："今天我请你们来，主要是进一步了解情况，为下一步工作做好准备。我的初步想法是，第一，立即成立东江晨报社清产核资小组，厘清报社的所有债务情况，该破产就破产，该还债就还债，既然报纸是党报，所欠债务就不能由个人承担——我指的是绝对不能由老金同志埋单，他还差点成为罪犯，这是绝对不公平的。老金啊，你受委屈了。在这里我代表市委向你说一声对不起啊！"

汤常委说到这里，李卓然看见金社长的脸上已经流下泪来，只听他呜咽地说道："谢谢领导，我真的是好难好苦啊！"

李卓然急忙递上一张纸巾，没想到他自己的眼泪也流了出来。

看见他们两人这样，汤常委和朱副部长也很动容，唏嘘有声。

汤常委停了一下又说："晨报问题，一言难尽啊！不过晨报社的同志们能够坚守到今天，实属不易。卓然同志，你有功劳啊！下面我就说到第二个想法，还要成立一个晨报社人事工作小组，厘清现有人员的情况，该调入的调入，该清理的清理，组建一支真正过硬的采编队伍。市委的意思是，重组之后，一定要建立健全党的组织，积极主动与新闻出版署和省新闻出版局联系，不要再叫《东江晨报》了，而是改为《东江晚报》。"

"啊，《东江晚报》！"李卓然和金社长都不由得跟着说出声来。

接下来，汤常委就和他们二人进行了长时间的谈话，详细询问了晨报社各方面的情况。

汤常委最后说："你们两个，都是有功之臣。将来晚报社成立，我们会考虑你们的任用问题的，这一点请你们放心。现在呢，清产核资也好，人事工作也好，当然都离不开你们的配合。我们会成立一个机构，把你们都吸纳进来。现在你们就回去等消息吧。老金啊，你就不用东躲西藏了，回到晨报社的队伍中去吧。据我所知，李卓然他们这群采编人员，对你还是充满感情的。"

市领导就是会说话，他一句话，就把金社长心里的疙瘩彻底解开了。

二人从汤常委办公室出来，李卓然直接把金社长拉到了四川饭店，向他介绍了自己和廖美丽准备结婚的情况，李卓然强烈要求金社长当他们的证婚人。金社长十分高兴地答应了。

中午，廖美丽就在饭店设宴招待金社长，李卓然和他互诉衷肠，又讲述了晨报社关门后各自的遭遇，不断感叹，不断流泪。饭后，金社长就回他在一个县城的隐蔽住所收拾东西去了。

当晚，又有了一件让人惊喜的事情，那就是苏子从深圳来了。他不知听谁说李卓然要跟廖美丽结婚，就提前跑过来祝贺。

快两年没见，苏子胖了，穿着打扮讲究了，也不那么大大咧咧的了。大家一见面，就拥抱，乱捶乱打，苏子说："老乡你真厉害，先把报花搞定，又把老板娘搞定。我告诉你，廖美丽可是我的梦中情人。如果我没走的话，我不会让你轻易得手的。"

晚上继续喝酒。这时已经有几个采编人员提前回来了，大家就一起喝，听苏子讲述他经历的种种苦难，讲他如何重新爬起来。

原来，"假新闻"事件发生以后，新闻界的人不分青红皂白，一哄而上，马上把他这样一个曾经也很优秀的记者、编辑，在东江市搞成了过街老鼠。他先是藏在小旅馆里，不敢出门，随后阿红找到了他，他又躲藏在她新租的房子里养伤。以为风头很快就会过去，没想到愈演愈烈。省内两家在全国有影响力的大报，不仅发了新闻，还配了评论，把苏子描绘成一个十恶不赦的骗子。最要命的是，中央电视台也播发了口播新闻，使得他在家乡臭名远扬，最后竟然连他的老母亲也知道了，她寻死觅活，觉得没脸见人。

苏子曾经给报社和电视台写信，说明事件真相，说他不过是为了借钱而说了几句谎话，根本没想搞什么苦肉计，也没想当什么英雄，他更不是什么骗子。都是报社领导"好心好意"把他给害了：先是把他塑造成英雄，出事了却又不肯站出来说话，把天大的黑锅甩给他一个人背。苏子愤怒地问："我亲爱的同行，你们为什么不来找我本人调查核实一下情况呢？为什么一定要把我往死路上逼呢？"

可是，他的申辩无人理睬，讨伐仍在继续。苏子真想一死了之。

后来，还是阿红鼓励他到深圳去重新开始。

走投无路的苏子，只好黯然离开东江市。谁知到了深圳海关，怎么过关又成了问题。他把身份证弄丢了，拿记者证去，又怕不好使，更怕人家认出他来。情急之下，看见一名武警中尉走过来，他就掏出记者证向他求援，说他去深圳有采访任务。谁知这个武警中尉恰恰是个喜欢读书看报的人，一看他的名字就冷冷地说："你是要去深圳报道假新闻吗？"苏子正要申辩，却遭到对方的严厉呵斥。苏子不甘心，追到人家办公室，掏出一大摞获奖证书给他看。中尉看了，这才缓和下来，说："你不错呀，怎么搞成这样？"苏子就流着眼泪说："是我一念之差，也是墙倒众人推。"他简单说了事情经过，中尉很同情他，鼓励他到深圳重新开始，并亲自带他过关。

到了深圳，苏子去了几家报社均遭到拒绝，最后，一家杂志社的老总看了他的简历和获奖证书，同意把他留下。但是却有一个条件，要他在三个月之内，必须拿出重头稿件来，使杂志的发行量上升。苏子二话没说，立即一头扎进打工群中，半个月之内就拿出了重头稿件，接下来重炮连连，杂志社发行量一路飙升。老总乐得合不拢嘴，三个月之后就破格任命他为编辑部主任。

现在，苏子已经是这家杂志社的副总编了。他挥着手说："哥们儿现在在深圳大小也算个人物了。我这次来，还有个想法，就是带几个人到我的杂志社去，你们谁去，赶紧报名。"

看他那豪爽自信的样子，李卓然真的为他高兴。在他讲述的时候，李卓然也用心记下了许多细节，他觉得苏子的经历，真是写小说的好素材。多年以后，李卓然真的在一家省级杂志上，发表了中篇小说《"苏子事件"的来龙去脉》。

又有人问苏子："阿红呢，她去没去深圳找你？"苏子说："没有。有一天她打电话给我，说她要回老家了，让我好好活着，娶一个好老婆过日子，然后就跟我失联了。这次我回来，还是想在东江市再找找她。"

大家听了，一起唏嘘。

知道李卓然的婚期是正月初十，苏子马上给他的编辑部主任打了电话，告诉他自己要在东江市玩两天，参加朋友的婚礼，只听那边诺诺连声。

正月初八，东江晨报社久已关闭的卷帘门，哗啦啦地打开了，闻讯从四面八方赶来的晨报人，都满怀期待地重新走进这个破烂的报社。除了年前坚守在这里的那些采编人员以外，电脑部、发行部、广告部、印刷厂的人也都来了，还有一些早就走了的人也都回来了，就连那个撒谎说自己的父亲病了，骗了大家的钱跑去广州的人，也靦着脸回来了。他们都在打听，政府不是要整顿报社吗？那我们怎么办？我们能不能也正式进入报社工作呀？

金社长开着车，再次光明正大地来到报社，大摇大摆地坐回他的办公室去，他的脸上挂着神秘莫测的笑容，对大家的关切给予模棱两可的回答。人们心里就更没底了，一批批往他的办公室跑，最后把他搞烦了，他说："实话对你们说吧，你们能不能正式进入报社工作，不是我能决定的，你们到市委宣传部去。宣传部现在最信任谁？是李卓然副总编啊！"

于是，李卓然立刻又成了炙手可热的人物，他办公室里一时拥挤不堪。他只好让电脑部的人打印表格，让大家按部门填写，要把地址、电话写清楚，回去等消息，这才解了自己的围。至于这个表格有没有用，那还得等工作组来了以后再说。

年前放在四川饭店的两万块钱已经花完了，房租也快要交了，现在人又增加了不少，李卓然与金社长协商，决定在这特殊时期各自为政，就是无论住房还是吃饭，报社都不负责了，都由自己想办法解决。这样一来，那些觉得自己留下来希望不大的人，也就自行离开了。

正月初十，不仅是李卓然大喜的日子，也是东江市大喜的日子。这一天，当时国内最大的引资项目，投资46.5亿美元的南海石化项目正式签约，落户东江之滨，普天同庆，市区到处插满彩旗，挂满庆祝标语，人人脸上喜气洋洋，整个东江市都沉浸在节日的氛围之中。

这天晚上，李卓然和廖美丽的婚礼，就在四川饭店举行。

虽然在异地他乡举行婚礼，可是来的人可真不少，整整摆了三十桌。不仅东江晨报社现有的人几乎都来了，市委宣传部朱玉梅副部长等也来了，李卓然的朋友李志强、林江山等也都到了，到场的还有一些企业的老板。

李卓然身着青色西装、白衬衣，打着领结，胸佩红花，显得格外精神；廖美丽身穿婚纱，化了浓妆，宛若仙女。二人站在饭店门口，满面笑容迎接客人，接受着人们的祝贺和善意的玩笑。高自然、赵汗青、阿雪、李佳媛、刘青草、马向南、苏子等一班死党，也都穿戴一新，忙里忙外。

晚七点，婚礼正式开始。在主持人的祝福声中，一对新人依次完成了拜天地、拜父母、夫妻对拜、拜亲朋的仪式，回答了诸如"你愿意娶她为妻吗？无论富贵贫贱，你都会永远爱她吗？"等问话，这些显然是照搬国外婚礼的，也完成了戴戒指、当众接吻等程序，然后就是父母、证婚人、出席嘉宾代表讲话。

李卓然的父亲只讲了两句话："第一，感谢所有支持李卓然的领导和朋友；第二，卓然、美丽年龄都不小了，你们要抓紧给我们生个孙子，我们等着抱呢。"

金社长的证婚致辞也很幽默，他说："其实我这个证婚人纯粹就是聋子的耳朵——摆设，我真的没有想到，大才子李卓然竟然偷偷把这么漂亮的一个老板娘拿下了。在这里我衷心祝愿他们美满幸福，也借这个机会，祝愿《东江晨报》早日复报！"

嘉宾代表是朱玉梅，她首先代表汤常委向李卓然夫妇表示祝贺，接着又隆重表扬了李卓然，也表扬了廖美丽，说他们是天造地设的一双，祝他们早生贵子。最后她说："今天因为晨报社来的同志比较多，所以我也借机在这里说几句话。随着南海石化大项目的签约，东江市已经进入了发展的快车道。东江市改革开放的大好形势，昨天、今天取得的一切成就，还有前进道路上不断探索的经验，都需要我们的媒体去报道，去宣传，去总结，去鼓与呼。我这里不妨透露一下，明天，市委工作组就将进驻晨报社，我本人，还有你们的金社长、李总编，我们都是清产核资、人事工作小组的成员，下决心解决晨报社的一切遗留问题。省新闻出版局已经原则上同意，在处理好所有善后工作以后，《东江晨报》可以更名为《东江晚报》，亮出新的旗帜，创造新的辉煌！"

全场热烈鼓掌，敲盘子敲碗敲桌子，欢呼雀跃。

轮到李卓然和廖美丽讲他们的罗曼史，李卓然说："我来南方，就是来找魂的。其他的我不说了，我的生命之魂，本来已经找到了，可惜又失去了。我以为我完了，没想到上帝关了一扇门，又打开了一扇窗，把阿丽送到我的面前。她是那么纯洁善良，那么善解人意，那么美丽大方。她现在就是我的生命之魂！我要一生爱她，珍惜她，执子之手，与子偕老！"

人们都知道李卓然说的是什么意思，不由得感叹。

廖美丽说："我虽然文化水平不高，不晓得说啥，但我却一直喜欢卓然。本来我就深深地爱着他，还有一个人，临走的时候委托我照顾他，所以我要加倍地爱他，爱他一万年，爱到地老天荒！"

许多人眼含热泪，热烈鼓掌，衷心祝贺这对有情人终成眷属。

婚礼结束以后，李卓然和廖美丽送走客人，幸福牵手，准备进入洞房，但是在门口他们几乎同时停下了脚步，一起看着天上的月亮，并深深地鞠躬。

等他们重新抬头的时候，又几乎同时发现，月亮笑了。

这时廖美丽悄悄附在李卓然耳边说："亲爱的，我一直没好意思告诉你，我的肚子里，已经有了你的骨肉。"

"啊！"李卓然不由得大叫起来，随后他抱起廖美丽，疯狂转了几圈。接着，他又把头贴在廖美丽的肚子上，去听胎儿心跳的声音。

廖美丽问："孩儿他爸，你听到什么了吗？"

李卓然沉醉地说："孩儿他娘，我听到了。我不仅听到了我孩儿的心跳声，还听到了东江和西湖里鱼儿产子的声音，听到了飞鹅岭、罗浮山上花儿开放的声音，听到了咱家门外青草发芽、蚯蚓唱歌、天鹅起舞的声音。反正到处都有新生命孕育、诞生，生活真是太美好了，我的梦想，我的灵魂，终于有了归宿，有了依托。"

廖美丽似懂非懂地说："孩儿他爸，你作诗啊！"

二人相拥着，甜蜜无比地走进门去。

2018年10月第一稿，2019年10月第二稿，2020年5月第三稿
2021年7月，在内蒙古赤峰林西县老家又做修改
2021年8月，在南方惠州家的书房再次修改校对